陆游的诗词人生

王 晨 著

上海社会科学院出版社

目录

楔　子　婚姻的悲剧 / 1

第一章　少年游 / 6
  一、生于乱世 / 6
  二、求学与科举 / 10
  三、陆游所处的世界 / 15

第二章　雨霖铃 / 26
  一、锁厅试与春闱 / 26
  二、恩师、恩相与初入仕途 / 31
  三、西府掾与面圣 / 39
  四、罢归与再入临安 / 47

第三章　满江红 / 54
  一、赐出身与反对用兵札子 / 54
  二、台谏与给舍的风波 / 61
  三、隆兴北伐 / 74

第四章　踏莎行 / 81
  一、通判镇江 / 81
  二、倅贰隆兴 / 93

三、乡居山阴 / 103

第五章　金缕曲 / 120
　　一、入蜀记 / 120
　　二、佐夔州 / 137
　　三、尺素书 / 148
　　四、南郑歌 / 159

第六章　西江月 / 186
　　一、归去来 / 186
　　二、困蛮方 / 202
　　三、频走马 / 219
　　四、锦官城 / 234

第七章　鹧鸪天 / 273
　　一、枕上诗成梦不成 / 273
　　二、半世狂疏践骇机 / 286
　　三、只今身世付沧洲 / 298

第八章　如梦令 / 314
　　一、经年薄宦客桐庐 / 314
　　二、九重宫阙晨霜冷 / 323
　　三、天意从来未易知 / 331

参考文献 / 342

楔子
婚姻的悲剧

绍兴二十五年(1155年)的春天,陆游在沈园中与自己深爱的女子唐琬不期而遇。

这一年,陆游刚过而立,三十一岁。

唐琬是他曾经的妻子。十一年前,绍兴十四年(1144年),陆游与唐琬成婚,夫妻之间琴瑟和谐、伉俪相得。然而好景不长,所谓爱别离、求不得,人生的苦难犹如一道巨浪打向了年轻的二人。至迟在绍兴十六年(1146年),由于母亲唐氏的激烈反对,陆游与妻子唐琬被迫仳离,活生生遭到了拆散。

弱冠时节与唐琬结为夫妇时,陆游尚无功名,可眼下,他依旧是没有正经进士出身的尴尬身份。面对已经改嫁宗室赵士程的唐琬,陆游也绝不可能有力量去违背名教纲常、孝道伦理,更何况,在与唐琬分开以后,母亲很快就令其再娶王氏,绍兴十八年(1148年),王氏便为陆游生下了长子陆子虡。

暌违十年,青春里的一切都如江水东流,再相见已然恍如隔世,再无可能。

据离陆游时代最近的南宋人陈鹄《耆旧续闻》记载:

余弱冠,客会稽,游许氏园,见壁间有陆放翁题词,云:"红酥手,黄滕酒,满城春色宫墙柳。东风恶,欢情薄,一怀愁绪,几年离索。错,错,错!春如旧,人空瘦,泪痕红浥鲛绡透。桃花落,闲池阁,山盟虽在,锦书难托。莫,莫,莫!"笔势飘逸,书于沈氏园,辛未三月题(案:《齐东野语》云绍兴乙亥岁)。放翁先室内琴瑟甚和,然不当母夫人意,因出之,夫妇之情,实不忍离。后适南班士名某(案:《齐东野语》云改适同郡宗子士程),家有园馆之胜,务观一日至园中,去妇闻之,遣遗黄封酒果馔,通殷勤,公感其情,为赋此词。其妇见而和之,有"世情薄,人情恶"之句,惜不得其全阕,未几,怏怏而卒,闻者为之怆然。此园后更许氏,淳熙间,其壁犹存,好事者以竹木来护之,今不复有矣。

按照以上说法,便能知道确有一首《钗头凤》乃陆游题于沈园。当时唐琬让人送去酒食向陆游致意,感慨万千的陆游遂赋《钗头凤》一曲,而后唐琬再见到这首词,亦唏嘘悲恸,和了一首。但陈鹄表示,他只见到了"世情薄,人情恶"一句,已不能见唐琬整首词之为如何。

考诸古籍,清代以前之人皆不能知唐琬所和的《钗头凤》全词,如明万历时人蒋一葵《尧山堂外纪》只云:"唐见而和之,有'世情薄,人情恶'之句。"明末清初褚人获《坚瓠集》亦只作如此语,不能见《钗头凤》全阕。但清康熙后,遂能屡见唐琬《钗头凤》整首所和之词,如周铭《林下词选》、王奕清奉康熙皇帝之命所编纂《钦定词谱》等。甚至,唐琬之名,出于晚清文人笔记《香东漫笔》一书,其云:"放翁出妻姓唐名琬,和放翁《钗头凤》词。"今不能知《香东漫笔》以何为据,故实际来说,唐琬之名也只是在流传甚广的陆游爱情悲剧里一个已经"约定俗成"的名字,且其所和《钗头凤》词,很可能是清人托名唐琬所伪,属于附会之作。但为了方便叙述,在本书中,便仍以"唐琬"相称,以与陆游母亲唐氏相区别。

至于陆母唐氏为何命陆游与唐琬仳离,《耆旧续闻》中只说"不当母夫人意",但究竟如何不合陆母心意,却没有说。而此事个中原委,陆游终其一生又讳莫如深,三缄其口,便令后人很难确知。时代晚于陈鹄的诗人刘克庄在其《后村诗话》中说:

> 放翁少时,二亲教督甚严。初婚某氏,伉俪相得,二亲恐其惰于学也,数谴妇。放翁不敢逆尊者意,与妇诀。某氏改事某官,与陆氏有中外。

则若据此材料,是其父母担心陆游与妻子唐琬过于情浓意切,以至于荒废了正经功名学业,最终导致夫妇二人仳离。

到了南宋末、元初的周密所作《齐东野语》,在矛盾原因上,也只提到"伉俪相得,而弗获于其姑",亦即是不为陆母所喜的意思。但《齐东野语》里还有更多细节,又云:"既出,而未忍绝之,则为别馆,时时往焉。姑知而掩之,虽先知挈去,然事不得隐,竟绝之。"母亲骤然而至的兴师问罪、陆游带着唐琬先行逃离的狼狈,乃至最后还是被迫分离,这些细节周密并没有说明出处,如今也只能姑且作为一种参考。总而言之,陆游没有能够违背母亲唐氏的意志。

不过,若我们从陆游后来在淳熙十年(1183年),五十九岁时所作的一首《夏夜舟中闻水鸟声甚哀若曰姑恶感而作诗》中似可见一些端倪,乃云:

楔子 婚姻的悲剧 3

女生藏深闺，未省窥墙藩。上车移所天，父母为它门。妾身虽甚愚，亦知君姑尊。下床头鸡鸣，梳鬓著襦裙。堂上奉洒扫，厨中具盘飧，青青摘葵苋，恨不美熊蹯。姑色少不怡，衣袂湿泪痕。所冀妾生男，庶几姑弄孙。此志竟蹉跎，薄命来谗言。放弃不敢怨，所悲孤大恩。古路傍陂泽，微雨鬼火昏。君听姑恶声，无乃遣妇魂？

特别值得注意的是"所冀妾生男，庶几姑弄孙。此志竟蹉跎，薄命来谗言。放弃不敢怨……君听姑恶声，无乃遣妇魂"这数句。如果将这首诗视为陆游在含蓄地回忆和叙述当年与唐琬的婚姻悲剧，那么陆母必欲其子与儿媳仳离的原因或许是唐琬迟迟未能怀孕生育。清人姚范在《援鹑堂笔记》中便持这一种观点。但说到底，这仍是后人的一种揣测，而无法确定。毕竟陆游在淳熙八年（1181年）又遭弹劾论列，罢淮东仓使一职，那么这首诗作为一种对仕宦失意的愤懑表达，看作是屈骚传统而以女妾自比，故云"所悲孤大恩"，也不无可能。

另外，从刘克庄《后村诗话》"某氏改事某官，与陆氏有中外"一句中，似乎让周密认为唐琬与陆游之间存在表兄妹的关系，此说亦成了流传至今的一种"公论"。实际上和陆游一家有中表亲戚关系的不是唐琬，而是唐琬改嫁的宗室赵士程。但周密生活的时代已距陆游早年较远，因此他很可能误解了刘克庄的话语，将这层中表亲错安到了陆游与唐琬身上，并在《齐东野语》中说"陆务观初娶唐氏，闳之女也，于其母夫人为姑侄"，遂使后世皆认为陆游与第一任妻子唐琬乃是表兄妹关系。周密大约以为陆母唐氏的家族，即是唐琬父亲唐闳的家族。然而陆母乃是荆南唐氏，祖上是北宋神宗朝的副宰相参知政事唐介；唐琬却出自山阴唐氏，其祖父为北宋徽宗宣和年间鸿胪少卿唐翊，并没有足够证据表明荆南唐氏与山阴唐氏乃是一家。这样的话,陆游和唐琬的所谓表兄妹关系大约也就不能成立,而只是周密的讹传。

我们唯可确定的是,陆游对这一爱情悲剧的遗憾是终生难忘的。四十四年后的庆元五年(1199年),七十有五的陆放翁仍不能释怀,写下题为《沈园》的两首七绝,一云:

> 城上斜阳画角哀,沈园非复旧池台。伤心桥下春波绿,曾是惊鸿照影来。

又一云:

> 梦断香消四十年,沈园柳老不吹绵。此身行作稽山土,犹吊遗踪一泫然。

在陆游三十五岁左右的时候,唐琬便情深不寿、郁郁而终。古稀之年的放翁回忆起四五十年前的一幕幕往事,情难自禁地悲从中来。禹迹寺南的沈园曾是他和唐琬的伤心地,然而如今唐琬却早已香消玉殒了四十载!自己垂垂老矣,万事皆休,目之所及也都是斜阳衰草的凄怆景象,春水难留惊鸿影,陈迹遗踪追之无及,也只能空惹潸然,老泪纵横、徒叹奈何!

但这一切,在陆游二十岁初娶唐琬的时候,他还一无所知。

他正沉醉在和妻子美满和谐的婚姻爱情之中,也憧憬着科举的功名出身,对他这样一位官宦世家的子弟来说,一条仕途的康庄大道正在等着他。

第一章
少年游

一、生于乱世

陆游出生于北宋徽宗宣和七年十月十七日（1125年）。

此时离北宋灭亡，天崩地坼的靖康之难还有不足两年时间。

道君皇帝赵佶在宰相蔡京鼓捣的"惟王不会"政治语境下，可谓是穷奢极欲，君臣营造了一个所谓"丰亨豫大"的"太平盛世"，他们打着继续变法的幌子，大肆搜刮民脂民膏，烈火烹油的繁荣假象之下，大宋早已成了个病入膏肓、弱不禁风的伛偻老人，只要稍有外患的侵袭，纸糊的天下就会一朝瓦解。

这位日后注定要在文学史上留下浓重笔墨的大诗人，其出生似乎本身就是一个谶言。

庆元元年（1195年），七十一岁的陆游曾回忆自己出生时的情景，写下两首七绝。其一云：

> 少傅奉诏朝京师，橘船生我淮之湄。宣和七年冬十月，犹是中原无事时。

少傅即是指陆游之父陆宰,这是父亲辞世以后朝廷的赠官,做不得数,但为人子者,自然以先考最高的"官职"指代,以示敬重。陆游出生时,陆宰正担任着淮南转运副使,将要上京赴阙,朝见天子。他自寿春走水路,取道淮河,这样一路便可船抵汴河,到东京城最是便捷。但是行进途中妻子忽然临盆,船停靠在淮河岸边,其第三子陆游便这样降生了。

便如陆游所说,这一年尚且是"中原无事",宋朝君臣还全无警觉,以为可以太平万载的时候。实际上女真人已然崛起,北方契丹族建立的辽国在此年被彻底击溃,天祚帝耶律延禧成了女真人的俘虏,辽国被攻灭了,金军的铁骑正准备南下。

这一年陆游那位在徽宗朝官至副宰相尚书左丞的祖父陆佃已离开人世二十三年;诗文独步天下的苏轼,亦离世二十有四载;而两位对大宋影响至深的首相王安石和司马光也已巨人离席,三十又九年了。

世间已无王安石。

继承他变法事业的不是吕惠卿和曾布,想要绍圣绍述的哲宗皇帝和首相章惇也只是短暂地继承了那么一会,最终"继承"了变法的竟是曾经轻佻的端王赵佶和见风使舵的蔡京。君臣二人非但没有改善大宋的病躯,反而是一步步把大宋给治死了。

一切的祸根都早已埋下,宣和七年不过是沉疴积弊爆发的前夜。

陆游在庆元元年另一首绝句中说:"我生急雨暗淮天,出没蛟鼍浪入船。"

两首绝句的诗题很长,陆游这样写道:"十月十七日,予生日也。孤村风雨萧然,偶得二绝句。予生于淮上,是日平旦,大风雨骇人,及余堕地,雨乃止。"

一夜的狂风暴雨直到陆游出生的清晨才堪堪停歇,这似乎预示了大宋的风雨飘摇,也预示着陆游绝不寻常的一生。

在陆游尚在襁褓中的此年十一月,金军兵分两路,完颜宗翰攻太原、洛阳方向,完颜宗望则从燕山、真定方向南下进逼大宋首都东京汴梁。女真铁骑摧枯拉朽,宋军兵败如山倒,像郭药师这样的北地之人更是望风而降,燕云十六州便如此轻易地得而复失。西路金军在宗翰统率下很快就包围太原,在这样危如累卵的情形下,道君皇帝赵佶做出了逃遁的打算,禅位给太子赵桓,也就是历史上的宋钦宗。开封城里,群情激昂,太学生陈东甚至上书请诛蔡京、童贯、梁师成等"六贼",但一切都太晚了。

改元靖康之后,天下却没有太平安康。金军铁骑逼近,东路军在正月里便到了开封城外。太上皇赵佶一度逃到了镇江,到四月才被迫回到东京。新皇帝赵桓忙着收拾父亲道君皇帝的亲信们,蔡京、童贯等人都远贬而死。但这些都阻止不了金军南侵的气焰,在赵桓的内心,他已决定割让中山、河间、太原三镇,且准备接受巨额的金银赔款要求。没想到,这还是没能换来太平。九月,金军攻陷太原府,东、西路金军得以会师汴梁开封。闰十一月,招摇撞骗的郭京没能以"六甲神兵"守卫住东京城,皇帝赵桓赴金人军营请降。次年,靖康二年(1127年)二月,金国皇帝完颜吴乞买下诏将赵佶、赵桓废为庶人,北宋灭亡了。

不过,在靖康元年(1126年)四月时,陆游的父亲陆宰已经被罢免了官职,一家人遂准备南归故乡山阴。陆宰卸任淮南漕贰之职后,本受命担任京西转运副使,负责的工作是为太原府转输粮饷辎重,但由于御史徐秉哲的弹劾,陆宰遭到了罢官的处分。

弹劾的理由是"河阳、郑州当兵马之冲,宰为漕臣,未尝过而问",似乎陆游之父陆宰尸位素餐,在兵荒马乱中根本没有做好本职的工作,对转输粮饷完全是颟顸敷衍的态度。可是这位道貌岸然的御史徐秉哲正是后来攘臂争先,极力为金军搜刮财货、捕捉宗室,惟恐自效之不暇的所谓"国贼",当时人谓"都城无大小,指此十人者为国贼"。这就让人不得不怀疑其弹劾陆宰完全不管粮饷转运一事的真实性了,是否有这样一种可能,陆宰恰恰是过于尽心尽责,触怒了朝廷里奉行投降路线的大臣们,因而以这样一种荒诞的罪责,被罢免了职任?

这些我们并不能确知,但可以知道的是,陆宰将要带着家眷离开东京。做了一番准备后,陆游一家出国门,自荥阳南奔寿春,陆游后来自己在诗中回忆,便是"我生学步逢丧乱""扶床跟跄出京华"。

刚刚在懵懂中学会观察这个世界的陆游便看到了战火纷飞和兵荒马乱。靖康之难对当时的人来说,不啻盛唐时候的安史之乱,那盛世繁华的迷梦一朝破碎,帝王公卿犹如犬羊,中原大地上到处是烧杀掳掠的金军和躲避兵燹的逃难百姓。这确乎是天崩地坼的场面了!

陆宰带着家人渡过淮河、长江,终于回到了山阴故里。而这已是改元后的建炎元年(1127年)。

去年年底在相州开大元帅府的康王赵构已于此年五月在南京应天府登极称帝,延续了宋朝国祚,也就是历史上的宋高宗。赵构是道君皇帝徽宗赵佶的第九个儿子,按照宋人习俗,皇室中便叫他"九哥",他在文臣武将的拥戴下自立为帝,实际上他的合法性在当时尚有一些疑问和可以商榷的地方,这为后来的悲剧又埋下了伏笔。总而言之,赵构建立的宋朝便被历史称为"南宋"。

除了六岁到八岁的阶段,陆游短暂被父亲带往东阳山中避乱,大部分时候他仍然生活在故乡山阴。这里本叫作越州,但因为建炎四年(1130年)高宗皇帝赵构曾自"海船避敌"后驻跸于此,因而在次年改元绍兴后,应越州百姓之请,将越州也改名为绍兴,且由州升格为府。这里万流所凑,涛湖泛决,乃是一派湖光山色的所在。山阴故里那芦花千顷、烟水苍茫的镜湖美景真可谓是"碧水青天两奇绝",家乡的风情犹如天写云山,绘成万幅画卷,哺育着陆游的诗情词意,文学的天才已在山阴的山水间孕育。

二、求学与科举

陆游六岁寓居东阳时,大约已经入乡校读书启蒙,所谓:"髦髦入小学,童卯聚十百。"可以想象到黄发垂髫的童年陆游琅琅诵诗书的可爱模样。据南宋文人笔记《爱日斋丛钞》所言,陆游方七岁,已有神童之相。其云:

> 左丞之孙是为务观待制,甫七岁,父少师指鸟命赋诗,遽对曰:"穷达得非吾有命,吉凶谁谓汝前知。"事见《家语》。

此种传闻固然未必完全属实,但想来陆游小时候大抵是一个聪明伶俐的孩子,在蒙学上的发展也远快于同龄人。

回到山阴后,陆游约在十岁时入故里乡校,师从韩有功及其从父韩彦远,甚至可能得传了王安石的新学。一方面因为祖父陆佃乃是王安石的学生,父亲陆宰不免也受到影响,更愿意为陆游寻找能传授临川学问的老师;另一方面也因为当时的南宋朝野,对王安石系统的批判、污蔑还没有完全形成和流行开来(尽管赵鼎已于绍兴四年三月除参知政事执政,但赵鼎集团所代表的元祐党人对王安石的批判还没有全面开始并成为主流论调)。陆游后来自己写诗回忆,谓:"成童入乡校,诸老席函丈。堂堂韩有功,英概今可想。从父有彦远,早以直自养,始终临川学,力守非有党。"那么看来他早年受到王氏新学的影响也是毫无疑问的。韩有功按照《嘉泰会稽志》的说法,乃是当地"士子领袖""暑夜多与诸生纳凉桥上"。看来这不是一位十分死板的先生,他不光在乡校私塾里讲学,亦和学生们一起俯仰宇宙阴阳,或许也会望着头顶的灿烂星空,畅谈洪荒古今。

据《宋史》陆游的本传来看,"年十二,能诗文",后面紧跟着说"荫补登仕郎",我们可以知道陆游在十二岁时已谈得上学有所成,已能写就诗赋文章了,只是这"登仕郎"的门荫官身,是否也是十二岁荫补所得,便不很清楚。但陆游最初是通过荫补获得官身,是没有任何疑问的。

这是因为陆游的家庭出身非比寻常。

前文已述,陆游祖父陆佃贵为徽宗朝早年的副宰相,做过尚书左右丞,父亲陆宰做到过直秘阁、转运副使,虽然贴职只有正八品,但转运副使也相当于现在副省级的职务了,对普通人来说仍是高不可攀的家庭背景,确乎可以说是官宦世家。根据宋朝制度,中高级官员子侄很容易通过"门荫"直接获得官身。是以陆游便因为"任子"而被荫补为选人官阶的从八品登仕郎。在宋代,本官分京官与选人,元丰改制后,京官最低一级为从九品承务郎。选人地位远低于京朝官,且要跨过选人这道坎,迁转为京官在宋时殊为不易,当时常有"老死于选海"

第一章 少年游　11

的说法,但不管怎么说,门荫出身也代表陆游不再是一个布衣百姓,而已是官员身份。只是这种本官或者说寄禄官、阶官只代表一个品级,若没有实际的差遣或者说职事官在身,那是半分权力也没有的。

十三四岁的陆游开始更加废寝忘食地读书,对陶渊明之诗尤其喜爱,这从他后来的仕宦来看,竟也像是一种预示。

到了绍兴十年(1140年),按照陆游自己的诗歌记载"我年十六游名场,灵芝借榻栖僧廊",是则十六岁时陆游已经去过临安,参加了科举考试。清人赵翼《陆放翁年谱》亦云:"十年庚申,先生年十六,初赴举场。"名场即科场、科举之谓,灵芝指的是行都临安城涌金门外的灵芝崇福寺,当时陆游借宿在这一寺庙中。

按照南宋时期的科举制度,在临安举行的贡举考试,要么是临安府的解试,要么是回避亲嫌的别头试,要么便是至关重要的礼部省试。然而,陆游非临安府学子,也没有亲属任职当年的贡举考官,这样看来,他在十六岁时参加的似乎只可能是春闱的礼部省试。

但绍兴十年、十一年都没有举行春闱省试(自绍兴八年取士之后,正常来说春闱应该在绍兴十一年初,而十年二月,南宋朝廷已下诏,本届科举省试、殿试延期一年,即在绍兴十二年举行),陆游究竟去临安是参加了什么考试呢?

考虑到他已经得到登仕郎的荫补官身,或许此番去临安,是参加吏部的铨试?像陆游这样文官身份的"选人",如果想得到实际的官职差遣,便需要去往"吏部侍郎左选",铨试合格之后,才能"待次"等候吏部的安排。但铨试规定"凡非登科及特旨者,年二十五方注官",则年方十六七的陆游是不能参加铨试的。

剩下的唯一可能,便是两浙路转运司的"锁厅试"(锁厅试详后)。

两浙路虽然在南宋时分为两浙东路和两浙西路,但其转运司却统辖两路,因此两浙有官身者参加锁厅试,便是前往临安。

从结果来看,显然年仅十六岁的陆游没能通过这次考试,但他在诗文中并未留下过多沮丧、懊恼之语,只在《送韩梓秀才十八韵》中说:"束发走场屋,始得从君游。灯火都城夜,风雨湖上秋。追随不隔日,岩壑穷探搜。摩挲石屋背,摇兀暗门舟。酒酣耳颊热,意气盖九州。夜卧相蹋语,狂笑杂嘲讴。但恐富贵逼,肯怀贫贱忧!人事信难料,百战竟不侯。"据这首诗,陆游与韩梓曾一同参加贡举科考,而陆游用杨素"臣但恐富贵来逼臣,臣无心图富贵"之典故,似乎表达了并不很在意功名的意思,但紧接着却说"百战竟不侯",又仿佛略有些失望,也有些与友人韩梓相共自我慰藉的意思。而此句之外,更多的是陆游在行都临安诗酒玩乐、寻幽探胜的身影。也许陆游也为自己找了一个太过年轻的借口,从而觉得科场的失利不足为怪。

三年后的绍兴十三年(1143年),十九岁的陆游再赴临安。从去年起,他已师从江西诗派的大家"茶山居士"曾几。曾几及其兄长曾开都是反对秦桧投降路线之大臣,二人也因此而得罪了权相秦桧,遭到罢官。从学问上来说,曾几师从武夷学派的经学大师胡安国,胡安国再传子侄胡宏、胡宪,曾壮言"请斩秦桧"的胡铨也出自胡安国门下,这样算来,陆游与朱熹、杨万里、周必大、张栻等人都可算是学问上的同宗师兄弟,所传皆是北宋二程的学问。但陆游又曾少传王安石之临川新学,这两种学问是严重对立的,加之陆游一生好逍遥自然的个性,他虽极其尊崇恩师曾几,但并不机械地全盘接受二程之学。从后来陆游的思想来看,他对于程颢所提出的,乃至经由朱熹发扬光大的"天理"概念并不十分感兴趣,反而在指点子嗣学问时说"儒术今方裂"。

儒学上他比较看重的乃是《诗》《书》《礼》《乐》《易》《春秋》这所谓的"六经",认为"六经日月未尝蚀,千载源流终自明",又说,"道在六经宁有尽?"这样看来,陆游对六经的推崇,是一种近似于孔孟的态度,他将六经抬高到具有本体论的高度,认为"大道"自在其中,但对于将这一"大道"抽象出来大谈特谈,陆游却不感兴趣,而是与孔子一样,多不谈性命之学。加之陆游一生颇受道家、佛学的思想影响,更进一步冲淡了二程之学本应可能的对其思想之约束。而从诗歌渊源上来说,陆游因为师从曾几,学的便自然是黄庭坚的奥义法门,往上追根溯源,则是宗法江西诗派最推崇的诗圣杜甫。但此时的陆游还没有找到属于他自己的文学路径,尚处在一个学习和积累的阶段,而他终将在诗歌上身登青云之梯,手摘星辰,坐在两宋第一流的山顶上。

这一次的临安之行也并非没有疑问。

按照历来的看法,陆游此次应当是去参加礼部省试了。不少人认为陆游绍兴十三年抵达临安,次年参加礼部试落榜。其主要的依据是陆游《武林》一诗的自注:"绍兴癸亥,予年十九,以试南省来临安。""南省"可以指礼部,但事实上,这一届的省试、殿试在绍兴十五年,而非绍兴十四年。

陆游在多年以后的回忆中还说:"绍兴癸亥,余以进士来临安,年十九。"(宋人习惯把应进士科贡举考试的举子,通称为进士,这和明清时期不同。)陆游强调自己以举业士子的身份来到行都临安,那么必定是参与了符合这一"进士"身份的活动。

实际上,陆游这次来到临安,仍是像三年前一样参加两浙路有官身者的锁厅试,只有在绍兴十四年秋考试合格"取解"了之后,才有资格参加第二年的春闱"礼部省试"。

不同的是,这一次来临安,陆游便不像十六岁时那样抱着小试牛刀的心态,而似乎是志在必得。想来觉得自己又苦学了三年,应是能金榜题名的。然而事与愿违,陆游又一次落榜了。他不敢如柳永那样大放厥词,发泄一句"黄金榜上,偶失龙头望",反而极受打击,自云"二十游名场,最号才智下",可谓是自我否定到极致了。

这次科场失利,让陆游卧薪尝胆了整整十年光阴。

十年里,他都未再参加任何解试或锁厅试,一门心思苦学钻研。这里需要说明的是,宋代贡举制度和明清不同,解试合格后的举子身份不是终身的,并不意味着永远有资格参加春闱的礼部试,而是每一次南省试前,都需要参加解试来取解,获得应试礼部的资格。

十年光阴令陆游的学问和诗赋才华有了极大的长进。从陆游的家世来说,他们绝不是简单意义上的书香门第,而是到了藏书万卷,连朝廷都有所不如的地步了。绍兴十三年(1143年),南宋朝廷重建秘书省(元丰改制后宋初由三馆秘阁负责的职能并入其中,统掌图籍、国史、天文历数、祭祀祝辞等),由于靖康之难,原本朝廷收藏的书籍几乎遗失大半,于是便向陆游家中借抄藏书共一万三千余卷——可想而知,连国家都要问其借书,这是一个怎样的藏书之家!浩如烟海的家庭藏书宝库无疑在三千多个日夜里滋养着陆游,为他进一步奠定日后攀登诗歌山峰的基础。

三、陆游所处的世界

陆游人生的前三十年所处的是一个怎样的时代呢?

如果我们以南宋的决策层,也就是宰执群体,作为切入点来理解陆游的这一成长过程所处的时代背景,便能较为清晰地取得一些认识。

在南宋刚刚建立的建炎年间,李纲作为宰相曾短暂地试图去执行他的"藩镇"政策,从而构筑河东、河北的新防线。在李纲的设想中,祖宗之疆土乃是尺寸不可丧失、丢弃的。但对当时的南宋而言,一是缺乏相对健全的财政体系,二是没有足够的国防力量,李纲的美好愿景只是一种在彼时难以实现的空中楼阁。然而李纲不这样想,他认为如果在太原、真定、中山、河间设置藩镇,"择帅付之,许之世袭,收租赋以养其将士,各习战陈,相为唇齿,以捍金人,可无深入之患"。当然,也应该看到,倘若李纲的这一构想果真能够实现,并且一旦与宗泽在东京所组织起来的忠义人马形成有效的联动,那么或许一定程度上确能起到抵御金军南侵的作用。遗憾的是,李纲在本身就遭到黄潜善、汪伯彦等宰执同列窥伺的不利情况下,尚不注意团结可以争取的侍从、台谏等重要臣僚之力量,致使自己遭到猛烈的弹劾,而对于如何争取到皇帝的支持,他更是不善此道。甚至只从他"招军、买马、劝民出财以助国"的三策上来说,相较于后来为相的吕颐浩,也无甚高明之处。

李纲拜相仅仅七十五日,即以观文殿大学士、提举杭州洞霄宫而黯然下台。这之后掌握决策权的乃是有拥立高宗登极大功的黄潜善、汪伯彦集团。这两位宰辅大臣完全奉行谋求和议的政治路线,但他们较李纲更实际的地方在于,一是确立了御营司制度,二是设法在一定程度上恢复了朝廷的财政收入。北宋灭亡以后,一方面,旧的三衙禁军制度已可谓荡然无存,作为最高统治者的高宗皇帝赵构甚至连直接统辖的御前禁军都名存实亡,既缺乏扈从的兵马,更没有与金军周旋的足够力量；另一方面，脆弱的南宋政权还没有能够很好地控制南方州县，如何确立朝廷的正常财政收入也是当时的一大难题。对一个国家来说，要真正完成立国的重大课题，必然要解决兵和钱这两个至关紧要的需求。御营司制度标志着南宋初直属皇帝之军队重新建立的努力和尝试，而在黄潜善、汪伯彦集团中像张悫这样的实干型财务官僚对于重建国家财政所做的具体工作，也在南宋建立初期极大地保障了风雨飘摇的小朝廷的运转。但黄潜善、汪伯彦既没有能力在金人野心尚欲吞并南宋的情况下实现和议，又因为二人对中原故土弃如敝屣的态度使得臣民极为愤恨不齿，于是在建炎三年（1129 年）二月，两人一同被罢相。

这之后发生了令人震惊的苗刘兵变，高宗皇帝一度被迫禅位，而其年仅三岁的幼子赵旉在变故中受惊而死。平定叛乱的吕颐浩、张浚开始真正进入决策层。吕颐浩拜相以后，金军的南侵势头较黄潜善、汪伯彦时期丝毫没有减弱，甚至有过之而无不及，最危险的时候，吕颐浩劝说高宗赵构乘船避难于海上，但他本人因此被罢相近一年半。吕颐浩初次拜相时，不光是金人威胁着南宋政权的存亡，地方上的土贼和江北而来的游寇都严重干扰了南宋对地方上的掌控，使得朝廷重建地方秩序和财政体系等努力都无从谈起。因此吕颐浩罢相后，年轻的范宗尹自参知政事递补上来，成为新的右相，他奉行的政策是在江北、荆湖诸路朝廷所力不能制的州县，干脆就给予占据当地的土豪、溃将以管理地方的名义。范宗尹认为，这样便可以将各个流寇集团的力量固定在远离皇帝驻跸所在的偏远地区，最大程度减轻对朝廷统治的危害性。让人意外的是，金人在建炎四年（1130 年）九月，于中原建立了伪齐这一傀儡政权，这就使得高宗赵构更加敏感起来，加之秦桧的南归及新的和议方案的提出，次年七月范宗尹罢相，而秦桧第一次登上了相位。但很快吕颐浩在九月第二次拜相，他认为"先平内寇，然后可以御外侮"。在这一阶段，吕颐浩的路线至少比秦桧的"南自南、北自北"的空想要来得实际得多。由于其招安匪寇的政策，到绍兴三年（1133年）时，南宋控制区域内作乱的流寇集团已大为减少。另一方面，吕颐浩坚持实施榷茶、榷盐等国家专卖制度来增加财政收入，又利用执政前恢复的"经制钱"（为筹措军政费用而加征的杂税）和再入相之后创设的"月桩钱"，来解决急需的军费开支问题——这些划刷、搜刮东南民财的横征暴敛手段固然缓解了一时的燃眉之急，但无疑增加了南宋政权和江南豪强、形势户，乃至普通平民的矛盾。同时，吕颐浩的招安政策也并没有显示出比黄潜善、汪伯彦建立的御营司制度更行之有效的地方，在建立具备足够力量且服从指挥的国防军队这一问题上，吕颐浩的施政只是头痛医头、脚痛医脚。因此他对秦桧的权力斗争也只是暂时的胜利，彼时的秦桧固然尚稚嫩，但"秦长脚"还将东山再起。秦桧虽在绍兴二年（1132年）罢右相出外提举江州太平观，可吕颐浩自己也于次年九月再次离开了相位。这是因为吕颐浩之路线并不能真正解决好军事和财政这两大立国不可或缺的问题，又对伪齐的方方面面之威胁完全缺乏应对政策。

吕颐浩二次罢相后，南宋来到了赵鼎和张浚并相的时代。

赵鼎自知枢密院事的执政拜相乃是在绍兴四年（1134年）九月末金军与伪齐军队分兵渡淮南侵的危险情形下，当时朝野震恐，出现了劝高宗赵构出狩巡幸（实则是逃跑）的声音。面对宋室存亡的挑战，赵鼎极力建议起复谪居在福州的前执政张浚。十月间，两淮的战事除韩世忠部有战胜金军的消息，张俊、刘光世部皆消极应战，甚至率部逃遁，而赵鼎不能弹压。十一月张浚除知枢密院事后，终于在次月领命至江上督军，这位三十七岁的执政大臣虽然曾因富平之战的失败而备受台谏攻讦，但他确是当时南宋主战的旗帜人物，他的督军令宋军士气高涨，张俊、刘光世这样跋扈自专又色厉内荏的建节宣抚大帅也稍加收敛，加之天寒地冻导致饷道难继，金兀术完颜宗弼在得知张浚成为宋军前线最高指挥者之后，决意退兵。此番金军、伪齐的入侵最终化险为夷。

因此，两个月后的绍兴五年（1135 年）二月十二日，赵鼎进左丞相，而张浚拜右丞相，两人都兼任知枢密院事、都督诸路军马。

这是一个赵鼎、张浚路线并存的阶段。所谓的"都督诸路军马"是南宋初期一种特殊的制度，即以宰执大臣开都督府节制各路大军，旨在建立朝廷指挥兵马、协同作战的体系。这里有必要说明，实际上黄潜善、汪伯彦建立的御营司制度在短短数年内又已形同虚设，宣告失败。在金军、伪齐大举来犯的前一年，也就是绍兴三年（1133 年）九月起，"始诸将虽拥重兵而无分定路分，故无所任责。朱胜非再相，始议分遣诸帅，各据要会，某帅当某路，一定不复易"。这意味着自此以后，刘光世、韩世忠、岳飞等主要的几支大军成为了拥有固定防区和驻扎地的集团军，他们这些宣抚使、制置使官衔的方面大帅因此也成了所在路分监司、州县之上的"地方最高军政长官"，实际上成为了新的藩镇，也形成了所谓的"家军"体制。即便是当时还只担任制置使、尚未建节的岳飞，也有权管制通货、干预税赋、自辟僚属、按察地方，甚至移罢辖区内州县长贰，而刘光世、韩世忠乃至此后的张俊也就在各自的辖区里更加肆无忌惮。家军体制的形成意味着南宋政权在面对金与伪齐的双重压力下，对武将群体的妥协和退让，也说明为取代三衙而确立的御营司制度全面失败了。在这种情况下，为了防止再出现绍兴四年时张俊、刘光世消极避战，不服从指挥的现象，张浚便以右相身份在外开都督府节制诸军。

赵鼎与张浚作为昔年的好友，二人并相以后有着明确的分工。赵鼎在内主政，而张浚在外管军。虽然督府体制并非是此时首创，但这确实已经是南宋政权想要把军事指挥统一到朝廷中央，甚至可以说是收兵权的一个先声。

此阶段赵鼎、张浚路线与吕颐浩路线最大的不同在于，明确了和伪齐刘豫这一金国傀儡政权势不两立，必欲诛灭的大义名分。绍兴四年十一月时，面对金军、伪齐联军的来犯，高宗赵构下手诏，明白清楚地谓以"叛臣刘豫"，称其"操戈犯顺，大逆不道"，表明了"神人共愤，皆愿挺身而效死，不忍与贼以俱生"的明确态度，对于伪齐，也只有"殄彼逆党"这一诛罚可言，绝无宽恕。按照南宋时人熊克的《中兴小历》所载，"自豫僭立，朝廷以金故，至以大齐名之，至是，始下诏声其逆罪焉"，这便说明吕颐浩的路线甚至不敢明确南宋与伪齐之间的君臣关系，而在赵鼎的坚持下，皇帝终于没有听从让他逃跑的建议，而是转而向伪齐明确宣战，这是赵鼎乃至赵、张路线与吕颐浩的区别。

绍兴五年六月，张浚以都督行府指挥岳飞平定洞庭湖巨寇杨幺，彻底解决了这个据湖山之险、阻吴蜀之通的重大隐患，于是次年他召集诸大将于江上，准备进军中原，消灭伪齐。而伪齐也正急于向女真统治者证明他们有作为金国屏藩的存在价值，遂在绍兴六年（1136年）十月初，以三十万大军兵分三路大举入寇南宋。由于伪齐先头部队故意穿上了金军的甲胄，在河南虚张声势，竟使宋军的细作误以为是金军与伪齐再次大规模入侵。在这种情形下，宣抚淮西的刘光世不敢应战，绕过张浚的都督行府，直接向左相赵鼎寻求支持，诡称敌势不可挡,请求退保太平州,其实就是要直接逃跑到长江南岸,把两淮都拱手让给敌军。而另一位江东宣抚使张俊也主张后撤,以为退保长江之计。

不幸的是,这竟造成了赵鼎与张浚的第一次重大矛盾,并最终导致二人路线的分道扬镳。由于左相赵鼎和执政折彦质远离前线,又不谙军事,乃为刘光世所糊弄欺骗,听信了他的鬼话,并请高宗皇帝亲书御札发给前线督军的右相张浚,让他令诸将退保长江防线,并调岳飞部火速自荆湖东下驰援。

这就使得张浚此前对刘光世、张俊的警告成了无用的空文,这位愤怒的右相只能通过紧急上奏来向皇帝说明军情,并终于使得高宗赵构改变了主意。张浚自己则驰赴采石,令人警告刘光世,敢有一人渡江往南,即斩首示众!在张浚的努力下,宋军终于协同作战,接连胜利后最终取得了藕塘大捷。此番淮西战役遂彻底击溃了伪齐来势汹汹的进犯,并导致伪齐政权在绍兴七年(1137年)被金人废黜。

绍兴六年十月淮西战役全面胜利之后,张浚的威望达到顶峰,但他犯下致命错误,向皇帝赵构建议起复前宰相秦桧,于是秦桧以醴泉观使兼侍读被召回朝中。这实际上说明张浚与赵鼎的矛盾已逐渐难以磨合,因此张浚才想要援引秦桧为助力,好在宰执班列中贯彻他的意志。

自这一阶段起,赵鼎路线与张浚路线从近似和共存走向了分裂与斗争。张浚的政治纲领只一句话便能概括,即"当今大患,不在逆豫,而在丑虏",他的路线因此也是一条最激烈的对金强硬路线,意味着要兴兵北伐,歼灭伪齐、驱逐金人,收复全部旧疆。而赵鼎的路线则因为其政治集团的元祐党人色彩,趋向于更加务实的保守政策。为了让

第一章 少年游　21

日后的北伐能顺利进行,张浚选择了刘光世作为整肃家军体制,谋求在一定程度上收兵权、强化督府指挥体系的对象,但这一决策遭到赵鼎强烈反对。赵鼎一方面认为刘光世是将门世家,门生故旧极多,骤然罢其兵柄,恐怕生出事端;另一方面则甚至反对贸然北伐,完全消灭伪齐,因为在赵鼎看来,这将直面金军的反扑,届时强弱不敌,对新生的南宋政权而言,是不利的,也不能去赌这样的胜负结果。这就表明,赵鼎路线在此时已经与张浚的对金强硬路线形成对立。

由于高宗赵构正要倚重张浚去实现中兴大业,赵鼎因而在此年十二月罢相出外,张浚路线成了南宋的国策。

到了第二年,绍兴七年正月,朝廷下诏增枢密院事权,重设枢密使副,秦桧拜枢密使。这显然是张浚在御前汲引举荐所致,并以此令秦桧知恩私之所归。为免物伤其类,张浚准备将刘光世所部交给岳飞统管,又晋升岳飞武职为太尉,然后正式罢免了刘光世的军权。但此后不能确知何故,在都督行府已经下发《令收掌刘少保下官兵札》给岳飞的情况下,最终却横生变故,没有真的将刘光世所部五万余兵马交给岳飞,而是直属于都督行府。

绍兴七年五月,趁着张浚往淮西视师,秦桧发动致命一击。"而桧与知枢密院事沈与求意以握兵为督府之嫌,乞置武帅。台谏观望,继亦有请,乃以相州观察使、行营左护军、前军统制王德为都统制。"这表明张浚的政治根基并没有赵鼎集团深厚,在秦桧、沈与求两位枢府执政的乞请下,台谏迅速倒向了枢府的意见,使得皇帝赵构最终任命刘光世部将王德作为五万大军的统帅。

刘光世麾下大将王德与郦琼、靳赛等人矛盾甚深,平时互不相能,郦琼、靳赛又都是巨寇出身,素来目无法纪。张浚虽然上奏表示以王德统率全军不妥,而高宗赵构不能听。王德与郦琼、靳赛等很快便互相弹劾攻讦,矛盾愈演愈烈。到八月,便爆发了令朝野瞠目结舌的淮西兵变。郦琼、靳赛等将杀死了张浚派往军中监军的督府参谋军事、兵部尚书吕祉等有关官员,率领四万兵马渡淮投敌,向伪齐刘豫请降。

对东南来说,近乎四分之一的国家精锐野战集团军整编叛乱投敌,这严重削弱了抗金的军事力量,直接导致高宗赵构中兴幻梦的破灭,于是他果断放弃了张浚的对金强硬路线。张浚在九月罢相,这也标志着张浚路线的完全破产。

由于张浚已认识到秦桧的奸诈,遂举荐赵鼎代替自己,赵鼎便在九月抵达行在建康后立刻复相。这本意味着赵鼎路线的复活,然而到了次年,形势急转直下。一方面是秦桧以柔佞的姿态哄骗了赵鼎,保住了自己执政的官职,甚至在绍兴八年(1138年)三月拜右相兼枢密使,再度位极人臣。另一方面,此时金国掌权的大贵族挞懒早年在秦桧被掳至北方时即十分赏识他,并准备与南宋议和,甚至提出可以归还徽宗皇帝的梓宫,放高宗赵构的生母韦氏归国,并将原本伪齐统治的河南还给南宋,后来又进一步说可以连陕西也一并赐还。皇考徽宗梓宫与生母韦氏若能得回,便可解决了赵构帝统合法性的问题,加之归还河南、陕西的许诺,在这些巨大的诱惑下,秦桧借此机会提出的新路线逐渐压过了赵鼎的路线。

赵鼎在此时期反而反对与金人议和,并认为金人不足信,其路线则是要试图收拢军权,倾向自治,而断不能与金人媾和,向其称臣。但是赵鼎派系的执政王庶面对跋扈的张俊,亦不能完成"抚循偏裨"的目标,其意图使张俊部将移屯而分化张家军的努力终于是失败了。不仅如此,在皇帝赵构看来,危机重重的自治远不如与金人议和所得到的巨大即时利益,且一旦达成南北共存,就可以永享太平富贵。那么,赵鼎集团的反对便显得面目可憎了。

秦桧路线便在这样的情况下轻易取代了赵鼎的路线,绍兴八年十月赵鼎罢相出外。

秦桧取得了胜利,他的路线成为了新的国策。

此后从绍兴九年(1139年)起,秦桧整整做了十七年的独相!

赵鼎出外后,为了堵住天下悠悠之口,平息臣民对朝廷向金人乞降的不满,秦桧举荐了在江南官僚、地主阶层中极有声望的李光担任副宰相。于是在绍兴八年年底到九年十二月之间,与秦桧路线短暂并存过一条李光的政治路线,即减轻江南税赋压力,在谋求和议的同时准备大力减少对地方的横征暴敛。李光的执政使得江南有力人士这一群体对秦桧路线的反对声音显著减弱了,这便有利于秦桧去落实与挞懒之间的第一次宋金和议。但李光反对裁撤淮南守备力量,且并不支持秦桧收诸将兵权的决策,加之必然会产生的人事任免问题上的纷争矛盾,李光在九年年底罢参知政事,其路线亦告失败。

尽管绍兴九年金兀朮完颜宗弼发动政变,杀死挞懒、宗磐,夺取了在金国主政的权力,并撕毁和约,又于次年南侵,复取河南、陕西,这些情况的急剧变化曾一度导致秦桧的权力摇摇欲坠,但终于在顺昌、郾城、颖昌三次大捷后,刘琦与岳飞的胜利使秦桧的相位反而暂时保住了。由于秦桧路线是要实现南北共存,故必然是抱着以战促和的打算,当然从另一方面来说,顺昌是防御战,郾城、颖昌虽然是野战取胜,但如果深入敌骑纵横的平原地带,也有可能输掉手上这几支和金人展开谈判的家军筹码,于是秦桧乃召诸将班师,十二道金牌召回岳飞即发生在这一时期。

绍兴十一年(1141年)正月,金兀朮率十余万兵马渡淮南侵,此番的战役比去年更加危险,因为淮南离行都临安很近,尺寸失陷,君父和朝廷中枢都寝食难安。高宗赵构以密集的御笔指挥张俊、韩世忠、岳飞的家军会师淮西,又派出了御前直属的杨沂中部神武中军和刘琦的人马,可以说除了四川的吴璘所部西军没有调动,皇帝几乎已动用了东南全部的精锐部队。

这一次的淮西战役虽有后来的濠州遇伏,但毕竟先取得了大规模会战的决定性胜利,即柘皋大捷。柘皋之战的失利也让金兀朮实质上放弃了攻灭南宋或者说大规模进攻南宋的想法,一切的局面都在朝着秦桧路线的设计方向发展。

收兵权便也同时进行起来,此后便是张俊、韩世忠、岳飞三大将除执政,以明升暗降的方式削其兵柄,岳飞在绍兴十一年年底在大理寺被赐死。

绍兴和议最终达成,宋向金称臣,割让唐、邓二州与商、秦各半土地予金人,作为回报,金承认南宋的统治,允许南北共存……

绍兴十二年,徽宗皇帝的梓宫终于重归故土,高宗的生母韦太后亦终于回銮临安。绍兴体制正式形成,高宗与秦桧君臣独裁的绍开中兴局面开始了,黑暗的统治也拉开了帷幕。

一直到陆游的而立之年,整个南宋便这样沉入万马齐喑的所谓"中兴盛世"里,赵相公被贬到了海外的吉阳军,最终为了不连累家人绝食而死;张相公也被一贬再贬,投闲置散将逾二十年。

只有他太师秦丞相,稳坐三省都堂,权倾朝野,一手遮天。

陆游便成长在这样的大环境里,而秦桧的专权又会和陆游产生什么关系呢?

第二章
雨霖铃

一、锁厅试与春闱

转眼便已是绍兴二十三年(1153年)的秋天,这一年,陆游二十九岁。

经过又十年的苦读,陆游再一次踏上了科场的功名之路,这一次我们可以明确地知道,陆游参加了在两浙转运司衙署里举办的锁厅试。

所谓锁厅试者,即是有官身之人应进士举,其考试之级别相当于州府的解试,取解后一样具备参加礼部省试的资格。至于为何叫"锁厅试"这个名字,《却扫编》云:"祖宗时,有官人在官应进士举,谓之锁厅者,谓锁其厅事而出。"这个厅事指的是官员办公的本厅,亦即锁其所在衙署的办公厅堂,然后参加考试。何以要锁办公厅堂呢?原来,北宋太宗、真宗时期官员只能参加一次锁厅试,如果锁厅试取解后在省试被黜落,这位官员身份的应举人便将遭到官、职、差遣一切勒停的严厉处罚,连锁厅试的考试官也须一体治罪严惩。勒停即意味着革职,本官、职名、差遣和行使职事、签押公文等权力一概停止,如此即非现任官员，自然也不能再参加锁厅试了。

但随着时间的推移，这种严苛的锁厅试制度逐渐放宽。到北宋仁宗皇帝嘉祐三年（1058年）以后，有官身者应锁厅试便取消了次数的限制。最早也是在仁宗尚未亲政的天圣七年（1029年）开始放宽锁厅试应举次数，当时许文臣可应举两次，武臣一次。因此令人疑惑的是为何在十九岁落榜后陆游竟十年不赴科场？

锁厅试实则是比较容易取解过关的。按照宋朝的贡举制度，为了使得锁厅试不挤占本路州府军监的解额，锁厅试是有单独解额的，最初规定每十人解三人为额，这也就使参加锁厅试的通过率高达十分之三，远高于布衣百姓参加的解试录取率。到了北宋神宗元丰年间，才改为七人解一人，相当于降低了一半的比例。在陆游生活的南宋，此时也仍遵行《元丰贡举令》，即锁厅试七人解一人，一直要到后来乾道年间，才又降低了解额，变成二十解一。

陆游在绍兴十四年临安锁厅试落榜后，按理说绍兴十七年即可参加下一届科举的锁厅试来"取解"，但今已不能见到任何记载，姑且只能认为陆游未能参加，原因则不详。再下一届科举则是绍兴二十年举行的秋闱，这一次陆游不曾参加锁厅试倒是有原因的：原来，陆游父亲陆宰两年前去世，陆游尚在丁忧服丧，当然不能参加科举。

总而言之，二十九岁的陆游终于再次踏入科场。

锁厅试的主考官陈之茂是一位仕宦性格颇刚正的官员。然而在太师秦桧的权力阴影下，刚正是需要极大的勇气和代价的。摆在陈之茂面前的锁厅试应举卷子都已经过仔细的阅览，有一份卷子答得极佳，以陈之茂这样一位精于诗赋绘画的文雅士大夫看来，这可真是才华横溢的非凡之人方能为之。若按照公平公正的贡举评定原则，自然须点这份卷子为第一，可偏偏此次锁厅试有一个不得了的人物也参与进来，这个人便是独相秦桧的孙子秦埙！

秦埙今年才十七岁，可他已是从六品"右文殿修撰"（宋徽宗政和五年由集贤殿修撰改名而来，属高等贴职，次于集英殿修撰，距待制侍从级别已很近）在身的有官人。要知道，陆游之父陆宰做了一辈子官，贴职也只是正八品的直秘阁！

秦埙的卷子应该给他第几名呢？这种事情根本不需要云霄之上的太师来特地明示，而是早已在其专权的绍兴体制下，近乎所有大小官员都心照不宣的事情。但陈之茂做了一个惊人的决定，他要把那份真正称得上锦绣文章的卷子点为第一名！

于是二十九岁的陆游竟力压秦埙成了两浙转运司锁厅试的第一名，若以同级别解试而论，这便是解元了。

多年以后，陆游业已年过古稀，仍然记得陈之茂的恩情，乃赋诗追忆往事，云"国家科第与风汉，天下英雄惟使君"——在国家的抡才大典，神圣的科举考试中，您把宝贵的赏识和第一名的荣誉给了我这样一个满口狂言疯语的人，在秦桧淫威之下，如您这般秉持公心和气节的英雄，当时天下间也是极其少数的！

写这首诗的时候乃是宋宁宗庆元五年（1199年），陆游已七十五岁高龄了。

但此时的陆游对于这些，大约尚一无所知呢，他怎能料到，一位当朝的权相居然因此惦记上了自己？

第二年，陆游赴行都临安参加礼部省试。

通过了礼部试之后，便只剩下殿试了。而殿试不过是定最后的排名，一般来说，绝不会黜落谁，判谁不合格的（自北宋仁宗嘉祐年间起，除殿试"杂犯",如用庙讳、御名、文理纰缪等,一般都不加黜落,而尽赐出身;到哲宗元祐八年后,连"杂犯"亦不再黜落,而由皇帝定夺,往往是授诸州文学或附第五甲末尾之出身,南宋沿袭之,率皆如此)。也就是说,只要过了礼部试这一关,对于普通人来说,几乎就标志着释褐为官。而对陆游来说,也将是他取得出身,得授差遣,为国效力的开始。至于同样参加春闱省试的秦埙,那不过是走个过场,他自然认为状元是内定给自己的。

这一次,秦桧做了远较锁厅试更严密细致的安排。他的心腹,御史中丞魏师逊知贡举,汤思退则以权礼部侍郎兼直学士院同知贡举。

安排了两个亲信主持此次礼部试,就为了让自己宝贝孙子秦埙能够成为状元。

礼部贡院内,汤思退与魏师逊等人相视而笑。他们此时完全明白了"窃效贡公喜,难甘原宪贫"的深刻内涵,情不自禁地弹冠相庆,相与言"吾曹可以富贵矣"!

可是,汤思退也在其中发现了几个将经义诗赋乃至策论都做得十分过人的考生。这其中有两人的卷子,汤思退尤其喜欢,在他想来,那便都放到前列吧。

其中一人自然是陆游。所谓"试礼部,主司复置游前列"。

如无意外的话,他将顺利以名列前茅的成绩通过礼部试,然后参加最后争夺进士排名的殿试。

但意外终是降临了。

原来,太师秦桧还惦记着去年锁厅试里陆游夺走了自己孙子秦埙的第一名,他一发话,魏师逊、汤思退两位主考官谁敢不从?也有可能,秦桧想到了前副宰相李光与陆游一家交好的事情。当年李光罢执政,归故里绍兴,本就算得上陆宰的乡党,便常常拜访于他,陆游父亲与李光每每畅谈甚欢,直到冬天,李光被远谪藤州安置。赵鼎、李光都是秦桧的眼中钉,你陆氏竟敢交结奸人,是可忍,孰不可忍?

于是在秦桧的淫威下,陆游居然被荒唐地黜落了,再次落榜。这一打击可想而知。务观近在眼前的功名,合该获得的殿试资格、进士出身都这样被生生剥夺了。

"顷游场屋,首犯贵权",三十而立的陆游本想学那鹏鸟,抟扶摇而上云天,结果却被太师相公权力的巨手一巴掌打落到泥坑里。

祖父陆佃曾是礼部试的省元,也就是礼部省试第一名。在殿试中更是高中一甲第三名,便是俗称的探花郎。他是熙宁三年叶祖洽榜的进士,同榜的进士里还有蔡京、蔡卞兄弟,以画家身份著称于后世的李公麟,绍圣年间被算作阿附苏轼苏辙兄弟而一起被弹劾贬谪的工部侍郎李之纯,被讥为"护法善神"的福建子吕惠卿的弟弟吕升卿等名人。

但到了孙辈陆游这里,他连参加殿试,夺取进士排名的资格都没有。

他被秦桧的特权生生卡在了最后一道坎上,而实际上以他的才学,进士之名本是探囊取物一般。但历朝历代,在绝对的权力面前,到处是才华横溢却屡屡碰壁的失意人,何足怪哉?

只是这事情发生在陆游自己身上,便不是茶行酒肆的笑谈了。

陆游或许只能看着那榜下捉婿的热闹,看着状元郎鲜衣怒马的模样,这一榜进士,名人和值得说的尤其多——状元是高宗皇帝赵构钦点的张孝祥,同一榜尚有采石矶力挽狂澜的虞允文,还有南宋四大家之二的杨万里、范成大,有后来写了《三朝北盟会编》的徐梦莘,甚至有和朱熹闹出一则千年公案的唐仲友,有和辛弃疾起冲突的施元之……

但所有这些,与陆游竟是全无关联,他恍若一个可怜的看客,有盖世的文采,却被权力的手掌轻易摧折。

自绍兴二十四年被秦桧黜落后,他的心情难免低沉,颇有"浮云不卷时时雨,薄酒无功日日愁"的怅惘情绪。

陆游终于是明白了,只要秦桧活着,他便没有翻身出头的那一天。

这种残酷的体认究竟给到陆游怎样的打击,我们也只能在想象中去揣测了。

二、恩师、恩相与初入仕途

对陆游来说,好运似乎来得很快。

或许便像数年后在临安的百官宅,与陆游交谊甚笃的周必大曾作诗说的那样,"碧云欲合带红霞,知是秦人洞里花。俗眼只应窥燕麦,不如送与谪仙家",他将好友陆游比作了谪仙人李太白。既然终究是仙人下凡,那么好运降临也就不足为奇了。

礼部试被黜落的次年,绍兴二十五年(1155年),不光是"气焰熏天"的太师秦桧死了,昔年因为反对秦桧而遭到罢官的陆游恩师"茶山居士"曾几也因此起复,成了浙东提刑。陆游乃是越州山阴人,这下自己的老师成了越州或者说绍兴府所在的两浙东路提点刑狱公事,可算有人罩着了。

不过,曾几在次年三月又被改知台州,陆游乃为恩师送行,赋诗一首,即《送曾学士赴行在》:

二月侍燕觞,红杏寒未拆;四月送入都,杏子已可摘。
流年不贷人,俯仰遂成昔。事贤要及时,感此我心恻。
欲书加餐字,寄之西飞翮。念公为民起,我得怨乖隔?
摇摇跂前旌,去去望车轭。亭皋郁将暮,落日澹陂泽。
敢忘国士风,涕泣效臧获。敬输千一虑,或取二三策。
公归对延英,清问方侧席;民瘼公所知,愿言写肝膈。
向来酷吏横,至今有遗螫;织罗士破胆,白著民碎魄。
诏书已屡下,宿蠹或未革;期公作医和,汤剂穷络脉。
士生恨不用,得位忍辞责?并乞谢诸贤:努力光竹帛。

  陆游以红杏倏忽盛开而起兴,引出流年飞逝之意,细细想来,人世间的刹那光阴、百代沧桑,又何尝不是在俯仰之间如白驹过隙呢?对恩师的依依不舍亦令心间生起一抹惆怅悲恻,但一想到恩师此去,无非是为了为官一任,造福一方,心里便也难再怨怪这离别之无常。望着恩师曾几车马远行,落日映照着湖泊水泽,陆游心中感慨万千。或许是想到自己尚无功名,于是更是谦称"臧获",这是《荀子》中所说的奴婢之意,又谓愚者千虑,乃敢妄陈刍荛。君臣奏对,恩师也定能把民间的百千疾苦上达天听吧?地方上几十年来酷吏恣肆,划刷民财;朝廷里权相当道,动辄罗织欲加之罪,僚吏无不噤声丧胆;夏秋两税外的横征暴敛也让百姓们心碎不堪苟活。虽然皇帝有爱民之意,朝廷屡有下诏,但种种积弊却并未革除减轻!陆游怀着一种天真的憧憬,期望着恩师曾几能如那良医愈疾一般有着救国的办法,他更要说,读书人只恨不能为国家所用,若能得其位,岂非责无旁贷?末了,陆游还盼望曾几能遍告庙堂之高的衮衮诸公,望他们能解民倒悬,把子爱元元的惠民之政光辉地留在青史黑字间。

这并非是一种送别时对着师长的作秀,而是陆游发自内心的责任感,这种悲天悯人、关心百姓的情结,或许正是他少年时所学江西诗派那传承自杜甫的精神吧!

但此时的陆游恐怕仍是痛苦的,因为他空有荫补得来的官身,却没有真正的职事差遣,胸中万卷诗书、兵法都无用武之地,因而他才要感叹"士生恨不用"!就在去年,陆游便写下一首《夜读兵书》:

> 孤灯耿霜夕,穷山读兵书。平生万里心,执戈王前驱。
> 战死士所有,耻复守妻孥。成功亦邂逅,逆料政自疏。
> 陂泽号饥鸿,岁月欺贫儒。叹息镜中面,安得长肤腴?

在绍开中兴的南北共存体制下,陆游戎马报国的愿望只能让他陷入寂寞难言的境地。他一面呐喊着宁愿捐躯沙场,一面又深知人世间欲有作为是极其不易的。他看到了所谓盛世下百姓的贫苦饥荒,感受到了"百无一用是书生"的无奈,更忧愁这光阴似箭,岂能常在壮年?

值得注意的是,在此时期陆游尚只说"耻复守妻孥",谓大丈夫不能安享天伦,老死户牖之下。到了乾道九年(1173年),他在《言怀》中有云:"捐躯诚有地,贾勇先三军。不然赍恨死,犹冀扬清芬。愿乞一棺地,葬近要离坟。"按要离者,请阖闾诛戮其妻儿、斩其右手,以取信于庆忌,随后方刺杀之,其勇即是对妻儿之残酷不仁。当然,春秋战国时期确有一些这样的人物,除要离外,如吴起杀妻求将等。我们亦不能以今人的道德观点来衡量陆游的忠义观,何况这里面也有文学夸张的成分在。但须看到,陆游在诗歌中反复地提到要离,如《月下醉题》

谓"生拟入山随李广,死当穿冢近要离";《书叹》谓"生无鲍叔能知已,死有要离与卜邻";《感兴》谓"筑室真须待伯夷,起坟仍合近要离",其余则不再赘述。这就表明,在陆游的思想中,苟能利益君父邦国,虽妻儿亦不足惜,这是他崇拜要离的一面。不过,这也并非说陆游像要离一样极端,而是说明在那样一个时代,他是一个极其看重忠君报国、建立功业的人。

因此陆游与朝野的许多爱国人士一样,正观察着朝廷在秦桧死后的一言一行,希冀着君父与国家能有振作之心。在秦桧死后的次年二月末,陆游便作诗《二月二十四日作》一首:

> 棠梨花开社酒浓,南村北村鼓冬冬。
> 且祈麦熟得饱饭,敢说谷贱复伤农?
> 崖州万里窜酷吏,湖南几时起卧龙?
> 但愿诸贤集廊庙,书生穷死胜侯封。

仍在山阴家居的陆游一面看着耕田稼穑的百姓祈祷有个丰收的好年,能吃上饱饭,丝毫不敢去想粮食价格高低的问题;一面更想到了去年秦桧党羽户部侍郎兼知临安府的曹泳已被勒停,远窜新州,一个月前乃再移吉阳军编管(吉阳军即崖州),可是仍然贬谪在荆湖南路郴州的老丞相张浚何日才能被朝廷起复,让他主持北伐大业呢?陆游在诗中表达的愿望读来实在如杜甫一般了。

然而,同年三月,那位行都临安大内宫城里的官家赵构却下诏说:

> 讲和之策,断自朕志,秦桧但能赞朕而已,岂以其存亡而渝定

议耶？近者无知之辈，鼓倡浮言，以惑众听，至有伪撰诏命，召用旧臣，抗章公车，妄议边事，朕甚骇之。自今有此，当重置典宪！

就在颁布这道诏令前，官家赵构借口边事已定，罢宰相兼领枢密使。大家都知道这是要削弱相权，而另一方面，加西蜀大帅太尉吴璘为从一品开府仪同三司，也就是元丰改制前的使相。没几天，东平府一进士梁勋伏阙上书，妄言北事，被送千里外州军编管，于是便有了上面这道诏令。吴璘在二十年前还只是张浚以宣抚处置使经略关陕时提拔起来执掌帐前亲卫的一个小小武将，随着继承了同样被张浚重用而以四川宣抚使守御全蜀的兄长吴玠之军权，吴氏将门在绍兴年间已经形成，朝廷不得不依靠吴氏的西军来保住四川，抵御金人在关中的威胁。可这样的地位，在二十年前谁能料到？当年的张相公跌落深渊，而小小的吴玠、吴璘兄弟成了封疆大吏……这便说明，对皇帝赵构来说，制度合理与否都是次要问题，形势比人强。

那名上书议论南北之事的梁勋遭到编管远恶军州的处罚，加之诏令言之凿凿地明确了"和议"已是不容置疑的国策，聪明人自然明白，官家不会让任何人破坏"绍开中兴"的盛世局面。至于所谓"召用旧臣"，如张浚这般的，自是不可再用！

陆游对时局必然也是感到愤懑不平的，但他的好运接二连三地来临。那位在绍兴二十四年礼部试时赏识他的秦桧余党汤思退在绍兴二十七年（1157年）拜为右相，次年老师曾几居然一下超擢为从三品的礼部侍郎！

从后来的许多线索来看，极有可能正是对陆游青睐有加的右相汤思退帮助了他，因此只有尴尬的门荫出身的陆游在绍兴二十七年冬被补为福州宁德县主簿,开始正式进入仕宦生涯。(关于陆游得任宁德县主簿的时间,过去多以宁德县地方志而谓是绍兴二十八年,然据《渭南文集》卷十七《宁德县重修城隍庙记》云:"二十八年五月,权县事陈君摅复增筑之,高明壮大,称邑人尊祀之意。既成,属某为记。……八月一日,右迪功郎、主簿陆某记。"是则至迟在绍兴二十八年八月,陆游已在宁德县主簿任上,乃不得谓是二十八年冬方得除授,然后赴任。至于地方志,当是以陆游到任时算起,故记载为绍兴二十八年任。且陆游在乾道二年(1166年)有诗云"十年万事海茫茫",则自绍兴二十七年任宁德县主簿至乾德二年,恰十年,又可为一证。这样一来,则可推断,汤思退成为右相后,便立刻对陆游施以援手。)

要知道,宋代等候补阙的官员与阙位之间有时候比例高达三比一、四比一,即便是主簿、县尉这样的低级官职,也是一堆人抢着要的。如徽宗政和三年,吏部四选总员数为四万三千人,阙数仅有一万四千处;又如宋高宗绍兴二十八年,侍郎右选有待差官员八百余人,而所剩之阙仅二百一十九处。何况譬如进士出身的,也有先从主簿、县尉做起的。作为一个没有进士出身的荫补官,如此尴尬的身份却能得到补阙,没有汤思退的援手,几乎是不可能的。

就汤思退来说,虽然绍兴二十四年没能在省试中录取务观,但他显然把陆游当成了自己的门生,乃以恩师自居,开始变着法地加以提携。

绍兴二十九年(1159年),刚刚做了没多久的宁德县主簿,陆游还没来得及多抱怨几句"我困文书自怕归",忽然被调任福州司法参军。这是一次毫无疑问的升迁,从陆游多年后自己的叙述中来看,似乎只是因为当时的福建提刑樊茂实举荐之故。但樊茂实为一路宪臣臬使,福建路毗邻大海,贼寇迭出,又颇有顽犷易乱之民生事,而宗室盘踞请费之扰,应该说忙得很,怎么就注意到一个小小的宁德县主簿了呢?或许,这背后就有着宰相汤思退的关照。这一年,汤思退晋升左相,成了一人之下万人之上的首相。

陆游当然没有忘记写贺信给自己的座师恩相汤思退。

在贺启中陆游说:"廷告未终,搢绅相庆。邮传所及,夷夏归心。"

金殿宣麻的拜相大诏令还未读完,官员士绅们便等不及地欢呼了。驿站邮传把这喜讯传遍天下,四海八荒之内一片归心,对恩相顶礼膜拜。

贺启又云:"至诚贯日,历万变而志意愈坚。屹立如山,决大事而喜愠不见。"

汤相公您对大宋的忠诚仿佛可以贯通天日,历经万变,为国为民的意志却反而越来越坚定不移。您屹立朝堂如巍巍高山,碰到大事须做决断则极其沉着,毫无喜怒之色,古井无波,洞若观火。

最后更要说:"应变制宜,必有仁人无敌之勇,圣主以此属元辅,学者以此望真儒。"

汤相公您足智多谋,应变无穷,处理复杂的南北形势巧妙得当,怜悯战火中百姓、士兵的血泪,这是仁者才有的大智大勇啊!圣明的皇帝陛下也是因此任命您为首辅,士林读书人也指望着汤相公您这样真正的鸿儒大学者啊!

贺启中居然把汤思退的主和策略说成了应变制宜,仁义之举。

在结尾,贺信不忘表达忠心:"穷达皆出于恩私,生死不忘于报称。"

然而,汤思退确实是秦桧党羽和亲信。他能够成为执政完全是出于秦桧的提携,至于他的拜相不过是因为皇帝赵构在秦桧死后仍需要继续维持南北共存的路线,这就需要汤思退这样的人物来作为宰臣执行和确保这一国策不变。朝野间早有讥讽之语,谓:"知不知,问进之;会不会,问思退。"进之是汤思退的字,这说的就是汤思退明明是秦桧党羽却逃过一劫,反而官运亨通。

绍兴二十五年,被秦桧排挤,久已罢废闲居的张浚被皇帝赵构起复为观文殿大学士判洪州。当时张浚已听闻完颜亮篡位,自立为金国皇帝,以为其狼子野心,必将举兵南侵,于是次年便上疏直言,说国家溺于宴安,荡然无备,恐非社稷之福。见到张浚的奏疏后,汤思退等秦桧余党宰执立刻指使台谏大肆弹劾张浚,致使张浚贬居永州,以本官奉祠(担任宫观使、提举某观等祠禄官即奉祠,属于安置贬官罪臣或优待致仕退休之臣的一种方式,并不需要去往该庙观赴任,但领有相应俸禄)。也就是说,汤思退在当时是被视为秦桧余党的,也被认为是一个投降派,至少是个主和派宰辅大臣,甚至做过打压主战大臣的事情,对付的还是主战派的旗帜人物张浚。

在福州司法参军任上陆游又没有做满三年,次年五月,汤思退把陆游调到了自己身边,让务观来到临安在"详定一司敕令所"里担任删定官,做一些比照、删修历朝敕令、条法,编出条例以适用于本朝的工作。听上去仍是位卑职轻,但实际上敕令所的提举官是宰相,陆游成了宰臣的僚佐。何况人在临安,便有机会结交朝廷的重臣们,升迁的机会远远超过地方!

陆游自然也写了《谢丞相启》,乃云:"声名湮晦,衣食空无,方所向而辄穷,已分甘于永弃。侵寻末路,邂逅殊私,招之于众人鄙远之余,挈之于半世浮沉之后,既赏音于一旦,又诵句于诸公。"这便说明汤思退为了把陆游调到行都自己身边,确乎是使了些力气,费了些心思的。因而陆游在谢启中更要表示:"兹盖伏遇某官,斯民先觉,吾道宗师。大学诚明,上下同流于天地;至仁溥博,远近一视于华夷。和气行礼乐之间,治道出政刑之外。"汤思退在陆游的谢启里成了儒道宗师,不光是首辅左揆,更几乎是当世圣人了。

但是得官后给宰执大臣写谢启,实则不过是当时的官场习惯,而汤思退如此提携陆游,出于私恩之重,下笔多谀美之辞,也属于情有可原。

只是陆游还不知道,他的恩相很快就要陷入一场"倒汤"的台谏风波里。

三、西府掾与面圣

由于金人皇帝完颜亮野心勃勃,这引起了朝中不少士大夫的警觉,在这种情况下,陆游又一次不那么走运了。他的"座师恩相",那位高高在上的左相汤思退在此年年底,因遭受台谏连章累牍的弹劾而罢相。

这如何是好?失了在仕途上最大的倚仗,眼下自己连进士出身都没有,不过是个选人官阶的从八品从事郎,如果不能想办法转为京朝官,非但此后升迁无望,假设若朝廷他日真有克复中原的决心,自己也绝对不够格参与其中。

并且,在绍兴三十年(1160年)八月之后,敕令所里的工作已经渐渐变得很少。当时,《参附吏部敕令格式》七十卷及《刑名疑难断例》二十二卷已经修成,并由右相陈康伯呈上,陆游被调入敕令所时主要负责的就是参与编修这两部"大书"。这就使得陆游等被临时调入敕令所的官员随时面临着再次待次候缺,等待吏部铨选的局面。而陆游这样区区一个没有进士出身的门荫任子的选人,如果没有朝中重臣的提携,多半是要轮不到新差遣而被迫赋闲,白白浪费大好年华的。

不过在绍兴三十年汤思退罢相前后,陆游似乎通过某人的援手而在绍兴三十一年(1161年)入西府,成为枢密院编修。

何以如此推断呢?首先陆游在绍兴三十一年四月上书执政。其中云:

> 自上世遗文,先秦古书,昼读夜思,开山破荒,以求圣贤致意处,虽才识浅暗,不能如古人迎见逆决,然譬于农夫之辨菽麦,盖亦专且久矣……自六经、左氏、离骚以来,历历分明,皆可指数。不附不绝,不诬不紊,正有出于奇,旧或以为新,横骛别驱,层出间见。每考观文词之变,见其雅正,则缨冠肃衽,如对王公大人,得其怪奇,则脱帽大叫,如鱼龙之陈前,枭卢之方胜也。

他说自己专注于治书求学已经时日久矣,举凡各种经史子集都饱读涉猎,能举一反三,融会贯通。他甚至描摹了自己读书会意时欢喜踊跃的模样,说读到雅正处,必定整理冠帽衣袍如对王公与长辈,心中甚是敬重;读到怪奇处,则脱帽长啸,仿佛观摩杂耍、博戏大胜般兴奋,对知识有着非凡的渴慕。

当时二府中的执政乃有参知政事杨椿、知枢密院事叶义问、同知枢密院事周麟之。而叶义问早年曾因为不肯阿附秦桧而被罢官,但却在秦桧死后得到汤思退举荐而被起复,召入临安得了殿中侍御史的言路美官,此后步步高升,几年时间就做到了枢密院长官,成为国朝执政。且考察叶义问由殿中侍御史迁吏部侍郎,再于绍兴三十年同知枢密院事的升迁过程,整个都处于汤思退当权时期。完全有理由去推测,正是因为汤思退有恩于叶义问,故而在汤思退罢相后,陆游试图上书给他,谋求以汤思退门生的身份和情谊,获得新的支持。

因此,陆游在上书最后说:

> 然师慕下风,而未得一望履舄,此心歉然,不敢遑宁。恭惟明公道德风节,师表一世,当功名富贵之会而不矜,践山林钟鼎之异而不变,非大有得于胸中,其何以能此……此某所以忘其贱且愚,而愿有闻于左右也。

从"未得一望履舄"可知,大约原本在敕令所时,汤思退还不曾将陆游引荐给枢密院里的执政叶义问。上书中所谓"当功名富贵之会而不矜,践山林钟鼎之异而不变"也符合叶义问为官时颇有原则,后又因触怒秦桧而被罢官的仕途历程。陆游最后表达了自己想要"有闻于左右"的意愿,显然是希望执政叶义问可以提携自己进入枢密院,成为西府的属官僚佐。

那么陆游此番筹谋成功与否呢?

按照《宋史》陆游本传的说法,他是在次年九月才除为枢密院编修兼编类圣政所检讨官。实则这一条记录本身应当是无误的,但本传中极可能缺失了陆游在绍兴三十一年已经担任过一次枢密院编修的仕宦经历。

就在绍兴三十一年的六月,御史中丞汪澈出为湖北京西宣谕使,前往督师荆襄,开府于荆湖北路的鄂州。汪澈似是早已听闻陆游的文名,因而招他入自己的宣谕使幕府中。当时女真皇帝完颜亮已经在河南大治兵马舟楫,南侵的可能性非常大,朝野之间,有识之士无不忧愁万分。

纵观陆游一生的诗歌文章,始终充满着要戎马报国、沙场浴血的壮志雄心,那么面对这一次入宣谕使幕府,可能有在荆襄直面金军的宝贵机会,陆游是否不假思索地随汪澈去往鄂州了呢?

答案是令人奇怪的。陆游拒绝了御史中丞、湖北京西宣谕使汪澈的邀请。多年以后,在绍熙五年(1194年)回忆起此事,陆游尚且在为汪澈之子所写的挽词中云"往者绍兴末,江淮闻战鼙",于诗下自注中说"先相公督师荆襄,游首蒙招致幕府,会留枢属,不克行"。固然汪澈在绍兴三十二年(1162年)七月也有一次督军荆襄,但当时江淮已经没有多少战事。且在《跋陈鲁公所草亲征诏》里陆游又说:"绍兴辛巳壬午之间,某由书局西府掾,亲见丞相鲁公经纶庶务……"绍兴三十一年为辛巳年,三十二年为壬午年,换言之自三十一年到三十二年中的一段时间,他已经是西府枢密院的僚属了。这一所谓枢属、西府掾应当就是本传中所说的枢密院编修一职。据"书局西府掾"之称,可以推断,当时的陆游正以敕令所删定官兼任枢密院编修。

且在绍兴三十一年九月黄祖舜同知枢密院事后,陆游所写的《贺黄枢密启》中又有一证。陆游在贺启中云:"某顷联官属,获侍燕居,每妄发其戆愚,辄误蒙于许可……敢誓糜捐,以待驱策。"这便是说,近来为黄枢密之僚佐,获侍于枢密退朝办公之时,每有浅见,则蒙采纳,自己只能誓要粉身碎骨,为枢密效力一二。可见,陆游此时已为枢密院编修,当无疑问。

因此陆游在挽词中明面上的理由是自己当时正在枢密院里任

职,走不开。可这并说不通。他当时只是一个小小的枢密院编修,而汪澈以御史中丞出为湖北京西宣谕使,开府于鄂州,他点名要陆游,而西府没有任何理由不放行。这说明真实的原因在于陆游自己不愿意去。

则此时又出现了两个疑问,一是陆游当时已经在敕令所任删定官,此时是谁帮助他兼任了枢密院编修的呢?二是,为何陆游不愿意赴前线?

要试图去回答这两个问题,不妨留意在拒绝汪澈至多一个月后,七月时陆游又一次调任的仕宦经历。七月十二日(癸未),敕令所删定官陆游为大理司直。

大理司直在元丰改制后为正八品,主要负责对六品以下文官武将触犯法令者及地方上奏案件有疑议而送到大理寺的,依法作出初步判决意见,再交给上级官员"大理寺正"进行审批。从这一调动可知,陆游在敕令所参与编修《参附吏部敕令格式》《刑名疑难断例》时必定是较为出色的,给了上面调任他为大理司直的理由。

则我们已经梳理出了一些蛛丝马迹来。似乎可以推断,在绍兴三十年八月后,敕令所主要工作已经完成,年底汤思退罢相,陆游从三十一年初开始怀着赋闲的危机感准备自我营救,效唐人行卷干谒之风,在四月时上书执政叶义问,经过后者帮助,最迟在五六月间已经兼任枢密院编修,而在七月间又卸任敕令所删定官,以枢密院编修兼大理司直。

换言之,陆游拒绝随御史中丞汪澈赴荆襄前线的原因之一可能是知枢密院事叶义问的某种承诺。不妨设想,贵为西府执政的叶义问念及汤思退提携举荐之恩,看在陆游是其门生的情面上,答应将他留在临安,加以提携。则陆游此时若又随汪澈赴鄂州,岂非对叶义问出尔

第二章 雨霖铃

反尔,得罪宰执?

其二,汪澈此人曾与陈俊卿一同猛烈弹劾汤思退,导致后者被罢左相。对于此时的陆游来说,若离开临安而入汪澈宣谕使幕府,在汤思退一派的官员看来,无异于叛出门庭。这是当时官位卑微的陆游所不敢尝试的。

基于以上的原因,陆游必定是忍痛拒绝了汪澈,放弃了这次前往荆襄前线,实地参与军务,甚至亲历戎阵兵戈的机会。

九、十月之间,陆游获得了面见天子赵构的机会,很可能这又是一次叶义问所承诺过的"提携"。按高宗赵构时期御殿视朝的班次,通常是两府先奏对(秦桧死后,乃是三省、枢密院合班奏对,然后三省、枢密院再分班奏事),次则台谏,再次则侍从,最后是轮对官上殿。以陆游此时卑微的官职而论,他不可能挤占台谏与侍从的班次,也不太可能有资格被"内引奏事"或者有机会"禁中夜对"。唯一可能有机会见到赵构而奏事的,只有轮对。所谓轮对,即是将一定范围内的官员(通常是侍从以下,朝官以上)按顺序轮流给予某官职上殿奏事机会之制度。但即便是轮对,按照高宗时制度,通常也须是"厘务通职郎以上",也就是如北宋一般需要升朝官以上,同时又限制为有实际差遣的朝官方可。虽然绍兴年间逐渐放宽了轮对的寄禄官阶限制,如馆职臣僚等,非朝官也可轮对,但轮对很容易遭到其他拥有可以不经三省和枢密院取旨,直接"牒阁门"而上殿奏事的"直前请对"官员的"截班",遇到这种情况,轮对官员奏事班次就被"隔下",最快也要延后到次日才能上殿。有时候甚至会遇到被连续隔下的倒霉事,以至于不得不规定如果连续三次被隔班,可以请旨安排上殿等。从而可知,以陆游当时枢密院编修和大理司直的差遣以及从事郎的选人官阶,他要在轮对时得见天子,也是不容易的事情,很可能是在执政叶义问的安排下,给到了这样一个班次,让陆游有机会"仰望清光",得睹天颜。

从陆游的《剑南诗稿》中后来的回忆来看,这一次与高宗赵构的奏对,似乎给自己留下了很深的印象,以至于许多年后还历历在目,反反复复地提及。

《剑南诗稿》卷九《感兴》云:

> 少小遇丧乱,妄意忧元元。忍饥卧空山,著书十万言。
> 贼亮负函贷,江北烟尘昏。奏记本兵府,大事得具论。
> 请治故臣罪,深绝衰乱根。言疏卒见弃,袂有血泪痕。
> 尔来十五年,残虏尚游魂。遗民沦左衽,何由雪烦冤。
> 我发日益白,病骸宁久存。常恐先狗马,不见清中原。

此诗淳熙四年(1177年)冬作于成都。"言疏卒见弃,袂有血泪痕",似乎这次面圣,陆游的奏对很是激怒到了官家赵构,尽管陆游悲泪泣下,但皇帝不为所动。且"卒见弃"三字触目惊心,似有所指。

另外,"贼亮负函贷,江北烟尘昏。奏记本兵府,大事得具论"则又是一明证,本兵府即西府枢密院,可见绍兴三十一年完颜亮空国而来,江北兴兵之时,陆游确实已经任枢密院编修。

卷二十一《史院书事》中云:"孤臣曾趣龙墀对,白首为郎只自伤。"诗下陆游自注:"绍兴辛巳尝蒙恩赐对。"绍兴辛巳即绍兴三十一年,二十九年后的淳熙十六年(1189年)陆游还在回忆这次与皇帝赵构的奏对!"孤臣"之无助低下,不言皇帝而但说"龙墀"的那种高高在上,君臣间的疏离都体现出来了。

第二章 雨霖铃

卷三十一《望永思陵》中云:"贾生未解人间事,北阙犹陈痛哭书。"永思陵即是高宗赵构之帝陵。虽然当年赵官家伤害了陆务观,但陆游心中只有一片忠君爱国的悲恸之思。这首诗于绍熙五年(1194年)冬作于陆游之故乡山阴,距绍兴三十一年(1161年)已经有三十四年之久!可陆游仍在感叹"北阙犹陈痛哭书",自己在高宗赵构面前上书言事,痛哭流泪,看来一刻也不曾忘怀。

同卷《十一月五日夜半偶作》云:

草径江村人迹绝,白头病卧一书生。窗间月出见梅影,枕上酒醒闻雁声。寂寞已甘千古笑,驰驱犹望两河平。后生谁记当年事,泪溅龙床请北征!

此诗亦作于绍熙五年的山阴。陆游当时已是古稀之年,七十岁的他这种仍然志在恢复中原的不灭决心和期望,实在令人动容。值得注意的是,尾联又提到"泪溅龙床请北征"的当年事。

我们不禁要疑惑,三十七岁的陆游在面对皇帝赵构时,究竟说了哪些话,发生了什么事,以至于他此后一直念念不忘,为之悲恸慨叹?

首先这次奏对并没有传世的文字留下,我们无法直接去考察君臣二人当时说了些什么。但从《十一月五日夜半偶作》中的"泪溅龙床请北征"一句所透露之信息来看,我们已经可以推断,得到轮对机会的陆游,兴奋过头,面对当时完颜亮大举南寇,陆游居然提议皇帝赵构应当御驾亲征。

赵构是色厉内荏之人,尽管他后来确实御驾亲征了,不过那是在完颜亮意外死于部下兵变,金军已经陆续撤退之后,而他御驾亲征也不过是到了建康作了番戎装天子的表演罢了。

而绍兴三十一年九、十月间,完颜亮号称百万大军,那投鞭断流的气势早就吓坏了赵构,如何敢真的移跸长江,恐怕是往北走一步都是绝不愿意的,不往南跑已经是勉为其难!

陆游不过一卑微小臣,若是宰辅如此提议,官家赵构还不得不巧言令色地诡辩托词,可眼下他这位大宋天子却被一个选人揭穿了自己的无能和恐惧,因此赵构势必大发雷霆。

我们没法知道赵构实际说了什么,但赵构对文武之臣或是读书人都有过撕下他温情脉脉的君父面具,而以极端刻薄的话语和严酷的处罚来对付他们的时候。远有陈东、欧阳澈之枭首示众,近有梁勋编管千里之外……

总之,赵构必然是狠狠地数落了陆游,无外乎拿一些"汝小臣焉知军国事"之类的话语来刺痛三十有七的陆游。在这样的年岁里,一个胸怀壮志的男子潸然泪下,甚至痛哭失声,可想而知,他的爱国之心与自尊都受到了怎样的伤害,这才在此后的数十年人生中都无法淡忘。

四、罢归与再入临安

绍兴三十一年十月,陆游为出知遂宁府的殿中侍御史杜莘老赋诗送行。

从杜莘老被罢风宪言职,也可见皇帝赵构做事之风格。在数月前,金人南侵之势已逐渐显露,群臣请加强戒备者不知凡几。然而赵构在极其不情愿地面对金军即将南侵的情况下,实际上已动了往南方逃跑避敌的念头。作为皇帝,这样的话常常不适合自己说,于是令担任入内内侍省副都知的得宠貂珰张去为在外面散播阻挠用兵,主张巡幸闽、蜀的言论,好试探群臣的反应,结果一时间朝野震怒,都说张去为"阴沮用兵",当时的殿中侍御史陈俊卿甚至提出"乞斩张去为以作士气"的建议(亦有说杜莘老也曾请斩张去为)。但官家赵构除非自己生命和权力受到威胁,否则还是比较护短的,如何会同意呢?

杜莘老决心将弹劾张去为的事情一做到底,但这位杜甫的十三世孙大概比杜甫要有政治智慧。他知道不能以张去为"阴沮用兵"为由来弹劾这个宦官,不然就是在打官家的脸。因而他找了另一个理由。恰好当时张去为不知为何,竟将御马院内二百军士的头顶给剃光了,闹得都下之人惊诧莫名。于是杜莘老便以此弹劾张去为。实际上这又是件存疑的事情。张去为贵为延福宫使、安德军承宣使、入内内侍省副都知,几乎可以说是在内侍级别上到顶了,又是早年在赵构母亲韦太后身边伺候的宦官,当是颇聪明机灵方能受宠,为何却在中外沸腾,争相想要让皇帝贬黜他的节骨眼上做出这种髡二百兵士顶发的怪异举动而贻人口实呢?或许,他得了赵构的指示,正是要露个破绽,好被人弹劾,从而让官家对朝野有个交代?如此,便能解释为何赵构禅位做了太上皇之后,张去为又被召回来在德寿宫里做内侍头领伺候他了。

但赵构自然不能一有台谏弹劾就将张去为加以处置,那样以后哪个左右之人还会为他卖命?于是赵构借口说张去为大约不知道御马院里发生的荒唐事。杜莘老不依不饶地连章弹劾,官家便顺水推舟下令:殿中侍御史杜莘老直显谟阁知遂宁府,延福宫使、安德军承宣使、入内内侍省副都知张去为致仕。这便是让人知道,你们要张去为走人,可以,朕让他黯然退休了,但杜莘老这般攻讦朕身边人,也不可留!

当时门下后省的给事中金安节与中书后省的中书舍人刘珙都坚决封还制书,拒不书黄。赵构又假意下令改杜莘老为司农少卿,不赶出国门。赵构深知杜莘老为人,果然,骨鲠刚直的杜莘老不愿受到这种戏弄,自请出外,于是再次被出知遂宁——这便是赵构在用行动告诉朝臣,朕的意志不可忤逆!

而陆游在此时大约也已因为请赵构御驾亲征而被罢去了枢密院编修和大理司直的差遣。

何以知晓呢?

在《渭南文集》卷三十的《跋〈曾文清公奏议稿〉》中,有如下文字:

绍兴末,贼亮入塞。时茶山先生居会稽禹迹精舍,某自敕局罢归,略无三日不进见……开禧二年岁在丙寅五月乙巳,门生山阴陆某谨书。

开禧二年(1206年)已经八十二岁的陆游在回忆昔年往事时提到,在绍兴三十一年末,完颜亮率领金军南侵时,其恩师曾几正在会稽,而自己被罢免敕令所删定官之后,赶往恩师所在,几乎日日拜谒问安,请教学问云云。

但据《建炎以来系年要录》可知,七月时陆游已由敕令所删定官改任大理司直,他当时应是以大理司直兼枢密院编修,早非敕令所删定官了。那么为何在叙述自己罢官返乡而至会稽随侍恩师的时候,却说是因为"自敕局罢归"?如果排除陆游年老而记忆出错的可能(实际上看陆游此时写的诗文,很难相信他会记错如此重要的一件事情,何况"泪溅龙床请北征"的事情他记得如此清晰,又反复写在诗中),则此处当是陆放翁为了维护高

第二章 雨霖铃

宗赵构的形象而作了"曲笔"的处理。这应当就是《感兴》中"言疏卒见弃,袂有血泪痕"所指的"卒见弃"之事,即因触怒高宗赵构而被罢官,遭到了君父的抛弃。

陆游在赋诗送别杜莘老之际,多半也是怅然彷徨又颇感同病相怜吧。

但陆游的转机便和大宋此时的好运一样,随之而来了。

据《剑南诗稿》卷十八《岁晚书怀》陆游自注:"绍兴末,游官玉牒所。"所谓玉牒所是宗正司下属的一个按编年体专修本朝历代皇帝玉牒(在位年月日、年号、历数及相应的政令、疆域户口、丰凶祥瑞之因袭变革)的官署,南宋开始规定,以宰辅任提举,侍从兼修,而宗正寺官员都参与纂修玉牒的工作。

再参考陆游《剑南诗稿》卷四十二《庚申元日口号》及卷六十五之《望永思陵》所云送驾之事,便能断定入玉牒所必在绍兴三十一年末。因为在绍兴三十一年十二月初十(戊申),高宗赵构自临安"御驾亲征",前往建康府。而《庚申元日口号》中云:"仁和馆外列鹓行,忆送龙舟幸建康。舍北老人同甲子,相逢挥泪说高皇。"所谓"鹓行"即是指排列成行的官员送驾之队伍。又卷六十五之《望永思陵》诗下陆游自注:"绍兴末,驾幸金陵,游适在朝列。"则可见,绍兴三十一年十二月高宗巡幸建康之时,陆游已经重新获得了在临安的职事差遣,确乎又做了行都里的官,因而才站在当时送驾的临安百官队伍里。是以陆游所说的"绍兴末,游官玉牒所"是指绍兴三十一年末自故乡绍兴府返回临安,重新得官,这一点应当无疑。

至此,我们方明白陆游《宋史》本传中所说的"迁大理司直兼宗正簿"应是在绍兴三十一年年底,陆游忽然被召回临安,以从八品宗正寺主簿的差遣入玉牒所。又据《宋会要辑稿》职官二〇:"宗正寺……主簿一员,以京官充",则此时选人身份的陆游若没有人再施以援手,应当是不会任以宗正寺主簿的。

假如此前的推断都正确,那么这时候陆游很可能得到了同知枢密院事黄祖舜的举荐,因而能够再入行都为官。这是一个可能的原因。第二个原因,当时汤思退的政治生命已经复活。在此年十月下旬,他被起复为观文殿大学士充醴泉观使兼侍读,召回临安,大约在十一月又被任命为临安府行宫留守。如此一来,他要设法搭救陆游也是确乎可能的。第三个原因,应当是采石矶大捷的消息传回了临安,赵构稍稍打消了点逃跑的念头,也颇想乘胜鼓舞士气,在十二月他便果真表演了移跸建康府的"御驾亲征"把戏,对陆游这样一个曾经提议他亲征的小臣,自是不会再放在心上了。如果有宰执或其他重臣举荐,那么在召回陆游一事上,便应当不会有太大的困难。

至此,我们可以做一番小结,陆游在绍兴三十一年四月上书执政叶义问,后者因为曾受汤思退提携而帮助陆游入西府为枢密院编修;六月汪澈督师荆襄,邀请陆游入其幕府,而陆游因得到叶义问承诺以及顾虑汪澈参与弹劾汤思退导致其罢相,于是婉拒;七月卸任敕令所删定官,以枢密院编修兼大理司直(或许这是为了让陆游可以参与到轮对);九、十月间入对,"泪溅龙床请北征",触怒皇帝赵构;十月为杜莘老送行,自己亦罢官返乡,屡谒曾几,后以曲笔谓是自敕令所罢;十月至十一月间,汤思退起复,成为临安行宫留守;此年冬陆游以宗正寺主簿入玉牒所(或为汤思退、黄祖舜所荐)。

在这里看到的陆游并非只是一个主战的、希望国家统一的诗人这一符号化的形象,更是一个在个人与国家民族的命运交错中,在宦海挣扎浮沉中,不得不千方百计结交大臣,又不能完全放下原则的有血有肉之人。

到了次年,也就是绍兴三十二年闰二月,汤思退出知绍兴府,从陆游所写的《送汤岐公镇会稽》一诗中,足见陆游对汤思退的感恩戴德。这就说明,在绍兴三十一年末,陆游重新得到回临安为官的机会,恐怕与汤思退的作用也是分不开的。其中云:

> 永怀前年秋,群胡方啸凶,间左发蓟北,戈船满山东。旧盟顾未解,谁敢婴其锋?公时立殿上,措置极雍容。南荒窜骄将,京口起元戎。旧勋与宿贵,屏气听指踪。规模一朝定,强虏终归穷。当时谓易耳,未见回天功;及今始大服,咨嗟到儿童。

实际上这通篇的赞扬基本都出自陆务观天马行空的"文学虚构",甚至到了完全罔顾事实的程度。

陆游雄健才高的笔力一挥,先是追忆了去年完颜亮六十万金军南下的气势汹汹,不可一世。然后说汤思退运筹帷幄,从容不迫,又是罢黜镇江府都统制刘宝这个骄横不堪用的将军(绍兴三十年冬,十月,镇江都统制刘宝以专悍贪横罢,以刘锜为镇江都统制。此时完颜亮实则尚未南侵),又是起用了老将刘锜(实则刘宝被贬责,事在绍兴三十一年正月。诏刘宝落安庆军节度使,罢福建路马步军副都总管,降授武泰军承宣使、提举台州崇道观,当时汤思退已不是丞相。《剑南诗稿校注》此诗条目云,"南荒"句"骄将"指刘汜、王权。按刘汜、王权之贬窜,皆在绍兴三十一年十一月,武略郎、阁门宣赞舍人、镇江府驻扎、御前中军统制刘汜特贷命除名,英州编管;清远军节度使王权特贷命,追毁出身以来文字,除名勒停,琼州编管。则亦非汤思退为相时)。客观而论,绍兴三十一年秋女真皇帝的大举入侵,最后兵败身死,哪里和汤思退有关系?完全是虞允文在采石矶扶大厦之将倾,加之李宝在胶西打败女真工部尚书苏保衡的水师,后来金人又内部兵变,契丹降将耶律元宜谋反才导致的偶然事件。但陆游仍然是极尽夸张地赞美了汤思退的功勋,几乎说成了再造乾坤一般。

这就不能不让人怀疑,陆游再次得以回到临安为官,入玉牒所,极可能是得到了汤思退的助力。

但陆游内心深处,仍是牵挂着国家久已沦丧的故土旧疆。在绍兴三十一年年末,听闻老将军武钜连战连捷,收复西京洛阳后,陆游兴奋非常,颇有杜甫"漫卷诗书喜欲狂"的味道,他写下一首《闻武均州报已复西京》:

> 白发将军亦壮哉,西京昨夜捷书来。
> 胡儿敢作千年计,天意宁知一日回。
> 列圣仁恩深雨露,中兴赦令疾风雷。
> 悬知寒食朝陵使,驿路梨花处处开。

在陆游用诗歌构建的世界里,金人对北宋淮河以北大片土地的统治已经因为完颜亮的失败而即将土崩瓦解,他认为这是赵宋自太祖以来诸位皇帝养育天下亿兆百姓的功德所致,也是今上中兴事业的厚积薄发,他更乐观地相信,到了明年清明寒食,朝廷派往西京河南府祭祀大宋列祖列宗的使者,将在梨花盛开的驿路上肃穆以行,那将是日月乾坤都为之一新的一天!

但陆游还不知晓的是,这个国家和王朝之后的命运,只会一再地令他失望。

第三章
满江红

一、赐出身与反对用兵札子

绍兴三十二年六月，官家赵构禅位给了养子赵昚，就是历史上的宋孝宗。对高宗赵构来说，他和秦桧共同缔造的所谓"绍开中兴"到了如今，已经是文治武功圆满盛大，是时候谢幕，留下一个完美的"绍兴之治"了。他在天崩地坼、父亲道君皇帝和大哥渊圣皇帝"二圣播迁"、宗庙社稷一朝倾颓的存亡危局下，挽狂澜于既倒，内平流寇，外却女真，最终达成绍兴和议，又将家军整编为御前诸军，实现了军权的统归，重建了国家财政和对地方的统治，使得百姓安居乐业……绍兴三十一年金国皇帝完颜亮六十万大军南侵，然而朕躬神武，驾驭英雄，致使逆亮毙命，女真大军仓皇奔逃，绍开中兴的大业到了一个顶峰！——这一切自然是高宗赵构对他三十六年统治的一个自我总结。而他敏锐地注意到，随着完颜亮的败亡，朝野主战势力急剧抬头，深谙帝王心术的他乃以退为进，闲居北内德寿宫，以太上皇的身份冷眼注视着战与和的朝野之争。

九月十一日，朝廷下诏改详定一司敕令所为编类圣政所，随后不久,陆游由宗正寺主簿调任为枢密院编修兼编类圣政所检讨官。

十月的两府内,朱倬已被罢右相,陈康伯是独相,史浩是参知政事兼权知枢密院事,汪澈亦是副相;叶义问于十月被罢执政,黄祖舜、张焘为同知枢密院事。

陆游的好运又一次来临。

大约正是因为陆游在承担敕令所、枢密院的种种文书工作时的非凡表现获得了宰辅大臣们的注意,执政史浩与黄祖舜一同向新官家赵昚举荐陆游,说他善于辞章,熟谙典故,乃是一个不可多得的人才。

天子赵昚极是不喜欢秦桧,也自然知道当年陆游被黜落的真正原因并非才学未逮,而是太师作祟。于是皇帝龙恩浩荡,表示陆游力学有闻,便赐他进士出身吧!

八年前陆游就应该得到的登科之荣,终于还是姗姗来迟。但从传世的《剑南诗稿》来看,务观似乎并未对被赐进士出身一事兴奋激动而吟诗作赋,只能从他的一些官场文牍中看到对此事的公式化叙述。或许,正是因为对自己的绝对自信,才对八年前被秦桧黜落一事始终耿耿于怀,才会觉得这"进士出身"不过是自己应得的荣耀,不需要大书特书。

但进士出身在大宋仍然是风光无二的头衔和身份,就像昔年狄武襄终日慨叹的那样:"韩枢密功业官职与我一般,我少一进士及第耳。"武臣如狄青这般能做到枢密使,位登执政的又有几个?可如此奢遮的大帅,都下之人仍以"赤老"之俗称呼为"赤枢",甚至还有人拿狄青的姓氏和当兵时脸上的刺字屡屡取笑,云:"汉似胡儿胡似汉,改头换面总一般。"所谓南蛮北狄,西戎东夷也,又狄青字汉臣,故时人戏之。可见,在两宋若是没有正经的进士出身,便是做了宰执,也不能令人服气，反受歧视。因而陆游获得进士出身，对其仕宦生涯来说，当然是极其重要的一件事。但当时的陆务观如何能想到，在绍兴三十二年冬陈俊卿、张栻入临安后，最晚在次年年初，他就要怀着痛苦来回报史浩。原来命运给予的恩赏，早已在暗中标好了它的代价，诚如斯言，岂有他哉！

在绍兴三十二年年末之前，陆游在百官宅（南宋时定都"行在临安"，除高级官员拥有专门的宅邸以外，一般官员大多聚居于朝廷设立的廨舍之中。百官宅即是当时官设的廨舍之一。临安和东京一样，房价是很贵的。如果不住廨舍，大部分普通官吏只能租房）度过了比较快乐的一段时期。他与友邻周必大等人时相唱和，诗酒走马，看尽临安芭蕉疏雨，踏遍秋荷湖畔，拿起生花妙笔写那水光山色，个个风华正茂，将肺腑胸臆都点缀到十里青山、一溪流水之间，作得那情深意切，江南风景。

只见陆游写道：

> 巷南巷北秋月明，东家西家读书声。官闲出局各无事，冷落往往思同盟。出门相寻索一笑，亦或邂逅因俱行。黄中掀髯语激烈，韶美坚坐书纵横。子充清言喜置酒，赤梨绿柿相扶檠。寒灯耿耿地炉暖，宫门风顺闻疏更……

枣木巷石灰桥附近的"西百官宅"里，陆游与周必大（字子充）比邻而居，而林栗（字黄中）、刘仪凤（韶美）、邹柄（字德章）亦是经常往来的百官宅里之友朋。放衙后的诸人经常一起回家，而年轻人的指点江山、挥毫弄墨与清谈纵酒、通宵达旦都在陆游的笔下跃然纸上，仿佛是一幅南宋文人雅集图。

临安是一片风花雪月,而宋金之间局部的战斗尤其是西北的战况也有所好转。川蜀大帅,少傅、四川宣抚使、陕西河东招讨使吴璘的西军经过艰苦卓绝的拉锯战,收复了在西北关中地带几乎具有无与伦比险要之作用的德顺军。在绍兴三十一年年末之时,西军已经收复秦、陇、洮、兰四州,王彦则东取商、虢之地,吴璘部后又拔大散关,分兵据和尚原要地,西北形势已经逐渐利于大宋。到了绍兴三十二年三月,吴璘亲赴德顺军与金人决战,终于击败兵力占优势又据城而守的金军,收复德顺军。不论是对于宋还是金而言,德顺军在西北的重要性都不言而喻。如果能守住德顺军,则宋军的粮草辎重都能源源不断地自川蜀送到秦凤、泾原等地,那么新复州郡都有较大可能守御住;反之如果德顺军一丢,前线宋军便进退失据,新收复的州郡也遮护不住了,其意义便如街亭之于诸葛亮北伐。而金人若要占据关中以至整个西北,甚至进一步窥蜀入川,则必须占据德顺军,因此金军在绍兴三十二年中增兵数万,连番猛攻德顺军及原州等要害之地。

就在绍兴三十二年冬,皇帝赵昚召江淮宣抚判官陈俊卿及张浚之子张栻入临安。二人带着张浚的奏疏来到行都,这位江淮宣抚使果然提出北伐之议,并请天子驾幸建康以动中原之心,用师淮堧,进舟山东,以遥为吴璘之援。

此时有一个人强烈地反对这一北伐建议,他正是孝宗皇帝赵昚的潜邸随龙人,并且是赵昚过去的王府直讲,也就是帝师,如今的参知政事副宰相史浩!

史浩有着一套他的"北伐"韬略,并且与张浚早在如何布置两淮、长江防线问题上就有着激烈的分歧与矛盾。史浩初为翰林学士时认为鉴于去年完颜亮南寇的经验,应当在长江两岸的瓜州、采石重点设防,但张浚认为如果不把防御重点放在更北面的两淮地区,而专注于南面的长江防线,则等于是示敌以弱,令将校士卒的战守之心徒然受损,故而主张先在两淮地区的泗州重点设防。这便既得罪了史浩,又让史浩担心张浚的势力抬头,会影响到自己宣麻拜相,或是抢走他有朝一日主政中外的权力。于是史浩除参知政事后,凡张浚之规划建言,他几乎必定反对。而眼下吴璘的大军在西北正颇有成功之势,金人自三月丢了德顺军及诸州之后,至此已几乎九个月之久,仍不能夺回失地。

实际上谁都看得出,如果吴璘成于西北,张浚成于淮上,那么张浚势必要再次拜相,且威望更甚于前,相位也将十分稳固。

史浩当时正以参知政事兼权知枢密院事,他找来了自己颇为赏识的文章圣手陆务观,说了一大通高屋建瓴的军事战略,谈了一大堆指点江山的话语,最后告诉陆游,替某来写一篇札子吧!

陆游是何等聪明之人,难道听不明白史浩是想要让张浚的北伐大计胎死腹中吗?可他怎么能拒绝史浩?史浩是当朝天子的帝师,更是帮助自己获得了进士出身的恩公,说是恩相都不为过,自己根本就没有拒绝的余地。

陆游只得强压着苦痛,回到自己的书案上,几乎是颤抖着拿起笔,他代史浩写下了《论未可用兵山东札子》:

> 臣等恭睹陛下特发英断,进讨京东,以为恢复故疆,牵制川陕之谋。臣等获侍清光,亲奉睿旨,不胜欣抃。然亦有惓惓之愚,不敢隐默者。窃见传闻之言,多谓虏兵困于西北,不复能保京东,加之苛虐相承,民不堪命,王师若至,可不劳而取。若审如此说,则

吊伐之兵，本不在众，偏师出境，百城自下。不世之功，何患不成。万一未至尽如所传，虏人尚敢旅拒，遗民未能自拔，则我师虽众，功亦难必，而宿师于外，守备先虚。我犹知出兵京东以牵制川陕，彼独不知侵犯两淮、荆襄以牵制京东邪？为今之计，莫若戒敕宣抚司，以大兵及舟师十分之九固守江淮，控扼要害，为不可动之计。以十分之一，遴选骁勇有纪律之将，使之更出迭入，以奇制胜。俟徐、郓、宋、亳等处抚定之后，两淮受敌处少，然后渐次那大兵前进。如此，则进有辟国拓土之功，退无劳师失备之患，实天下至计也。盖京东去虏巢万里，彼虽不能守，未害其疆。两淮近在畿甸，一城被寇，尺地陷没，则朝廷之忧复如去岁。此臣所以夙夜忧惧，寝不能瞑，而为陛下力陈其愚也。且富家巨室，未尝不欲利也，然其徒欲贾于远者，率不肯以多赀付之。其意以为山行海宿，要不可保，若倾囊而付一人，或一有得失，悔其可及哉。此言虽小，可以喻大。愿陛下留神察焉。臣等误蒙圣慈，待罪枢筦，攻守大计，实任其责。伏惟陛下照愚忠，臣等不胜幸甚。取进止。

这是说，臣（史浩）私下里认为目前的传言，大多是说北虏军队被困于西北，没有余暇再顾及山东。加上金人施政苛暴残虐，老百姓不堪忍受，我大宋王师如果抵达，就可以不费多大力气就拿下山东。如果按这一说法，那么所投入的兵力，本就不需要很多，哪怕是派遣一支非精锐部队，山东州县城池必定是望风而降。但是万一没有到传闻所说的那种程度呢？万一北虏还敢集结军队抵抗，而沦陷于山东的百姓们又没有余力揭竿自救，反正归义呢？那么即便我们派往山东的军队人数众多，恐怕也很难确保成功。况且令数目不小的军队滞留在国门外,则边境上的守备就空虚了。我们尚且知道出兵山东来牵制川陕,金军难道不知道出兵使两淮、荆襄震动,以解除山东的危机吗?为今之计,不如下达敕令告诫边境有关宣抚司,用大军和水师舟船固守住江淮,控制军事险要,作为不可被敌人撼动的部署策略,只能选派十分之一的兵力,拣选骁勇有纪律的将领统率,让其军队神出鬼没、出奇制胜。等到徐州、郓州、宋州、亳州等处已经抚绥平定之后,两淮防线受敌处少,然后再逐渐有序地调拨大军进发。如此一来,那么进有开疆拓土的功绩,撤退时也没有劳师远征,失于防备的隐患,实在是天下间最好的谋划了!山东距离北房巢穴万里之遥,金军即使不能守住,也并没有损害到他们的根基。而两淮近在我大宋行都不远,哪怕两淮流域一座城池被侵略入寇,尺寸土地沦陷敌手,都是朝廷的心腹大患,又会像去年一样(实际指的是绍兴三十一年完颜亮大举南侵。如果金人攻克两淮防线,就可以直面长江天堑,一旦渡过长江,临安就十分危险了)……

不过值得注意的是,在陆子虡为父亲陆游编订的《渭南文集》中,这篇奏札的名字被改为《代乞分兵取山东札子》,显然是一种为长者讳的掩饰,毕竟陆游一生主战,若用上奏札原本的名字,实在是白璧微瑕了。

那么何以知道这份奏札是为史浩所写,且原题之意是不可用兵呢?在史浩的文集《鄮峰真隐漫录》卷七中便有这一篇《论未可用兵山东札子》,正与《渭南文集》中所载内容相同。

史浩的高明在于他虽表示反对立刻用兵山东,却并没有说以后不可以用兵;并且他把两淮的安危和山东的取舍放在了一个天平上让新皇帝赵昚做一番权衡,既然用兵左右都有风险,那么取山东还是否值得冒险呢?

陆游被迫卷入了决策层关于战与和的激烈纷争中,此时的他还无法知道,这篇代史浩写的札子到底会引起怎样的连锁反应,到底有怎样的后果。他只是被巨大的矛盾折磨着身心,或许在祈祷着史浩的逻辑不要影响到皇帝的判断,更不要影响到恢复中原的大事业。

二、台谏与给舍的风波

绍兴三十二年十二月初四,在执政史浩的反复建议下,官家赵昚终于下达了正式的班师撤军命令,以御笔手诏的形式,从东南数千里之外火速下发给西北吴璘的宣抚司。

史浩是当时两府班子里,反对恢复关陕、主张退保川蜀最强烈的一位宰执大臣。他身份非同一般,乃是孝宗皇帝赵昚在潜邸时候的东宫老师。他口若悬河、滔滔不绝地力劝官家赵昚,说过去诸葛亮北伐,必定要攻打陈仓和郿县,也就是如今的凤翔府,这是因为一旦克复凤翔,就能进逼长安。而汉高祖刘邦之出汉中,东取天下,也是经由此道。但是姜维掌蜀中军权之后却并非如此,反而舍弃诸葛亮的正确战略,多次从陇西狄道出兵,可得了临洮一带又有何用呢? 如今吴璘用兵关陕,却正是在重蹈姜维之覆辙,不吸取姜维失败的教训,一旦有所失利,岂不是便如姜维时候那样,连川蜀都要不保了吗? 所以应当加以晓谕,令吴璘趁眼下形势尚可,择便利全师退保蜀口,以为万全,以待来日大举北伐。不说主和势力,单说朝中倾向持重自治的大臣,也多是认为用归附的忠义人马和蕃落屯守新复州军也就是了,左右这些人折了也没什么可惜的,西军却应当退守蜀口,保住川蜀根本之地。在他们眼里,从来没有将关陕的民心当回事,更没把为西军箪食壶浆、应募从军的关陕百姓性命当回事。

史浩的论断实际上完全是纸上谈兵。严格来说,三国时期的战争中步军仍然是诸葛亮与曹魏在关陕对决的主要兵种和力量,骑兵成为野战的决定性力量应当形成于南北朝时期。而宋金战争时,金人最具战斗力的无疑就是其女真铁骑,若采用史浩所说的古来之正确策略,要在凤翔、宝鸡一带的关中平原进行决战,试问当时吴璘的西军是否有足够的骑兵数量在野战中击溃金军?且吴璘本就是德顺军人,自幼生长在关陕,十八岁便以良家子从泾原军,与兄长同西夏人有交战经验,对于关陕的地形再了解不过,远非史浩这样的江南两浙之人所能比拟。

虞允文被罢川陕宣谕使回到行都后,告诉孝宗皇帝,自德顺军至凤州入蜀的要塞仙人关的地形十分平坦,加之秦州也缺乏阻遏金军骑兵的有利地势,一旦德顺军失守或者弃守,那么金军窥伺川蜀的办法和进军之路将防不胜防。

新皇帝赵昚因而又后悔了,大呼"史浩误朕"。可吴璘得到天子御笔手诏后已经从德顺军撤退了。金军不仅逃出生天,更是得到了追袭宋人归师的千载难逢之良机,女真铁骑火速出营,乘西军之后,一路在平坦的关陕土地上追杀着落在后头的西军步卒,德顺军战役中三万西军最精锐的百战之师,生还者居然不到七千人。真可谓是连营恸哭,声震原野。西军不败而败,金人不胜而胜。

整个关陕宋军从绍兴三十一年反击后到隆兴元年(1163年)初,所恢复的一十六个州军,大片的土地、财货、人民、蕃落全都丢光了,连最精锐的西军也几乎遭到灭顶之灾。

陆游满心期待的"要挽天河洗洛嵩",却变成了关陕再次丢了个精光。

这也意味着张浚所构想的宋军自关陕和东南两个战场的反攻策略实际上已不能实现,所谓的在东南方向发动北伐,以遥为吴璘之助,牵制金军,也就成了空中楼阁!

但不管怎么说,新官家赵昚总算也换了个新的年号,这新的年号便是"隆兴"。隆兴者,乃是为了合"建隆""绍兴"两个年号之义。建隆是宋太祖赵匡胤的第一个年号,这自是有表明他赵昚乃太祖一脉,根正苗红的意味,同时又表示承嗣太上皇赵构,故取"绍兴"。隆兴又让人想到兴盛强大、繁荣宏伟之义,端的是个革故鼎新的好年号。

对陆游来说,此时的他也对新皇帝和隆兴年号所代表的崭新时代充满了期盼。

作为枢密院编修兼编类圣政所检讨,他平日里有的是机会接触宰臣们。隆兴元年正月下旬,由于宋金之战仍在交战状态,皇帝赵昚急于要和西夏维持和平,至少不让西夏出兵关陕帮助金军入川。于是陆游作为文章圣手乃被二府宰执们叫到了都堂,令他起草国书,这就是《代二府与夏国主书》。陆游后来自己回忆此事,便道"往时草檄喻西域,飒飒声动中书堂",于中不难见其自得之情。

到了二月,二府再度命陆游于都堂代撰文书,这一次是所谓《蜡弹省札》。蜡弹者,又叫蜡丸、蜡书,即"以帛写机密事,外用蜡固,陷于股肱皮膜之间,所以防在路之浮沉漏泄也"(《朝野类要》),其实就是一种机密的文书信笺。当时朝廷用宰臣史浩之策,派遣布衣李信甫为兵部员外郎,携带蜡书抄小路隐秘地去往中原,为南宋招纳那些起兵占据州县的豪杰之士,许以封王世袭等好处。而这蜡书便是陆游的手笔。而所谓"省札",指的是经宰执大臣签押后的尚书省札子,这是一种用来指挥在京百司、路级监司和府州军监的命令文书,用当时的话来说,也可以理解为"政府之指挥",有别于皇帝的御笔、手札等。

陆游作为西府掾和圣政所检讨官,他这个宰属身份的低级官吏已然逐渐看到了一条升迁的路径。此时的陆游官升京朝,早不是选人身份了,而是朝官最低一级的正八品通直郎。只有成为了升朝官,才算进入了升迁的快速车道。如今史浩已经在正月拜为右相兼枢密使,他是举荐陆游使其获赐进士出身的关键人物,因而从仕宦的不成文规矩来说,史浩便是陆游的又一位"恩相"了,而史浩多少也会把陆游视作自己夹袋里的人物,在方便的时候加以提携。另一位左相陈康伯也算对陆游有了一定的熟悉,因为此前陆游在绍兴三十一年为西府掾的时候便曾为陈康伯等宰辅起草文书。如果一切顺利,陆游可能会在一两年内得除文臣清贵的馆职之衔,授了馆职,以后的升迁机会更多,速度上也更快;待到在地方上州府长贰、监司使副历练过,慢慢地应该就能熬到待制侍从的高官级别,再往后是不是有机会入二府就得看"天意"了。想要实现光复河山的宏图壮志,就必须要有一定的仕宦资历和高度,否则连参与的机会都没有,如果能成为朱紫大员、鱼袋在身,那便不一样了。

不过就算上述的过程十分顺利,这一切离陆游暂时还比较遥远。此时的他想必更关注的是朝中决策层的人事变化。就在史浩拜相的同日,主战派的旗帜人物张浚除枢密使,颇具人望的张浚再次回到宰执班列,担任江淮宣抚使、节制沿江军马——这些在陆游看来,都是新皇帝孝宗赵昚准备重用张浚主持北伐的信号!

兴奋的陆游在放衙后不免要和自己在行都的朋友们谈及此事,这一时期周必大、尹穑、范成大等人都与陆游时相往来,这些年龄相仿的官员们在茶余饭后的闲谈里也在谈论着时局。

可谁也没想到的是,一个月后,陆游、周必大都卷入了一场巨大的风波之中。

事情还要从去年新皇帝登极说起。

绍兴三十二年六月,高宗皇帝赵构内禅给了养子赵昚,也就是如今的大宋官家。在赵昚还叫赵玮的时候,他的建王府里自然也有一批潜邸旧臣,宋代习惯把这些皇帝在东宫或者王府时期的文武跟班称为从龙人、随龙人。而太上禅让,新皇帝龙飞在天,那么原本王府里的人合该受些封赏,这也是无可厚非的事情,像史浩作为曾经的王府直讲,如今的帝王师而宣麻拜相,那不过是所有随龙人里最耀眼的一个。此年六月,尚有两位武臣的除授惹人注目,这二人便是王府的内知客:龙大渊、曾觌。说起来,此二人能得孝宗赵昚宠信,也确有一番本事,他们并非只知舞枪弄棒、目不知书的普通粗野武夫,而是俱能作诗词,颇知风雅的人物,在王府时常与当时的建王赵玮觞咏唱酬,交流诗赋词曲,出入伴于左右。于是皇帝赵昚在御宇之初,即除龙大渊为枢密副都承旨,曾觌为带御器械兼干办皇城司。枢密都承旨是枢密院中很重要的官职,已经可以参与机要军务,龙大渊骤然得除为副都承旨,自然容易引起文臣集团的不满和警惕。倒是曾觌作为潜邸旧臣,干办皇城司这样的"特务"工作也好,"带御器械"这样的武臣职名或说在京尚有宿卫宫禁之责也罢,都不过是新皇即位后常见的人事调整。

对于新皇帝提拔潜邸武臣的行为,台谏中的文臣士大夫不愿轻易默认和妥协。绍兴三十二年十月,刘度除右谏议大夫,成为谏长,遂入对论列此事,以为"待小人不可无节",竟直接将龙、曾二人定性为小人。

显然当时官家赵昚根本没听进去。到了隆兴元年三月六日这天，谏长刘度再次上奏，指出"毋使亵御干预枢筦"，又弹劾龙大渊、曾觌"轻儇浮浅，凭恃恩宠，入则侍帷幄之谋，出则陪庙堂之议，摇唇鼓舌，变乱是非。凡皇闱宴昵之私，宫嫔嬉笑之语，宣言于外，以自夸娉。至引北人孙昭出入清禁，为击球、胡舞之戏，上累圣德，伏望斥退。"

从刘度的弹劾中，可以清楚地看到，龙大渊、曾觌和皇帝赵昚的关系亲近非常。二人出入宫禁颇为频繁，官家宫中的内宴也常常让他们参加，龙、曾二人甚至找了个北界之人陪天子打马球，又跳胡旋舞之类的蛮夷舞蹈，这自然使得皇帝的圣德受牵累，罪莫大焉，因此刘度乞请斥逐龙、曾。刘度的弹劾成了掀起此次风波的开始。

次日，刘度再上奏，甚至谈到了汉元帝时专权的内臣石显。面对谏长如此激烈的表态，即位不久的孝宗不得不做一些表面上的让步。九日，乃下诏，准备改除龙大渊知阁门事，曾觌权知阁门事（这是一种可以经常出入宫禁，约正六品的官职。因可亲近皇帝左右，承担着一定程度上沟通宫府内外的作用，故善加利用则职不高而权颇重）。

解除龙大渊的枢密副都承旨，似乎可以看作是皇帝赵昚对刘度那句"毋使亵御干预枢筦"的直接妥协，可改除龙、曾二人知阁门事职，等于仍是让他们俩名正言顺地留在行都临安，更得以随侍天子左右、出入宫禁，这是当时的许多文臣所不能接受的。

在宋代，按照制度，皇帝想要任免某人的官职，除由翰林学士撰写的册立皇后、太子以及除拜将相等内制大诏，一般的任免都属于外制，北宋元丰改制后由中书舍人撰写。如果当值的中书舍人觉得任免命令不妥当，是可以封还词头，不草诏的。

这一日，轮值的中书舍人张震连续两次缴还除命，不愿草诏。两天后的三月十一日,诏张震以敷文阁待制、知绍兴府补外。张震是两制重臣,故除待制,而让他去绍兴府担任地方长官,这是要从中书后省中赶走他,也给其他人提个醒,作为天子的赵昚,他的意志必须得到贯彻,龙、曾二人的除授必须正式颁行!

殿中侍御史胡沂也弹劾龙、曾二人弄权,"望屏远之,以防其微",但奏入留中,孝宗只当没看见。

三月十三日,被张震缴驳的除命录黄(中书省文书,小事拟进,得旨便为录黄;大事向皇帝面奏,得旨后抄录于黄纸上送门下省审读、奏覆,称画黄)又到了门下后省。在宋代,皇帝的旨意或者说意志如果要变成实际的诏令,真正的贯彻下去,在程序上通常是要经过给事中"书读"、中书舍人"书行"才能交付尚书省颁布施行。书读和书行就并称"书黄"。一道旨意绕开中书门下,直接颁布,理论上来说是不合法的,官员可以拒不执行,这种没有中书门下签押和给舍书黄的命令,一般可以称为中旨、内降——假如通过这种途径得官,那可就是唐代所说的墨敕斜封官,是要被鄙视的。

当时在门下后省任"权给事中"的周必大,正是与陆游在西百官宅比邻而居的至交好友。周必大和另一名给事中金安节见到录黄之后,两个人一合计,岂能让龙大渊、曾觌二人得逞,日日名正言顺地在官家跟前取宠弄权!

于是二人行使给事中的封驳权,将录黄封还,不肯书读。

周必大回到百官宅后可能也会与陆游议论此事,二人皆以君子自许,必是坚信心中的道义,对佞幸之臣嗤之以鼻的。陆游或许也会提醒周必大,这么做,官家多半要发脾气的。但我辈读书人,不就是为了致君尧舜,岂能逢君之恶,容陛下擢拔小人!

第二日,三月十四。积攒了一夜怒火的孝宗皇帝亲笔写下御札,令两位宰相陈康伯和史浩把给事中和中书舍人们都召集到都堂(南宋时三省、枢密院长官合署办公之地。与北宋前期中书门下"政事堂"的别称和元丰改制后宰执聚议的处所有所不同,已经是独立于三省和枢密院的一个朝廷政务的核心日常治事办公的机关)。

两位相公当着给舍众官员面,宣示御札,把周必大、金安节等痛骂了一顿,说他们这是被旁人扇动蛊惑,暗讽给舍文臣们有朋党勾结的嫌疑。

最后,御札里皇帝还说了句十分解气的话:"在太上时小事,岂敢如此!"

于是给事中周必大、金安节便归家上表待罪。

周必大这下真是心寒了,我们完全有理由相信,他回家后向陆游倾诉此事。

因为这之后,陆游便出马了。

但是相关史料的记载不是很清楚,陆游在其中到底起了怎样的作用,做了哪些事情,说了哪些话,有必要做一番梳理。

《宋史》陆游之本传云:

> 时龙大渊、曾觌用事,游为枢臣张焘言:"觌、大渊招权植党,荧惑圣听,公及今不言,异日将不可去。"焘遽以闻,上诘语所自来,焘以游对。上怒,出通判建康府。

张焘当时是同知枢密院事的执政,故曰枢臣。按照本传的说法,陆游显然是利用自己得以接近辅臣的宰属身份,劝说张枢密请官家斥逐龙大渊、曾觌，其理由是龙、曾窃主威福、招权结党，平日又在皇帝左右巧加蛊惑，为害非细。

李心传则在《建炎以来朝野杂记》卷六《台谏给舍论龙曾事始末》中引时人晁公遡的说法，谓：

> 晁子西云："张子公入对，欲与曾、龙决去就。上问所从闻。子公云，闻之陆游。上云，游反覆小人，已得罪行遣矣。子公谢云，臣听言不实，有罪。"

张子公即枢臣张焘，从这一条记载来看，确乎是陆游对其说了些什么，但应不止是说龙、曾二人招权植党、荧惑圣听，因为这些常规的话在台谏、给舍的奏疏里已经多次出现，不至于让皇帝非要垂问张焘，从哪听来的。

看来，陆游一定还对张焘说了一些关键的内容。

据《齐东野语》卷十一《陆务观得罪》：

> 陆务观以史师垣荐，赐第。孝宗一日内宴，史与曾觌皆预焉。酒酣，一内人以帕子从曾乞词。时德寿宫有内人与掌果子者交涉，方付有司治之。觌因谢不敢曰："独不闻德寿宫有公事乎？"遂已。它日，史偶为务观道之，务观以告张焘子宫（笔者按，应是子公）。张时在政府，翼日奏："陛下新嗣服，岂宜与臣下燕狎如此？"上愧问曰："卿得之谁？"曰："臣得之陆游，游得之史浩。"上由是恶游，未几去国。

第三章 满江红　69

《齐东野语》作为一部文人笔记,它的细节当然丰富得多。按照周密记载下来的说法,陆游是从右相史浩那里听到了宫中内宴时发生的事情。原来,官家赵昚在内廷举行宴会,史浩与曾觌都在席间。酒过三巡、菜过五味,大家都喝得高兴了,一宫中侍女竟拿出锦帕请曾觌题一首词。其实文人雅士在女子的帕子上题词也算不得大事,皇帝也不以为意。倒是曾觌想到了近来太上皇德寿宫里有个掌管采买果品的内臣和宫女之间出了点问题,甚至被送到法司按治,于是曾觌便谢绝了。但在史浩这样的文臣宰执看来,这仍属于龙、曾二人得宠逾矩,放任下去,不堪设想!史浩不知出于何目的,告诉了陆游,而陆游又告诉了张焘。我们固然可以怀疑这些丰富的细节中有宋末元初的周密之道听途说和杜撰的成分,但在《建炎以来朝野杂记》卷六《孝宗黜龙曾本末》里又记载:

隆兴初……陆务观文士也,为密院官属,坐漏二人密语被逐。

是则主要的原因确实是陆游向张焘透露了龙、曾参与其中的禁中密语,大约是一些传到外面会"上累圣德"的话,故而皇帝赵昚不乐。

且据时代早于周密的陈振孙之《直斋书录解题》在《渭南文集》一条下云:

(陆游)绍兴末召对,赐出身。隆兴初为枢密院编修官,乡用矣,坐漏泄省中语,阜陵以为反复,斥远之。

阜陵即是宋孝宗赵昚,以其皇陵名阜陵,故后世以此指代之。陈振孙与《建炎以来朝野杂记》作者李心传时代接近,但《直斋书录解题》成书当于其后。这样一来,周密在《齐东野语》里的叙述虽然绘声绘色,但其所记载的"陆务观得罪"之事确有所本。

值得注意的是,当皇帝赵昚从张焘那里得知了陆游传话这件事后,他大骂陆游是"反覆小人"。这是为什么呢?

隆兴元年的孝宗皇帝正锐意光复中原,心里头在盘算着北伐,前不久刚刚重新起用张浚为宰执大臣,而汤思退对陆游的赏识提拔,皇帝怎么会无所耳闻呢?那在皇帝看来,这陆务观平日都是动辄高喊恢复、主战口号的,写的诗词也多是这类感叹的,却又托庇于秦桧一党的汤思退,岂非"反覆小人"?毕竟此时孝宗心里是极厌恶秦桧、汤思退等主和的宰辅的。

第二个需要弄清的地方是,陆游的贬黜或曰"行遣"是在什么时候。

按照《建炎以来朝野杂记》中所引晁公遡的说法,则在张焘与皇帝赵昚对话的时候,陆游已经遭到行遣,也就是离开临安,外任地方的处置。张焘之罢参知政事,在三月十八日,如此则陆游补外,必在此之前。但从其本传和其他史料来看,又应是在此之后。

据陆游同时代友人周必大之《归庐陵日记》所载:

> (四月)甲子,雨,旋霁。骨肉登舟出城,予循城过北关就之。李平叔大监、陆务观编修、邹德章监丞、王致君判院、范至能省干携诗相送、解舟至闸下,遇修梁而止。

可见在周必大奉祠离开临安的四月初四,陆游仍然是枢密院编修,若已遭行遣而暂时仍在行都打点行李,则周必大应在文中称其陆务观通判,或府判、监郡之类,而不可能还叫他"编修"。这说明陆游补外,必在四月初四以后了。但究竟在何时呢?

好在《渭南文集》卷二十四《镇江谒诸庙文》可以为我们解答这一疑惑,且订正了本传中的错误。

文甚短,录于下:

> 某以隆兴改元夏五月癸巳,自西府搽出佐京口,明年春二月己卯至郡。洪惟上恩,不可量数。敢不夙夜祗惕,图称所蒙。区区之心,神其监之。

这样,便能清楚地知道,陆游遭到行遣是在隆兴元年的五月,而非三月,更不是张焘见孝宗之前,且并非通判建康府,而是京口,亦即镇江。

那么在三月到五月间,临安宫府之中还发生了什么事呢?

首先是张焘被罢执政,这固然有他所谓"以病自请"的缘故,但未尝不是因为论及龙大渊、曾觌,而皇帝不能听,遂丐去乞退之意。

张焘罢参知政事的次日,即十九日,刘度改权工部侍郎,以所言过实。但谁都看得出,这是要将刘度从谏长的位置上挪开。

二十三日,皇帝御批,准许了中书舍人张震屡乞外祠的奏请。

二十四日,以刘度辞工部侍郎故,出知建宁府。

同日,诏龙大渊、曾觌依旧知阁门事。且再次派左右丞相晓谕权给事中周必大,令其对除命录黄书读。周必大不从。

二十七日,周必大自知关节,以母亲葬于信州为由,祈求在外宫观闲职。于是周必大亦奉祠,主管台州崇道观。

另一方面,龙大渊、曾觌的除知阁门事的任命也暂时搁置了下来,可这并非因为皇帝赵昚不得已向台谏、给舍妥协,而是他心中有着更重要的事。

四月初八日,天子召枢密使张浚入对。经过张浚内引奏事独对时的劝说,皇帝赵昚下定决心北伐,甚至要绕过反对用兵的史浩,即不令二府知晓,而直接下密诏给前线的大将李显忠、邵宏渊。

离开行都临安后,宰臣张浚驰赴扬州,合殿前、江淮兵马共有八万官军,经检视,可用者凡六万,于是分隶于李显忠、邵宏渊二将,号二十万以为虚声恫吓北虏。经过一番布置和筹备,四月二十八日,邵宏渊所部进屯盱眙;二十九日,李显忠所部进屯定远。五月初四,宋军邵、李二人所部渡淮。

隆兴北伐开始了。

而陆游却在这样的情况下,黯然出国门,离开了临安城。

他留下一首《出都》:

重入修门甫岁余,又携琴剑返江湖。
乾坤浩浩何由报,犬马区区正自愚。
缘熟且为莲社客,伴来喜对草堂图。
西厢屋了吾真足,高枕看云一事无。

修门者,《楚辞·招魂》有谓"入修门些",本指楚国郢都之门,故后世以之代称京师城门。陆游想到自己重回行在不过一年多一点时间,这便要再度离开。他是否也由"修门"二字入诗,想到了忠心耿耿却遭到贬黜的屈原呢？陆游倔强地自问,这君父的知遇大恩何时能报,而如今已是远谪地方的小臣,不能仰望清光,再次回到临安恐怕已不知何时！孤注一掷地向执政张公进言,却换来了眼下只能故作潇洒,以江湖人自嘲而出国门的狼狈！

陆游想到了南北朝时候的山水田园大诗人谢灵运,那时节谢灵运到庐山参见创立净土宗的大德高僧慧远大师,其东林寺白莲社一时间也是诸贤云集……既然要远离行都临安那看不见的刀光剑影、尔虞我诈,便何妨也似谢灵运那样做个读《涅槃》,结跏趺的修道学佛之人呢？仿佛这一个跟头摔得全不在意,甚至得知补外的除命后,还要喜乐不已。想来,佐贰州府的日子,便是高卧北窗之下,看云卷云舒,一事也无吧！牢骚的意味甚浓,但还能如何呢？

三、隆兴北伐

北伐在最初意外地顺利。

五月初七日,李显忠率部克复灵璧县,邵宏渊进抵虹县,亦与金军开始了交战。初八日,李显忠东趋虹县支援,两天后,金人驻军虹县的知泗州蒲察徒穆、同知泗州大周仁开门出降,渡淮王师军势大振。不久,五月十三日,金军右翼军都统萧琦率亲从百余人来降李显忠。而张浚也已于前一日渡江视师。

史浩在这种情况下终于知道了官家赵昚绕过两府直接北伐,对于反对用兵的他来说,如此军国大事,天子居然不告知自己的宰相,留在位子上也不过是徒惹台谏弹章了,于是请求罢相。十五日,史浩罢右仆射兼枢密使。

五月十六日，李显忠、邵宏渊率军克复宿州。是役，金人出城野战，李显忠大败其众，追奔二十余里，城中巷战，又斩首数千，擒将校八十余人。捷报至临安，官家赵昚大喜过望，乃御笔手书慰劳张浚："近日边报，中外鼓舞，十年来无此克捷！"在天子看来，攻取河南，光复东京只是时间问题了。

当时，金人皇帝完颜雍已经任命右丞相、都元帅仆散忠义驻守开封，而以左副元帅纥石烈志宁驻守于睢阳（河南商丘南）。得知宋军渡淮北伐后，金军迅速做出反应。由于此番用兵在夏季，霖雨连绵，金人仰仗的骑射难以发挥威力，甚至出现了"胶解，弓不可用"的现象，仆散忠义调拨开封府库中的劲弓，发放给纥石烈志宁所部大军。做好了这些准备后，金军十万步骑出河南，五月二十日先头部队已经抵达宿州。纥石烈志宁乃令从军虚张旗帜，驻宿州之西以为疑兵，又令麾下三猛安将军驻宿州南面，自己则率大军驻州东，以阻遏宋军撤退之路。善于用兵的纥石烈志宁已然布置下陷阱，等着宋军自蹈而入。

五月二十一日，李显忠率军与金军先锋万余人马交战，将其击退。

但就在这时候，宋军前线两位统兵大将之间的矛盾再也压抑不住，开始爆发，由涌动的暗流变成了黄河决堤。

据《齐东野语》云，时宿州城府库内有"金三千余两，银四万余两，绢一万二千匹，钱五万缗，米、豆共粮六万余石"等财货物资，而李显忠竟然"乃纵亲信部曲，恣其搬取，所余者，始以犒军人，三兵共一缗。士卒怨怒曰：'得宿州，赏三百，得南京，须得四百。'既而复出战，悉弃钱沟壑。由是军情愤詈，人无斗志。"如果完全采纳周密的这一叙述，则李显忠对于宋军士气急转直下应负有极大责任。然而周密生活的时代距隆兴北伐已经有百年之久，恐怕不能轻易当作信史。

若据与李显忠基本同时代的张抡所撰《故太尉、威武军节度使、提举万寿观、食邑六千一百户,食实封二千户,陇西郡开国公、致仕赠开府仪同三司李公行状》(以下简称行状)来看,则大有不然。其中云:"遂收复宿州,破贼而食……郡帑金帛,即追库务官吏,对邵宏渊等按簿籍,仅得十万缗,米斛半之。公尽以犒军。……前此都督魏公移书于公曰:'昨陛辞日,面奉圣训,军马渡淮,即令邵侯听公节制,仍令具知禀守。'待缴奏,邵殊不乐。至是复以公移,俾分节制。邵益衔公,殆不可与共功矣。"

则据行状来看,宿州府库中仅有十万贯钱,并非所谓"金三千余两,银四万余两,绢一万二千匹,钱五万缗"。且李显忠已将其全部用于犒赏官军。不过,行状文字有其特殊性,往往都是为传主颂扬,故亦不可不加甄别而尽信。大约李显忠以邵宏渊所部屡战不力,确实有根据军功,厚此薄彼,赏自己所部较多而犒赏邵宏渊所部较少的现象,但《齐东野语》所云,应言过其实,尽诿过于李显忠,亦应不是事实。

更重要的是,从行状中可以得知,原本官家赵昚乃是明确令邵宏渊受李显忠节制,但由于邵宏渊以功多出于李而生嫌隙,张浚为避免矛盾激化,遂命其各自节制所部。

邵宏渊攻虹县不克,李显忠"遣灵壁降卒开谕祸福,金贵戚大周仁及蒲察徒穆皆出降……又有降千户诉宏渊之卒夺其佩刀,显忠立斩之,由是二将益不相能"也是一个激化二将矛盾的原因。军中自来都是讲究护短,李显忠斩邵宏渊麾下将校士卒,则后者断然是愤怒之至的。

此后关于二十二日金人大军来到之后的记述,宋金双方的史书中都各执一词,都说己方大胜,如宋人之史笔云:"公亲挥钜斧,手杀数十百人,将士争奋,击敌下城。敌兵攻南城者,毙于礧木矢石,积尸齐羊马墙,壕水尽赤。"又云:"显忠竭力捍御,斩首虏二千余人,积尸与羊马墙平。"而金人则曰:"志宁麾诸军力战,世辅复大败,走者自相蹈藉,僵尸相枕,争城门而入。门填塞,人人自阻,遂缘城而上。我军自濠外射之,往往堕死于陧间。杀骑士万五千,步卒三万余人。"一说金军死伤狼藉,与内壕羊马墙齐平;一说二十二日之战宋军伤亡逾四万人,"往往堕死于陧间",即也是在城墙下尸积如山的意思。

实则宿州城内外宋军至多六万人,加之转运的民夫等当有十余万人,但一日间伤亡四万人,而城不破,宋军未当即溃逃,可知金人叙述极为夸大,绝不可信。但二十二日这一天,宿州攻防战中,双方应当确实都付出了不小的伤亡,甚至确实到了城墙下血流成河、尸横遍野的地步,只不过双方都讳言己方伤亡,故皆夸大其词,各云大胜,声称伤亡多在敌军。

我们唯一可以确认的是,宿州战役中,邵宏渊所部几乎是按兵不动的,没有积极应援李显忠所部。当城墙内外的宋军面对敌军箭矢齐发之际,邵宏渊竟然对左右道:"当此盛夏,摇扇于清凉之下,且犹不堪,况烈日被甲苦战乎?"

又据《宋会要辑稿》兵一四载:"探得归德府伪元帅会和诸处蕃贼军马,欲来复取宿州,显忠预于宿州城外布列阵势,以待贼军。今月二十日辰时,伪元帅领五万余众,并系马军,冲突官军,箭簇如雨,东西阵脚二十余里。显忠劝励将士,极力斗敌,马步军既拥而上,转战回旋百余合。申时后,贼兵败北,追十余里,杀死不知其数。"可知,此番纥石烈志宁统率的金军并非如虚张声势的所谓"十万大军",应当乃是五万骑兵,与宋军李显忠、邵宏渊两部六万人兵力相当,宋军甚至占据背城列阵的地利优势。这就无怪乎二十二日申时,大战四个时辰,金军暂时收兵之后,次日再战,李显忠慨叹:"若使诸军相与掎角,自城外掩击,则敌帅可擒矣。"此番旨在指责不肯应援的邵宏渊,虽然不免有所夸大,但李显忠以自己所部人马,与兵力更多的金军死伤大抵相当,抵御住了金人的反扑,应当是事实。而《宋史·李显忠本传》中云所谓大败字撒(即仆散忠义),应是谬误,当时战场上金军统帅乃是纥石烈志宁,并非驻节开封的金人丞相仆散忠义。

二十二日夜,"中军统制周宏鸣鼓大噪,阳谓敌兵至,与邵世雄、刘侁先各以所部兵遁;继而统制左士渊、统领李彦孚亦遁。显忠移军入城,殿司前军统制张训通、马司统制张师颜、池州统制荔泽、建康统制张渊各遁去"。而邵世雄正是邵宏渊之子。按照行状说法,"黎明,马军去几尽",即是说这几位逃跑将军带走了绝大多数的战马,一溜烟先仓皇撤退了。在这种情况下,李显忠只能移军入城,据城而守,失去了倚城野战,以骑兵机动应援的可能。

二十三日,纥石烈志宁指挥金军再次攻城,是日应当又是一场恶战,互有死伤,金军亦收兵,不能破城。邵宏渊非但不肯弹压部署,全力配合李显忠,反而倡言:"金添生兵二十万来,傥我军不返,恐不测生变。"到了这种地步,李显忠终于明白,已经是一星半点都指望不上邵宏渊了。讽刺的是,远在千里外的临安朝廷还不知道前线战事已然急转直下,犹且下诏以功拜李显忠开府仪同三司,除淮南京畿京东河北招讨使;邵宏渊授检校少保、宁远军节度使、淮南京畿京东河北招讨副使,显然是天子还期待着乘胜追击,进一步扩大战果。

是夜,李显忠长叹一声:"天未欲平中原耶,何沮挠如此!"

终于,官军趁着夜色,出城撤退。当其时,天子赵昚也确有敕书传到前线,以为盛夏暑热,恐不利连续作战,乃有所谓"见可而进,勿堕敌计之语"。按照行状说法,正是在这种情况下,"有中公以飞语者,曰:'是欲降敌耳,不然盍去?'至晚一城恟恟"。如果这种说法属实,那么想必正是邵宏渊令亲信在宿州城内官军中散播谣言,即所谓李显忠不遵从皇帝敕书指挥,不肯撤军,乃是为了伺机投靠金人,导致城内官军更加疑惧惶惑,军心益不可用。

二十四日,纥石烈志宁麾下"夹谷清臣、张师忠追及世辅(李显忠),斩首四千余,赴水死者不可胜计,获甲三万,他兵仗甚众",此即是有名的"符离之溃"。撤退的宋军在符离被金军铁骑追赶上,一时间哀鸿遍野,士卒掉臂南奔,转运丁夫等更是将一应器甲资粮全都抛弃,隆兴北伐居然不到一个月便荒诞地遭到沉痛打击,可谓颜面扫地。

这场突如其来的符离之溃,导致官家赵昚满怀希望的北伐遭到当头一棒,这就势必使得北内太上皇与主和势力迅速抬头,更加阻挠用兵,而论当亟与北虏议和,贬窜妄动兵戈又误国蒙羞的文武之臣。

但一时间,远在临安的天子赵昚还没有收到前线的兵败消息,五月二十五日,尚沉浸在官军连战告捷、克复宿州的喜讯下兴奋不已的赵官家下诏亲征,次日,又诏令枢密使张浚兼都督荆襄军马,显然这是天子认为张浚北伐已获得初步胜利,是时候拿掉那个执行太上意志,不肯配合北伐的汪澈了,改由张浚节制荆襄,等于是下定决心,将东南兵马都交给魏公,好让他放开手脚,全面在淮北用兵,以期收复河南,使旧都东京和祖宗陵寝都尽回大宋手中!

当皇帝在憧憬着中兴武功的同时,李显忠与邵宏渊堪堪率领残部抵达濠州。张浚不得已,乞致仕。

六月初四,都督府的文书终于抵达临安,官家赵昚这才知道淮河

第三章 满江红　79

以北的战事是个怎样的结果,知晓官军已经狼狈不堪地撤了回来,而自己的北伐眼看着成了个笑话！他仿佛已经看到等自己去德寿宫朝见时,太上皇脸上那种看透一切、智珠在握的表情,宛如他这位天子只是一个不谙世事的无知顽童。

初八日,召观文殿大学士、提举洞霄宫汤思退为醴泉观使兼侍读,急赴行在。显然,这多半是赵构让官家把汤思退召回来,好主持与金人的议和。这一回,赵昚没有勇气顶着太上不从,一意孤行了。

一个月后,汤思退再拜右相。

朝廷对金策略由主战转向了议和。

第四章
踏莎行

一、通判镇江

陆游此番出国门,临安城中的好友范成大、韩元吉等纷纷来为其送行。

范成大作送行诗二首,有云:"高兴余飞动,孤忠有照临。浮云付舒卷,知子道根深。""边锁风雷动,军书日夜飞。功名袖中手,世事巧相违。"

从范成大的诗歌里,能看到对陆游忠言逆耳的肯定,谓其"道根"深重,且在人世的浮沉里历练心境;又安慰他卓荦大才,曾屡屡为二府草拟文书,功名本是举手之劳,但世事难料,终须等待。

韩元吉亦赋诗送行,有云:"高文不试紫云楼,犹得声名动九州。金马渐登难避世,蓬莱已近却回舟。烧城赤口知何事,许国丹心惜未酬。归卧镜湖聊洗眼,雨余万壑正争流。"

韩元吉的诗里既有对陆游的称许,又对陆游补外感到忿忿不平,故曰"烧城赤口知何事",将陆游的横遭贬谪归咎于天子左右像龙大渊、曾觌这类人的谗言。

友人们对陆游的离开都十分遗憾,而陆游此行,乃是准备先回一趟山阴故里。

这次回去,他看到了乡里百姓处于人世间苦难之中的极其悲戚的一面,乃写下一首《幽居》:

> 翳翳桑麻巷,幽幽水竹居。
> 纫缝一獠婢,樵汲两蛮奴。
> 雨挟清砧急,篱悬野蔓枯。
> 邻村有鬻子,吾敢叹空无。

想到自己此番回来,仿佛幽居山村。但他到底是有官身之人,家中有一蛮人婢女干些针线活,又有两个力气大的蛮人奴仆做些砍柴、打水的事情。陆游看着轩窗外雨打清砧,野草枯垂在篱笆上,他本想感叹这壮岁虚度之苦,却念及邻村卖儿的人伦惨剧,如此一来,再唏嘘空无之落寞,简直是无病呻吟,因为这皇宋的"盛世"下,多的是苦难的百姓!

这一刻,大诗人的目光投向了那些消失在历史长河、宏大叙事里的芸芸众生。这也是他在诗学之路上,对杜甫的传承吧!

在家乡待了一段时间后,陆游的心情似可从这首《村居》中得窥一二:

> 富贵功名不拟论,且浮舴艋寄烟村。
> 生憎快马随鞭影,宁作痴人记剑痕。
> 樵牧相语欲争席,比邻渐熟约论婚。
> 晨舂夜绩吾家旧,正要遗风付子孙。

他好像放下了功名之心,和自己尚未实现的壮志、抱负也达成了和解,闲来无事时不妨散发弄舟,在镜湖的烟霭中一舸浮波。清风徐来,荡开粼粼倒影,陆游蓦地想到了佛家故事。《景德传灯录》里记着一则阿难尊者和佛陀的对话,阿难问世尊:"外道以何所证,而言得入?"佛云:"如世间良马,见鞭影而行。"外道者,不得其门,贪执所求,不过是镜花水月的虚影。而这人世间的仕宦荣辱,又何尝不是如此呢?若要迷失了自己的本心,阿谀龙大渊、曾觌这样的佞幸方能留在行都,那还不如做个刻舟求剑的"笨人",守着一颗初心!

在陆游此刻的心里,山阴故乡的樵夫、牧民都要比临安的衮衮诸公淳朴、可爱得多,他们与自己渐渐熟络起来,不见什么隔阂,亦没有多少礼法的约束,仿佛就像《庄子》寓言里的杨朱与旅店中人不分尊卑、没大没小地彼此争席似的,左邻右舍们甚至谈笑间说起儿女婚嫁的事来。陆游也不禁感慨,晨兴舂米、夜来绩麻,这不正是陆氏祖上贫寒微贱时候的旧家风吗?他自嘲着仕宦坎壈,不如把这家族遗风早早传之儿女,也好得个勤俭持家的习惯!

可这种故作坦然的达观、潇洒甚至逍遥恰只是诗人一时的自我排遣和慰藉,他仍在关心着南北之间战和的时局,关注着老相公张浚和汤思退的一举一动,也关切地远眺着朝廷暧昧不明的态度。

陆游虽然在五月便得了镇江府通判的差遣,可由于此时任职京口佐贰的人还没有任满,故按照规矩,他还不得不暂时待阙,这一待便是接近十个月。

隆兴二年(1164 年)二月,陆游才终于抵达镇江府通判任上。

这个时候的朝廷里,已是汤思退、张浚并相的局面。

去年十二月初三,陈康伯离开相位,二十一日,迫于德寿宫内太上皇赵构和主和势力的压力，孝宗赵昚乃拜汤思退为左仆射兼枢密使，进封庆国公，成为首相。但皇帝似乎还想做最后一丝努力，他拜张浚为右相兼枢密使的同时，令其依前都督江淮东西路、建康、镇江府、江阴军、江州、池州军马，仍然保留了都督府和张浚的兵权，保留了随时令张浚再赴前线督军的可能。

到了隆兴二年三月，官家赵昚下诏，令张浚以右相兼枢密使身份，前往江淮视师，措置前线军务。张老相公于是一度在陆游任职通判的镇江驻节停留。这对满心期待恢复事业的陆游来说，不免觉得喜从天降。

四十三年后，陆游曾在《跋张敬夫书后》中记载下这一段往事：

> 隆兴甲申，某佐郡京口，张忠献公以右丞相督军过焉。先君会稽公，尝识忠献于掾南郑时，事载高皇帝实录，以故某辱忠献顾遇甚厚。是时敬父从行，而陈应求参赞军事，冯圜仲、查元章馆于予廨中，盖无日不相从。迨今读敬父遗墨，追记在京口相与论议时，真隔世事也。开禧丁卯十二月乙巳，山阴陆某书。

隆兴甲申即是隆兴二年，张敬夫即宰相东阁，乃是张浚的儿子张栻。按照陆游的记载，他在刚刚担任镇江通判没多久的时候，张浚便以右相督军江淮，而抵达京口。并且，陆游的先父陆宰与张浚相识甚早，在张浚进士登科，授官为兴元府士曹参军时，陆宰已和他成为了相知的朋友。所谓"掾南郑"即是指兴元府士曹参军，南郑是府治所在。有了这一层世交之谊，张老相公在镇江时便对陆游十分照顾，而陆游也得以常常随侍左右，又和张栻及督府的幕僚们如陈俊卿、冯方、查籥等时相往来。

这是陆游仕途中第一次如此接近宋金之间的战事,接近恢复大业,虽然去年的北伐成了"元嘉草草",但他仍和当时大多数主战之人一样,把恢复河山的希望都寄托在右丞相张浚身上。

张浚这位六十有七的老相公确实也在"知其不可为而为之"地做着最后的努力。当时他招徕山东、淮北忠义之士,以填补建康、镇江两军兵额,共招募到一万两千余人;又建万弩营以备抵御金人骑兵,再招淮南壮士及江西群盗又万余人,守于泗州。张浚凭着他多年来丰富的军事经验,在两淮与长江沿岸,"凡要害之地,皆筑城堡;其可因水为险者,皆积水为匿;增置江、淮战舰,诸军弓矢器械悉备",可谓做了相当全面的守御准备。此前在渡淮北伐时投降的金军右翼军都统萧琦乃是契丹望族,为人颇沉勇有谋,于是张浚甚至有着一番更大的计策,准备令萧琦尽领契丹降众,且以檄谕契丹,约为应援,从而试图待金人来犯时在其后方掀起契丹族起义,令北虏后院起火。

这期间陆游虽然位卑言轻,但或许也曾出谋献策,只是如今我们已无法确知他和张浚及其幕僚们在南北军事上究竟讨论了哪些问题。

这种机会从后来有关的史料来看,想必有,但未必很多,因为陆游与张浚相处的时间实在太短了。

陆游的恩相汤思退——这位在秦桧独相、权倾天下时游刃有余,不被其猜忌,后来两次登上首揆宝座的宰臣,如今秉承着北内太上皇的指示,暗中令党羽王之望盛毁两淮守备,以向天子表明边疆难以敌金人之来犯,边备诚不可恃;又命党附于自己的右正言尹穑论列都督府参议官冯方;接着弹劾右相张浚费国不赀,空耗无数国家帑藏财货不说,更是跋扈专权等,应当先罢都督府,以示和议之诚,又请以王之望和钱端礼为两淮宣谕使,代替张浚主持前线军政。

面对来自太上皇赵构巨大的压力,面对首相汤思退动辄扬言"请陛下以社稷大计,奏禀上皇,而后从事"的咄咄逼人,孝宗赵昚终于准备屈服了。

四月间,察觉这一切的右相张浚回到镇江,上书乞罢都督府。当他抵达平江时,又乞罢相。他已然心如死灰,连上八道奏章,请求致仕:吾老矣,无能为也!

隆兴二年,四月二十三日,张浚罢右仆射兼枢密使,授少师、保信军节度使、判福州,依前魏国公。张浚再次辞任,只求致仕,于是改醴泉观使。

罢相的大诏里有云:"粤从绿野之游,殆为苍生而起",这不过是褒美的虚言,后面却说:"朕念疆垂之久戍,诏师众以代更。分遣从臣,往宣使指。棘门如儿戏耳,庸谨秋防;衮衣以公归兮,庶闻辰告。叠览指瑕之奏,且披请老之章。"

原来,天子是哀怜两淮边关将士久戍于外,劳苦难得休憩,这才定更戍之计,令侍从大臣往为宣谕。况且这一去,官家才知道,宰臣们说边备不堪,确属事实,防秋可忧。眼下论说张魏公的弹章不少,魏公又主动请老致仕,皇帝自然要保全魏公!钦此!

到了这一步,实际上官家赵昚已完全倒向了弃地求和的汤思退-太上皇之路线。

张浚几乎是眼睁睁地看着汤思退令王之望等人将沿边备御之器具、城寨等,几乎尽皆废弛毁去,又撤去海、泗、唐、邓四州之兵,罢筑寿春城,散万弩营,辍修海船,拆去所筑水堰……

而这一切,显然陆游也看在眼中,但他还不能很好地理解和看透朝廷最高层的波谲云诡,他只是遗憾着老相公的罢相和离去。

同时,由于督府的结局,张浚身边的幕僚们自然也各奔东西,陆游短短一个月参与到南北大事中的经历,便如同幻梦一般转瞬即逝。

在镇江府通判任上的日子开始变得味同嚼蜡,通判乃是州府长官的副职,尤其南宋一朝的通判,只是在名义上"入则贰政,出则按县",实际地位要较北宋元丰改制后为低,多分管财赋之事而已,加之朝廷已经准备议和,京口便更加无事。百无聊赖的陆游写下一首《逍遥》:

> 台省诸公日造朝,放慵别驾愧逍遥。
> 州如斗大真无事,日抵年长未易消。
> 午坐焚香常寂寂,晨兴署字亦寥寥。
> 时平更喜戈船静,闲看城边带雨潮。

不难看到,诗里的陆游夹枪带棒、语含讽刺,充满了忿忿不平之感。朝廷里衮衮诸公几乎无一日不在垂拱殿朝会奏对,这些重臣要员们往往在四更天就已经出门了,灯火笼城候在待漏院内外,等着宫门打开,说来也算是宵衣旰食、勤勉庶政了吧?而陆游倒是慵懒疏放,在通判任上逍遥自愧。可仔细想来,这些朱紫大员们又把国事办成了什么样?又有多少主战的爱国志士像陆游一样被投闲置散?这种心情,和他在此年冬日所写的"遥怜霜晓朝衣冷,深愧江城睡足时"是十分相似的。他不愿做一个闲人!

陆游才思敏捷、笔力雄健,可每日也只能做些签押公文的事情,往往一个上午便办完了一天的事情,到了午后只能焚香寂坐,看南北之间天公不语,一盘枯棋!

第四章 踏莎行　87

"逍遥"是假的，喜欢静谧更是假的。说什么战火渐消、承平将至，江淮戈船不再穿梭，自己也乐得个清净，这实则是满腹牢骚，对朝廷倒向求和的用心愤慨不已！可他毕竟官卑职小，又不在行都，连张老相公这样的青云人物，也又一次跌进泥淖里，陆游还能做什么呢？唐人韦应物云"春潮带雨晚来急"，这人间四月天，按照古时候的历法来说，已是初夏，春逝不可追，就像这恢复的事业一样稍纵即逝，陆游的"闲看"里，不也正是"野渡无人舟自横"的空寂落寞吗？

这一次的落寞不再是无病呻吟，反倒"逍遥"成了真正的言不由衷。

大约正是在这一时期，陆游怀着对恩相汤思退的一线奢望，写过一封《上二府论都邑札子》：

> 某自顷奏记，迨今累月。自顾贱愚不肖，无尺寸可以上补聪明，而徒以无益之事，上勤省阅，实有罪焉。故久不敢以姓名彻左右。今者偶有拳拳之愚，窃谓相公所宜闻者，伏冀少留观览，幸甚幸甚。
>
> 伏闻北虏累书请和，仰惟主上圣武，相公威名，震迭殊方，足以致此。而天下又方厌兵，势且姑从之矣。然某闻江左自吴以来，未有舍建康他都者。吴尝都武昌；梁尝都荆渚；南唐尝都洪州，当时为计，必以建康距江不远，故求深固之地。然皆成而复毁，居而复徙，甚者遂至于败亡。相公以为此何哉？天造地设，山川形势，有不可易者也。车驾驻跸临安，出于权宜，本非定都。以形势则不固，以馈饷则不便，海道逼近，凛然常有意外之忧。至于谶纬俗语，则固所不论也。今一和之后，盟誓已立，动有拘碍，虽

欲营缮，势将艰难。某窃谓及今当与之约：建康、临安，皆系驻跸之地，北使朝聘，或就建康，或就临安。如此，则我得以闲暇之际建都立国，而彼既素闻，不自疑沮。黠虏欲借以为辞，亦有不可者矣。今不为，后且噬脐。至于都邑措置，当有节目，若相公以为然，某且有以继进其说，不一二年，不拔之基立矣。某智术浅短，不足以议大计，然受知之深，不敢自以疏远为疑。干冒钧听，下情恐惧之至。

按此时期的二府中，宰相只有汤思退一人，另有参知政事周葵、同知枢密院事洪遵二人为执政。但考虑到周葵与洪遵皆没有左右定都大事的能力，加上陆游在文中说"受知之深"，故此书札应是写给汤思退无疑。

陆游在这封札子中，鲜明地提出了把行都定在建康的意见，完全反对定都临安。这在那时候，也几乎可说是志在恢复的有识之士们的一种共识。不过，这就成了张浚路线的一种继续，因为张浚是强烈主张让天子驻跸建康的，故而不可能得到正在执行太上意志的汤思退支持。在这一原则性问题上，汤思退就是再赏识陆游，也不敢忤逆北内德寿宫里的赵构，绝不会越雷池一步。

并且，我们应当认识到，在这种关键问题上向汤思退发表如此意见，对陆游来说，是要冒一定政治风险的。此时已是张浚路线和汤思退路线殊死搏斗的阶段，背后还牵扯着当今官家孝宗赵昚和太上皇高宗赵构的两代天子关于战、和国策的巨大矛盾，甚至今上对陆游那句"反复小人"的评价，应该也已传到汤思退耳中。当下，汤思退是左揆的首相身份，国策也转向了主和，陆游却不合时宜地提出要定都建康，实则便是保留进军淮北、恢复中原和旧疆的战略意图,这当然是汤思退不可能接受的意见。毫不夸张地说,陆游在拿自己的仕途或曰政治生命冒险,可他仍要进言,这便说明陆游根骨中那种爱国的情怀是远胜于功名利禄之心的,进一步说,陆游对功名的渴求主要是和恢复大业相关联,若只是偏安一隅的富贵,陆游并不留恋。

所以陆游才在札子的结尾部分说"至于都邑措置,当有节目,若相公以为然,某且有以继进其说"。如果恩相您觉得鄙人说得有一二分道理,那么关于建康定都的具体措置、先后规划等,还当继续芹献于后。可《渭南文集》里,毕竟没有此后的文章了,想必是汤思退置若罔闻,并未回应陆游的爱国要求。

到了这年八月,魏国公张浚在归乡途中溘然逝世。

这位老相公对二子道:"吾尝相国家,不能恢复中原,尽雪祖宗之耻,即死,不当归葬先人墓左,葬我衡山足矣。"临终前,他仍执拗地问榻前亲人们:"国家得无弃四郡乎?"

从昔日张浚幕府中的王质那里得知这一噩耗后,陆游写下了一首《送王景文》:

张公遂如此,海内共悲辛。
逆虏犹遗种,皇天夺老臣。
深知万言策,不愧九原人。
风雨津亭暮,辞君泪满巾。

诗名虽然是送别王质,但内容却是在哀悼张浚之薨。一句"张公遂如此"背后,是多少爱国志士不甘而扼腕的呐喊,主战的旗帜轰然倒下,逆虏女真尚在膻腥中原,为何悠悠苍天却要夺走元老大臣?

所谓的万言策,指的是王质的上疏,而暮色里风雨短亭、送君南浦,那泪水又岂是为友人的辞行而流,乃是为大宋已失去了对金强硬路线的旗帜人物,为祖国河山不知何日可复的悲愤时局而纵横滂沱!

陆游的这种沉郁难平之心,即便在此后楼阁登览、诗词酬唱的场合里,亦多是如此。

在京口北固山上的甘露寺内,有一座多景楼。然而大约在靖康之难后的屡屡战火中遭到破坏,久已作为寺内一座居士修行的处所,后经侍僧们修葺一新,于是知镇江府的地方长官方滋乃与通判陆游等官员来到寺内,登楼览胜。

文名在外的陆游当然免不了受方滋之请,要吟诗作赋,于是他写下一首词来,即《水调歌头·多景楼》:

> 江左占形胜,最数古徐州。连山如画,佳处缥渺著危楼。鼓角临风悲壮,烽火连空明灭,往事忆孙刘。千里曜戈甲,万灶宿貔貅。
>
> 露沾草,风落木,岁方秋。使君宏放,谈笑洗尽古今愁。不见襄阳登览,磨灭游人无数,遗恨黯难收。叔子独千载,名与汉江流。

词的上阕开篇便是暗藏机锋。按说镇江和徐州之间远隔七百里,如何称之为"古徐州"呢?原来,西晋末年八王之乱、五胡乱华,琅琊王司马睿在王导等门阀巨室助力下延续了国祚,但东晋时候只有半壁江山,遂设置侨州郡县,初以过去真正的徐州寄治广陵,然后又改为寄治京口,也就是宋代的镇江。这种以北方地名设置侨州郡县的行为,为加以区分,乃在侨州郡县前加一"南"字,故镇江在东晋时候就叫南徐州。晋朝固然不足道,侨州郡县的做法也颇是可笑荒唐,但即便是偏安的晋室,也不曾向北朝称臣纳贡!两相对比之下,则今日皇宋,还不如往昔衣冠南渡后的东晋尚有廉耻之分,而颇知华夷之辨!

因此在陆游远眺的视线中,眼前多景楼如此胜景却只是让他想起了东汉末的孙刘抗击曹操之壮举。想那时节,鼓角悲鸣,壮怀激烈,羽檄交驰、烽火连天,将士们金戈铁马,豪气直冲霄汉。

下阕陡然一转,由"露沾草,风落木,岁方秋"既点明了词作的时令,又转向了更深一层的咏叹悲恨。人生固然多得是伤春悲秋之情,可眼下南北的时局又何尝不是归于苟且偏安的死寂!一切都变得难以挽回,恰如风露之落草木。因此陆游要说,虽然知府方使君豪兴不浅,谈笑古今,可当年镇守襄阳的西晋名臣羊祜却只能苦叹"天下不如意,恒十居七八",遂遗恨终生,赍志以殁!在此处,陆游正是在用晋朝羊公来暗指魏公张浚,因而才说"叔子独千载,名与汉江流",他坚信张魏公和他志在恢复中原的精神将会永远如江水一般流传下去,英雄会失败,会迟暮,更会死亡,但英雄不朽……

镇江知府很是满意陆游的文笔,因而又请当时书法极为受到士大夫们推崇的张孝祥来书写全首词,最后刻在崖石上头。张孝祥是汤思退门下数一数二的侍从要员,算得上和陆游同门,这时候正以敷文阁待制的侍从高官身份在建康任知府。二人又都在此年中与张浚过从甚密,张孝祥甚至还是借着张浚的举荐才入朝召对,一度任督府参赞军事。汤思退曾对张孝祥受张浚恩惠颇是不悦,只是不知,这位汤相是否也会对陆游以通家子身份出入张浚幕府感到介怀。

此年闰十一月,韩元吉因要前往番阳任官,经过镇江,正好省亲,乃在镇江府停留了两个多月,其间与陆游相从交游的时间,多达六十日。二人友谊深挚,彼此"丁宁相戒以穷达死生毋相忘之意",然而韩元吉终须离去,便是陆游,在京口的时日也不多了。

二、倅贰隆兴

在隆兴二年的十月,金军便在主将纥石烈志宁的率领下渡过淮河,入寇南宋,准备以战迫和。官家赵昚命首相汤思退为都督江淮军马,可汤思退从来没有真的在前线指挥过军戎之事,更不要说统御诸将、擘画军机了,他拖拖拉拉不肯去,反而推荐已经荣升参知政事的党羽王之望以执政身份代为出外督军。王之望因此与汤思退"交詈朝堂",也不愿意去亲冒矢石,承受任何风险。

十一月时,金兵已经从清河口渡淮,守将魏胜战死,刘宝、王彦等各自从楚州、昭关南逃。由于汤思退、王之望都不愿往前线督军,无奈之下,官家赵昚只能起用太上皇的亲信武臣杨存中为都督。

陆游的"恩相"汤思退在这种情况下遭到罢免,以观文殿大学士提举太平兴国宫,但很快又被褫夺殿阁职名,谪居永州。

愤怒的太学生张观、宋鼎、葛用中等七十二人伏阙上书,请斩汤思退、王之望、尹穑三奸臣,窜逐其党羽洪适、晁公武等。汤思退成了两代天子之间战和二策角力的牺牲品,他在途经信州时大约听闻了太学生请斩自己的消息,乃忧悸而死,不克善终。

金军不久自濠州再渡淮河,分兵攻陷滁州。于是朝廷命国信所管办公事王抃往金营议和。

隆兴二年十二月，和议达成，宋金约为叔侄之国，易岁贡为岁币，减十万之数，割让商、秦之地，海、泗、唐、邓亦割还金国，这便是所谓的隆兴和议。

宋金之间自绍兴十二年的绍兴和议后，再次达成新的和约。

原本一心成就中兴事业的孝宗皇帝遭此打击，对"隆兴"这一年号恐怕也就难有好感了，于是在次年改元乾道。

乾道元年(1165年)正月上元节，镇江府里知府方滋召集京口的官员和文士们一同宴饮赏梅。陆游在酬唱的诗作中自嘲"酸寒如我每自笑，顾辱刻画为虚声"，而此时他也已经知道了友人韩元吉将以考功郎回行都临安任职，一方面为友人高兴，但一丝孤独亦萦绕心头。

二人游览金山后，陆游填了一首词，既祝愿韩元吉仕途顺畅，又颇流露出一些黯然的心境，下阕云："素壁栖鸦应好在，残梦不堪重续，岁月惊心，功名看镜，短鬓无多绿。""岁月惊心"与陆游在后来诗作中反复提及的"骇机"有异曲同工之谓，而"功名看镜"，不免让人想到杜甫诗句"勋业频看镜，行藏独倚楼"。陆游虽然在词的最后说"一欢休惜，与君同醉浮玉"，可他对自己的仕宦、功业都已有了深深的疑问。因为自绍兴三十一年到现在，可谓是发生了太多跌宕起伏的大事，那投鞭断流、不可一世的完颜亮殒命扬州；朝廷终于决意北伐却草草收场，张浚更是罢相辞世；座师汤思退在一片骂声中下台而后骤然逝去。如果说这些时代里的大人物都掌握不了自己的命运，那何况是人微言轻的自己呢？

韩元吉走后，三月间知府方滋改任两浙转运副使，亦是离去了。没多久，陆游也接到了调任的朝旨。

按照官方文件的意思,这是因为陆游的堂兄陆沉如今提举两浙市舶司,而镇江府正在两浙,按制度应回避;恰好隆兴府通判毛钦望又与知府不协,难以彼此共事,于是令陆游、毛钦望两易其任。

所谓两易就是职事差遣互相对调的意思,即令毛钦望改任镇江通判,而以陆游为隆兴通判。这对于当时整个南宋的官场来说,当然只是一个很小的事件,可我们从陆游自己的诗文中来看,则又似乎暗藏玄机。

如他在到任后所写的《上陈安抚启》《上史运使启》中,都在书启的一开头用相同的语句说:"佐州北固,麦甫及于再尝。易地南昌,瓜未期而先代。"北固是京口北固山,即镇江府;南昌即洪州别称,而隆兴元年升为隆兴府。这便是说,在镇江通判任上的时间非常短暂,如果按照陆游在隆兴二年二月实际到任,至乾道元年三月朝旨令其与毛钦望两易其任,那么陆游任职的时间才一年多一点。

总体来看,南宋的地方官调任确实很频繁,可陆游似乎不这样看。《上史运使启》中他便又说:"除目虽频,不出百僚之底。骇机忽发,首居一网之中。"陆游觉得,自己官职除授的任命虽然频繁,但不离州郡佐贰,这对已经四十一岁的他来说,显得十分难熬和不堪。更关键的是,陆游所说的"骇机"究竟是什么呢?

原来,自张浚罢相、隆兴和议达成之后,原本张浚幕府中的官员及其汲引、举荐者多遭到不同程度的行遣,在陆游的角度,他自然认为这是朝廷为了贯彻执行和议的国策,必须打压主战势力。而如今的临安二府中,已然没有了汤思退、史浩、张浚、黄祖舜等欣赏、庇护他的宰执大臣,陆游因此认为自己由京口这样靠近行都的辅郡远调江西藩镇豫章,当是受到了朝中主和势力的清算。

第四章 踏莎行

不过，原本在六月时，陆游也已很不愉快，甚至写了书启给二府宰臣，乞请宫观闲职。他在《上二府乞宫祠启》中有云："白首而困下吏，久安佐郡之卑；黄冠而归故乡，辄冀奉祠之乐。"黄冠即道士之冠帽，这是明确表达了奉祠回乡，遥领宫观的愿望。可此时的二府中，早已没有了欣赏陆游的宰臣，竟是连奉祠的要求也未蒙允准，依旧让他冒着汛期的江水，前去南昌任职。

是年秋七月，陆游做好了离开镇江，前往隆兴赴任的准备。他写下一首《满江红》：

> 危堞朱栏，登览处、一江秋色。人正似、征鸿社燕，几番轻别。缱绻难忘当日语，凄凉又作他乡客。问鬓边、都有几多丝，真堪织。
>
> 杨柳院，秋千陌。无限事，成虚掷。如今何处也，梦魂难觅。金鸭微温香缥缈，锦茵初展情萧瑟。料也应、红泪伴秋霖，灯前滴。

丹阳大城女墙耸立，凭栏远眺，正是秋映水色。陆游想到自己因曾觌、龙大渊的台谏、给舍风波，被赶出临安，至今依旧在外兜兜转转，不恰似那南飞而来的大雁与北去的燕子吗？苏轼曾云"有如社燕与秋鸿，相逢未稳还相送"，人世间便是这样，大约一切都如东坡所说，亦如少游词一般，"南来飞燕北归鸿，偶相逢、惨愁容！"那些情深意切的指点江山之语，都留在了昨日，而今只有凄凉远赴他乡的征人旅客。且问双鬓斑白，有几多银丝，恐怕已堪织成愁絮千缕了！

下阕的这句"无限事，成虚掷"读来尤其令人动容。何止是个人的荣辱得失,更是家国天下的兴衰盛亡!自北虏郎主完颜亮被弑以来,对大宋来说北伐收复失地的机会可谓是绝无仅有地摆在了眼前,然而西线的吴璘不败而败,关陕克复的半数州军转瞬丢光;张浚老相公主持的隆兴北伐也阴差阳错地草草收场……这一切就像是天予不取,必受其咎!陆游只能在离开镇江的时候徒叹奈何,自问镜里花难折,感慨梦中亦难觅抱负之实现!月枕云窗之下,纵有香兽吐烟,锦衾绣褥,怕只怕秋雨绵绵,却似那魏文帝曹丕的美人薛灵芸一般,落泪如血!

正式离去的这天,府衙里的同僚们自然也要为陆游送行,他便又填了一首《浪淘沙·丹阳浮玉亭席上作》:

绿树暗长亭,几把离尊。阳关常恨不堪闻,何况今朝秋色里,身是行人。

清泪浥罗巾,各自消魂。一江离恨恰平分。安得千寻横铁锁,截断烟津?

陆游的才情真是不可思议,"一江离恨恰平分"以江水衡量愁情已是作痴儿语,结尾谓以铁锁断烟津,则是要断愁来之路,岂非天马行空?但"安得"二字,便将这一切打落回无情的现实中,长亭道别之后,终究是难免征尘盈怅惘,秋色里,身是行人!

不过此去豫章,也非全无欣慰之事。如今的江南西路安抚使兼知隆兴府的帅臣不是别人,恰是十二年前陆游锁厅试时候,顶着秦桧的巨大压力,把他点为第一名的座师陈之茂。

陆游这一时期的生活与心境可以从这首《秋夜读书每以二鼓尽

为节》中略知一二。诗云:

> 腐儒碌碌叹无奇,独喜遗编不我欺。
> 白发无情侵老境,青灯有味似儿时。
> 高梧策策传寒意,叠鼓冬冬迫睡期。
> 秋夜渐长饥作祟,一杯山药进琼糜。

夜来无事的陆游常在廨舍里灯下读书,他想到自己已过不惑,白发从两鬓渐侵头顶,却仍是沉沦下僚、一事无成,不免只能自嘲为"腐儒",想来便也只有古时候流传下来的经史子集才不会与己相欺、尔虞我诈,堪能慰藉这碌碌之苦。窗外是梧桐枝叶在寒风里婆娑有声,而眼看便是二更将尽,子夜且至。每到这时候,饥肠辘辘的大诗人便要寻些吃食来垫垫饥,一杯山药羹就胜过山珍海味了。

豫章虽由州升格为府,可是十月初冬,陆游却看到了老百姓饥寒交迫,以至于"孟冬风薄人,十室八九病",府城内外大片大片的人病倒了,便是陆游自己也生了病。不知他是否由"豫章濒大江,气候颇不令",联想到险恶诡谲的朝堂官场。

每日点卯、签押、放衙,陆游无可奈何地感叹着"我老一官书纸尾",又放任旷达地自嘲着"有酒不谋州,能诗自胜侯",但这种自我慰藉岂能长久,曾在敕局删定官、西府编修任上共事过的友人王柜来函,告知了张浚张魏公已葬于衡山的消息。这一下便牵起了陆游万千情绪,乃寄诗一首《去年余佐京口遇王嘉叟从张魏公督师过焉,魏公道免相,嘉叟亦出守莆阳,近辱书报魏公已葬衡山,感叹不已,因用所遗挂颊亭诗韵奉寄》:

> 河亭挈手共徘徊，万事宁非有数哉。
> 黄阁相君三黜去，青云学士一麾来。
> 中原故老知谁在，南岳新丘共此哀。
> 火冷夜窗听急雪，相思时取近书开。

想到张浚三起三落，负天下人望而壮志未酬，无数南望王师的中原遗老们更是涕泪沾襟！可出将入相的张魏公终究是尘归尘、土归土，落得个黯然罢归、葬于丘陇的结局，又怎能不令人唏嘘慨叹呢？

岁暮阴阳催短景，光阴飞逝，一转眼便是年关尽矣。

乾道二年（1166年），正月十五上元节。虽比不得临安那鳌山结彩、君民同乐，千里灯毯有如星辰相连落于人间的梦幻繁华，但隆兴府城里也是火树银花不夜天，称得上"华灯满城月半昏，游马争路香沉沉"。人们目不暇接地看着鱼龙百戏，似乎天地间的至乐也就是在上元的欢腾中了。

但陆游偏偏快乐不起来。他作诗《自咏示客》：

> 衰发萧萧老郡丞，洪州又看上元灯。
> 羞将枉直分寻尺，宁走东西就斗升。
> 吏进饱谙籍纸尾，客来苦劝摸床棱。
> 归装渐理君知否？笑指庐山古涧藤。

四十二岁的陆游再次以老态自称，元宵看灯的愉悦欢欣似乎在这时候和他决然无关。他更要辛辣地自嘲：已是和光同尘，羞分是非曲直、对错黑白，也不计较孰长孰短，宁愿被赶来赶去，仕宦于外，只为那养家糊口的区区俸禄！至于平日在衙署中究竟是做什么工作呢？也无非是文书小吏抱着成案的公文让他在纸尾签押。又颇有人好言苦劝，要陆游不妨学一学那唐时自创"摸棱手"绝技的苏味道，凡事且模棱两可，小事装糊涂便好。

这样的生活，自然是不会让陆游感到快乐的。更值得注意的是，陆游在尾联中说"归装渐理君知否"，似乎他已经听到了一些对他不利的传闻，生出了不安于位的想法。

此后不久陆游又作《醉中歌》，乃有云："吾少贫贱真臞儒，贪食嗜味老不除。折腰敛版日走趋，归来聊以醉自娱……悠然一饱自笑愚，顾为口腹劳形躯。投劾行矣归园庐，莫厌粝饭尝黄菹。"他一方面继续自嘲，说他折腰持笏奔走于庙堂和地方，竟是为了口腹之欲，另一方面在结尾处又一次透露了重要信息，即所谓"投劾行矣归园庐"。这是遭到弹劾，而将归故里的意思。陆游仿佛对此毫不在意，反而说不要厌弃粗茶淡饭……可重要的是，我们因此能知道，在乾道二年春天的时候，朝中已有台谏对陆游投以白简弹章，并且消息传到了隆兴府，或许陆游正是从邸报上看到的。

《宋史》其本传中云：

言者论游交结台谏，鼓唱是非，力说张浚用兵，免归。

今已不能确知弹劾陆游的具体是哪位或者哪些台谏官员，总之找的罪名是陆游与台谏官有交往，且阴以煽动短长、搬弄是非——但这不过是欲加之罪，主要的原因在后头，即"力说张浚用兵"。陆游想要极力规劝张浚再用兵，那都是隆兴二年的事情了，也就是两年前之事，却在今天加以追究,那么说到底,不过是隆兴和议已成的大局下,主和势力抬头,要对依附张浚的人乃至一切主战的文武官员进行肃清,从而压制恢复河山的呼声,防止和议局面被破坏。

因此陆游在这一时期的诗歌中又流露出人生如寄、大梦似幻的感叹,他既要说"功名梦境元非实,歌舞山城且自宽",亦甚至渐渐有借道术作为宽慰的倾向。他写下一首《烧香》,正可见此,诗云:

> 茹芝却粒世无方,随食江湖每自伤。
> 千里一身兔泛泛,十年万事海茫茫。
> 春来乡梦凭谁说,归去君恩未敢忘。
> 一寸丹心幸无愧,庭空月白夜烧香。

所谓"茹芝"指的是以灵芝瑞草为食;"却粒"是辟谷的意思,即不食五谷、不吃人间烟火。然而陆游却似在反省,说自己终究是做不到这一点,身在名利场中,沾染红尘,每每只能黯然神伤。自天地百代而视之,则仕宦千里终不过是孑然过客,浮沉于阴阳生杀的光阴长河之中,人间事,何尝不是茫茫如烟海,皆是虚幻。

中夜难眠的陆游忽又想到了现实。眼下归乡的心愿已达成,犹当对君父和朝廷谢恩,故云"归去君恩未敢忘"。明明是被罢归,却还要口称谢恩,陆游内心的情绪可见一斑。但他问心无愧,亦明白有罪和无罪并不重要,便只能独立幽深之庭院,烧几炷香,仰面观天,如是而已!

于是一个自号"渔隐",或是"笠泽渔隐""渔隐子"的陆游出现了。

第四章 踏莎行

这时节陆游昔年在敕令所的同僚和好友李浩往广南西路静江府方向为官,故途经临川,陆游与其在临川驿站中相遇,二人已暌违五年之久。萧萧风雨中,二人连床夜话,甚至谈得彼此挑灯索饭,仍是兴致不减。

分别后,在罢归返乡的途中,陆游写诗《寄别李德远》,其中一首云:

> 李侯不恨世卖友,陆子那须钱买山。
> 出牧君当千里去,归耕我判一生闲。
> 中原乱后儒风替,党禁兴来士气孱。
> 复古主盟须老手,勉追庆历数公间。

李侯当指李浩,其任广南西路安抚使兼知静江府,已是封疆大吏,故曰李侯。陆子是自称,谓去年卜居镜湖三山,便已买下宅院,故今年不必"买山",可放心归去,乐得"一生闲"!但陆游心中不是没有怨气的,他说靖康之难后士大夫的气节早已可谓是"人心不古",而元祐党人碑和秦桧专权的种种"党禁""学禁"倒行逆施,又使得士人神气孱弱,所以才会动辄以论兵为罪!在陆游的想象中,唯有庆历时节的宰执们,如范仲淹、韩琦、富弼等,方能拯救斯世。

五月时,陆游已抵达江西玉山。端午日,旧时同僚和友人尹穑相邀,乃共观江中龙舟竞渡的节日盛事。

但尹穑早已走上了另一条截然不同的政治路线,他过去依附于汤思退,累章弹劾张浚及其督府中的幕僚,遂升迁极速,数年间自监察御史、殿中侍御史一路升为谏长,甚至曾在朝中争论四州撤戍问题时主张置狱严办,使不肯撤戍及弃地者皆加以问罪,光尹穑所攻讦者,便超过二十个反对屈辱议和的主战大臣。不过尹穑在隆兴二年年底,亦被罢去谏议大夫一职,如今在乡中赋闲。

陆游虽因过去的交谊勉为其难地答应了尹穑的邀约,却作诗《重五同尹少稷观江中竞渡》云:

楚人遗俗阅千年,箫鼓喧呼斗画船。
风浪如山鲛鳄横,何心此地更争先。

前两句不过是写端午龙舟的寻常语,但后两句却大有不同。似可认为,陆游以江面风浪凶险与鲛鳄出没来借指朝廷仕宦里充斥的刀光剑影,最后更是以诗明志,谓无心与人你争我夺,甚至可以说,是暗含讥讽尹穑之意。陆游与尹穑这样的人之间的友谊,注定是无法长久的。

三、乡居山阴

五月下旬,陆游已回到了绍兴府故乡山阴。而他的恩师曾几也在这个月里病逝于平江府。

镜湖的四时胜景仍像过去那样抚慰、滋养着陆游的身心。山水林泉间的乡野生活和邻人淳朴自然的模样都极大地宽慰了陆游,他一连写下三首《鹧鸪天》:

家住苍烟落照间。丝毫尘事不相关。斟残玉瀣行穿竹,卷罢黄庭卧看山。

贪啸傲，任衰残。不妨随处一开颜。元知造物心肠别，老却英雄似等闲。

又：

插脚红尘已是颠。更求平地上青天。新来有个生涯别，买断烟波不用钱。

沽酒市，采菱船。醉听风雨拥蓑眠。三山老子真堪笑，见事迟来四十年。

又：

懒向青门学种瓜。只将渔钓送年华。双双新燕飞春岸，片片轻鸥落晚沙。

歌缥渺，橹呕哑。酒如清露鲊如花。逢人问道归何处，笑指船儿此是家。

第一首上阕中先是以镜湖烟水苍茫、夕阳晚照的景致起兴，随即便见到了一个放浪形骸，仿佛逍遥于俗世之外的大诗人。他穿行于幽篁美竹之间，酣饮佳酿；读罢《黄庭经》，又卧看山色若隐若现。这是一个放歌长啸，傲岸耿介的"真人"形象，有着陶渊明"啸傲东轩下，聊复得此生"的意境；又仿佛视富贵功名皆如粪土，宁可在这隐居般的生活中慢慢老去，颇有"宁作我，岂其卿"的味道。因而我们更看到了一个"不妨随处一开颜"的陆游,似乎他此番回到山阴,每时每刻、无处不在地都处在愉悦的心情里。可读到最后一句,才能见出一个深藏在逍遥和修道表象之外的陆游。"元知造物心肠别,老却英雄似等闲"——这是一句非常有分量的结语。造物者,譬大匠也,在四季为阴阳衰杀,在人世有荣辱悲欢,若放眼万里山河,更有百年、千年的沧海桑田之变,大地为高山,陂塘成江川,这都是造物之力量。然而陆游深知,天地不仁,以万物为刍狗,任你自认如何英雄,在造物面前,与蝼蚁何异?天地一概等闲视之,英雄迟暮不过是稀松平常,和日升月落没大差别。如此,则陆游的"随处一开颜",竟成了强颜欢笑。

第二首亦是写这种言不由衷的逍遥和豁达。上阕一开头便说自己身处红尘,本就是认幻为真,如痴如癫,是为世间凡夫种种颠倒,又求功名仕宦,欲登青冥,不啻人发狂发乱。好在近来生活已大不相同,告别了过去文书案牍押字纸尾的佐郡泥轼生活,得以在故乡享尽烟雨江南、湖光山色的美景。于是我们又见到了一个买酒于集市,采菱于画船,镜湖听雨而歌酒自得的诗人形象。他最后不免要说,自己四十年来多么可笑,始终迟迟不悟,到今日方才知晓生活的真谛。但反击金人、收复中原的雄心,他真的放下了吗?

第三首更是渔歌隐士之感。陆游由一个秦末汉初的典故说起。汉代的长安城有一道城门曰霸城门,其门为青色,故曰青门。而有广陵人邵平于青门外种瓜,其于秦时为东陵侯,乃一贵族,而秦亡后沦为布衣。这似乎表达了陆游不屑于攀援仕进的意思,无意于去挤破头皮,要在临安为官,反而乐得远离那尔虞我诈的权力场,只在垂钓中虚闲度日也好过去做那些蜗角之争!在陆游的眼中,初秋的新燕和轻盈的鸥鹭都是自己在山林间的友人,听着渔歌唱晚、船橹呕哑,大诗人酒

第四章 踏莎行　105

浇块垒,用筷子夹起摆放得犹如一片片花瓣似的腌鱼,只图浮生快活。遇上不熟悉的人问他家在何方,此时自号渔隐的他,就笑称船上便是家,五湖四海都可以去得。

陆游对功名并不真的挂于心,可难道他对收复河山的梦想也不挂于心吗?或许有时候,当梦想过于遥远和困难,人为了慰藉自己,难免只能佯作看破红尘,了无执着,只愿逍遥度日。

因此陆游不光读《黄庭经》,也参以释门竺学,竟可算得佛道兼修,这一思想便体现在此时期所写的一首《大圣乐》中,词云:

> 电转雷惊,自叹浮生,四十二年。试思量往事,虚无似梦,悲欢万状,合散如烟。苦海无边,爱河无底,流浪看成百漏船。何人解,问无常火里,跌打身坚。
>
> 须臾便是华颠。好收拾形骸归自然。又何须著意,求田问舍,生须宦达,死要名传。寿夭穷通,是非荣辱,此事由来都在天。从今去,任东西南北,作个飞仙。

这首词中的陆游,其流露的隐居甚至"厌世"情绪,显然又比三首《鹧鸪天》更进一步。他以佛学之说入词,谓往事悲欢皆如幻梦,而众生六道漂溺生死苦海,痴爱嗔恨,令人沉没其间。他看到了三界如火宅的无常,天地间生灭万物一刻不停,皆在成住坏空的过程中,他也想象着在无常、烦恼里开悟智慧,得大解脱。可转瞬之间,已是头发花白,也罢,虽然"久在樊笼里",但终于是"复得返自然",俗世里追求的田宅、显贵和长寿安康、流芳百世,乃至一切是是非非、成败荣辱,都非人力所可以勉强与贪执。何不只求逍遥,快活似神仙也哉?

可这便是一个绝对真实的、完整的陆游了么?

不妨再看陆游约于此年冬写给友人龚茂良的一首诗,题为《寄龚实之正言》:

> 台省诸公岁岁新,平生敬慕独斯人。
> 山林不恨音尘远,梦寐时容笑语亲。
> 学道皮肤虽脱落,忧时肝胆尚轮囷。
> 至和嘉祐须公了,乞向升平作幸民。

龚茂良是谏官,任职右正言,其字实之,故曰寄龚实之正言。关键在于,龚茂良亦是隆兴初论列、弹劾龙大渊、曾觌的台谏、给舍官员之一,陆游自然会将龚茂良看作志同道合的友人、君子,在寄给他的诗作中,便也愿意吐露不一样的心声。

首联谓自绍兴三十二年今上龙飞以来,御史台和门下后省、中书后省中的御史、谏官、给事中、中书舍人等不知换了凡几,而陆游平生所敬慕的台省官里,最推龚茂良正言。这自然是常见的夸赞友人的客套话。颔联也只是寻常的表达思念的诗句,谓虽天涯相隔,而常在心间,甚至形诸梦中。关键是颈联,一句"学道皮肤虽脱落,忧时肝胆尚轮囷"才见出那个修道学佛、逍遥放达之外的陆游。原来所谓的"皮肤脱落尽,唯有真实在"不过是句大话,当然这本是《涅槃经》和《杂阿含经》中的意思,唐之寒山与北宋时候江西诗派的黄庭坚亦用此语,而后面那句"忧时肝胆尚轮囷"才是真正多少次欲语还休、埋藏在心底的大实话!陆游亦知道,在隆兴和议已成,南北重归"和平"的时局下,他那些呼吁恢复事业的声音是多么不合时宜,且空谈又有何用,甚至在乡野间无人听闻,更不要奢望能上达天听……但面对龚茂良这样曾共同与佞幸龙、曾战斗过的文臣友人,陆游敞开了他的心怀,承认自己忧国忧民的肺腑肝胆,仍然千回百转、坚不可摧!到了结尾,陆游不忘赞许友人,说如今要实现仁宗时候的盛世,正须龚茂良这样的正直君子去致君尧舜,这本亦是常语,巧的是,龚茂良后来在淳熙元年(1174年)倒真是自礼部侍郎兼权吏部尚书入参机务,除为参知政事,成了副宰相,并且在叶衡罢相后一度以参知政事身份代行相权近两年,直到淳熙四年(1177年)才因曾觌而遭罢斥。

但陆游终究是在山阴故里赋闲起来,过着乡野间不紧不慢的生活。

著名的《游山西村》也是这一时期的诗作:

莫笑农家腊酒浑,丰年留客足鸡豚。
山重水复疑无路,柳暗花明又一村。
箫鼓追随春社近,衣冠简朴古风存。
从今若许闲乘月,拄杖无时夜叩门。

作此诗时,已是乾道三年(1167年)春了。

暮春时节,陆游又写下一首《残春》:

残春醉著钓鱼庵,花雨娱人落半岩。
岂是天公无皂白,独悲世俗异酸咸。
妄身似梦行当觉,谈口如狂未易缄。
已作沉舟君勿叹,年来何止阅千帆。

他大约真在山阴过起了垂钓河边、听雨拈花的慢生活。但陆游心里仍有愤懑，因而要说并非是天地间没有是非黑白，才导致横遭贬黜，可悲可叹的恰恰是他自己与这红尘俗世大相违戾，难以做到韬光养晦、同流合污，也就难免落得罢归故里的下场了。可陆游一面认识到人生如梦、己身非真，一面又倔强地说自己终究是不甘沉默。哪怕不愿沉默的代价是像刘禹锡那样前后被贬二十三年，在陆游心里也不过是"沉舟侧畔千帆过，病树前头万木春"，大可等闲视之！何足惧哉！只是这种狂放不羁的宣泄背后，似也应该看到，大诗人对他的仕途竟生出了绝望的心情。因满心恢复祖国河山的期望，而遭到罢官，这对陆游的打击可想而知，说一声痛何如之，绝不夸张。

在这种情形下，他更加钻进了道藏、佛学之中。且看此时期所作《夜读隐书有感》：

平生志慕白云乡，俯仰人间每自伤。
倦鹤摧颓宁望料，寒龟臞缩且支床。
力探鸿宝寻奇诀，剩采青精试秘方。
常鄙腥膻老山泽，要令仰首看飞翔。

《隐书》即《灵宝隐书》《太丹隐书》《玉清隐书》三书之谓。陆游灯下夜读，思及《庄子·天地》中描摹的情境。庄子说的"乘彼白云，至于帝乡"，想来是一种怎样的境界呢？望着人世间的丑恶，却仍难以摆脱，陆游不免黯然神伤。这种悲戚并非仅仅是形而上的，大诗人提醒读者，擦亮眼睛看看这世界，可谓是众生皆苦！官场里蝇营狗苟的那些人犹如倦鹤攒集，明明已经因为相互倾轧而疲惫不堪，却仍要追求着升官发财,贪执那一份当官的俸禄,而在陆游心里,此刻他宁愿作一只被垫在床脚下蹩缩着的乌龟,也不愿与官场中的污浊相混合。诗人想象着自己从《鸿宝》等道术经文里寻得秘诀奥义,参悟洪荒大道,甚至要炼丹修仙,更要说凡夫俗子纵然长寿不过老于山泽,他陆游偏要学那白日飞升的本事,真个做一回逍遥神仙!

但如前所说,陆游的"一心修道"不过是他逃避痛苦的一种假象,作不得数。一日诗人在家中翻看收藏的书画卷轴,忽对一幅描摹了唐太宗李世民麾下十八学士的画轴大感兴趣,把玩之下,诗兴大发,乃作一首《题十八学士图》:

  隋日昏暗东南倾,雷塘风吹草木腥。平时但忌黑色儿,不知乃有虬髯生。

  晋阳龙飞云滃滃,关洛万里即日平。东征归来脱金甲,天策开府延豪英。

  琴书闲暇永清昼,簪履光彩明华星。高参伊吕列佐命,下者才气犹峥嵘。

  但馀一恨到千载,高阳缪公来窜名。老奸得志国几丧,李氏诛徙连孤婴。

  向令亟念履霜戒,危乱安得存勾萌。众贤一佞祸尚尔,掩卷涕泪临风横。

在这首咏史诗里,陆游从隋末天下大乱写起,有隋炀帝杨广在江都的殁命,有李密等枭雄的兴起,随即以大开大合的笔墨,书写了唐高祖李渊自太原起兵,而太宗李世民天纵神武,平定各路豪英,天策上将府更是人才济济,上者堪比伊尹、吕尚,下者也是高才如山岳。但陆游笔锋陡然一转,写到了武周代唐之事。陆游认为,武则天之所以能逐步窃夺唐朝皇权,起因都在于奸臣许敬宗。原来,当时唐高宗李治想要立尚是昭仪的武媚娘为皇后,群臣皆以为不可,又极力劝谏,而许敬宗倡言,谓田舍翁、庄稼汉多收了十斛麦,便想休妻另娶,而天子富有四海,想要立一个新皇后,有何不可?唐高宗遂决心力排众议,以武氏为后。要知道,陆游绝不会是单单就事论事地只想到了这段唐代历史,从最后四句来看,陆游的心思很明确。他认为,国家大事一定要防患于未然,懂得未雨绸缪、履霜知冰,切不可使危乱之萌发留有机会。像唐朝那样众正盈朝,不过只有一个许敬宗为奸佞,尚且为祸至于斯,而大宋的朝廷里,过去有奸相秦桧,眼下还有龙大渊、曾觌,难怪陆游要"掩卷涕泪临风横"了!从这首咏史诗里,我们又可以看到,陆游实际上对朝廷里的事情并没有完全放下,他仍惦记着家国兴衰,在意着天下的治乱之机。诗人不过是在以出世的模样,"自欺欺人"地掩藏内心入世的忧国忧民之念,他痛得太深,以至于有时候不得不连自己也一并骗了,这是一种怎样的悲剧意味呢?

乾道三年,陆游倒也听闻了些许让他感到高兴的消息。

在此年春天,龙大渊、曾觌二人终于补外出国门,离开了天子左右。

自从隆兴台谏、给舍论列二人的风波以后,朝堂中几乎没有人再敢弹劾他们,可见其气焰之炽盛。而此番贬黜出临安,似乎全出于偶然。按《建炎以来朝野杂记》乙集卷六《孝宗黜龙曾本末》:

> 乾道三年春,知阁门事龙大渊、曾觌并补外,以参知政事陈俊卿奏其罪也。二人始以潜邸恩进……及陈应求除执政,一日,起

居舍人洪景卢来见,曰:"闻郑仲一当除右史,迈当迁西掖,信乎?"应求曰:"不知也。公何自得之?"景卢以二人告。明日,应求至漏舍,语叶、魏二相及同列蒋子礼,曰:"外议久指此两人漏泄省中语,而未得其实状,故前此言者虽多而不能入,今幸得此,不可不以闻。"诸公皆以为然。入奏事毕,应求独进,且以景卢语质于上前,曰:"臣不知平日此等除目,两人实与闻乎?抑其密伺圣意而播之于外,以窃弄陛下威福之权也?"上曰:"朕何尝谋及此辈!必窃听而得之。卿言甚忠,当为卿逐之。"应求归未及门,已有旨出二人于外,中外快之。盖上之英哲无私如此,汉唐所未见也。二月四日癸酉,昭庆军承宣使龙大渊为江东副都总管,建康府驻扎;和州防御使曾觌为淮西副都总管,和州驻扎。明日,大渊改浙东路,驻明州;觌改福建路,驻福州。初七日,奉旨并令内殿朝辞。

这是说,在陈俊卿为执政后,有一天洪迈来参见他,便向他打听消息,问问是不是近日郑闻要除授为起居舍人,而他洪迈将升迁到中书省去。陈俊卿表示不知道,反问洪迈从何得知,洪迈答以龙大渊、曾觌。第二天早朝前,陈俊卿便在待漏院里把这事说与左相叶颙、右相魏杞以及同为执政的副相蒋芾听,又说外间有议论认为龙大渊、曾觌时常泄露两省机密,但过去未得其实,现在罪状分明,必须禀告天子。得到宰臣们支持后,二府奏对结束,陈俊卿便请留身独对,然后将洪迈所说的事情全部陈述于御前,并询问孝宗赵眘平日官员除授的圣旨词头,龙、曾二人是不是都会过目、与闻?还是二人暗中窥伺圣意,然后传播到外头去,好窃弄天子威福,来怙恃纳贿、结党营私?赵官家表示,国家大事怎么会和这些人商量呢?肯定是他们利用身在阁门司的便利偷听得来的消息,当黜逐龙、曾二人!下殿后,陈俊卿还没回到都堂,已有批旨送到,令二人补外为官。

按照这则材料看,龙、曾之黜逐,确是偶然,且皇帝赵昚可谓是从善如流。那么何以在隆兴时节,皇帝铆足了劲不愿听从台谏、给舍的意见,甚至牵连到陆游,罢官左迁、黜逐补外者不知凡几,现在却又判若两人了呢?只有弄清楚这一点才能理解孝宗一朝的政治,进而明白陆游所处的朝廷,以及陆游自身的仕宦性格会在这其中产生怎样的碰撞。

要回答这一问题,就必须关注乾道二年到三年这两年中南宋朝廷决策层的宰执人事变动之趋势。乾道二年三月时,原本汤思退的党羽,宰臣右仆射洪适罢相,而在此年十二月,张浚曾经的督府首席幕僚陈俊卿除同知枢密院事兼权参知政事,成为执政。到了乾道三年二月,在元年八月时被罢副相的虞允文再入二府,除为知枢密院事,十一月,陈俊卿除参知政事,刘珙除同知枢密院事。刘珙之父刘子羽乃是张浚当年经略关陕时的第一幕僚,甚为亲信。那么我们便能看到,陈俊卿、虞允文、刘珙之入二府,表明孝宗赵昚对隆兴和议已产生了一定的反悔心理,在对金的国策上,他由"和"开始倾向"战",因此才要起用这些人为宰执大臣。如果把视线更往后放到乾道四年、五年,所形成的陈俊卿、虞允文为左右丞相的并相局面,便更能清楚地验证孝宗皇帝赵昚再启北伐之心理。

因此,龙大渊、曾觌二人的黜逐,并非是出于偶然,或者说出于孝宗对他们所谓"泄露省中语"的震怒,而是在于皇帝要重新重用主战大臣,设法重拾主战路线,这就使得贵为天子的赵昚也不得不向主战势力妥协,暂时抛弃龙、曾二人。这也就是为什么到了乾道四年,龙大渊死后,皇帝赵昚因此念及曾觌,想召其回临安,却在执政刘珙的压力下再次"从善如流"。此后曾觌福建副总管任满当赴阙,又在陈俊卿、虞允文的坚决反对下,再除浙东副总管出外。这都证明了在天子心中,龙、曾作为近习便嬖与文官集团的矛盾也好,战与和的国是之争也罢,都是皇帝捏在手中可以有选择地打出去的一张牌而已,并没有根本的原则性问题。

陆游在乾道三年十月写下两首颇耐人寻味的《十月苦蝇》:

村北村南打稻忙,浮云吹尽见朝阳。
不宜便作晴明看,扑面飞蝇未退藏。

又:

十月江南未拥炉,痴蝇扰扰莫嫌渠。
细看岂是坚牢物,付与清霜为扫除。

十月在宋代的历法中已是初冬,观诗意似乎是为龙、曾二人的黜逐而发。对陆游来说,隆兴元年被赶出临安,补外为镇江通判一事在他心里积压已久,他不可能去埋怨赐他进士出身的皇帝赵昚,便只能将满腔怒火都对准了龙大渊、曾觌。是以诗人一面在诗中说"不宜便作晴明看,扑面飞蝇未退藏",暗示要警防龙、曾这样的佞幸卷土重来,不可轻忽;一面又藐视他们,谓"细看岂是坚牢物,付与清霜为扫除",认为奸邪终究不能战胜忠良。

可这何尝不是陆游作为一个诗人、文臣，或者说饱读儒家经典的读书人之天真呢？

虽然等到了龙、曾的黜逐，但陆游仍要悲叹"秋风弃扇知安命，小灶留灯悟养生"，他以班婕妤为汉成帝所弃在诗中自比，曾经怀于袖袍里的合欢扇，如今被抛弃在箧笥中，想到自己逐出临安以来的种种，他又无奈摇头，只能道一声"出仕谗销骨，归耕病满身"。

到了十二月，陆游病愈，他骨子里的倔强又涌上心头，在诗中说："穷居那敢恨，幸远庾公尘。"《世说新语》里记载，晋朝时庾亮一度权倾朝野，连王导都有所不及，而当时庾亮在建康，王导在丹阳，大风扬尘，王导以扇子拂尘，说元规（庾亮字）尘污人。陆游似乎又毫不留恋在临安为官的时候了，反倒说朝中那些弄权的奸邪如庾公尘一样只会弄脏自己，君子固穷，仕途的不顺又有什么好遗憾的呢？

大诗人一会悲恸君父的秋风弃扇，一会又幸远庾尘，他的这种矛盾其实不过是失意后的人之常情。他甚至在寄给视为师友的大德高僧黄龙道升禅师的诗作里提出了"世衰道丧士自欺，山林亦复践骇机。长谣寄公公试思，吾辈救此当何施"这样的疑问，这恰恰说明陆游自己是没有答案，也是处于矛盾心境之中的。

乾道四年（1168年）的初春，陆游仍持着这种故作豁达的"乐观"，他作诗《春日》云：

久抛朝帻懒重弹，华发萧然二寸冠。
不恨凄凉侵晚境，犹能语笑向春盘。
银杯酒色家家绿，箬笠烟波处处宽。
一片梅花无复在，却嫌新暖换余寒。

第四章 踏莎行

诗人看似不再在意那顶直脚幞头的官帽,也不在意白发渐多,岁月的侵袭,反而关心着立春的节令吃食,关心着一片梅花在冬去春来里的逝去不见,他有时候头戴箬笠,泛舟江湖,看着家家户户迎接早春的喜悦。

然而夜深人静,陆游忽然惊醒,他那些白日里的潇洒全都犹如梅花一般隐去不见了。窗外骤雨打着屋檐上的瓦片,诗人悲从中来,只感到蹉跎大半生,一事无成,徒劳如鱼游千里,而了无所得,往前看去,他觉得已站在人生的黄昏,终是要归于尘埃。

想到这些,陆游顿时流下了两行眼泪。他写下一首《闻雨》:

慷慨心犹壮,蹉跎鬓已秋。
百年殊鼎鼎,万事只悠悠。
不悟鱼千里,终归貉一丘。
夜阑闻急雨,起坐涕交流。

这种夜来的感慨不是偶然的,而是屡见不鲜的。

乾道四、五年间,陆游还有一首《有感》,亦表达了这种相近的愁绪和对人生的某种绝望。诗云:

云崦重重不易寻,庖厨性命走山林。
但令有月同幽梦,更用何人识苦心。
流辈渐稀知死近,鬓毛无色觉愁侵。
平生自许忘情者,颇怪灯前感慨深。

他甚至已经想要放弃寻求知己和理解，更以为自己恐怕也是大限将至，山阴故里的乡野生活虽然能慰藉一时，却无法平息他内心壮志未酬的巨大苦痛。

但陆游还必须等待，一直到乾道五年（1169年），方有转机。

陆游在乾道三年时有三首诗值得注意，一为《统分稻晚归》二首：

> 出裹一箪饭，归收百把禾。勤劳解堪忍，余暇更吟哦。
> 岁恶增吾困，家贫赖汝多。村醪莫辞醉，羹芋学岷峨。

又：

> 薄酒不自酌，夕阳须汝归。橘包霜后美，豆荚雨中肥。
> 路远应加饭，天寒莫减衣。老怀忧自切，道眼看皆非。

一为《霜风》：

> 十月霜风吼屋边，布裘未办一铢绵。
> 岂惟饥索邻僧米，真是寒无坐客毡。
> 身老啸歌悲永夜，家贫撑拄过凶年。
> 丈夫经此宁非福，破涕灯前一粲然。

假如粗看诗歌内容，似乎应当认为陆游在这次罢官后的乡居生活中，至少在乾道三年曾遇到了一定程度的经济困难，甚至可以说颇是拮据,且自称"家贫"。但这种贫困究竟是不是文学诗歌的夸张,或者是陆游以第一人称的视角写南方百姓之苦,似可以商榷。虽然《统分稻晚归》中,"统"大约即是陆游长子陆子虞(小名"统",《入蜀记》中有云),乾道三年当为二十岁弱冠之龄,但仍不足以证明此时陆游家中需要子嗣辈日日耕作以维持生计。所谓食用芋羹,可能只是一种乡野生活里的体验和偶尔为之的事情,不应视为常态。

兹做粗略估算,只计陆游此前两任通判时期职田收入情况。

陆游自隆兴元年五月起,通判镇江府,在任二十二个月,自乾道元年三月起,通判隆兴,在任十个月。按镇江府应为节度州,陆游作为节度州通判,职田应有七顷;隆兴府为都督州,藩府通判职田当八顷。

宋时南方通常一年两熟,若按照南宋初年标准,南方一亩产量应在三到四石,今取其低者,即一亩三石计算,则镇江府两年中职田所产当为八千四百石,隆兴府一年内职田所产当为四千八百石,合计一万三千两百石。按照职田"悉免其税""所得课租均分",姑且忽略是否出借耕牛等农具事,率以均分论,则陆游所得应为六千六百石。一石为十斗,据《宋会要辑稿·食货》记载,乾道六年(1170年)斗米三百文,若即以此为标准估算,则陆游职田所得收入当为一万九千八百贯,这还是按照一贯为一千文计算,若按照省陌制度,当为两万五千七百贯有奇。如果严格按照建炎三年所颁诏令"诸州职田,可自来年依元祐法计月均给",则按月计算,陆游所得当合五千八百五十石,以斗米三百文计,当合一万七千五百五十贯。(虽然没有考虑职田的良恶,但地方官一般都公然在职田上大搞贪腐,这并非说陆游自己主动参与,而是一种官场上基本默认的行为,虽屡屡朝旨诫饬,谓违法者须计赃科罪,然不能禁绝。陆游在镇江、隆兴任上,如果两地大小合受职田官员都集体拿着超额的职田收入,陆游不太可能独自一人自绝于外。当时在职田上,地方官多有不问年数占为职田的,即逃亡不满五年亦拨充为职田,致无业可归的百姓多沦为流民;又常一律按肥沃田地制定额数收取租课;或巧立名目,无田而有租,或有田而无人愿租佃,则勒令该处田地邻保承佃,且重立租额;甚至将租课本色〈即所产粮食等〉强行折变换算成现钱,且过数折纳,即超额折算现钱,增收加耗。那么这样一算,我们按照亩产三石,应当是不为过多的。)

取其低者,陆游两任通判职田所得为一万七千五百五十贯。按照当时物价估算,假设陆游家中一共十几口人,一年的花费可能最多也就四百到五百贯。加上陆游还有本官左通直郎的俸禄,虽然远少于职田的庞大收入,但作为官户,还能享受到免服差役的特权,那么这样想来,乾道三年陆游乡居山阴的生活不可能十分贫困。为有更直观的了解,姑举一例。按照洪迈《夷坚志》记载,孝宗皇帝时,一百贯能在鄱阳县城内买一处屋宅,考虑到买宅院的是一位待制级别的侍从高官,那么一百贯或许买的还不是普通的陋室。

也就是说,陆游仅仅两任通判时期的职田收入,已应当足够保障其相对普通百姓而言优渥闲适的生活。其三首诗中所写的贫困,归诸文学夸张和泛指百姓之苦的可能似乎较大一些,且"道眼看皆非",颇有一种关切、注视到众生百态的意味。

第五章
金缕曲

一、入蜀记

乾道五年（1169年）的三月，参知政事王炎除四川宣抚使，这时候朝中的政治风向已有了显著的变化。主战的势力正在急剧抬头，一个月前朝廷追授张浚太师，谥"忠献"便是一个重要信号，更不用说此年八月陈俊卿、虞允文并相，各任左右丞相兼枢密使。皇帝赵昚又下令为岳飞立庙，两淮防线则开始加强军事战备。

让陆游喜出望外的是，执政王炎来书，欲征召其入幕。原来，王炎在六月时已请旨，欲依两年前虞允文宣抚四川时候所得指挥，许宣抚司自辟僚属，文臣幕僚差置一十四员，并得到朝廷准许。

这之后，陆游便得到了王炎的信函，于是乃回以书启拜谢。他在这封《谢王宣抚启》中云：

> 杜门自屏，误膺物色之求。开府有严，更辱招延之指。衔恩刻骨，流涕交颐……病骨支离，遭途颠沛，驽马空思于十驾，沉舟坐阅于千帆。方所向而辄穷，已分甘于永弃。侵寻末路，邂逅赏

音,招之于众人鄙远之余,挈之于半世奇穷之后……岂谓迂疏,亦加采录。某敢不急装俟命,碎首为期。运笔飒飒而草军书,才虽尽矣;持被刺刺而语婢子,心亦鄙之。尚力著于微劳,庶少伸于壮志。

诗人的高兴无疑是跃然纸上的。客套话之外,也确有在对仕途的绝望里,忽然等来转机的惊喜和对王炎的感激。他甚至对此感到难以置信,因为自己与王炎并无什么交谊,但他已不免要想象一番,在宣抚司幕府中运笔如飞,草撰军书的情形了。书信中迫不及待的样子也能让人想见陆游的激动。王炎是一位持主战意见的宰执大臣,这就让陆游对此行充满了期待,长久以来的盼望终于是可以付诸实践了!

但就在陆游打点行装,准备赴官幕府的时候,十二月六日,竟接到了赋闲四年后朝廷下达的新任命:以左奉议郎通判夔州!

这是颇不寻常的一次任命。陆游此前已两任通判,且一为辅郡节州,一为大藩府,最远亦不过在江南西路,而在罢官四年后,却仍是除为通判,且是去往遥远的夔州。夔州亦属四川,但在王炎征辟在先的情况下,不知为何朝廷竟又一次任命陆游为通判。乾道五年的二府宰执,多由主战大臣组成,似无人会如此针对一个官位低微的小臣。或许,这种天意弄人的背后并非偶然,而是来自于天子赵昚对陆游"反复小人"的印象所致——但这些,我们已无法确知了。

陆游的积极性一下子被打了下去,原本想着尽快赶去宣抚司中任职,现在却打算先休养一阵,待明年入夏再启程前往夔州。

而就在这一年,陆游的友人,同出汤思退门下的张孝祥英年早逝了。

乾道六年春天,陆游写下一首《将赴官夔府书怀》:

病夫喜山泽,抗志自年少。有时缘龟饥,妄出丐鹤料。
亦尝厕朝绅,退懦每自笑。正如怯酒人,虽爱不敢釂。
一从南昌免,五岁嗟不调。朝廷每哀矜,幕府误辟召。
终然敛孤迹,万里游绝徼。民风杂莫徭,封域近无诏。
凄凉黄魔宫,峭绝白帝庙。又尝闻此邦,野陋可嘲诮。
通衢舞竹枝,谯门对山烧。浮生一梦耳,何者可庆吊?
但愁瘦累累,把镜羞自照。

从中不难看出,陆游对赴官夔州显得兴致缺缺。"一从南昌免,五岁嗟不调"背后是陆游一肚子的怨气,从乾道二年被罢隆兴通判到现在,可算得上五年了,朝廷哪里是"每哀矜"呢?何曾怜悯过他陆游一片赤诚的报国之心?不过是投闲置散、罢黜冷落、不闻不问罢了!而当宣抚司将征辟时,竟又横插一脚,安排他去夔州那苦地方再任通判,职务差遣上也没有任何的升迁,反倒像是越贬越远似的。至于那夔州,更是蛮荒之地,听闻那边峡江之水,当地人长年累月地喝着,以至于大多数夔州子民脖子上都长着瘤子,穷山恶水又如何能概括那里的艰苦!

五月的时候,朝中左丞相陈俊卿罢相,以观文殿大学士出知福州。这实际上主要是因为陈俊卿和右丞相虞允文之间的矛盾所致。二人虽然同为主战派宰臣,但所谓的"主战""主和"并不是严格意义上的政党式的政治集团,因此在倾向主战的臣僚中,也有各种各样的意见和不同的战略方针。当时右相虞允文向皇帝赵昚提出,可以派遣泛使出使金国,以奉还河南大宋列祖列宗的陵寝地为请,若激怒了金人,便可使他们先撕毁和约,则曲在彼而不在我,届时北伐便师出有名。这一建议恰恰符合了此时对于隆兴和议越来越后悔的孝宗之心理,面对陈俊卿的反对,天子乃以御笔手札问之:"朕痛念祖宗陵寝沦于腥膻者四十余年,今欲遣使往请,卿意以为如何?"这其实并非一种提问,而是在委婉地说服宰臣放弃反对意见,但陈俊卿依旧不从,谓:"于国家大事,每欲计其万全,不敢轻为尝试之举。是以前日留班面奏,欲俟一二年间,彼之疑心稍息,吾之事力稍充,乃可遣使。往返之间,又一二年,彼必怒而以兵临我,然后徐起而应之,以逸待劳,此古人所谓应兵,其胜十可六七。"这之后,陈俊卿也明白自己的反对必然激怒天子,且作为左相,皇帝不能言听计从,自然也不能再安于宰辅之位,于是闭门三上奏札请去,遂罢相出外。至此,开始了虞允文独相近两年的"泛使政策"时期。

闰五月十八日,陆游终于从山阴故里启程出发,当夜到了山阴县西北八里处的法云寺内,陆游与哥哥陆濬、弟弟陆浚饯别,五更天,拂晓时分,陆游乃离开佛寺,继续上路。

次日,经柯桥、钱清二驿站,陆游在申时之后到了萧山县,乃在梦笔驿内休息。这座驿站在觉苑寺旁,世传此寺庙是江淹之子江昭玄舍宅而建,本名昭玄寺,后来在北宋真宗皇帝大中祥符年间为避圣祖赵玄朗讳,遂改名觉苑寺。看着这六百年前江淹的旧宅,想到那"江郎才尽"的故事,也不知陆游心里会作何感想。四更天,陆游继续乘舟启程,不久即抵达钱塘江南岸的西兴镇,临安这座睽违八年的繁华行都,已是隔江而望。

二十日,渡江乘小舟自北关水门"余杭门"入临安城,又登上了转运司船一路到了崇新门外的红亭税务衙门附近,是夜,便寝卧于舟中,陆游睡得颇安稳,竟无蚊蚋之患。

陆游的长兄陆淞此时在临安为官,于是第二天往其家中省亲,连住了四天。二十五日晚,时任户部侍郎的叶衡邀陆游等往宅中饮宴,此后几日,陆游甚至还泛舟西湖,只是感慨"旧交多已散去,或贵不复相通",八年的光阴,人世的变化太大了。

这时候陈俊卿已罢相,陆游与另一位宰相虞允文并无交谊,甚至不怎么打过交道,至于执政里,刘珙已在乾道四年八月被罢出外,只剩下了出任四川宣抚使的王炎和留在行都的参知政事兼同知枢密院事梁克家。

陆游对罢官五年后仅得到五千里外的"夔州通判"一职,内心是很不愉快的,他此番回到临安,想必更确信了在故乡山阴时觉察到的"国是"将变的迹象,因此陆游迫切渴望能够被起用到抗金的前线,而不是夔州这样的荒僻穷恶之地。不清楚是否是出于户部侍郎叶衡的指点和关系,总而言之,陆游在离开临安前没有去拜谒右丞相兼枢密使虞允文,而是选择了执政梁克家作为自己"投石问路"的去处。

他写下一首《投梁参政》的诗作,带着前去拜访了这位执政大臣。诗云:

> 浮生无根株,志士惜浪死。鸡鸣何预人,推枕中夕起。
> 游也本无奇,腰折百僚底。流离鬓成丝,悲咤泪如洗。
> 残年走巴峡,辛苦为斗米,远冲三伏热,前指九月水。
> 回首长安城,未忍便万里,袖诗叩东府,再拜求望履。
> 平生实易足,名幸污黄纸,但忧死无闻,功不挂青史。

颇闻匈奴乱，天意殄蛇豕。何时嫖姚师，大刷渭桥耻？

士各奋所长，儒生未宜鄙。覆毡草军书，不畏寒堕指！

整首五言诗写得铿锵有声，如戈矛之相击，读来让人忍不住击节赞叹。诗的开篇即表明自己虽然命运多舛，如无根之浮萍，但绝不愿意碌碌一生，最后默默无闻地死去。他想要效仿的正是东晋时候闻鸡起舞的祖逖、刘琨，夜不能寐是因为想要中流击水、北伐女真！陆游亦谦称自己平平无奇，承认沉沦下僚的事实，转眼间已是四十有六，想到在此人生残年远走巴峡夔州，只为区区俸禄养家糊口，怎能不老泪纵横？回首行都临安，自问一片丹心欲报天子，实在不忍又骤然相隔万里！铺垫到这，陆游终于求再拜参政。他说自己悉列官员除授的黄纸，受国厚恩，正是忧虑无尺寸功劳可报效朝廷，以留诸史册。重申开头已说到的这一层意思，乃为了卒章显志，将内心志向饱含深情地描摹出来。"匈奴"在这里指代金人，乾道六年时已传言说北方的金国饥馑连年，盗贼日起，像陆游这样的爱国志士自然是闻之大喜，故曰"天意殄蛇豕"——想必是上天悔祸，终要平虏，定灭亡此等猛虎毒蛇！陆游想象着有朝一日，王师北伐，犹如冠军侯霍去病（初以侍中为嫖姚校尉，从大将军卫青击匈奴）风卷残云、战无不胜，将靖康时二圣播迁的奇耻大辱彻底洗刷！当然，陆游在这里用的是唐朝代宗皇帝时候，吐蕃兵抵渭桥，大唐天子出逃的典故，以借指宋徽宗、钦宗父子被金人掳走之事。在诗作的最后，陆游充满自信地对副宰相梁克家说，不应轻视文臣儒生，我陆务观尚能"上马击狂胡，下马草军书"，寒暑生死，一概不避！

写得这样直抒胸臆，自是为了能给梁克家留下一个好印象，希望他有机会施以援手,甚至在朝廷果真要对金用兵时,将他陆游用在某处,不要置身事外才好。

但关于这些,陆游是不可能期待执政大臣当场给个准话的,他只能放在心中,希望梁大参记住自己,至于能否如愿,或许只能看天意了。

二十九日晚,陆游出临安城西面涌金门,实则此门在绍兴二十八年时候改称为"丰豫门",不知道是当时的高宗皇帝赵构想要追思父亲徽宗那烈火烹油、丰亨豫大的统治,还是有何特殊讲究。是夜,陆游复登船。

六月一日,冒着暑热,陆游移舟出闸,无奈余杭门外运河里船舫鳞次栉比,差不多花费了一个白昼,方过完上、中、下三道闸门。此去临安,又不知何日方能再至!

六月五日,陆游一行抵达秀州,天气已是酷暑。夫人王氏及次子子龙都生了病,到了七日这天不得不延医问药。九日,至吴江县,次子子龙病还没好,长子陆子虡又病倒了,遂再托当地县尉招医为二子诊脉。

六月十日,陆游船抵苏州平江府,夜宿枫桥寺前,想到张继"夜半钟声到客船",他亦作诗一首,即《宿枫桥》:

七年不到枫桥寺,客枕依然半夜钟。
风月未须轻感慨,巴山此去尚千重。

六月底,陆游至瓜洲,作诗《晚泊》:

半世无归似转蓬,今年作梦到巴东。
身游万死一生地,路入千峰百嶂中。
邻舫有时来乞火,丛祠无处不祈风。
晚潮又泊淮南岸,落日啼鸦戍堞空。

这时已到了淮东,陆游不禁感慨仕宦以来漂泊无定,犹如飞蓬,如今还要远赴巴东方向的夔州。此行万水千山,眼下夜泊瓜洲渡,河岸边的野祠里尽是祈祷的人,而石城昏鸦啼堞,一派萧索,恰如诗人内心的写照。

七月五日,由真州至金陵建康府。不光是当地知府、通判等与陆游相见,其他地方官员如两淮总领、建康府诸军都统等亦一一见之,甚至已闲居乡里的秦埙也邀请陆游到宅邸中一晤。此时家人依旧病得不轻,陆游在当地官员们帮助下再次招医视脉。

十二日,至太平州。自闰五月启程以来舟车劳顿,加上六月酷暑,七月入秋后陡然转寒,陆游也病了。知州周操也算得陆游在临安时候的旧识,听闻他生病,便带了医师来探望视疾。周操是孝宗过去在台谏系统的亲信,如今虽然出外,却带着从三品徽猷阁直学士的殿阁职名,与陆游这样通判资序的庶官相比,那算是天差地别。或许想到陆游以快五十的年龄,要前往数千里外的夔州为官,周操也是颇为同情的,因此次日又招医为陆游切脉,并一同商议用药。

七月二十七日,船经皖水至小村赵屯,是日大风,至傍晚亦不休,江中惊涛骇浪,钱塘大潮比之不过如此。陆游上岸夜宿,狂风大雨,遂又作诗一首《雨中泊赵屯有感》:

第五章 金缕曲

> 归燕羁鸿共断魂，荻花枫叶泊孤村。
> 风吹暗浪重添缆，雨送新寒半掩门。
> 鱼市人烟横惨淡，龙祠箫鼓闹黄昏。
> 此身且健无余恨，行路虽难莫更论。

入秋寒意难掩，何况荻花枫叶只供人平添愁绪。风浪里已有舟船被掀翻，船夫们纷纷给船多绑上几根缆绳，在这夜雨瓢泼中，陆游想到白昼里来到赵屯时所见到的热闹与冷清，归燕也好，羁鸿也罢，他都做不得，行路虽遥，明日还得继续启程！

八月十八日，陆游抵达当年苏轼乌台诗案后谪居的黄州。次日，陆游便出州门而东，先往游苏轼曾躬耕的"东坡"。这时候的东坡已建有"居士亭"，亭下有雪堂，内有乌帽紫裘、横按筇杖的苏轼像。和此前一样，陆游每到某州某县，地方官吏多来拜访招待，这日便在栖霞楼里置办了酒宴，下临长江，但见烟树微茫、远山数点，而陆游犹以为酒味殊恶。他想到苏轼所作念奴娇"故垒西边，人道是，三国周郎赤壁"之句，而这栖霞楼下稍东便是所谓的赤壁矶。

陆游虽疑心此地未必是周瑜败曹操之所，但仍赋诗一首《黄州》：

> 局促常悲类楚囚，迁流还叹学齐优。
> 江声不尽英雄恨，天意无私草木秋。
> 万里羁愁添白发，一帆寒日过黄州。
> 君看赤壁终陈迹，生子何须似仲谋！

他仍对去往夔州为官耿耿于怀，因而以楚囚、齐优自比，然而放眼滚滚长江，多少年来英雄们功败垂成的遗憾难道还少吗？天公从来如此，正所谓人生一世，草木一秋，眼下木落草枯，可自己的人生不也过了大半了吗？一官万里不过是空添忧愁白发，既然赤壁的江水吞噬了千年前的硝烟和成败，那还有何必要怀以壮志呢？陆游竟陷入了人生虚无空幻的苦闷落寞情绪里。

二十日，他离开黄州，三日后抵达鄂州。

陆游作诗《武昌感事》一首：

<blockquote>
百万呼卢事已空，新寒拥褐一衰翁。
但悲鬓色成枯草，不恨生涯似断蓬。
烟雨凄迷云梦泽，山川萧瑟武昌宫。
西游处处堪流涕，抚枕悲歌兴未穷。
</blockquote>

"呼卢"是樗蒲博戏中追求的最高采数"卢"，概率只有三十二分之一，樗蒲本身是一种汉末到唐代都十分流行的博戏，李白便有云："呼卢百万终不惜，报仇千里如咫尺。"实际上在这首《武昌感事》里，"百万呼卢"应当只是一种夸张，象征着陆游早年父亲在世时，比较优渥而无忧的家境和人生状态，如今这些都一去不返，只剩下一个四十六岁的半老之人在秋寒中乘船赴官万里之遥。至于所谓粗布短褐亦是夸张之语，陆游应当并不会真的落魄如此。但他确实陷入悲凉的情绪中，想到了武昌有许多的故事，然而楚国神秘的云梦泽也好，东吴孙权建造的宫殿也罢，都被雨打风吹去。秋意渐浓的深夜里，他辗转反侧，难以入眠，只能抚枕悲歌。

陆游在鄂州停留了七天之久，二十九日不得不为女儿灵照找来医者视脉问诊。这一路上,一家人已是接连生病,大约既有旅途劳累的因素,也有水土不服的可能。

九月初遂继续溯江而上。可到了长夜漫漫的晚上,陆游又唏嘘良多,只能在诗情中设法纾解一二。他在秋风江上留下一首《夜思》:

> 露泣啼螀草,潮生宿雁汀。
> 经年寄孤舫,终夜托丘亭。
> 楚泽无穷白,巴山何处青?
> 四方男子事,不敢恨飘零。

霜露泣衣冠,羁旅断客魂。虫的啼鸣与涨潮的声音无不显出空旷的寂寥。这半年就要在一叶孤舟里蹉跎度日了,以至于"四方男子事,不敢恨飘零"都说不上是自我慰藉还是调侃自嘲。他陷入情绪的低谷,数日后作诗亦说:"此去三巴路,无猿亦断肠。"

九月初九,正是重阳。舟船挂帆,泊于塔子矶,江岸边终于能见到山色,陆游在村埠买羊置酒,又从江上人家那里求得数枝菊花,以为芳馥可爱,颇颓然径醉。可白昼的短暂快乐却难以伴人熬过长夜,惆怅难平之意久久萦怀,陆游遂作诗一首《塔子矶》:

> 塔子矶前艇子横,一窗秋月为谁明?
> 青山不减年年恨,白发无端日日生。
> 七泽苍茫非故国,九歌哀怨有遗声。
> 古来拨乱非无策,夜半潮平意未平。

诗中的怅惘是溢于言表的。陆游自鄂州离开,经云梦泽,加之自身仕宦坎壈,自然便想到了被放逐的屈原。夜幕里万籁俱寂,只听到江潮渐平的声音,然而青山有恨、白发日生,这何尝不是"九歌哀怨有遗声"呢?陆游觉得,自己犹如一心许国,却因与小人、奸邪斗争而失败的三闾大夫屈原,潮虽平,而意岂能平!

九月十二日,过石首县而不入,直抵江陵荆南府。十八日,罢执政后以资政殿学士知荆南的刘珙与陆游相见,二人与张浚的关系使得彼此虽有身份上巨大的差别,但还算亲近,次日仍是如此前所到的州府一般,为陆游置办酒宴。

陆游在江陵想到前不久与友人章甫同登石镜亭,访黄鹤楼故址,遂作诗《江夏与章冠之遇别后寄赠》:

> 骑鹤仙人不可呼,一樽犹得与君俱。
> 未应湖海无豪士,长恨乾坤有腐儒。
> 壮岁光阴随手过,晚途衰病要人扶。
> 凄凉江夏秋风里,况见新丰旧酒徒。

黄鹤楼里的仙人固已不可寻,是否也不光是追忆和章甫同游的事,而是陆游感到了求仙问道的虚无缥缈呢?此前他一度以佛道来排遣愁情,眼下在一官万里的漫长旅途中,似乎终于是被从祥云缭绕的异想里打回到现实沉重的凡尘中。

颔联所嘲的"腐儒"未必是指误国的主和、投降之臣僚,或是一语双关,或是正指陆游自己。因为颈联里诗人的自画像是一幅壮年不再、人老多病的衰颓模样,在尾联中他想到了初唐时候"倦客新丰"的马周,想到了自己的怀才不遇,那个向唐太宗推荐马周的中郎将常何又究竟在哪呢!孝宗皇帝欲如唐太宗一般鞭笞四夷,而陆游也抱着一丝幻想,还能有人在君前举荐他,从而真正受到重用。

陆游想到马周大约也和在邸报上见到友人周必大的升迁之异数有关。

同样是在隆兴元年的台谏、给舍风波中遭到黜逐,当时的周必大自请奉祠出外,此后在乾道四年四月,周必大被起复,得除为权发遣南剑州。权发遣是谓其在知州资序上尚有不足,资历较浅,固曰权发遣,但这实际在职权上与普通知州并无区别,一般担任后便也能就地转正,视为达到知州资序,这就和陆游三任通判大有不同。不过,由于这一差遣尚需待阙,一直等到了乾道六年三月,但周必大不愿赴官,乃上疏再乞宫观闲职。然而,皇帝想要起用周必大的心意已决,三月二十五日,诏改任福建提刑,这是监司级别的要职。周必大在四月中旬得报,乃不再乞奉祠,一路往临安而去,六月二十八日至行都,接受正式任命,七月十四日自和宁门入大内,召对于后殿。在此番陛谢辞中,周必大以四事在御前侃侃而谈,似乎再获孝宗赵昚极大好感。三天后在御史台台辞毕,周必大出临安涌金门,准备赴任闽宪,次日,都堂却已发省札朝旨,改除周必大为秘书省少监兼权直学士院!制词由郑闻草撰,皇帝赵昚竟亲自过目,改动首尾词句,对周必大之赏识至于如此!所谓的权直学士院,代表周必大成为两制大臣,负责起草外制诏书,这是可以与闻大政的重要职务!也是升入二府的重要途径。

九月间想到这些,陆游乃写下一首《水亭有怀》:

> 渔村把酒对丹枫,水驿凭轩送去鸿。
> 道路半年行不到,江山万里看无穷。
> 故人草诏九天上,老子题诗三峡中。
> 笑谓毛锥可无恨,书生处处与卿同。

他借酒消愁,日复一日在乘舟溯江而上的水路上看着飞燕归鸿。更要自嘲半年来一路向西,已是看了多少祖国的河山了?"江山万里看无穷"的背后又是怎样的辛酸呢?当年在百官宅比邻而居,几乎日日出入相从、把酒言欢的挚友周子充(周必大,字子充)如今已是在九天宫阙里草撰诏书的两制大臣,而我陆游呢?眼下只能往巴东三峡里吟诗作赋,听那"猿鸣三声泪沾裳"的悲怆了吧?想来自己和子充一样都是拿着笔杆子的文臣书生,为何几乎处处相同,可仕宦际遇、君恩青眼,却又如此的大相径庭!

陆游会期待周必大像常何举荐马周一样,找机会改变皇帝对自己的印象吗?也许只要想到那倦客新丰的马周,陆游就难免要怀着这种期望,可这样的事情,却不好在书信中主动提及……

有时候,友人的飞黄腾达更让命运多舛的陆游感到难以接受,倒不是不为友人高兴,而是对自己的遭遇感到不公和吊诡。将离荆南时,也就难怪陆游要如此呐喊:"从来乐山水,临老愈跌宕。皇天怜其狂,择地令自放。"

十月初,至蜀江,已能望见巴山,陆游此番西行入川,一路上他的诗歌水平突飞猛进,完全超越了江西诗派的局限,宗师之风渐成。主观上的怅惘愁绪、客观上的坎坷和所见所闻,都极大地激发了陆游诗歌上的才气和灵韵。

第五章 金缕曲

且看这首《马上》：

> 灯前薄饭陈盐齑,带睡强出行江堤。
> 五更落月移树影,十月清霜侵马蹄。
> 荒陂嗈嗈已度雁,小市喔喔初鸣鸡。
> 可怜万里觅归梦,未到故山先自迷。

"五更落月移树影,十月清霜侵马蹄"——这是多么美妙的笔触？可叹的是,最后却归结到无奈远行、家乡万里,愁情百态都在其中了。

且一路向西吧！酒是不能少的,毕竟"清樽可置须勤醉,莫望功名老大时"！这颇有辛弃疾"功名妙手,壮也不如人,今老矣,尚何堪,堪钓前溪月"的意味。陆游更要感慨"少年亦慕宦游乐,投老方知行路难"！谁没有年少过,不知天高地厚过呢？人间世,行路难,总要狠狠跌进泥坑几回,才明白些许道理啊！

十月三日,船泊渡口,陆游写下两首《晚泊松滋渡口》,其二云：

> 小滩拍拍鸬鹚飞,深竹萧萧杜宇悲。
> 看镜不堪衰病后,系船最好夕阳时。
> 生涯落魄惟耽酒,客路苍茫自咏诗。
> 莫问长安在何许,乱山孤店是松滋。

所谓朱颜辞镜花辞树,英雄但怕迟暮时。那鸬鹚拍拍绕斜阳的景象仿佛劝着诗人不如尽快归隐泉林,而杜鹃声悲应该也是在劝人归去吧？诗酒都只是为了慰藉仕途的落魄,再回行都临安怕是不能指望了,眼下已是巴山在望的松滋了!这种"人生实难君勿轻"的感慨,陆游在此行中终于是深深体会到了。

十月十二日,傍晚抵达新滩,登岸后夜宿于驿站,陆游乃又写下一首《新安驿》:

> 孤驿荒山与虎邻,更堪风雪暗南津!
> 羁游如此真无策,独立凄然默怆神。
> 木盎汲江人起早,银钗簇髻女妆新。
> 蛮风弊恶蛟龙横,未敢全夸见在身。

十六日,到归州,次日郡集宴会,十九日又有酒宴招待,陆游酒后写下《秭归醉中怀都下诸公示坐客》:

> 长谣为子说天涯,四座听歌且勿哗。
> 蛮俗杀人供鬼祭,败舟触石委江沙。
> 此身长是沧浪客,何日能为饱暖家?
> 坐忆故人空有梦,尺书不敢到京华。

两首诗中的陆游,似乎都颇显消沉。恐怕长此以往,他都将是被四处打发的失意惆怅客,只能凄然独立,暗自神伤。想到夔州那十人九病的古怪瘿症,陆游再算算自己年纪,都不敢说能在夔州求个平安。他仿佛也猜测到孝宗赵昚对他的好恶观感,要不然何以在王炎正要征辟他入宣抚司的时候,却被朝廷除为夔州通判呢?从内心来说,他当然还是想要去书临安,求一求周必大等故人为他在御前说些好话,可事实却是"尺书不敢到京华",这是多么悲痛的领悟!

二十日,水路离开归州,次日即抵巴东。

陆游到了巴东县以后,便更要说:"从今诗在巴东县,不属灞桥风雪中。"灞桥借指汉唐的京师长安,实际指的也就是南宋的行都临安,陆游对自己还有没有机会回到临安为官,有着很大的疑问和绝望的情绪。

二十二日,自巴东继续启程,两天后抵达巫山,次日至大溪口,二十六日入瞿塘峡。

十月二十七日,陆游携家人,历经半年,换乘舟船凡五次之多,途经十五州,终于抵达了夔州。州治衙门所在的奉节县便是过去秦汉时候的鱼复县,也是蜀汉先主刘备兵败夷陵后,退至白帝,改称永安宫的所在。在夔州东南,甚至有传为诸葛孔明八阵图的遗迹。陆游初到荒僻的夔州,看着那些自由自在的当地"野人",他登上江楼,回望来时的江涛万顷,写下了《登江楼》:

已过瞿唐更少留,小船聊系古夔州。
簿书未破三年梦,杖屦先寻百尺楼。
日暮雪云迷峡口,岁穷畬火照关头。
野人不解微官缚,尊酒应来此散愁。

陆游当然想到了杜甫的诗:"兵戈犹在眼,儒术岂谋身。苦被微官缚,低头愧野人。"饱读诗书的他,壮年已不在,而姓名犹在百僚之底,朝廷对他要不就是四处驱赶,要不就是不闻不问。如今仍用卑微的职务束缚住他,让他自由不得,竟是不如这四川蛮荒之地的平民了!

那么,便喝酒吧。

二、佐夔州

夔州的长官是夔州路安抚使兼知夔州王伯庠。说来也巧,这王伯庠居然是绍兴年间副相王次翁之子。王次翁是谁呢?原来,当年参与陷害岳飞的人中便有王次翁的身影,曾污蔑岳飞在绍兴十一年(1141年)淮西战役时逗留不前、支援不利,并在自己的《叙纪》中说"(岳飞)移军三十里而止,上始有诛飞意",实际上岳飞行军超过两千里。而在朝廷收兵权,命张俊、韩世忠、岳飞赴阙之时,由于岳飞驻扎在鄂州,较张、韩稍远,晚了几日,王次翁竟惴惴不安、惊恐难以度日,甚至到了寝不能寐的状态,又自己记载说当时做了满门灭族的心理准备,无非是知道投靠秦桧所从事的阴谋之无耻和不得人心,担心岳飞激烈反抗,收兵权失败。但岳飞没有任何抵抗的举动,终于是在大理寺被赐死。王次翁在当时便成了秦桧的得力帮凶之一。

三十年前的往事加上过去秦桧故意黜落过自己,陆游见到这位顶头上司,也不知心里是否会别有想法?王伯庠似乎和其父王次翁还是有些不同,在夔州的施政倒也有可称道之处,当地陋俗有掳掠他人子女以为财货,王伯庠严令禁止,又上奏免了一些民以为病的苛捐杂税。

因此大约陆游对这位上司观感还不错,此年冬,曾作一首《满江红·夔州催王伯礼侍御寻梅之集》:

疏蕊幽香,禁不过、晚寒愁绝。那更是、巴东江上,楚山千叠。欹帽闲寻西瀼路,鞯鞯笑向南枝说。恐使君、归去上銮坡,孤风月。

清镜里,悲华发。山驿外,溪桥侧。凄然回首处,凤凰城阙。憔悴如今谁领略,飘零已是无颜色。问行厨、何日唤宾僚,犹堪折。

从词的标题来看,这是关于陆游催促知州王伯庠快些举办寻梅雅集的词,似乎二人相处比较融洽,也谈得上有了一定交谊,冬日立春时节恰逢王伯庠生日,陆游也填词《感皇恩》贺寿,有"温诏鼎来,延英催对。凤阁鸾台看除拜"之语。

总之,陆游除了与夔州衙署中的同僚日常往来外,又开始了在他看来可谓无聊的通判一方之工作、生活。夔州距抗金前线相对较远,加之本应在王炎宣抚司幕府中任职却没有实现的心理落差,陆游乃把生活过成了"晨占上古连山易,夜对西真五岳图"的状态。《连山易》是《易》的一种,按照《周礼》记载,太卜掌三《易》之法,一曰《连山》,二曰《归藏》,三曰《周易》。不过《连山》久已失传,应当只是泛指道藏之书。而西真者,西王母之谓;五岳图即指《五岳真形图》。精神上的痛苦、壮志的难以实践,这些都让陆游又走入了学道修真的世界里。他以魏晋时候的阮籍、嵇康自比,谓已胜过晋时祈孔宾多矣,不须待异人之呼,便知人世苦海,要当厌离。按照陆游自己的说法,他大约还请教过青城山的傅道士炼丹的事情。

转眼间便是乾道七年(1171年)正月了。无论白日里怎么学着仙风道骨,在入睡以后,形诸梦中时,陆游内心深处被压抑的报国渴望又迸发出来。

他记下了梦中的情形,写下一首《记梦》:

> 梦里都忘困晚途，
> 纵横草疏论迁都。
> 不知尽挽银河水，
> 洗得平生习气无？

在梦中，陆游回到了八年前，那时候刚刚四十，感觉正在壮年，他写下《上二府论都邑札子》给恩相汤思退，请求考虑他的建议，定都建康而不是远离两淮的临安。陆游在梦中就犹如当初隆兴二年时一样，奋笔疾书，意气风发，竟完全忘了眼下他已快五十岁，又困厄在荒僻的夔州。

梦醒时分，陆游不禁感叹，他知道自己这满腔热忱，恐怕是永远难以割舍了，即便尽挽漫天银河，也洗不去他报国的心愿！或许陆游也不止一次地自问，朝廷还会给他这样的机会吗？毕竟"匆匆衰已具，渺渺恨难平"！

通判的闲散工作之余，陆游再次开始寻山访寺。夔州城东二十里有一座蕞尔小庙叫卧龙寺，陆游曾几次去往参佛问道，并写下过一首《山寺》：

> 篮舆送客过江村，小寺无人半掩门。
> 古佛负墙尘漠漠，孤灯照殿雨昏昏。
> 喜投禅榻聊寻梦，懒为啼猿更断魂。
> 要识人间盛衰理，岸沙君看去年痕。

所谓"篮舆"是一种民间的俗称，一般叫作"肩舆""肩舁"或"檐

第五章 金缕曲

子",其实就是轿子的雏形,依据材质、用处不同,种类可谓繁多。北宋时候,一般百官皆只乘马,所谓"惟元勋大臣老而有疾,方赐乘轿",虽宰执大臣,也都乘马出入,因此坐轿就成了一种殊恩异礼,寻常臣子是无此殊荣的。这也和当时宋人的观念有关,认为不可以用人代替牲畜,因此朝士皆乘马。但从北宋末年起,这种禁令便开始松动了,坐轿子的风气也越发扩大和流行起来,至南宋则迅速发展成为社会各界风靡的时尚,不光是品官皂吏可乘轿,商贾娼妓亦多有坐轿。

于是我们便看到了陆游坐着篮舆的小轿子为客人送行,随后乃去往山中卧龙寺,考虑到夔州多山地,大约他坐的是一种便于上山下山的"山轿"。礼佛归来,他又颇生人世虚无之感,故曰"岸沙君看去年痕",那岸边的沙砾,去年的痕迹可还在吗?细细思量,又何止岁岁变迁,万物无时无刻不在流转变迁、成住坏空。可道家说要体道,说"婴儿心",佛家也不说断灭见,说"还我本来面目",陆游寻寻觅觅的这个本心,能在尘世中找到,给他以宽慰吗?

在夔州的两个多月间,他已亲眼见到了"行人十有八九癭,见惯何曾羞顾影",这里的穷山恶水和闲散无事都只让陆游想念山阴故乡,春寒料峭里,他动情地写道:"何日画船摇桂楫,西湖却赋探春诗。"

在乡愁萦怀中,很快又到了寒食节。然而离乡万里,欲洒扫祖茔、祭拜先人而委实不可得,陆游乃又写下一首《寒食》:

峡云烘日欲成霞,瀼水生纹浅见沙。
又向蛮方作寒食,强持卮酒对梨花。
身如巢燕年年客,心羡游僧处处家。
赖有春风能领略,一生相伴遍天涯。

他不得不强颜欢笑,谓尚有春风能相伴,天涯海角就是自己的家。而"身如巢燕年年客"的背后,是对离开临安多年来,朝廷几次三番地投闲置散和忘之脑后的冷漠的深深不忿。游方僧人确实值得羡慕,他们没有家室妻儿,了无牵挂,而自己却为了养家糊口,被微官卑位所束缚,想来又何其悲哉?

四月间,夔州将要举行解试,按照制度,当设监试官一员,而这通常都由本路转运司选差本州府军监通判或选人出身的幕职官担任。于是,自然就需要陆游锁院中月余来主持夔州的解试。但监试事务极其烦琐细碎,却无权参与解试卷子的评定考校,加之这职务幕职官也可担任,陆游觉得自己终究是赐进士出身,在隆兴府时便颇羞为之,如今在夔州本就情绪低沉,更不愿任此临时差遣,遂向知州王伯庠请示,托词生病,不能任监试官。王伯庠大约还算欣赏陆游的文采,便点头同意了,可由于州府军监的解试实际归本路转运司管着,因此陆游还不得不向转运司打报告申请。

按照陆游在此年十一月写的一封书信,便能知后来具体情形。这封信是写给一位年长的老秀才的,从信笺中的称谓来看,其年龄还在陆游之上,但可怜的是,竟没有通过此番夔州的解试,而遭黜落。信中有云:

> 十一月二日,山阴陆某再拜复书先辈足下。贡举之法,择进士入官者为考试官。官以考试名,当日夜专心致志以去取士,不可兼莅他事。则又为设一官,谓之监试。监试粗官不复择,盖夫人而可为也,甚至法吏流外,平日不与清流齿者,亦得为之。故又设法曰,监试毋辄与考校,则所以待监试可知矣。某乡佐洪州,适

科举岁,当以七月到官,遂泊舟星子湾几月,闻已锁院,乃敢进,非独畏监试事烦,实亦羞为之。今年在夔府,府以四月试。试前尝白府帅,愿得移疾,已见许矣,会部使者难之,某驽弱,畏以避事得罪,遂黾勉入院。某与诸试官皆不相识,惴惴恐其以侵官犯律令见诟,自命题至揭榜,未尝敢一语及之。不但不与也,间偶见程文一二可爱者,往往遭涂抹疵诋,令人气涌如山。然归卧室中,财能向壁叹息。盖再三熟计,虽复强聒,彼护短者决不可回,但取诟耳。若可回,虽诟固不避也。

从"会部使者难之,某驽弱,畏以避事得罪,遂黾勉入院"这一句可知,转运司里大约是转运使竟驳回了陆游"移疾"推辞的请求。按南宋一路监司,常有安抚使为帅臣,转运使为漕臣,提点刑狱为宪臣,提举常平茶盐为仓使,这帅、漕、宪、仓四个监司本质上互不统属,虽然一般安抚使资序最高,但在解试问题上,主要由本路转运司管,因此王伯庠同意了也起不了决定作用。

如今我们已不能确知此时的夔州路转运使是谁,大约是颇看不惯陆游这种自由散漫甚至自说自话的作风,故一点情面不给,"难之"二字甚至透露出一种让陆游尴尬、为难于他的意味来。总之陆游不得不赴考试院中成为监试官,但他因为与其他试官均不相识,以至于对解试评定之事不敢发一语。这种憋屈,也就可想而知。

既然在考试院中,便也只能既来之则安之。当时解试的监试官,主要是负责监督考场里的引试、试卷的分发、防止作弊乃至各种后勤保障等管理事务,烦琐之余,陆游又开始动笔写诗。

他又一次想到在山阴故里每逢寒食、立夏间,必扫墓祭祀,而先父陆宰已长眠地下,自己想要"及亲三釜",以俸禄孝养,再无可能,乃又悲从中来,连作三首组诗,其一有云:"诗成谩写天涯感,泪尽何由地下知。富贵贱贫俱有恨,此生长废蓼莪诗。"《蓼莪》是《诗经·小雅》中的篇目,开门见山地就说"哀哀父母,生我劬劳",纵然泪尽眼枯、骨立魂断,也是无济于事了。故而陆游要在组诗的第二首中质问自己"手持绿酒酹苍苔,今岁何由匹马来"?他只能以酒洒地,遥为祭奠,空把这夔州蛮荒的苍苔认作山阴故里的松柏。陆游向东极目眺望,又哪里看得到家乡呢?他只能"清泪不随春雨断,孤吟欲和暮猿哀",夔州的日子才三个月已难熬如此,眼下"白发凄凉老境催",他就更加归心切切了。

大约与同舍的官员还算能说上几句话,可能聊到了临安的风物人情,陆游便写下一首《晚晴书事呈同舍》:

> 鱼复城边夕照红,物华偏解恼衰翁。
> 巴莺有恨啼芳树,野水无情入故宫。
> 许国渐疏悲壮志,读书多忘愧新功。
> 因君共语增惆怅,京洛交游欲半空。

鱼复者,夔州奉节县在汉代之名也。故宫谓永安宫,蜀汉先主刘备托孤诸葛亮之处,如今已是夔州的州仓了。陆游似乎想到,小小的蜀汉尚且以"汉贼不两立,王业不偏安"作为立国的纲领,想要恢复中原,而今日的大宋却一味苟且偏安,却是何道理!只是奋武的先主、多智的孔明俱矣,只剩下无情流水,增人惆怅!而自己也是衰发相侵,许国无术,徒能空悲壮志难酬而已。昔年在临安时候的好友们,已多年不见,恐怕也没有几个人还能为他在御前说上只言片语了!

试院中,苦闷的陆游共作诗十七首,又有《自咏》云:

> 朝衣无色如霜叶,将奈云安别驾何!
> 钟鼎山林俱不遂,声名官职两无多。
> 低昂未免闻鸡舞,慷慨犹能击筑歌。
> 头白伴人书纸尾,只思归去弄烟波。

也许是看着初夏的火红霜叶落到脚边,陆游也看到了自己绯红色的官袍公服。南宋在章服制度上延续了北宋元丰改制后确定的规矩,百官凡本官四品以上服紫,佩金鱼袋;六品以上服绯,佩银鱼袋;九品以上服绿。此时陆游的本官为正八品左奉议郎,按照本来的规定,他只能穿绿色官服,但宋之职官制度里,担任通判的,许借绯,即特许权且服绯。按照最早的规定,这种"借绯"是不允许佩银鱼袋的,但北宋徽宗政和元年(1111年)后倒是开始允许借绯亦佩鱼了。只是,这种借来的,终究要还,凡任满还朝,即仍须服本品公服,服绯代表的品级、鱼袋象征的尊贵,竟都不是真正属于此时的陆游。

因而陆游要自嘲,他这一身绯红的公服形同无色,乃是借来的假货!这就像不久之后出了试院,他在另一首诗中所说:"十年尘土青衫色,万里江山画角声。"——说到底,他的本官还是应该穿着绿袍而已!而自己在夔州通判上,也真是无计可施!想来仕宦功名已无法如愿,连隐居山林的愿望也不顺遂,实实在在可说一事无成。但陆游又倔强地说还能闻鸡起舞,还有满腔豪勇足以效渐离击筑、荆轲和歌!大约他也深知这种倔强只是在宽慰自身罢了,所以结尾又陡然坠入低沉,说已白发如此,而只能任一通判,平日尽是做些签押于纸尾的琐事,还不如归乡,来个散发弄扁舟,乐得逍遥!

他时不时慰藉自己,如作诗谓:"今朝忽悟始叹息,妙处元在烟雨中。大阴杀气横惨澹,元化变态含空濛。正如奇材遇事见,平日乃与常人同。安得朱楼高百尺,看此疾雨吹横风。"渴立奇勋之心借景而抒,归诸跃升登高、疾雨横风的超迈雄浑意象……这种频繁的自许,已经和李太白越来越相似,难怪陆游被人叫作小李白。只是机缘能否到来,往往有很大的疑问。正所谓:时来天地皆同力,运去英雄不自由。

解试结束后,陆游终于得以离开试院,又恢复了以游山访寺、寻胜探幽来排遣苦闷的生活。一日夜间,他登上白帝城,人在飞楼,孤月在天,胸中不禁万千情绪,想到了当年同样寄寓西蜀的大诗人杜甫。陆游写下一首《夜登白帝城楼怀少陵先生》:

拾遗白发有谁怜,零落歌诗遍两川。
人立飞楼今已矣,浪翻孤月尚依然。
升沉自古无穷事,愚智同归有限年。
此意凄凉谁共语,夜阑鸥鹭起沙边。

"葵藿倾太阳"的杜甫却落魄潦倒,这怎么能不让陆游想到自己呢?四百年前,杜甫也曾在夔州的白帝城楼上远眺赋诗,写下"独立缥缈之飞楼"的诗句,可最终却归诸于"杖藜叹世者谁子,泣血迸空回白头"的悲凉。诗圣已去,唯余孤月浪翻的奇景,天地光阴之无情,一至于斯。杜甫曾云"卧龙跃马终黄土",如今陆游也感悟到"愚智同归有限年",谁能逃过阴阳衰杀的自然规律呢?他生起人生虚无之叹,

第五章 金缕曲 145

渴求着归去故里,渴求着山水林泉、鸥鹭忘机的抚慰。

到了八月,知州王伯庠接到朝旨,移知温州,陆游等州衙僚属们自然要为长官送行。陆游填了一首《蓦山溪·送伯礼》:

元戎十乘,出次高唐馆。归去旧鹓行,更何人、齐飞霄汉。瞿唐水落,惟是泪波深,催叠鼓,起牙樯,难锁长江断。

春深鳌禁,红日宫砖暖。何处望音尘,黯消魂、层城飞观。人情见惯,不敢恨相忘,梅驿外,蓼滩边,只待除书看。

词中颇是情深意切,不长的相处中,陆游似乎和王伯庠结下了一定的同僚之谊,有着美好的祝愿,也有泪波深、黯消魂的长亭相送。驿站亭传,见证多少人间离别,但人情如此,何况彼此身在宦海?

也正是这个月,陆游卧病竟达四十余天,其间他写下一首《秋思》:

鱼复城边逢雁飞,白头羁客恨依依。
远游眼底故交少,晚岁人间乐事稀。
云重古关传夜柝,月斜深巷捣秋衣。
官闲况是频移疾,药鼎荧荧卧掩扉。

知交半零落的颓唐"老境"里,陆游觉着要寻觅一两件开心事也殊为不易。他看着薄暮冥冥,鸿雁飞过,白霜已爬上了衰鬓,心中长恨依依而与二三友人音书难通。只看到层云压城,夜色里秋意传宵柝,月华照着人间世,陆游想到自己倅郡虽闲,却是频频抱恙,如今竟日日熬着汤药,卧床虚度!

到了九月底,陆游终于病愈,乃登上城门,见夔州已是露出了初冬的痕迹。他作诗一首《九月三十日登城门东望凄然有感》:

减尽腰围白尽头,经年作客向夔州。
流离去国归无日,瘴疠侵人病过秋。
菊蕊残时初把酒,雁行横处更登楼。
蜀江朝暮东南注,我独胡为淹此留?

抵达夔州已经快要满一年了,但离开临安却已几载了呢?蛮荒偏僻之地可谓是瘴疠交攻,竟让诗人一病便是由秋入冬。病中久止酒,在这秋末时节方能少饮些许,站在城楼上,能看到蜀江不舍昼夜地流往东南,可我陆游为何还要淹留此地呢?

十月入冬,陆游踏着霜露初寒,又在诗作中写道:"衰发病来无复绿,寸心老去尚如丹。逆胡未灭时多事,却为无才得少安。"他感叹自己人虽老而心不老,既然北房金人未灭,报国之心怎会老去?但他亦自嘲,或许百无一用是书生,无才无德,所以才被投闲置散,得以苟且偷安吧?"惆怅孤臣许国心"——这正是陆游内心的写照。

因此他兴致一到,就绝不肯服输,冬日里一次醉酒,到了夔州城东十七里处一座山壁高峻的白崖边,乃豪情大作,赋诗《醉中到白崖而归》:

醉眼朦胧万事空,今年痛饮瀼西东。
偶呼快马迎新月,却上轻舆御晚风。
行路八千常是客,丈夫五十未称翁。
乱山缺处如横线,遥指孤城翠霭中。

第五章 金缕曲　　147

他虽然郁郁不得志,可到底是一州之通判,出行带着州衙里的差役,快马诗酒,喝得有些醉意上头,便让差役牵着马,换了轻舆软轿,让人抬着在晚风里豪情万丈。陆游情不自禁地在心里呐喊:走了八千里路又如何,大丈夫就算是知命之年也算不得老,不须称翁!他望着云乱重山,仿佛看到了铁马金戈,听到锋镝交鸣,于是竟遥指孤城,仿佛是一个意气风发的将军。

这样酣畅淋漓的宣泄恰恰表明了平日的苦闷之深。陆游自赴夔州,几乎无日不起乡愁,虽然偶有"约束蛮僮收药富,催呼稚子晒书忙。平生幽事还拈起,未觉巴山异故乡"的豁达情绪,但终究是一闪而过,大体上多是思归心切、忧愁、牢骚满腹。

从受除命朝旨算起,到今年年底,夔州通判也倒是任满了,如此一来,确乎很可能又要回乡待阙,但陆游反而不甘心起来,他还想试一试,寻找一些仕宦的机会。

左思右想之下,陆游决定给两个人写信。

三、尺素书

乾道七年的冬天,陆游还是首先想到了四川宣抚使王炎,毕竟这位执政大臣曾要征辟陆游入其幕府任职,这对于迫切想要接近抗金前线的陆游来说,自然有着非比寻常的吸引力。原本是板上钉钉的事情,却因为朝廷突然除陆游为夔倅而骤生变化,于是他决定再厚着脸皮试一试,求一求位高权重的王宣相。

陆游的大笔杆子一挥,洋洋洒洒的一篇书启便很快写好了,此即《上王宣抚启》:

薄命遭回，阻并游于簪履；丹诚精确，犹结恋于门墙。敢辞蹈万死于不测之途，所冀明寸心于受知之地。伏念某禀资凡陋，承学空疏，虽肝胆轮囷，常慕昔贤之大节；乃齿牙零落，犹为天下之穷人。抚剑悲歌，临书浩叹，每感岁时之易失，不知涕泗之横流。昨属元臣，暂临西鄙，获厕油幕众贤之后，实轻玉关万里之行。奋厉欲前，驽马方思于十驾；羁穷未憖，沉舟又阅于千帆。伤弱植之易摇，悼鸿钧之难报，心危欲折，发白无余，如输劳效命之有期，顾陨首穴胸而何憾。兹从剑曲，来次夔关。虽未觇于光尘，已少纾于志愿。此盖伏遇某官应期降命，生德自天。器宇魁闳，钟太行、黄河温厚之气；文章巨丽，有庆历、嘉祐太平之风。取人不弃于小材，论事每全于大体。念兹虚薄，奚足矜怜。然遭遇异知，业已被宸前之荐；使走趋远郡，岂不为门下之羞。倘回曩昔之恩，俾叨分寸之进。穷子见父，可量悲喜之怀；白骨成人，尽出生全之赐。过此以往，未知所裁。

陆游在书启中先自承薄命，然后立刻表达"丹诚精确，犹结恋于门墙"，即是说，如今还是想到王宣抚幕府中出一份绵薄之力。随即说自己虽欲效仿先贤为国立奇勋，但如今日渐老矣，仍是困窘无出路，可说是时不我待，机会已不多。然后陆游开始回忆王炎在乾道五年征辟他入幕府之事，说自己本已"奋厉欲前"，哪怕舍了性命也在所不惜，可谁想到却被朝廷差往夔州。

窃以为接下来这句写得极为巧妙，陆游说"虽未觇于光尘，已少纾于志愿"——虽然还没能看到什么光明的前景，但身在四川，离宣抚司驻地总不算很远，便也稍稍纾解了一些志愿难酬的苦痛。这话说得实在可怜。陆游之前在朝中的经历,王炎身为执政大臣,当然是非常清楚的。想到这位已经快五十岁的文士和自己一样坚决主战,却如此落魄不堪,需这般低声下气、委婉求人,王炎很可能被陆游打动了。直可谓其情可悯!

"然遭遇异知,业已被扆前之荐;使走趋远郡,岂不为门下之羞"——这更表明,陆游对朝廷突然横插一脚,除官夔州通判一事是诧异莫名和耿耿于怀的。按说四川宣抚使一职在南宋历来有便宜处置的大权,何况王炎已经请旨确认了宣抚司自辟僚属的惯例之权,他对于陆游的征辟只需要向朝廷关报一下即可,一般绝不会为了陆游这样的低阶文官而否决执政身份的宣抚使。因此乾道五年十二月忽然任命陆游担任夔州的次长官,使得王炎宣抚司的征辟落空,这确实有些异乎寻常。这个"扆"本义是宫殿内门窗之间的大屏风,遂引申为对君主的一种尊称,如"慈扆""玉扆"之类,"业已被扆前之荐"把除官背后的不寻常、陆游的委屈,甚至包括为王炎这位宣抚使感到气愤不平的诸多意思,都包含在了里头,这就叫含不尽之意于言外,如此措辞,确乎是文章圣手。后面说"使走趋远郡,岂不为门下之羞",更是加深了这一层意味。于是陆游水到渠成地重申请求,"倘回曩昔之恩,俾叨分寸之进"——宣抚相公,敢问能不能再施以援手,让一个以身许国的人能到抗金的前线来?

严格地来说,结尾处"穷子见父,可量悲喜之怀;白骨成人,尽出生全之赐"中,后半句谓若蒙征辟,不啻再造大恩,这还算普通的书面敬语,但前半句"穷子见父"的比拟,就显得有些过于肉麻了。作为后世之人,虽能理解陆游从戎报国之心甚切,但在当时,这样的书启若流之于外,恐怕难免被人讥为轻浮。

将书启通过朝廷在夔州的邮传驿递寄了出去后,陆游在等待回音的过程中,很快就到了乾道八年(1172年)。

正月里,因为还没收到王炎的答复,陆游已是焦虑之至,此前给副相梁克家上书如石沉大海,至于眼下的独相,右仆射兼枢密使虞允文,又与他毫无交谊……说起来,若不是绍兴二十四年礼部试被秦桧以特权黜落,陆游本当与虞允文同榜登科,可偏生这官场上一大铁的"同年"关系,就这么不翼而飞了。如今陆游依旧是沉沦下僚,而虞允文却因为采石矶大捷平步青云,成了位极人臣的宰相,二人地位的悬殊判若云泥,根本谈不上认识的虞相公会理睬自己吗?

怀着这种疑问,陆游思虑再三,终于决定给虞允文上书,姑且一试,也算在王炎之外,多一条路,总也是好的吧!既然虞相过去可说是不认识自己,那么就需要标新立异,在书信里尽可能引起他的注意了,也不妨把自己的处境说得苦一点……

这样想着,陆游写下了《上虞丞相书》:

> 某闻才而见任,功而见录,天下以为当。君子曰:"是管仲相齐、卫鞅相秦之法耳。"有人于此,才不足任,功不足录,直以穷故哀之,天下且以为过。君子则曰:"是三代之俗,周公、孔子之政也。"何也?彼有才,吾赖其才,因以高位处之。彼有功,吾借其功,因以厚禄报之。上持禄与位以御其下,下挟才与功以望其上,非市道乎?故齐秦用之,虽足济一时之急,而俗以大坏,君子羞称焉。若夫三代之俗,周公、孔子之政则不然。无才也,无功也,是直无所用也。无所用之人,虽穷而死者百千辈,何损于人之国哉,自薄者视之尚奚恤?君子顾深哀之,视其穷,若自我推以与之之

不敢安也,矜怜抚摩,衣之食之,曰:"彼有才有功者,何适而不遇。吾所急者,其惟无所用而穷者乎!"此心父母也。推父母之心,以及于天下无所用之人,非圣贤孰能哉?谓之三代之俗,周公、孔子之政,则宜。故王霸之分,常在于用心之薄厚,而昧者不知也。恭惟大丞相道学精深,力量广大,庶几以周公、孔子之政,而复三代之俗者,浑浑巍巍,不可窥测。平时挟功恃才、锱铢较计者,皆自失退听。若某之愚,不才无功,留落十年,乖隔万里,而终未敢自默,特日身之穷,大丞相所宜哀耳。某行年四十有八,家世山阴,以贫悴逐禄于夔。其行也,故时交友酿缗钱以遣之。峡中俸薄,某食指以百数,距受代不数月,行李萧然,固不能归。归又无所得食,一日禄不继,则无策矣。儿年三十,女二十,婚嫁尚未敢言也。某而不为穷,则是天下无穷人。伏惟少赐动心,捐一官以禄之,使粗可活,甚则使可具装以归,又望外则使可毕一二婚嫁。不赖其才,不藉其功,直以其穷可哀而已。此气象,自秦以来,世以功利相高,没不见者累二千年,今始见于门下。所愿持之不摇,行之不疑,则岂独某之幸哉!

如前所述,由于陆游和这位大宰相并无交往,加之他出于汤思退门下,也担心虞允文会因为这一层缘由而对他有先入为主的偏见,是以在这封书信里,十分刻意地想要别出心裁,以求得一线可能的机会。他的文字便不同于写给王炎的书启,而是剑走偏锋,找了个难以反驳的角度。

假如我们稍加仔细地读这封手书,就会发现陆游自以为得意的行文逻辑,或许在虞允文那里完全无法成立。

陆游说，一个人有才能或功劳而被任用，这种用人的标准和模式实际上是不对的。何以如此呢？因为这不过是管仲、商鞅的治国方法罢了！在儒家的史学语境里，管仲辅佐齐桓公所推行的并不是王道仁政，而是霸道之术，因此齐桓公不过是个霸主；商鞅则有过之而无不及，以法家残民专制的思路，建设了一个穷兵黩武，从上到下、由内到外推行可怕暴政的秦国——这在儒家的政治文化里，自然属于旁门左道。那什么样的用人模式才是正确的呢？陆游以儒家的标准答案来告诉虞允文，那就是先王之道，那就是三代之治，那就是周公、孔子的施政模式。在这种亲亲尊尊、温文尔雅的政治文化里，倘若有人无才无功，得不到起用，故困窘不堪，在周、孔这样践行三代之治的圣贤那里，便好像是他们自己所造成的他人之困窘，并因此心生哀怜又深感不安，将以衣食助之，好生抚慰。那么先贤这样做的逻辑何在呢？原来，周公、孔子这样的圣人会如是思维：那些有才有功的人，不论在哪里都有很大的机会得到任用；而无才无功的所谓无所用之人，因以困窘不堪，才是需要关心的！陆游为此做了一个定义，说这就是父母之心，"推父母之心，以及于天下无所用之人"，圣贤治国，必子爱元元，把天下兆民都当成自己的赤子骨肉般爱护，这就叫推父母之心及于一切困苦之人。一句"非圣贤孰能哉"自是饱含了对宰相虞允文的称许赞美和恳求期望。

接下来，在一段"恭惟大丞相……"的套话后，陆游顺着上述的用人不以才能功勋之逻辑，开始描述自己的惨状。他说自己今年已四十八岁，到夔州做官也是家贫无奈，求一份俸禄养家糊口而已，启程出发前甚至要靠朋友们筹钱资助，而夔州俸禄远较江南膏腴之地为少，现在眼看着即将任满待阙，可是已困窘到归乡的行李都还没能置办，即

第五章 金缕曲　153

便回到山阴故里,也是贫无所食,可谓一天没有俸禄,就揭不开锅,毫无对策了。家中长子而立,女儿二十,却还都没有婚嫁。于是陆游小结说"某而不为穷,则是天下无穷人",如果我陆游还算不得困窘之人,那么天下怕是也没有困窘之人了。

铺陈至此,陆游觉得已经足够了,或能打动大丞相,遂提出请求,希望高高在上的右相"少赐动心",在他陆游夔倅任满后,再除授一个差遣给他,使他们一家人得以生活下去,甚至可以从容准备行装,若是在意料之外,竟能使他这个一家之主解决儿女的婚姻问题,更是感恩万分。如此则是大丞相不以陆游无才无功为芥蒂,只是以其困窘可怜为不忍,那这便是消失了两千年的周孔之政,想来也只有大丞相能做到这一点了!

分析至此,我们固然能理解陆游的完整逻辑,但何以要说这种逻辑在虞允文处极可能无法成立呢?

虞允文虽然四十四岁才进士登科,但他此后七年便升迁至中书舍人,成为两制重臣,又在采石矶力挫完颜亮渡江的计划,间接导致其死于扬州龟山寺,可谓是立下了匡扶社稷的大功,因而很快入二府,成为宰执大臣。考察其仕宦性格及与朝中官僚的交往、关系来看,虞允文是一个相对务实,深谙儒家理论与现实政治存在巨大区别,懂得政治中的妥协和策略的实干型高级官僚。对于陆游在书启中大谈特谈的这个"三代之俗""周公、孔子之政",虞允文身为宰相可能只会觉得荒唐可笑。用人不以才能、功勋,却只论哀怜其困窘,这大约真是孟子的"不忍人之政"了!可这种所谓的王道仁政,在虞允文眼中,岂非腐儒之谈、书生之见,大约是要嗤之以鼻的!说到底,用人不以才干和功劳,那又以什么为标准呢?在虞允文这一帝国宰相的决策高度上,他着眼的是朝野的大局、南北的形势,至于你陆游个人的贵贱贫富、困窘显达又与他大丞相虞允文有何关系?更何况,夔州固然俸禄较少(主要因为夔州的职田收入较东南为低),但如前文所述,陆游两任通判的收入已是一笔较大的数字,他在书信里的"极端困窘"其实更大程度上应是一种文学措辞的夸张,退一万步来说,或许也只是在士大夫的群体里算不得富贵,但如果和千万普通的百姓相比呢?三十年前朝廷重建秘书省,尚且要向陆游家借抄藏书凡一万三千余卷之多,这样的家庭,陆游竟称之为天下至穷,所谓"某而不为穷,则是天下无穷人",这种措辞在虞允文处,怎么能不被当成轻浮无状呢?至于子女大龄未婚,如此婆妈之事,何敢劳宰相挂心?道理很简单,你说是穷而不敢言婚嫁,那谁知道到底是什么原因呢,也许是嫁娶必择权贵之家,故迁延至今?这都是虞允文读后可能产生的感想。

更关键的是,即陆游书启中的核心逻辑"三代之俗""周孔之政",多半会让虞允文把他归类到张栻、朱熹的道学阵营里,非但要把陆游视作不通世务的腐儒措大,加之陆游在隆兴府时出入张浚左右,与张栻交游密切,和陈俊卿也有所接触,这就更容易使虞允文对陆游观感变恶。

这样说的原因何在呢?陈俊卿乾道六年五月罢左相出外,即是因为与虞允文政见不合,反对遣使往金国求陵寝地。而一个月后,乾道六年闰五月,朝廷便准备派遣祈请使出使金国,以求陵寝地、更定受书礼。当时朱熹乃三番两次致书张栻,鼓动其奏论罢祈请使。朱熹在书信中引《春秋》之法,以为"君弑,贼不讨,则不书葬者,正以复仇之大义为重,而掩葬之常礼为轻",指出虞允文说动天子遣使请陵寝地,与《春秋》之义迥然背驰,又论虞允文有"湖海之气,此非廊庙所宜""锐于趋事,而昧于自知",等于批评虞允文非辅相之合适人选,急躁冒进,无自知之明。第二封书信中又论祈请使一往,金国或将警觉而用兵淮甸,但如今江淮荆汉等将帅恐不足以恃,暗示了有兵连祸结,即虞允文对金政策或造成战火荼毒的严重后果。

收到朱熹书信后,次月,张栻遂上疏:"然今未能奉辞以讨之,又不能正名以绝之,乃欲卑词厚礼以求于彼,则于大义为已乖。而度之事势,我亦未有必胜之形。夫必胜之形,当在于蚤正素定之时,而不在于两阵决战之日。今但当下哀痛之诏,明复仇之义,修德立政,用贤养民,选将练兵,以内修外攘、进战退守之事,通而为一,且必治其实,而不为虚文,则必胜之形,隐然可见矣。"实际就是将虞允文的对金策略称之为徒有其表的"虚文"。这无疑会极大地触怒到独相虞允文,加之乾道七年三月时,张栻极力反对孝宗皇帝的近习张说除签书枢密院事成为执政(张说是太上皇后妹妹之丈夫,身份贵崇),甚至到了"(张栻)夜草疏极谏其不可,且诣朝堂,质责宰相虞允文曰:'宦官执政,自(蔡)京、(王)黼始,近习执政,自相公始!'允文惭愤不堪"的地步。闹成这样,张栻遂在三个月后的乾道七年六月罢侍讲,出知袁州。得知消息后,朱熹竟谓"(张栻)渠在榻前尽说得透,初谓可以转得事机,要是彼众我寡,难支撑耳。"这个"彼众我寡"便是说宰相虞允文与近习张说阴相附结。

我们并非是要去谈论虞允文和张栻、朱熹孰为君子,孰为小人,或是探讨他们的是非曲直,而是要说明,虞允文是一个为了实现政治抱负,愿意去妥协,甚至包括与皇帝近习交好等"清流"所不齿的手段也并不排斥的人,这反映了虞允文相对务实的仕宦性格,以及他和张栻、朱熹这样的道学家之根本不同。

但不幸的是,正因为这种"务实",已经贵为宰相的虞允文是绝不允许有人反对他的政治路线和对外方针的,因此即便是左相陈俊卿也因为反对遣使而罢相出外,那又何况是张栻、朱熹这样的小臣?而陆游因为与张浚父子的关系,本就如张孝祥一样,有着出入汤思退、张浚之门,"反复小人"的讥讽,又在书启中侈谈用人当以"三代之俗",成"周孔之政",这和张栻常在御前说的"修身务学、畏天恤民,抑侥幸、屏谗谀"如出一辙,恐怕多半就会被虞允文认为,陆游就算不是张栻、朱熹一党,也是和他们这些道学家八九不离十又自命不凡的书呆子为同类。

果不其然,这封写给大丞相的上书如泥牛入海,毫无任何回音。其实说来,这封上书没有起到反作用,就应该谢天谢地了。

好在另一封去年年底写给枢密使、四川宣抚使王炎的信竟成了终南捷径,好似李白的徂徕之召,有了最完满的答复:王炎以便宜处置的宣抚使大权,征辟任满夔州通判的陆游入宣抚司,担任"权四川宣抚使司干办公事兼检法官"。宣抚司的干办公事其实也就是以前北宋各种幕府里的"勾当公事",到南宋避高宗皇帝赵构之圣讳,乃改称"干办",这是一种幕僚性质的工作,主要协助处理宣抚司各种纷繁复杂的事务,官位与发运司主管机宜文字等同,若是赶上立下军功,那么陆游跨过通判,达到知州资序,甚至获得职名旌赏(此指从正八品直秘阁到正六品集英殿修撰的庶官所带贴职),也就是比较容易的事情了。进一步来说,四川宣抚使司是整个川峡四路的最高军政衙署,四川的一切民政、军事都要服从宣抚使王炎的调度、指示,因此陆游入宣抚司,往后的路自然就宽了。

得到这一消息后,陆游大喜过望,一刻也不愿多停歇,在乾道八年正月里就独自先行启程,赶赴宣抚司驻节所在的南郑。

这一回他可不再是满腹愁怨和牢骚,而是快马加鞭,神清气爽,在夔州往梁山的途中,他曾在名叫三折铺的驿站铺子里用饭食,看着四围皆山,重峦叠嶂,好似在争先恐后地迎接自己,陆游兴致大好,写了一首《饭三折铺铺在乱山中》:

> 平生爱山每自叹,举世但觉山可玩。
> 皇天怜之足其愿,著在荒山更何怨?
> 南穷闽粤西蜀汉,马蹄几历天下半。
> 山横水掩路欲断,崖岿可陟流可乱。
> 春风桃李方漫漫,飞栈凌空又奇观。
> 但令身健能强饭,万里只作游山看!

那些低沉情绪在此刻全都消失不见了,酣畅欢快的笔触让人想到了那个亮色调时期的李白。心情一好,陆游便觉得早年在绍兴二十八年、二十九年为宁德县主簿和福州司法参军乃至一路到现在为官西蜀的仕宦经历,也算不得什么崎岖坎坷了,一句"南穷闽粤西蜀汉,马蹄几历天下半"便不再是过去的那种牢骚语,而是充满了豪情壮志,有着一股说不出的得意劲。"山横水掩"也没关系了,再高耸的山也纵马跃之,再湍急的江河也一苇杭之,看着眼前尽是桃李芬芳的美景,又或是飞栈凌空的营造,陆游饱餐一顿,哈哈大笑起来,直是"但令身健能强饭,万里只作游山看"!

心中有梦想,且有幸去践行的人,山重水复也不过等闲而已。

四、南郑歌

南郑属于兴元府,其地理位置在川陕极其重要,具有"北瞰关中,南蔽巴蜀,东达襄、邓,西控秦、陇,形势最重"的特点,因而也就有着兵家必争的战略价值,这个地方便是过去的汉中。

陆游"春风匹马过孤城",他出发时的豪情壮志渐渐也冷静了几分,已经四十有八的他对于人生和官场的变幻莫测,不再如少年时那样懵懂无知了。他一路取道万州、梁山、邻水、岳池、广安、果州,到了利州的时候,或许是投宿僧寺的缘故,写下了一首《登慧照寺小阁》:

少年富贵已悠悠,老大功名定有不?
岁月消磨阅亭传,山川辽邈弊衣裘。
杀身有地初非惜,报国无时未免愁。
局促每思舒望眼,虽非吾土强登楼。

陆游出生于官宦世家,祖父官至副相,父亲也做到一路漕贰,家中更是藏书万卷,自然称得上少年富贵。可父亲也已辞世二十四年,在陆游想来,那便算是家道中落了。眼看着自己也要到知天命之年,这一腔报国的热血,还有机会实现吗?屈指算来,入仕以后,从宁德县主簿做起,十五年光阴竟就在驿站亭传的南北奔走间消磨虚度了。福建、临安、镇江、隆兴、夔州,一路上真是黄金可尽、貂裘可弊!陆游不怕战场凶险,马革裹尸,怕的是南宋朝廷再没有胆气去组织浩浩荡荡的北伐,去尝试恢复中原河山,那样的话,陆游便根本没有机会去投笔从戎,为国征战了。想到了这一切,则登高望远便确实令人心悲而忧愁了。

到了利州的绵谷县,宿于驿站时,陆游见到亭传驿舍边的官道旁,竟有几株海棠花茕茕孑立,在那里孤芳自赏。花老不值,犹如美人自怜,陆游看在眼里,就像看到了自己十五年来不为朝廷重用,每每投闲置散的境遇。于是他赋诗一首《驿舍海棠已过有感》:

凄凉古驿官道旁,朱门沉沉春日长。
暄妍光景老海棠,颠风吹花满空廊。
物生荣悴固其常,惜哉无与持一觞。
游蜂戏蝶空自忙,岂知美人在西厢。
我虽已老犹能狂,伫立为尔悲容光。
盛时不遇诚可伤,零落逢知更断肠。

陆游本就深入道藏、佛藏之中,加之博闻强记、聪敏过人,对于事物的荣枯生灭,自然有着清楚的体认,因此看着官道上行将凋零的几株老海棠,他触景生情,确乎是想到了自己的年纪。这时候他甚至觉得应该有酒在手,当与海棠花共饮消愁。用陆游自己的话来说,便是"海棠已过不成春,丝竹凄凉锁暗尘"。此地无管弦丝竹,亦无羊羔美酒,端的是"不须零落始愁人"了。

走出利州境内时,忽遇阵雨,待到天色欲晡,云收雨歇之后,竟闻到空气中芬芳扑鼻,乃是雨打芳菲、落英缤纷后的花香。陆游解下了蓑衣,在马背上颠簸着前行,一阵悠扬的箫声由远及近,陆游一勒缰绳,驻足细听,竟不觉出神。望着雨霁后出而西垂的斜阳,陆游心中浮

现了无穷的感慨,他酝酿片刻,便作得一首词来,即《蝶恋花·离小益作》:

> 陌上箫声寒食近。雨过园林,花气浮芳润。千里斜阳钟欲瞑。凭高望断南楼信。
> 海角天涯行略尽。三十年间,无处无遗恨。天若有情终欲问。忍教霜点相思鬓。

小益者,益昌也,谓成都为大益,故云益昌为小益。唐天宝时即称为益昌郡,唐肃宗乾元改元,乃称利州。宋人每好以唐名称时下事物,故曰益昌、小益。陆游一路自夔州更向西行,到了这会竟也生起一丝乡愁,在他想来,三十年间仕宦百僚之底,浪迹天涯,而处处做事不得、成就不能,遗恨当真是千言万语难说尽。大诗人不由得生出痴语:天公若是有情,何以对他陆游一无垂怜呢?偏叫他蹉跎了如许岁月,任光阴的白霜爬上两鬓,写满对恢复事业壮志难酬而魂牵梦萦的相思之愁情。

痴人自有痴人语,所谓"人生自是有情痴,此恨不关风与月"。陆游的痴,在人生抱负上正是一腔报国热忱的无处安放,这才愁肠九转,孤愤难抑。

带着对进入宣抚司的巨大期望,也带着一丝因命运多舛而颇不自信的忧虑,陆游继续匹马赴戎幕,只有斜阳草树在他身后拖下一道春天里黄昏的行旅背影。

乾道八年三月初,陆游终于抵达了宣抚司所在的兴元府南郑。这里是过去秦亡之后,刘邦被项羽封为汉王,最终东出夺取天下大业的奠基之所；黄忠阵斩夏侯渊的定军山在这里，刘备也凭此地自立为王，诸葛亮的北伐不也是经汉中而出祁山吗？这是一个有着无数故事的地方。

陆游首先向宣抚司的最高长官枢密使、四川宣抚使王炎报到，这位执政大臣乃在宣抚司衙署的节堂里与之相见。王炎的节堂设在府衙西厢的一个偏厅里，竟与宣抚相公的地位显得很不相应，和陆游在兴元府见到的城寨、营垒、厩库、廨舍的修缮一新大不相同，颇是陈旧不堪，但里头布置得甚有文气，张挂着唐代画家边鸾的一幅折枝画，显出陋室不陋的格调来。陆游更没想到王炎爱喝的也不是北宋蔡襄所主张的文人雅士之茶，而是民间的"煎茶"。唐宋的煎茶，有将姜、盐、葱、桂、椒之类一并煮在茶中的方式，而蔡襄认为茶有真香，因此不可用其他调味或助香的物事来混杂其间，否则就是暴殄天物，掩盖了上好茶叶本身的香气。

喝过宣抚司里的煎茶，与位高权重的宣抚使王炎谈论了他干办公事的差遣后，陆游便算正式进入了幕府中，他大约也并不遗憾未能给王炎展露自己拿手的分茶好戏。

初来乍到，王炎自然让陆游先熟悉下兴元府的周边情况，于是陆游策马而驰，以南郑为中心向外画圆，用了三天时间奔走在汉中的关隘城池、江河渡口，初步了解了兴元府的水文地利，一时间他从戎幕府的豪情被极大地点燃了起来，于是他拿起如椽巨笔，又写下一首《山南行》：

我行山南已三日，如绳大路东西出。平川沃野望不尽，麦陇青青桑郁郁。

地近函秦气俗豪,秋千蹴鞠分朋曹;苜蓿连云马蹄健,杨柳夹道车声高。

古来历历兴亡处,举目山川尚如故;将军坛上冷云低,丞相祠前春日暮。

国家四纪失中原,师出江淮未易吞;会看金鼓从天下,却用关中作本根。

兴元府南郑或者说汉中,古来这个地方有着多少的王图霸业和帝国兴衰?秦朝的函谷关离这里已经不算远,巴蜀天府之国的平川沃野更是一望无际。陆游看着当地秋千、蹴鞠的风俗,宣抚司里的同僚和兵将们也时不时在军中以蹴鞠、马球进行娱乐或团队训练;在宣抚相公王炎对马政的重视下,大片大片的苜蓿田种植起来,健马嗜苜蓿,西军的马儿也看着越发雄壮。但正因为如此,才要懂得虽寸阴亦可惜的道理,机会乃是稍纵即逝!汉中当年韩信登坛拜将的将军坛遗迹还能见到,孔明的武侯祠也静看着春日将暮……大宋失去中原已有四十六年之久,想来怎么不令人痛心疾首呢?在陆游的脑中,他认为出师江淮,是很难直接与金军主力抗衡的,应当由四川进兵,设法先恢复关中,然后居高临下,河南便不难克复。

一言以蔽之,陆游认为,经略中原必自长安始,取长安必自陇右始,当积粟练兵,先克关中,再复中原。

这种战略愿景驱使着陆游几乎日日策马北望,他报国的热忱彻底被点燃起来,很快又在激昂的心绪下写了一首《南郑马上作》:

南郑春残信马行,通都气象尚峥嵘。

第五章 金缕曲 163

迷空游絮凭陵去，曳线飞鸢跋扈鸣。
落日断云唐阙废，淡烟芳草汉坛平。
犹嫌未豁胸中气，目断南山天际横。

春意阑珊却并没有令陆游伤怀，他在南郑的城郊信马由缰，心中是旌旗十万迎风展，因而竟连空中飞舞的飘絮和踏青之人玩弄的风筝都好像成了战场上的硝烟、飞雪和雄鹰，仿佛也都沾染了金戈铁马的杀气。这里是唐代山南西道（唐玄宗开元年间，分天下为十五道）的治所，唐德宗时甚至一度下诏兴元府视比两京，但李唐的庞大帝国终于还是难以挽回衰亡的命运。陆游再次想到了韩信拜大将的将军坛，这皇宋的西军能不能也走出一个自关中而出，百战百胜的大将呢？他极目远眺，巍峨连绵的秦岭山脉正在汉中之北，雄浑地横亘在兴元府和古时汉唐的西京长安之间。一日不见长安，一日不取关中，陆游胸中的激荡之气就终不能平息，他渴望着，渴望着在王炎的宣抚司中随军北伐，一路高歌猛进，收复陕西五路！

初夏将至，陆游与宣抚司中的同舍幕僚们也逐渐熟络起来，范仲芑、张缜、宇文叔介、刘三戒、周頵、阎苍舒、章森等均和他交游友善，同为幕僚的他们时常讨论用兵进军的次第方略，在夜晚衙署的灯下，在城外的山头上，在江岸河畔的渡口边……陆游与他们一同慷慨激昂、挥斥方遒，想着有朝一日随王师西征北伐，底定关中。

他也鼓起勇气，将自己构思的战略思想向宣抚使王炎和盘托出，这标志着陆游来到南郑后，经过实地的考察和进一步的思索研究，已放弃了迁都建康、用兵两淮的战略主张，而是接受了过去张浚经略关陕时候的方针，即"中兴当自关陕始"。应当说，陆游的建议大体上与王炎是不谋而合的,并且陆游认为"有衅则攻,无则守",可见他也不是一味盲目地主张冒进北伐,而是要寻找时机,认为一旦有机可乘,王师便可大张挞伐,平日则应当严为守备,将金人的铁蹄阻拦在川蜀之外。

执政王炎自从乾道五年出为四川宣抚使,至今已经三年。三年的经营,让陆游看到了与江淮主战势力遭到清洗后截然不同的军容,加之关中的百姓尚多有心向赵宋的,时常有义军秘密地将长安一带的情报传递到南郑的宣抚司幕府中来。似乎确实一切都在向有利于收复关陕的方向发展,在陆游心里,他自然认为,眼下只需要等待都堂的一道朝旨,甚至皇帝本人的一道御笔,那么北伐就可以付诸行动了!

因此陆游的心情越发激动起来,非复三任通判时期的消沉可比。四月间正是汉中暮春初夏,尚一派草长莺飞之景,幕府参议官高子长与陆游一同在外骑行。由于高子长是陆游的亲戚(《跋高大卿家书》:"子长大卿,娶予表从母之女,故自少时相从。后又同入征西大幕,情分至厚。"按,表从母即母亲之姊妹,俗姨母者也),二人少时大约曾一同游历过山阴会稽的一些地方,故曰"共忆扁舟罨画溪"。聊到如今同在汉中,离家万里,陆游却说,不须起乡愁之念,四方正是男儿事!于是作诗《和高子长参议道中二绝》其一:

> 梁州四月晚莺啼,
> 共忆扁舟罨画溪。
> 莫作世间儿女态,
> 明年万里驻安西。

第五章 金缕曲

安西谓安西大都护府,初由唐太宗贞观年间所设(名安西都护府),后屡经唐军扩大管辖范围,遂更名大都护府,领龟兹、毗沙、疏勒、焉耆、月氏、条支、脩鲜、波斯八部落,这曾是盛唐的标志之一,在广袤的西域,插上一面大唐汉军的旗帜,西域小国便望风披靡……陆游显然是以此作为一种借指,告诉这位幕府参议官,莼鲈之思固然人之常情,但宣抚司背负着守土乃至进取关陕、克复关中旧疆的重任,不须儿女情长,当志在驱逐胡虏,也许这一天已经很近了!

这种洋溢纸上的乐观在此时期的诗歌中不少,如写给同僚友人张季长的诗中,亦云:"谪堕尚远游,忽到汉始封。西望接蜀道,北顾连秦中。壮哉形胜区,有此蜿蜒宫。雷霆自鞞鞳,环玦亦璁珑。"陆游想象着大宋六师之入关中,如雷霆万钧般扫荡妖氛,还关陕一个光明灿烂的朗朗乾坤,打下恢复中原的坚实基础。

陆游急切渴盼地等着都堂的指挥甚至天子的御笔、密诏下达宣抚司,在这种等待里,夏日的暑热又更添上了一把焦急的火焰。他对镜窥见朱颜改,尘劳霜雪愁满头,因而沉郁愤懑,便只能形诸笔端,一吐块垒,写下一首《望梅》:

> 寿非金石。恨天教老向,水程山驿。似梦里、来到南柯,这些子光阴,更堪轻掷。戍火边尘,又过了、一年春色。叹名姬骏马,尽付杜陵,苑路豪客。
>
> 长绳漫劳系日。看人间俯仰,俱是陈迹。纵自倚、英气凌云,奈回尽鹏程,铩残鸾翮。终日凭高,讯不见、江东消息。算沙边、也有断鸿,倩谁问得。

《古诗十九首》中有云:"人生非金石,岂能长寿考?"这个问题当然也来到了年近知天命的陆游脑中。仕宦十五年,水路驿道奔走大江南北,沉沦下僚的日子唯催人老去而已!眼下终于来到抗金的前线,可陆游生怕这会像是南柯一梦般的结局,更知光阴飞逝的可惜。他日日梦想随大宋的西军收复长安,可那汉时的勋贵豪杰以及他们曾经的权势荣华,而今安在哉?只剩下汉帝的陵寝风雨千年,弹指一挥间。

因而他再发痴语,谓以长绳系住太阳,好让时间留住。可羲和鞭白日,又如何留得住呢?李贺固云"朝朝暮暮愁海翻,长绳系日乐当年",可白居易便说"既无长绳系白日,又无大药驻朱颜",这方是现实的情状。阴阳之力,岂人所能预?是故陆游的长绳系日终究是落在了"漫劳"上,他亦如何不知,这全近于徒劳!王羲之在《兰亭集序》中说"向之所欣,俯仰之间,已成陈迹",难道说的不是这么?陆游亦不得不承认,纵然化而为鹏,英气超迈,有凌云拏天之能,可也难免"鸾翻有时铩",青冥垂翅、铩羽而归,不是没有可能。更何况他终日等候,却完全等不到东南朝廷的出兵指挥,以至于陆游只能苦闷无奈地自嘲,也不知那沙边的离群孤鸿,可有一二消息,又请谁人方能问得呢?

不难体会到的是,江头铩羽的断鸿,正象征着陆游自己。这是他内心忧虑的一个情感投射。

在当时的四川宣抚使司中,除了最高长官执政王炎外,还有一个人地位也很高,且身份十分特殊,他便是年仅三十有五的都统制吴挺。吴挺是已故的西军统帅吴璘之子,曾随其父在绍兴三十一年、三十二年的关陕战事中作战勇武、立下功勋,加上如今的西军将校大多也都是吴璘提拔起来的老部下,因而吴挺在西军中威望、呼声都很高。若是再往前说,自曲端之后,大宋的西军基本就是由吴玠、吴璘兄弟俩建立和训练、统率,实际上在绍兴十一年收兵权时,四川的情形何尝不是"吴家军"根深蒂固呢?只是考虑到四川离东南朝廷甚远,不好轻易处置,因而对吴氏家门一直是曲加旌赏、抚慰。

所谓的都统制是南宋朝廷基本废除家军体制,建立了御前诸军制度后的诸屯驻大军的最高统兵官,当时主要有镇江府、建康府、江州、池州、鄂州、荆南府、兴州、兴元府、金州九大屯驻大军。镇江府、建康府、江州、池州、鄂州、荆南府又称江上诸军;而兴元府、金州、兴州乃称四川诸军。都统制作为本都统司最高军事长官,负责日常的训练、警备、守御、赏罚等军政事务,以上九大都统司屯驻兵马的数量大致在一万到六万不等,都统制之恩数视同三衙管军,权位在安抚使等帅臣之上。

按吴挺在乾道九年时任鄂州诸军都统制,他在本年应是兴元诸军都统制。但南宋的西军自张浚提拔吴玠、吴璘兄弟担任主要统帅职务后,由于吴玠在绍兴九年便去世,此后长达二十余年里西军都基本由吴璘主管,这就使其子吴挺在军中的地位急剧上升。考虑到吴玠曾经在和尚原、仙人关两次击败金军取得大捷,立下了全蜀安堵的大功,加上出于平衡的考量,朝廷亦有意对吴玠之子吴拱加以扶持,此时吴拱亦在兴元府,且是利州路安抚使兼知兴元府,乃一路帅臣,地位亦很高。只是应注意的是,在当时的蜀中,还有一个最高的四川宣抚司在诸文武大臣的头顶,一切四川的军政、民政都须尊奉宣抚使本人的号令、调度。

吴挺年轻气盛,又是出身权贵将门之中,平日也注意结交川蜀的文武臣僚和将校士卒,大约父辈那种兄弟间的棠棣同心之情,到了吴挺这一代,未尝没有存了和吴拱一分高下,谁也不甘屈于人后的别样心思,毕竟谁都看得明白,宰执在四川开宣抚司只是暂时的,西军还是很大可能交给他们吴氏来继续统领,可西军的统帅只能有一个。因此吴挺时常在宅邸园林里宴请宾客,除了父亲那些多年的老部下之外,自然也包括此时宣抚司中的幕僚们。

夏秋换季之时,六、七月间的一日,吴挺设宴,陆游也在应邀之列,乃到了兴元府南郑城里吴璘留下的大宅院里。吴挺继承了父亲留下的万贯家资,平日还养着许多如花似玉的歌姬舞姬,酒宴间,这些妙龄女子们便也娉娉婷婷地从屏风后面走将出来,各个敛衽万福,遂又跳舞助兴、弹阮唱曲,无不是婀娜多姿、娓娓动听,身形百变似那雾迷丹枫,歌喉婉转又如雨打金荷……

如此待酒宴暂告一段落后,吴挺邀请席间诸人移步到自己宅院中的园林,于是陆游便跟着宾客们一路穿过曲径通幽、怪石罗列的回廊,乃到了园林中一处名为云山亭的楼台阁子里。

年少得志的都统制吴挺笑道:"某虽为武夫,然平生爱好文雅风流。今日群贤毕至、高朋满座,更都是诗文的圣手。依我看,就先请高参议为寒舍的这座小亭赋诗一首,万望勿辞。"

这高参议便是前文提到过的高子长,陆游曾与他有所交游,且彼此诗歌酬唱。此人在当时的宣抚司中,也是一员地位重要的高级幕僚,然而钱仲联先生的《剑南诗稿校注》谓"高子长名未详",今各类《渭南文集》的笺注、校注亦皆不知高子长究为何人,只知道他是陆游姨父母的女婿。考虑到他与陆游的一些关系及牵扯到的朝廷高层,兹有必要做一说明。

按《建炎以来朝野杂记》乙集卷二《己酉传位录》:

第五章 金缕曲 169

二十四日戊戌，允文拟进立太子御札。（李心传自注：晁公遡《箕山日记》云："高子长正月末离临安，李道之子宣赞范者，托语其父云：'三大王言丞相遣腹心来报，储议已定，大人差遣可无虑。'后旬日，建储诏下。"考寻诸书，子长名祚，此时以右朝请郎充四川宣抚司主管机宜文字，自荆南前去之任。道，恭王夫人之父，此时为湖北副总管。）二月七日壬子晚朝，孝宗御选德殿，始以立皇太子御札宣示大臣。

这一段文字说的是前一年，也就是乾道七年正月前后，宰相虞允文参与孝宗皇帝册立皇太子的大事之片段。从李心传所引时人晁公遡的《箕山日记》看，高子长正是高祚，子长是其字，这是毫无疑问的。但我们可以从中知道甚至比高子长名高祚更有价值的信息，即高祚似乎可以认为是虞允文的亲信。按引文中的说法，高祚是一个无出身或杂出身的文官，故本官为正七品右朝请郎，在宋代正经的进士出身，则本官前加左字，如是无出身者则加右字。而高祚在乾道七年正月已除为四川宣抚司主管机宜文字，这是远比陆游的"干办公事"重要得多的职务，何以一个无出身之人能获得这样重要的宣抚司差遣呢？且从陆游在诗中对高祚的称呼看，乃是"高子长参议"，按"参议"指的是宣抚司参议官，这一职务更在机宜之上，一般需要有知州资序的朝官担任，视同转运判官。如果晁公遡的记载完全无误，那么即是说，高祚在七年正月入王炎幕府为机宜，至迟在次年已升迁为参议，这对于一个无出身之右朝请郎，如何可能？但从引文中可以知道，高祚竟是虞允文之亲信，则这些都变得顺理成章。且看所说之事：正月二十四日，由于此前已经经过长期的御前密对，宰臣虞允文遂拟进立太子御札。按照和皇帝的商议，虞允文已经事先知晓，孝宗赵昚准备立第三子恭王赵惇为皇太子。当时孝宗的长子庄文太子赵愭已在乾道三年薨逝，如今只剩下次子庆王赵恺和恭王赵惇。因此对太子宝座的竞争也就落在了这两人之间。由于高祚将取道荆南入川赴宣抚司，而当时恭王王妃李凤娘的父亲李道正任职湖北副总管，因而高祚正好可以借机光明正大地与其会面。于是李道的儿子李范乃拜托高祚去给父亲通风报信，谓虞丞相遣心腹（即高祚）来报，储君已定，父亲大人无须忧虑矣。

在这里，显然是不能仅仅将李范的话语"丞相遣腹心"看作一种随意一说，在二月七日孝宗皇帝宣示立太子御札前，如果胆敢有人泄露这样事关国本的天家机密，一旦为人所知，高祚个人的前途肯定彻底完蛋，这不是普通的"泄露禁中语"，甚至还会牵累到宰臣虞允文，而高祚本人极有可能被窜逐岭外。因此，高祚应当确实是宰相虞允文的亲信，所以李范才会放心把这件事拜托给高祚。而让我们诧异的是，虞允文为何要将高祚派往王炎的四川宣抚司？且通过自己宰相的大权，使得无出身的高祚累迁宣抚司要职。

据周必大《王炎除枢密使御笔跋》中可知：

（王）炎与宰相虞允文不相能。

这就是说，执政王炎和宰相虞允文之间很不和睦，甚至难以共事。需要说明的是，虽然王炎和虞允文在政治上都持主战态度，但这不意味着他们之间没有矛盾，更不意味着他们或者说主战大臣之间是紧密团结的政治团体。这样看来，虞允文把高祚高子长派往四川，又大加提拔，恐怕是要在王炎的宣抚司里安插上一个自己的眼线和钉子，好让王炎无法对朝廷的指示阳奉阴违，过于自专。

第五章 金缕曲　　171

这一点大约在当时宣抚司高级文武官员们眼中，并不是什么秘密。至于陆游，大约多少也能看出一些文章来。因此即便是贵为吴挺这样的人物，也对高祚不敢怠慢，无非是为了他背后所代表的眼下那位左相虞允文。

于是高祚乃先作了一首诗，而陆游虽然只是宣抚司里的干办公事，但他文名在外，当下大家都催促他赋诗。陆游略一沉吟，便不假思索地下笔写了起来，作了一首《次韵子长题吴太尉云山亭》：

参谋健笔落纵横，太尉清樽赏快晴。
文雅风流虽可爱，关中遗虏要人平。

诸人见到陆游的诗，顿时面面相觑。

这又是何原因呢？

这首诗确实值得玩味与讨论。首先，假如第一句中不是为了平仄原因或者美称一声"参谋"，那么在此时高祚已经又由参议升为宣抚司参谋。参谋官是可以在宣抚使副、判官病假或遇阙时，暂时代行本司事务，可见职权之重、地位之高，视同一路提刑，故在参议之上。其次，最后两句对吴挺似乎已有讥讽之意。谓其作为都统制级别的大帅，追求文雅风流实无益处，应当要以驱逐北虏、平定关中，收复陕西五路作为奋斗的目标。

我们无从得知这次宴会是否不欢而散，又或者吴挺视而不见，假作未识此意。唯可明确的是，陆游竟向王炎建议，将吴挺从兴元府都统制的位子上挪走，以吴玠之子吴拱掌西军兵权。要知道，此时的吴拱为利州路安抚使兼知兴元府，然而宁宗开禧以前，都统制一贯位在安抚使之上,吴拱在西军中的兵柄是远不如吴挺的。

陆游"本传"云:

> 吴璘子挺代掌兵,颇骄恣,倾财结士,屡以过误杀人,炎莫谁何。游请以玠子拱代挺。炎曰:"拱怯而寡谋,遇敌必败。"游曰:"使挺遇敌,安保其不败。就令有功,愈不可驾驭。"

显而易见,贵为执政的宣抚使王炎也对吴挺没有什么办法。这不光是因为吴挺的先父,那位以少保、奉国军节度使、四川宣抚使而同样被称为宣相的吴璘在蜀中经营了二十几年,整个西军已经形成了与吴氏将门盘根错节的利益关系,更不用说西军遍是吴璘的门生故吏、旧将老兵;恐怕还因为虞允文在十年前出为川陕宣谕使时,曾与吴璘结下交谊,且一度紧密合作,试图保住宋军在关陕恢复的十六个州军,甚至进一步恢复整个关中地区。也就是说,吴挺因为父辈的关系,很可能更亲近的是宰相虞允文,因此王炎考虑到这两方面,他就算对吴挺有任何不满,也只能投鼠忌器、不得处置。陆游的建议,便当然不能得到宣抚使王炎的同意。

客观来说,吴挺在关中随其父吴璘征战,确实立下过汗马功劳,在西军中的威望、与金军实际交战的经验等,都不是吴拱所能相比的。并且,王炎任四川宣抚使已有三年多,他或许仍和陆游一样,在等待着朝廷出师北伐的指挥,那么在这种节骨眼上,要换了吴挺,甚至因此加剧和宰相虞允文的矛盾,显然不是一种明智的决定,也是从根本上不利于可能开启的新一次北伐的。

而此事在他人眼中,更会认为陆游言行举止不知分寸、毫无自知之明。假如我们为贤者讳,硬说陆游作为宣抚司干办公事,向王炎提这样的建议无可厚非,那便是完全罔顾事实了。因为陆游建议的不是一两处堡寨驻防或是斥候巡逻等小问题,而是撤换宣抚司实际统兵作战的都统制大帅的问题,更严重点说,这甚至代表着王炎和虞允文的宰执之争,是最高权力决策层中的矛盾纷争。试问,像这样层级的问题,是当时陆游区区干办公事的职务所能置喙的吗?这便是陆游性格悲剧的一面了。

初秋的七月中旬,一日傍晚,陆游带着酒登上南郑子城西北的高兴亭,从这里正可以望见一直绵延到长安城外的终南山。他听着号角阵阵,这不正是范文正公说的"长烟落日孤城闭"吗?秋鸿渐渐在夜色的蔓延里杳不可寻,陆游和几位交好的宣抚司幕僚们行着酒令,轮到他时乃激动地站起来慷慨悲歌,唱的不是"谁念玉关人老",而是刀枪齐鸣、锋镝震天的皇皇金缕曲!

陆游看着月照南山,平安火在夜幕下点燃,他心中却想着挥师北上,驰骋疆场,要铁马追风、雕弓射月,更要燕然勒功,平定关中!

想到这里,他终于又是一声大喝,当即在亭中赋词唱了起来,此即《秋波媚·七月十六日晚登高兴亭望长安南山》:

秋到边城角声哀,烽火照高台。悲歌击筑,凭高酹酒,此兴悠哉。

多情谁似南山月,特地暮云开。灞桥烟柳,曲江池馆,应待人来。

在陆游看来,那月华好像在指引着方向,在多情地迎候着王师之入长安。他心中想象着关中遗民们箪食壶浆,涕泗滂沱地迎于道路两旁,而到那时,陆游和亭中的幕僚友人们,也应到长安城东的灞桥边,玩味唐人折柳送别的意境;又或是去那盛唐开元时候建成的曲江池馆,看花卉环周、烟水明媚的胜景。这一切,实在是"应待人来"!

差不多十日后,由于宣抚使王炎治事的节堂修葺完毕,又取天子诏书中的"静镇坤维"之语,以"静镇"名新堂,遂令陆游为文记之。

这种事情如何难得倒陆务观?他大笔一挥,顷刻间便完成了一篇《静镇堂记》。在文章里,陆游概括了王炎治汉中的成绩,叙述了修缮节堂的缘由,然后又赞颂王炎道学精深,尊德义而斥功利,卓然超乎世俗的淡泊鸿儒之境界。但在文章最后,陆游还是向王炎提出了热切的期望和恳求,乃云:

> 虽然,某以为今犹未足见公也。虏暴中原久,腥闻于天,天且悔祸,尽以所覆畀上。而公方弼亮神武,绍开中兴,异时奉銮驾,奠京邑,屏符瑞之奏,抑封禅之请,却渭桥之朝,谢玉关之质。然后能究公静镇之美云。

日期和署名乃是:乾道八年七月二十五日,门生左承议郎、权四川宣抚使司干办公事兼检法官陆某谨记。

陆游希望王炎能推动朝廷实现真正的绍开中兴,成就恢复事业的第一步,也就是收复长安,恢复大宋在关陕的旧疆。当然,他也免不了作更多的褒美之辞,谓王炎当能奉迎天子銮驾,恢复中原旧京,届时四夷都将俯首称臣,送上质子。

应当明白的是,对此时的陆游来说,以枢密使的执政身份出为四川宣抚使的王炎,正是陆游恢复河山的希望和寄托,他势必认为自己也只有依附在王炎的幕府中,蝇附骥尾方能致以千里。

要准确细致地描述陆游在南郑宣抚司中的戎马生活,如今已有很大的困难。因为陆游叙述这一段幕府时期经历的百余篇《山南杂诗》,当年在乘船过望云滩时,竟坠落水中遗失;甚至他另编定的三十首诗组成的《东楼集》也已失传。且颇值得注意的是,陆游在流传下来的《东楼集序》中说:

得古律三十首,欲出则不敢,欲弃则不忍,乃叙藏之。

陆游究竟写了怎样的诗句,以至于不敢公之于世?我们已经很难知晓。但这里面的因缘却仍可略做揣测,且容后表。

基于以上原因,对陆游从戎南郑的更多细节之了解,便只能通过陆游自己后来的回忆做一个区区的管窥了。

至迟在此年秋,陆游应当已确实开始参与一些前线的军事任务。

首先看陆游在绍熙四年(1193年)所作的诗《忆昔》,其中有云:

忆昔西征日,飞腾尚少年。
军书插鸟羽,戍垒候狼烟。
渭水秋风夜,岐山晓雪天。
金羁驰叱拨,绣袂舞婵娟。
……

写这首诗时陆游业已六十九岁高龄。他称当年在南郑是"飞腾少年"不过是作豪迈语耳,实则当时已四十八岁。陆游在宣抚司乃是干办公事的职务,加之他文名甚高,草拟一些军书应当是主要工作之一。而"渭水"在陆游回忆南郑戎马生活时反复出现,应当并非虚指,而是确曾屡次在渭水两岸从事一些军事行动。由于军事任务的特殊性、保密性等要求,诗歌中陆游乃是在月色下趁着夜幕的掩护,一路快马疾驰。

绍熙三年(1192年)陆游还有一首《岁暮风雨》,有云"念昔少年日,从戎何壮哉!独骑洮河马,涉渭夜衔枚",亦是描写渡过渭河展开军事行动。

淳熙六年(1179年)作有两首《忆山南》,其中固有"貂裘宝马梁州日,盘槊横戈一世雄""打球骏马千金买,切玉名刀万里来"这样的虚写描摹,但也有"结客渔阳时遣简,踏营渭北夜衔枚"的实写。何以知道必是实写呢?

在淳熙十四年(1187年),陆游有一首《昔日》,有云:"坚壁临关守,连营并渭耕。至今悲义士,书帛报番情。"诗人在诗作下有自注:"予在兴元日,长安将吏以申状至宣抚司,皆蜡弹方四五寸绢,房中动息必具报。"这就佐证了上述《忆山南》中所写的秘密军事行动,即夜渡渭水,这或许正是为了和长安城中,与大宋传递情报的意图归正者进行联系、沟通。从陆游的诗歌中,亦能知道,当时的关中,人心仍然颇可用。

并且,这种在渭水边的军事行动,一直持续到深秋以后,陆游似乎时常参与其间。同样在绍熙四年,陆游有作《秋夜感旧十二韵》,其中有云:"往者秦蜀间,慷慨事征戍……意气颇自奇,性命那复顾。最怀清渭上,冲雪夜掠渡。"

第五章 金缕曲　177

甚至从"性命那复顾"来看，虽然当时宋金之间处于隆兴和议后的总体"和平"状态，但这样的军事行动也不是全无危险的。同样可以从陆游的诗歌里找到佐证来参考。淳熙十二年（1185年），陆游在《江北庄取米到作饭香甚有感》中说："我昔从戎清渭侧，散关嵯峨下临贼。铁衣上马蹴坚冰，有时三日不火食。山荞畬粟杂沙碜，黑黍黄穈如土色。飞霜掠面寒压指，一寸赤心惟报国。"大散关所扼守的是自关陕入蜀的要道，按照这几句诗的回忆，陆游曾在大散关附近与小股金军相遇，或许是金人的斥候，而陆游作为宣抚司的干办公事，外出执行军事行动包括与关中义士们联络、视察防务等，自然也只会带着小批人马，双方在冰天雪地里大约进行了一些试探和对峙，可能也会有一些骑射战斗发生。这在淳熙九年（1182年）的《夜观秦蜀地图》中也有一证："散关摩云俯贼垒，清渭如带陈军容"，显然说的是同一件确实发生过的事情。假如这只是一种虚写，则显得荒唐而不可能，不像从戎军中的人所描绘的川陕军事情状。因为大散关地理位置极其重要，如果金军阵于散关之下，那就必是大规模的扣关入寇，绝不是平日的大散关外正常的宋金对峙情形，所以这个"俯贼垒"恰是《江北庄取米到作饭香甚有感》中"下临贼"的意思，只是宋金双方小股部队的相互接触。这就能基本确知，陆游是参与过实际的军事行动的，而非只是处理宣抚司中的文书工作。

此外，陆游在回忆南郑戎马生活的诗歌中，也有不少描写军中打猎的诗作。尤其以写到刺虎的诗作最为引人注意。

就在此年的十一月，陆游作诗《书事》，其中说："云埋废苑呼鹰处，雪暗荒郊射虎天。"同月又作《宿武连县驿》，乃云："鞭寒熨手戎衣窄，忽忆南山射虎时。"那么这显然指的是从戎南郑时期狩猎猛虎的事情了。

次年,乾道九年初所填《汉宫春》亦有提及,谓"羽箭雕弓,忆呼鹰古垒,截虎平川";同年又作《三月十七日夜醉中作》,亦云:"去年射虎南山秋,夜归急雪满貂裘";九月作《闻虏乱有感》,谓"前年从军南山南,夜出驰猎常半酣。玄熊苍兕积如阜,赤手曳虎毛氍毹";又作《久客书怀》,云:"射虎临秦塞,骑驴入蜀关。"

淳熙三年(1175年),作《春感》,谓:"初游汉中亦未觉,一饮尚可倾千钟。叉鱼浪藉漾水浊,猎虎蹴踏南山空";又作《芳华楼夜宴》,云:"射虎将军老不侯,尚能豪纵醉江楼。"

淳熙五年(1177年),作《过采石有感》,谓:"短衣射虎早霜天,叹息南山又七年。"

淳熙六年(1178年),陆游又作《建安遣兴》六首,其中一首云:"刺虎腾身万目前,白袍溅血尚依然。"但仅从这些尚不能十分清楚当时的具体情况。

在淳熙八年(1181年)七月,陆游作诗《感秋》,有云:"南山射虎漫豪雄,投老还乡一秃翁。"此时仍不明确更多细节。

同年十月一次梦中,陆游如临其境地回到了当年的现场,他中夜醒来,当即作诗一首《十月二十六日夜梦行南郑道中既觉恍然揽笔作》,其中云:"我时在幕府,来往无晨暮。夜宿沔阳驿,朝饭长木铺。雪中痛饮百榼空,蹴踏山林伐狐兔。耽耽北山虎,食人不知数。孤儿寡妇仇不报,日落风生行旅惧。我闻投袂起,大呼闻百步。奋戈直前虎人立,吼裂苍崖血如注。从骑三十皆秦人,面青气夺空相顾。"

在诗中,陆游一行本是往山林间打些狐兔之类,却和猛虎不期而遇。他麾下三十骑都是秦州出身的战士,恐怕其中还有经历过十年前关陕大战的老兵,但也都吓得大惊失色、面面相觑。唯有陆游挺戈向前,那猛虎竟如人一样站立起来,作势欲扑,电光石火之间,陆游刺中了猛虎,凶兽因剧痛而啸震山岗,但终究是血如泉涌……

淳熙十年(1183年),作《野兴》,谓:"南山射虎自堪乐,何用封侯高帝时!"十一年,作《囚山》,谓:"刺虎射麇俱已矣,举杯开剑忽悽然。"

淳熙十二年(1185年),作《独酌有怀南郑》,谓:"秋风逐虎花叱拨,夜雪射熊金仆姑。"

淳熙十三年(1186年),作《焚香作墨沈决讼吏皆退立一丈外戏作此诗》,谓:"吏民莫怪秋来健,渐近南山射虎时。"

绍熙三年(1192年)陆游有《病起》,亦云:"少年射虎南山下,恶马强弓看似无。"

在绍熙四年(1193年)的《怀昔》里,陆游不厌其烦地再次写到了这件事,有云:"昔者戍梁益,寝饭鞍马间。一日岁欲暮,扬鞭临散关。增冰塞渭水,飞雪暗岐山。怅望钓璜公,英概如可还。挺剑刺乳虎,血溅貂裘殷;至今传军中,尚愧壮士颜。"

直到庆元四年(1198年),七十四岁的陆游仍在回忆此事,有诗《三山杜门作歌》凡五首,其中第三首有云:"中岁远游逾剑阁,青衫误入征西幕。南沮水边秋射虎,大散关头夜闻角。"

之所以要列举如此多不同时期写到猎虎的诗,是为了证明,此事应当是真实的,并非陆游文学诗词的夸张。但可能仍有人会质疑,谓陆游一会说射,一会说刺,一会是用剑,一会用弓……从上述所引诗作来看,陆游猎杀老虎,手段和武器如下:曰射、曰刺、曰弓、曰戈、曰剑。从"南沮水边秋射虎"一句中,甚至已经可以清楚地知道猎虎的具体地点,所谓的沮水,其实就是兴州顺政县内的沔水之别名,而兴元府境内又有南沮渡，应即是此河。实际上从陆游这样清晰地描述地点来看，猎虎的可信度已经很高。至于为何有用弓、戈、剑的不同描述以及射、刺之别，这并非真的费解。很可能在发现此虎时，陆游先以长柄武器戈矛刺中了它，虎负伤逃跑，陆游再以弓箭射之，最后纵马追及，将已经奄奄一息无力奔走的野兽以随身佩剑杀死，这是完全说得通的一个猎虎过程。再者，陆游在《怀昔》中说是"乳虎"，即幼虎，这样看来，这还不是一只成年的大虫，而是体型相对较小的幼年老虎，这更说明，应当不是虚构。若纯属文学上为了表现自己从军的豪迈，何必曰乳虎？

兹最后再举开禧二年（1206年）陆游所作《醉歌》，其二有云："百骑河滩猎盛秋，至今血清短貂裘。谁知老卧江湖上，犹枕当年虎髑髅。"首句所说秋季在河滩狩猎，恰符合"南沮水边秋射虎"，又是一证。且末句明确说，"犹枕当年虎髑髅"，即将虎骨做成了枕头，可见确有其事，而不能只认为此处是用《西京杂记》中李广射卧虎而断其髑髅以为枕之典故。因为前引多篇诗作，可互为证明。

故而我们便能确知，陆游并非手无缚鸡之力的纯粹文人，而是确有勇武和胆魄的。

约在九月间，陆游奉宣抚司军令，往阆中公干，自南郑出发，一路经嘉陵江从利州方向抵达阆中。途中他作诗数首，由于迟迟等不到朝廷出师北伐的指挥，他已充满了怨气，竟在《木瓜铺短歌》云：

鼓楼坡前木瓜铺，岁晚悲辛利州路。当车礧礧石如屋，百里夷途无十步。

溪桥缺断水啮沙，崖腹崩颓风拔树。虎狼妥尾择肉食，狐狸竖毛啼日暮。

  冢丘短草声窸窣,往往精灵与人遇。我生胡为忽在此,正坐一饥忘百虑。

  五更出门寒裂面,半夜燎衣泥满裤。妻孥八月离夔州,寄书未到今何处。

  余年有几百忧集,日夜朱颜不如故。即今台省盛诸贤,细思宁是儒冠误!

  从诗中不难看出,此行前往阆中,一路上野兽出没、荒蛮难行,且风沙扑面,极是辛苦。但更值得注意和玩味的是,陆游的情绪变得郁怒起来。他一面感慨着自己正在"肉眼可见"地老去,一面辛辣地讥讽"即今台省盛诸贤,细思宁是儒冠误"!这矛头恐怕是对准了当时临安宫府中的大宋决策层,他疑虑着作为首相的虞允文明明是主战的大臣,何以迟迟不劝皇帝赵眘下诏北伐呢?难道是右相梁克家从中作梗吗?虽然平时可能或多或少也从王炎那里听到过一些只言片语,但陆游只觉得烦躁。在恢复祖国河山的大业面前,还有什么矛盾龃龉不能暂且搁置、弥缝的呢?非要如此,真是儒冠多误身,秀才颠顶,一事做不成!

  此外,"岁晚悲辛利州路"也很值得注意,不管怎么说,这是执行宣抚司的公务,为何陆游如此情绪低沉呢?

  到了青山铺,陆游又作诗《太息》,乃云:

  太息重太息,吾行无终极。
  冰霜迫残岁,鸟兽号落日。
  秋砧满孤村,枯叶拥破驿。

> 白头乡万里,堕此虎豹宅。
> 道边新食人,膏血染草棘。
> 平生铁石心,忘家思报国。
> 即今冒九死,家国两无益。
> 中原久丧乱,志士泪横臆。
> 切勿轻书生,上马能击贼。

细玩诗意,则似乎看到了可能的答案。

诗歌第一句就奠定了低沉消极的情感基调,写到枯叶破驿后甚至起了乡愁,谓白头万里,而坠虎豹之宅。难道陆游已不愿戎马沙场,为国收复旧疆了吗?恐怕这里的"虎豹"颇有一语双关之可能,不能简单作苍溪一带的野兽之解。在陆游的诗歌世界里,"虎豹"常用来指代阻碍他的奸邪之臣,如"帝阍守虎豹,此计终悠悠""九关虎豹君休问,已向人间得地仙""虎豹生憎上九关,诸公衮衮遂难攀",都是以"虎豹"指代曾觌等近习奸佞。故而这里的"虎豹"是否有可能指兴元府都统制吴挺呢?"虎豹宅"便也不是指赴阆中途中的艰险辛苦,而是谓吴挺在南郑一手遮天?假如认为笔者的推断过于大胆,不妨再看"即今冒九死,家国两无益"的意味。如果说陆游是正常赴阆中公干,既然是宣抚司的任务,怎么能说"家国两无益"呢?有没有可能,是因为陆游曾经公然在酒宴间作诗讥讽吴挺,以及请求王炎撤换吴挺兵柄的事情,使得这位年轻气盛的都统制终于几乎要和陆游起正面冲突,而王炎出于保护陆游的目的,打发他去阆中公干,也好让吴挺冷静下来,加以抚慰?

这固然也只是一家之言,但陆游此行的低落当是溢于言表、不问可知的。如他抵达阆中后,又作诗谓:"俱是邯郸枕中梦,坠鞭不用忆京华";游锦屏山杜甫祠堂,更作诗云:"山川寂寞客子迷,草木摇落壮士悲。"自阆中返回南郑途中,亦作诗云:"危身无补国,忠孝两堪羞",这显然和"家国两无益"是完全一致的表达。在利州途中,陆游更是说:"自笑谋生事事疏,年来锥与地俱无。"——此意已经十分分明,人言无立锥之地,而诗人说自己这一年来终于到了莫说"地"了,连这"锥子"都要没有的地步了,可见他的困窘已是至于何种程度,那么思及当时宣抚司中能让陆游如此艰难的人,有理由又有实力的,便只有吴挺了。且此句,更是用《景德传灯录》中的禅宗公案语录,可见陆游佛道归隐之心,但这何尝不是一种争而不得的苦闷无奈之辞呢?

大约就在十月中旬陆游返回南郑的途中,他得知了更大的噩耗。

原来朝廷已有指挥:王炎罢四川宣抚使,以枢密使的执政身份召回行都临安"赴都堂治事"!

这对于陆游来说不啻晴天霹雳。

他当然要开始担忧宣抚司是否会因此解散,即便不如此,新来的宣抚使与他多半毫无交谊,还能用得上自己吗?吴挺若还怨恨他,那么宣抚使还会加以回护吗?

这时候陆游刚走到嘉川铺,他把满腔的悲愤、无可奈何都写进了《嘉川铺得檄遂行中夜次小柏》中:

黄旗传檄趣归程,急服单装破夜行。
肃肃霜飞当十月,离离斗转欲三更。
酒消顿觉衣裘薄,驿近先看炬火迎。
渭水函关元不远,著鞭无日涕空横。

宣抚司催促他返回南郑,得知清源公王炎居然要被朝廷召回,陆游一时间连酒都惊醒了,他只觉得当下刺骨之寒直钻心窝,想来渭水边的函谷关、长安城,都并不远,北伐是可以有所成的啊!现在却变为再无日期的绝望了,已是"著鞭无日",北伐无期,除了涕泪横流,还能如何呢?

十月初冬在边地已是极寒天气,飞霜飘雪,直是寒彻骨啊,寒彻骨!

第六章
西江月

一、归去来

乾道八年（1172年）十月十三日，陆游从阆中启程返回兴元府，抵达南郑时应当已是十月下旬。他也得知了新任的四川宣抚使，竟是九天云上的那位都堂相公——虞允文！

实际上在王炎罢宣抚使的三天后，虞允文便以少保、武安军节度使的官衔出外，宣抚四川，同时亦不再担任左相，晋封雍国公。

在进入兴元府境内，尚未到达西县时，陆游对王炎留下的这个"征西大幕"已有了很不好的预感，因而作诗《归次汉中境上》：

> 云栈屏山阅月游，马蹄初喜蹋梁州。
> 地连秦雍川原壮，水下荆杨日夜流。
> 遗虏屏屏宁远略，孤臣耿耿独私忧。
> 良时恐作他年恨，大散关头又一秋。

梁州是古称，汉中也好、兴元府也罢，这些称谓所指的地域，过去都属于梁州。陆游在高耸入云的蜀中栈道上来回走了差不多一个月，总算回到了汉中。他想着这里是过去秦国东出的后方富庶之地，而江河奔腾，日夜流向荆襄和东南，这正是恢复关中的用兵之基啊！在陆游心里，北虏金人已不复灭亡辽国、攻陷东京时候的勇锐，早已是变得软弱腐朽，又何来宏图远略？眼下不就是恢复关陕的大好时机吗？可王炎罢宣抚使，陆游再位卑职低，亦多少感受到了里面的诡谲和不详，千言万语无法说尽的愤恨不平，都留在了最后一句"良时恐作他年恨，大散关头又一秋"！所以这开篇的"喜"不过是强颜欢笑，惟恐朝廷如此一年年蹉跎下去，才是空留遗恨。到了西县附近的沔阳，陆游便只能自嘲"梁州明日到，一笑解衰容"。除了苦笑，还能如何呢？

待回到宣抚司衙署里报道，陆游却得知了幕僚们基本都已各自散去。虽然使相虞允文还没到，可向来宣抚使这样有权自辟僚属的地方军政首脑，都会在赴任后辟举一批自己信赖看重的人，极少还会沿用上一任宣抚使留下的幕僚班底。大家无不自知关节，都在寻找门路，谋一份新的差遣。

如今已不清楚，陆游是否也动用了一些关系，总之他很快也得到了新的任命，乃改除成都府路安抚司参议官。四川在当时分为四路，即成都府路、潼川府路、夔州路、利州路，这川峡四路也正是四川得名的缘由所在。陆游新授的差遣为安抚司参议官，这是安抚使司中的高级幕僚，参与帅府谋议，参领军中机务，俗称抚参。但由于安抚司的地位和权责远低于宣抚司，这一差遣相当于宣抚司中的书写机宜文字，算比原本的干办公事稍稍升了一些。这份任命或许出于王炎最后的安排举荐，也或者是因为陆游的亲戚高祚的门路，但我们无法确知。

乾道八年的成都府路安抚使兼知成都者，乃正是当年台谏、给舍风波中屡屡缴驳龙大渊、曾觌除命旨意的张震,陆游此去成都帅府担任高级幕僚,因为当年共同反对龙、曾的事情,大约张震也颇会优待文名日盛的陆游。并且,从陆游所写的《与成都张阁学启》(时张震以敷文阁直学士任成都帅,故曰阁学)来看,也可能是出于张震的主动征辟。书启中谓:"兹承行省之移,遣备大藩之属……恭惟某官学函经济……学倡诸儒,惠加多士,虽困穷之自取,亦提挈而不遗……施及孤生,亦叨异顾。"所谓"行省之移"即指成都府路安抚使司的公文征辟,不过这究竟完全是张震主动之举,还是有上述所说的王炎或高祚之助,抑或陆游先投以信笺给张震,实不能确定,姑亦列于此。

另外,由于此番虞允文替代王炎,再次宣抚四川,是乾道末年的一桩大事,同时也和陆游魂牵梦萦的"恢复大业"息息相关,加之前人多对虞允文此番罢相出外少有深刻之说,兹有必要就此问题略作分析。

据《宋史》虞允文本传:

> 上命选谏官,允文以李彦上、林光朝、王质对,三人皆鲠亮,又以文学推重于时,故荐之,久不报。曾觌荐一人,赐第,擢谏议大夫。允文、克家争之,不从。允文力求去,授少保、武安军节度使、四川宣抚使,进封雍国公。陛辞,上谕以进取之方,期以某日会河南。允文言:"异时戒内外不相应。"上曰:"若西师出而朕迟回,即朕负卿;若朕已动而卿迟回,即卿负朕。"上御正衙,酌酒赋诗以遣之,且赐家庙祭器。

假如完全以本传的这个说法为准,那么直接导致虞允文罢相的原因是宰相的进言不为天子所用,反而采纳近习曾觌的举荐。一般来说,在宋代的决策层,宰相确实会在言不听计不从的情况下向皇帝请求辞相。但这对于以恢复为己任的虞允文和对他信重有加的孝宗皇帝来说,光这样的一次人事任用分歧是绝不可能造成君相的矛盾,以至于罢相出外的。

本传中在此之前又说:

> (乾道)八年二月,授允文特进、左丞相兼枢密使,梁克家为右丞相。……是月,以病乞解机政……四月,御史萧之敏劾允文,允文上章待罪。上过德寿宫,太上曰:"采石之功,之敏在何许?毋听其去。"上为出之敏,且书扇制诗以留之。

可以看到,虞允文竟在由右相晋左相的当月,引疾请辞。并且,四月时有御史弹劾虞允文,按照制度,宰相须待罪府中。只是奇怪的是,此处为何要书写一笔,谓孝宗往德寿宫见太上皇高宗呢?甚至可以看到,正是因为高宗赵构的话语,才让天子赵昚黜逐御史萧之敏。要知道,在宋代如果台谏弹劾宰执大臣,而君王不逐言官,那么宰臣必不能自安于位,因为这实际代表皇帝认可了风宪言路的弹劾,对宰辅们来说,除了不断上章请辞,已别无他法;反之如果皇帝不以为然,仍要继续重用宰臣主持军政,那么绝大多数情况里都会行遣上疏弹劾的言官,轻则将其调离台谏系统,重则黜责补外,赶出国门。也就是说,这段文字隐晦地透露了一个信息,皇帝赵昚似乎一度想听任虞允文辞相。

再考杨万里为虞允文所作的《神道碑》,这一段描述如下:

八年,公引疾求去不许。御史萧之敏弹公移帝城骑兵一万于建康非是。上曰:"丞相有大功,勿移弹文之副。"公伸前请,祈致其仕。三请不许,强起视事。之敏外补,公上疏留之,不报,朝论归重。寻力祈解政纳禄,其词危苦。上察公意不可夺,于是有少保、节度使、宣抚四川之命。锡宴禁中,上赋诗饯行有云:"归来尚想终霖雨,未许乡人衣锦看。"又诏奉常赐公家庙五室祭器,其后大臣不复有此。

《宋史》虞允文的本传在元代编修时,必曾参考了杨万里留下的《神道碑》,但《宋史》中却增加了"上过德寿宫"这段十分特别的文字,从而让我们能更看清孝宗皇帝内心的一些真实想法。元修的《宋史》虽然问题很多,但在这里却体现了修史的水平,值得称道。

实际上,孝宗在乾道八年要罢去虞允文宰相的考量绝不是一时兴起,不是因为萧之敏弹劾,也不是因为虞允文几次三番引疾求去。要弄清这一问题,从而来理解孝宗在战和问题上的态度,以方便我们更好地明白陆游在乾道末年的情境,就必须以虞允文罢相、宣抚四川作为突破口。

不妨先看孝宗皇帝自绍兴三十二年六月内禅登极,到乾道八年任免宰相的具体情况。在这十一年时间里,赵昚一共任免宰相凡十二次,涉及十一人,除了虞允文、陈康伯、汤思退、陈俊卿以外,竟没有人任期超过一年。最短任期的洪适只在相位上三个月而已,去掉薨于二次拜相的陈康伯,尚有四位宰相任期少于半年(史浩、张浚、洪适、蒋芾)。那么这十一位宰相里,任职最长的人是谁呢? 正是虞允文,到乾道八年,他已任相三年之久,甚至其中有将近两年的时间是都堂里的独相,这无不体现出官家赵昚对他信重有加,可谓是待之与其他宰相大有不同。

前文中已涉及到虞允文和陈俊卿、王炎等宰执的矛盾,因而他的这种仕宦风格使得他在秉国三年之际,已出现了权势颇重而人言渐起的现象。如果不考虑类似《神道碑》中为传主过于美化的描述,实则客观来说,虞允文确实做不到团结大多数主战臣僚,对于不同意见也缺乏真正的容人之量。

虞允文的独相和权势日重,显然不符合孝宗赵昚频繁任免宰相以提高君主独裁权力的帝王心术(自虞允文罢相后,一直到十年后的王淮入相,才在任职宰相的时间上超过了三年,终孝宗一朝,也只有王淮和二次拜相后的梁克家在任职宰相上比虞允文更久)。于是在乾道八年二月,借更左右仆射为左右丞相之机,天子拜梁克家为右相,以试图平衡都堂里的权力。

因此虞允文罢相的第一个原因,便是其权势过重不符合孝宗的政治个性和统治权术。但这只是促成他罢相的一个方面,尚不足以造成其罢相。更关键的问题则必须审视虞允文入相以后的对外政策效果。

虞允文的主要对外方略是派遣泛使请金人归还位于河南的大宋列祖列宗的陵寝地。所谓泛使即是在正旦、生辰之外派往金国的一般性使者。按照虞允文的构想,一旦金人因为大宋请还陵寝地而被激怒,就很有可能主动兴兵问罪,等于是其率先撕毁了隆兴和议,那么曲在彼,而直在我,届时北伐便取得了道义上的主动。这一套说法在当时完全说动了孝宗皇帝,因此反对遣使请还陵寝地的左相陈俊卿罢相出外。此后,乾道六年闰五月范成大使金,请还陵寝地及"更定受书礼";乾道七年春赵雄出使,贺金国皇帝生辰,仍请奉迁陵寝及正受书礼仪;乾道八年二月姚宪、曾觌使金,借贺上尊号之机,附请受书之事,即再请"更定受书礼"。所谓的"受书礼"指的是宋朝皇帝在外交场合以何种礼仪形式接受金国的国书。孝宗企图以阁门使作为接受国书的礼仪从而使两国在这一环节上成为对等的关系,前一年十月会庆节(孝宗生日),金国使者乌林答天锡入见,便固执旧礼,要求天子赵昚自御座上站立起来,走下来接受国书,问候金国皇帝圣安。请还陵寝地和更定受书礼毫无进展,令孝宗恼羞成怒,便如当时的一些大臣因而认为虞允文为相,以请陵寝为事,实属失策,皇帝赵昚很可能在内心也已迁怒于自己的宰相,认为他三年以来辜负了自己的信重,竟一事无成。

明白了这第二个原因,便较容易推导出以下的可能:孝宗已经急于用军事手段迫使金人在外交礼仪上退让,使得他作为天子的尊严得到尽可能的保全。而真的要在四川用兵,权衡之下,孝宗显然更相信曾在采石矶扭转乾坤的虞允文。那么罢去王炎宣抚使一职,一方面算是对虞允文的一种交代和抚慰,另一方面也可以让虞允文的罢相变得相对体面——这是因为朝廷即将对金人的无礼痛加膺惩,这才需要大丞相亲自往蜀中坐镇,如是而已!这成了一举两得的事情。

这也就是为什么虞允文第二次宣抚四川,孝宗在陛辞时给予了极高的待遇的原因。

换言之,过去流行的说法,谓孝宗此时已基本放弃了北伐,所以才罢免虞允文宰相、召回王炎,又或者说是因为孝宗身边的近习佞幸集团如曾觌、张说、王抃、甘昪充当了投降派、主和派的汉奸头目,大大动摇了天子的主战意志,这都是错误的说法。孝宗皇帝在乾道八年、九年间的用兵意图可以说仍是比较强烈的,至于曾觌等人,不过是天子用以制衡外朝大臣,尤其文官集团的工具而已,绝谈不上能左右皇帝意志。

这样一来,实际上王炎便成了一个牺牲品。果不其然,在回到临安后,次年正月,王炎的枢密使便遭到罢免,以观文殿大学士出外提举宫观,所谓的"赴都堂治事"成了一纸空文。这其实也佐证了罢王炎是赵昚对虞允文的一种交代和抚慰的推断,就如同当初罢免陈俊卿左相,如出一辙。可罢陈俊卿,是为了实施虞允文遣使请陵寝的对外政策,而罢王炎宣抚使、执政是为了让虞允文能够在四川发动攻势,但孝宗皇帝最终还是大失所望。

虞允文的本传中说:

> 上尝谓允文曰:"丙午之耻(即靖康之耻),当与丞相共雪之。"又曰:"朕惟功业不如唐太宗,富庶不如汉文、景。"故允文许上以恢复。使蜀一岁,无进兵期,上赐密诏趣之,允文言军需未备,上不乐。

在王炎罢宣抚使召回的次年十月,由于更定受书礼屡屡不成,天子已经失去耐心,他密诏催促虞允文发兵,但虞允文表示不能从命,因为各方面准备未足。虞允文在蜀中一年,薨于宣抚使任上。

为何说孝宗确乎是准备用虞允文为主帅来发动对金的战争呢?《建炎以来朝野杂记》乙集卷八《张虞二丞相赐谥本末》有云:

> 其年虞雍公入相,始以恢复自任。上厚眷之,独相且二年。乃乞抚西师为入关之计,上亲作诗送之,恩礼尤盛。虞公抵汉中未逾年而没。上以屡趣师期而不应,甚衔之,凡宣抚使饰终之典一切不用。

这是说孝宗因为屡次催促出师而虞允文辞以军备未可等诸原因，致使孝宗觉得虞允文深深辜负了自己，所以对他既失望又心怀愤恨，连虞允文作为宣抚使卒于任上理应享受的各种死后殊荣也不授予了。一直要到四年后虞允文之门人赵雄入相屡次为其分说，孝宗才对其改观，最终赠少师、太傅，谥以忠肃。

试问若孝宗在罢免王炎宣抚使时，已放弃了用兵的念头，那对虞允文的"甚衔之"又何从谈起呢？岂不是令虞允文去四川，正是执行他瓦解王炎"征西大幕"，奉行偏安路线的吗？可见，天子赵昚在乾道八年、九年时已确实准备用兵。反而不愿用兵的是入蜀以后的虞允文。故赵昚大约一度将虞允文和蒋芾这样虚言恢复的投机宰相当成一类人了。

那么陆游对这些事的看法是怎样的呢？

我们所能看到的直接的表述，要等到差不多十年之后，在淳熙九年（1182年）的一首诗中，即《读书》：

读书四更灯欲尽，胸中太华蟠千仞。
仰呼青天那得闻，穷到白头犹自信。
策名委质本为国，岂但空取黄金印。
故都即今不忍说，空宫夜夜飞秋磷。
士初许身辈稷契，岁晚所立惭廉蔺。
正看愤切诡成功，已复雍容托观衅。
虽然知人要未易，讵可例轻天下士。
君不见长松卧壑困风霜，时来屹立扶明堂。

"故都即今不忍说，空宫夜夜飞秋磷"将原本北宋四京尽皆沦陷敌手的惨状和屈辱都描摹得恰到好处,但真正重要的是"士初许身辈稷契,岁晚所立惭廉蔺,正看愤切诡成功,已复雍容托观衅",钱仲联先生谓这四句疑指虞允文、王炎二人,所论甚是。稷、契;廉、蔺连续并举,即是谓虞允文、王炎都曾备受孝宗器重,但二人不能如廉颇、蔺相如一般将相和,在陆游看来,终于造成了错失恢复良机的巨大悲剧。他甚至严苛地指责虞允文,说他"已复雍容托观衅",这是在批评虞允文取代王炎宣抚四川后,明明天子催促他发兵,这位使相却说要持重谨慎,以观敌衅,意思是等待北虏有机可乘了,然后才可以用兵。陆游认为这是虞允文如同蒋芾一样在虚言恢复,托词诡辩,其实并不真的敢于对金人发动正义的讨伐战争。

但客观来说,从未到过前线指挥任何一场战役的孝宗赵眘和文臣身份、诗人个性的陆游,他们二人对于至少出动数万人规模的大型战争,其经验相较于虞允文来说可谓少得可怜。数万之师伐金,就至少需要十倍的民力来准备辎重粮饷和转运输送往前线,任何一个环节的疏漏、问题都可能是致命的。

据虞允文本传中记载:

> (乾道)九年至蜀。大军月给米一石五斗,不足赡其家,允文捐宣司钱三十万易米,计口增给。立户马七条,括民马,奏选良家子以储战用。

这样看来,尽管王炎在蜀中经营三年,但似乎要对金人发动大规模的战争,却仍没有做足准备,虞允文到达四川后发现的很多军事问题,完全是深居九重的天子和尚未经历过真正战火洗礼的陆游所不能明白的。因此，如果把虞允文等同于那位"臣未尝经历兵间""愿陛下更审思其人"而推辞不敢他日出为都督诸路军马的纸上谈兵宰相蒋芾，也是非常有失公允的评价。

可这样的认识毕竟不是乾道八年的陆游所能体会到的，甚至在十年后他仍在内心埋怨虞允文的"已复雍容托观衅"。

这种对虞允文的偏见在当时不是绝无仅有的，且看《朱子语类》：

> 如本朝靖康虏人之祸，看来只是高宗初年，乘兀术、粘罕、斡离不及阿骨打未死之时，人心愤怒之日，以父兄不共戴天之仇，就此便打叠了他，方快人意。孝宗即位，锐意雪耻，然事已经隔，与吾敌者，非亲杀吾父祖之人，自是鼓作人心上不上。所以当时号为端人正士者，又以复仇为非，和议为是。而乘时喜功名、轻薄巧言之士，则欲复仇。彼端人正士，岂故欲忘此虏？盖度其时之不可，而不足以激士心也。如王公明炎、虞斌父之徒，百方劝用兵，孝宗尽被他说动。其实无能，用著辄败，只志在脱赚富贵而已。所以孝宗尽被这样底欺，做事不成，盖以此耳。

这是朱熹在孝宗赵昚驾崩之后，对孝宗一朝战和政策的总体看法，且对王炎、虞允文(即"虞斌父"，彬父(甫)乃虞允文字)评价极低，认为他们只是为了谋求进身之阶，实则并无中兴恢复的能力。

至于陆游对王炎的评价和关系，有一种观点认为，庆元四年时陆游曾在《三山杜门作歌》里感叹"画策虽工不见用，悲吒那复从军乐"，说的是诸如王炎不能听用陆游以吴拱代吴挺之策，故而二人关系也一般，陆游对他亦有不满。这种看法正确么？笔者认为是比较武断和片

面的。因为在绍熙二年,陆游曾作一首《怀南郑旧游》,其中明确说:

> 南山南畔昔从戎,宾主相期意气中。
> 渴骥奔时书满壁,饿鹘鸣处箭凌风。
> 千艘粟漕鱼关北,一点烽传骆谷东。
> 惆怅壮游成昨梦,戴公亭下伴渔翁。

从首联来看,陆游多年以后对自己和王炎的关系,定论是"宾主相期意气中"。也就是说,相处是很愉快的,陆游对王炎也只有感激。因而还在诗中回忆自己渴骥奔泉、龙飞凤舞地草撰军书,以及弯弓射猎的南山从戎生活,如何能说怀有不满呢?"画策虽工不见用"指的应当是王炎的北伐策略不被朝廷最终采纳,反将他罢免宣抚使,遂造成陆游遗恨甚深一事,这是可以基本明确的。

另外,陆游在南郑幕府生活中也有另一面,可从他淳熙五年(1178年)的一首诗《风顺舟行甚疾戏书》中得见一二:

> 昔者远戍南山边,军中无事酒如川。
> 呼卢喝雉连暮夜,击兔伐狐穷岁年。
> 壮士春芜卧白骨,老夫晨镜悲华颠。
> 可怜使气尚未减,打鼓顺流千斛船。

从这首诗中不难看到,陆游在宣抚司幕中,也常与同僚酣饮和博戏,甚至可能有通宵达旦玩樗蒲的时候。陆游对樗蒲的喜爱应该是久已有之的,故有诗"百万呼卢事已空"。但这些纵酒呼卢的片段,落在

第六章 西江月

一些人眼中，未免就是陆游的疏放和散漫了。这对陆游以后的仕宦亦有很大的影响。

总之，在乾道八年的十一月，陆游还不能知晓虞允文到来后的举措，他只是不满自己被调任到远离前线的成都府去，但又能如何呢？连枢密相公王炎都无计可施。于是陆游与刚到南郑不足一月的妻儿们一同打点了行装，十一月二日带着他们再度踏上旅途。

失意之余，他写下一首《初离兴元》：

> 梦里何曾有去来，高城无奈角声哀。
> 连林秋叶吹初尽，满路寒泥蹢欲开。
> 笠泽决归犹小憩，锦城未到莫轻回。
> 炊菰斫脍明年事，却忆斯游亦壮哉。

陆游想着，且先去成都住下歇息段时日，早晚回乡去吧！人生的苦痛，忽南忽北的折腾，若是当作大梦一场，便没什么不能接受的吧？毕竟"梦里何曾有去来"！

可美梦也好，噩梦也罢，总有它梦醒的时分。现实，还是如此苦涩。

陆游又在离开南郑之际，作诗《自兴元赴官成都》：

> 平生无远谋，一饱百念已。
> 造物戏饥之，聊遣行万里。
> 梁州在何处，飞蓬起孤垒。
> 凭高望杜陵，烟树略可指。

> 今朝忽梦破，跋马临漾水。
> 此生均是客，处处皆可死。
> 剑南亦何好，小憩聊尔尔。
> 舟车有通涂，吾行良未止。

诗人的沮丧已经堆满在蛮笺锦字构成的世界里，他执拗地反复倾诉，说长安已历历可见，为何忽然梦碎？成都本是天府之国，却对此时的陆游全无了魅力，他只想着不如归去而已。

这种情绪一路上越来越强烈，舟行南沮水道，乃作诗云"家山空怅望，无梦到江南"；又道"故巢东望知何处，空羡归鸦解满林"。

一路乘船往利州方向而去，他又作诗《赴成都泛舟自三泉至益昌谋以明年下三峡》：

> 诗酒清狂二十年，又摩病眼看西川。
> 心如老骥常千里，身似春蚕已再眠。
> 暮雪乌奴停醉帽，秋风白帝放归船。
> 飘零自是关天命，错被人呼作地仙。

陆游恨不得年关一过就买舟顺流而下，离开了前线的宣抚司，他的满腔热血都冷了下来，也不再是自称的"少年"，而是一个病眼昏花的老人。他看着嘉陵江岸，夕阳斜照下大雪皑皑覆盖了乌奴山的峰顶，这到底是自己喝醉了呢，还是山峦醉了？陆游不知道也不想知道，他只愿明年秋风起，能自白帝城来个万里山阴一日还，好回到会稽的故里，去吃那莼菜鲈鱼，哪怕看着夜深灯下的蜉蝣尘埃也是好的！

到了利州的绵谷县,陆游又怅然作诗谓:"马行剑阁从今始,门泊吴船亦已谋。醉眼每嫌天地迮,尽将万里著吾愁!"入成都当走剑门,可陆游偏说回乡的舟船也已盘算起来了,更作痴人语,谓天地何其窄,尽覆区区己身之愁!

离开绵谷,不久遂又至葭萌,宿于山中驿馆,陆游夜不能寐,乃作词《清商怨·葭萌驿作》:

江头日暮痛饮。乍雪晴犹凛。山驿凄凉,灯昏人独寝。

鸳机新寄断锦。叹往事、不堪重省。梦破南楼,绿云堆一枕。

家国仇恨、壮志难酬被写成了男女相思之情,甚至缱绻中还带着一丝香艳。可这种香艳却呈现在冷冰冰的色调里,只有深沉的悲怆,却毫无轻浮。仔细读来,便终于明白,这哪里说的是儿女情长,不正是诗人恢复河山的"梦"吗?这和之前的"今朝忽梦破""梦里何曾有去来"是一致的。

陆游此时期的诗词已经走向了出神入化,用他后来在绍熙三年(1192年),也就是二十年后的一个夜晚的所思所感和自我小结来说,便是"诗家三昧忽见前,屈贾在眼元历历。天机云锦用在我,剪裁妙处非刀尺"。

好一句"天机云锦用在我",这确实不是虚言!

在利州,他又作《雪晴行益昌道中颇有春意》:

杜陵雁下岁将残,匹马西游雪拥关。

憔悴敢忘双阙路,淹迟遍看两川山。

春回柳眼梅须里,愁在鞭丝帽影间。
安得黄金成大药,为人千载驻颜颜。

诗人仍然念念不忘着长安。一边是岁暮的杜陵孤雁之飞,一边是匹马踏雪的陆游发现了春意的芳踪,时空在这里仿佛交错起来,他忘不了那曾已在眼前的通往长安的恢复关中的路,可现在却是憔悴中自东川再入西川,如影随形的只有清愁不断!既然被错当成地仙,不知可否炼成金丹,永世逍遥,忘却人间的盛衰悲喜!

将至剑门,陆游再作《思归引》:

善泅不如稳乘舟,善骑不如谨持辔。
妙于服食不如寡欲,工于揣摩不如省事。
在天有命谁得逃,在我无求真差易。
散人家风脱纠缠,烟蓑雨笠全其天。
莼丝老尽归不得,但坐长饥须俸钱。
此身不堪阿堵役,宁待秋风始投檄。
山林聊复取熊掌,仕宦真当弃鸡肋。
锦城小憩不淹迟,即是轻舠下峡时。
那用更为麟阁梦,从今正有鹿门期。

宣泄着,宣泄着,终于还是到了剑门道中。

陆游想着,辗转大半生,写了那么多诗,他忽然想要问一问这天和大地,也问问自己:我究竟是不是只该做个诗人呢?

大寒雨雪中,陆游掏出酒壶袋子,灌了几口酒驱寒,随即吟道:

第六章 西江月　201

> 衣上征尘杂酒痕,远游无处不消魂。
> 此身合是诗人未？细雨骑驴入剑门。

这便是有名的《剑门道中遇微雨》。

然而这般走了风雪一程又一程,只是万籁俱寂,什么回答都没有。

二、困蛮方

十一月间,陆游到了成都府路的绵州地界。身后的几个獠奴家仆背着诗人的一箱子书和一口古琴、一把长剑。隆兴元年陆游在台谏、给舍风波中离开临安,当年乃是"重入修门甫岁余,又携琴剑返江湖",十年后竟又是琴剑相随,失意而行。或许对陆游来说,这五弦琴是嵇康那孤傲的文人精神的传承,而三尺剑则是想要燕然勒名的报国雄心之寄托,所以才始终带在身边,又反复在诗作中出现。

由东川往西川的路不好走。蜀道难,难于上青天,可这些陆游都全不在心上了。他仍惦记着王炎被罢、自己被迫离开宣抚司,在他看来,长安已唾手可得,关中的恢复只是取与不取的勇气问题,如今却都和自己无关了。

他写下一首《即事》：

> 渭水岐山不出兵,欲携琴剑锦官城。
> 醉来身外穷通小,老去人间毁誉轻。
> 扪虱雄豪空自许,屠龙工巧竟何成。
> 雅闻岷下多区芋,聊试寒炉玉糁羹。

陆游对富甲西南的成都如何奢华漠不关心,他只觉得一路上喝醉了酒的时候格外解脱,因为个人的穷达贵贱都顿觉是身外之事,小如芥子;而霜雪渐渐爬满两鬓,在这恼人的俗世里毁誉成败也都轻如鸿毛了。他想到了过往曾暗暗自比那雄才大略的王猛,可王猛落魄之时扪虱而谈都能令北伐的桓温叹服其才,后来更是辅佐苻坚成就统一整个北方的王图霸业,他陆游却算得什么?岂非无自知之明?真是投笔功名空自许,挥戈志事竟蹉跎!陆游"空自许"的感触以后还会有很多次,他"看镜功名空自许""扪虱剧谈空自许",还有我们熟悉的"塞上长城空自许,镜中衰鬓已先斑",甚至到了人生最后的嘉定二年(1209年),八十五岁的陆游对着自己的诗词文稿,仍要慨叹"残稿尚存空自许,故人略尽欲谁依"!但在绵州道上,陆游还全不能知晓他如此的感慨将伴随一生,他仍有着不愿服输低头的倔强,故谓自己尚有"屠龙"的本事,只是一时间不得其用,才暂时无成。所谓的屠龙术,自然指的是辅佐君父、出将入相,使寰区大定、海内清一,在陆游这里便是要驱逐北虏、收复旧疆。可屠龙术出自《庄子·列御寇》,那学成了屠龙术的朱泙漫不也仍旧是"无所用其巧"吗?待到了成都,不如试试学东坡居士,吃点田里芋头做的芋羹吧!

但说来这绵州酒肆里买来的酒未免也实在薄恶难醉,眼看着号角声残,关山路远,又到了投宿驿舍逆旅的时候。冷月伴凄雨,夜色下打着涪江水面,陆游提笔,再写胸中惆怅。这回,他填了一首《齐天乐·左绵道中》:

> 角残钟晚关山路,行人乍依孤店。塞月征尘,鞭丝帽影,常把流年虚占。藏鸦柳暗。叹轻负莺花,谩劳书剑。事往关情,悄然

频动壮游念。

孤怀谁与强遣。市垆沽酒，酒薄怎当愁酽。倚瑟妍词，调铅妙笔，那写柔情芳艳。征途自厌。况烟敛芜痕，雨稀萍点。最是眠时，枕寒门半掩。

行旅策马骑驴的鞭子自征尘中扬起又落下，遮风挡雨的毡帽戴在头顶也和自己的影子融为一处，可知这鞭丝帽影里装的都是万千愁绪，光阴流转间不经意便充塞了这虚度的流年？读书万卷、学剑万人敌，今来都成徒劳，无非梦幻泡影。正所谓人道愁来须㴉酒，无奈愁深酒浅！连填词弄笔也写不出深深如许的愁怨，又是一夜难眠，户牖半开，听着雨落浮萍，深深浅浅，都如同打在自己身上似的，陆游明白，这不是天意的捉弄，而恰是他命运的谶言。

终于还是要继续上路启程的，陆游不得不强打精神，安慰着自己"四方本是丈夫事""聊将豪纵压忧患"。

雨霁放晴，陆游进了州城，自是一样有州衙的官吏接待。听说这绵州的录事参军办公厅里有一幅当年唐玄宗时有名的画家姜皎的壁画，画的是鸢飞戾天的雄鹰，杜甫也曾为此作诗。于是陆游自然前去参观，见到那栩栩如生、保存完好的禽鸟画，诗人不由得感慨起来。想那绵州高耸百尺的越王楼其实也已经是重建的了，而这小小录事参军的所谓督邮官舍居然能够"岿然此壁独亡恙"？他忽然又觉得，冥冥之中，必有天数。

陆游的心情也随之缓和了一些，遂在记下参观此画的诗歌里写道："妖狐九尾穴中国，共置不问如越秦。天时此物合致用，下韝指呼端在人。会当原野洒毛血，坐令万里清烟尘。老眼还忧不及见，诗成肝胆空轮囷。"据说在徽宗皇帝宣和七年(1125年)的那个深秋,不知哪来的一只狐狸竟跳上御座,安之若素地卧在上头。后来丙午遭难、家国不幸,东京沦陷、二圣播迁,人们说这妖狐升御塌而坐,便是北房兵凶的预兆。因此陆游在诗歌里借用此事,悲愤地质问着,朝廷何以对女真鞑虏占据中原不闻不问,竟安于南自南、北自北的投降逻辑,好似越、秦南北万里之无关似的!在陆游心中,北房实不足惧,只要善寻时机,布置下陷阱,虽九尾妖狐又如何?必当毙命原野,而令九州一清!陆游的信心似乎回来了。可他也担心自己年迈,已等不到那一天……

从绵州抵达成都府已是岁暮,转眼间便到了乾道九年(1173年)的早春。安抚使司里帅臣刚刚由张震换成了叶衡,巧的是,乾道六年陆游赴任夔州,舟行停留于临安的时候,当时的户部侍郎叶衡曾在自宅中招待陆游饮宴,于是这依旧是一位算得上旧识的上司。

从经济发展、城市文明角度来说,成都与此前的夔州、兴元府都大不相同,乃是整个川峡四路中最繁华奢靡的所在,是一座真正的大都市。豪商巨贾云集,南北奇珍辐辏,府城里的富贵气象也只有临安城才能稳压一头。

安顿下家眷,陆游却半点也没有来到富贵太平的奢华地之喜悦,相反,他仍时不时想起南郑短短半年多的军旅生活,他无比怀念那段戎马岁月,以至于连成都热闹非凡的元夕灯会也意兴阑珊。他写下一首《汉宫春·初自南郑来成都作》:

羽箭雕弓,忆呼鹰古垒,截虎平川。吹笳暮归野帐,雪压青毡。淋漓醉墨,看龙蛇飞落蛮笺。人误许、诗情将略,一时才气超然。

> 何事又作南来,看重阳药市,元夕灯山?花时万人乐处,欹帽垂鞭。闻歌感旧,尚时时流涕尊前。君记取、封侯事在,功名不信由天。

纵马扬鞭,打围猎虎;下马草檄,龙蛇飞舞……去年的一幕幕不断浮现在陆游的眼前,宣抚司的幕僚们称许着他的诗情将略,陆游也颇是自得,可转眼间又由前线折返回南方!玉局观的药市、元宵节的灯山,再有那浣花时节的锦绣夹道……纵然万人空巷、欢腾热闹的狂欢里,独他陆游"欹帽垂鞭",借酒消愁、流涕樽前。可陆游还想呐喊,还想倔强,他甚至还想要来个人定胜天!

这种执拗的劲头在痛苦和慰藉里并存。只是现实对他实在过于残酷。

说来他是成都府路安抚司的参议官,乃是帅府的高级幕僚,可此地远离前线,帅府几无事务,陆游登上安福寺塔,却只能够凭栏徒叹:"冷官无一事,日日得闲游。"他也明白眼下曾觌、张说这些人在御前得志,自己是回不到临安的。他遂在《登塔》里写道:"旅怀忽恻怆,涕下不能收。十年辞象魏,万里怀松楸。仰视去天咫,绝叫当闻不?帝阍守虎豹,此计终悠悠。"

自隆兴元年出都,到如今恰是十年已过,便是远在万里的山阴故乡也有两年半不曾得回了。他倔强的呐喊有没有用?其实陆游是心知肚明的,因为官家听不见,他孤臣忠心耿耿的呐喊再响亮,也到不了丹墀御前,曾觌那伙虎豹豺狼,正守在宫门内外,终究是不会放他陆游回去仰望清光的啊!

沮丧的情绪自然又渐渐占据了上风,于是一日他出城往郊外寻那野梅芬芳,策马无多时,但见疏影卧溪,幽香傍茅店,这西郊荒寒里倒真是盛开着傲然独立的几株梅花。

陆游驻足停留,凝视许久后他发觉这梅花和自己竟是如此相似,一样的不甘于同流合污,一样地不甘于媚俗阿世,也和自己一样,为众人所排,乃落魄于这荒郊野外。

一首《西郊寻梅》便吟了出来:

> 西郊梅花矜绝艳,走马独来看不厌。
> 似羞流落蒙市尘,宁堕荒寒傍茅店。
> 翛然自是世外人,过去生中差一念。
> 浅颦常鄙桃李学,独立不容莺蝶觇。
> 山樊水仙晚角出,大是春秋吴楚僭。
> 馀花岂无好颜色,病在一俗无由砭。
> 朱栏玉砌渠有命,断桥流水君何欠。
> 嗟予相与颇同调,身客剑南家在剡。
> 凄凉万里归无日,萧飒二毛衰有渐。
> 尚能作意晚相从,烂醉不辞杯潋滟。

陆游觉得,他和梅花的前世大概都是世外的仙人吧?只是一念之差,才谪落凡间,可梅花也好,他也罢,都一样的卓然独立。至于那些富贵之花养在朱栏玉砌的殿阁庭院、楼台水榭里,自是她们选择的命运,而我陆游与这梅花一般,开在断桥流水旁,又有何妨?所谓宁作我,岂其卿!只是陆游也想到了自己归不得的家乡、两鬓的斑白……但他忽生狂态,虽然与梅卿相见恨晚,但相逢何必曾相识,不如且倾尽玉碗三百杯,来他个烂醉如泥!初春的寒风料峭拂过,陆游看着酒纹潋滟,好似人在酒中,酒在杯中,似人之醉,似志之幻!

在府城里时常无事可做的陆游因为文名在外,自然也被邀请参加一些文臣名士的诗词之会,席间免不了分韵作诗。可陆游作的诗却语含讥讽和郁怒,如在咏梅花的诗中,结尾竟说:"惟恨广平风味减,坐看徐庾擅江东。"广平者,乃是唐玄宗时名相宋璟,因封为广平郡公故称。其人刚正,以至于被人疑为铁石心肠;而"徐庾"指的是南北朝徐摛、徐陵父子和庾肩吾、庾信父子,他们两对父子出入东宫,恩礼甚隆,诗文绮艳,后世称之为"徐庾体"。眼下的临安城里,那善于填词的潜邸旧臣曾觌早已被召回,日日出入天子左右,陆游的意思便是,如今国少诤臣、贤士大夫,而柔佞、便嬖盛行于东南小朝廷里,搅得宫府乌烟瘴气,令人义愤填膺!

这种宣泄固然痛快,但如今陆游文学诗才的名气已然很大,这样的诗句传到曾觌等人耳中,又怎么会不咬牙切齿呢?更何况十年前,陆游也曾掺和在台谏、给舍论列龙大渊、曾觌的巨大风波里,这些事,龙大渊虽死,但曾觌还活着,岂能忘却?

非但于得势的曾觌,陆游作如此语,对于孝宗皇帝,陆游的诗歌也可能会被人加以过度的解读,若是到了御前,官家赵昚可也未必高兴。春日里,一次往成都南禅寺礼佛问道,陆游做了首诗给寺里的勤长老大和尚,首句竟云:"宦游处处是君恩,归去无期莫更论。"这种牢骚话,似乎对君父和朝廷都带有怨怼之意,颇不满自己被东南西北到处投闲置散。

由于成都府路非抗金前线,其帅府中的参议官原便是无甚要紧事务的,加之四川偏远,有些蛮荒的州军甚至没有完整的地方官僚的行政班子,就会出现知州任满离开,而新任尚未至时无长贰官员负责的情况,帅府中的一些幕僚便会被安抚使临时差往这些地方,去暂时代替职司。是年春,陆游便忽然被派往蜀州,去担任"权蜀州通判"。

蜀州离成都府很近,对于第四次"通判"的差遣,陆游已是哭笑不得,到达州衙后,他摊开蜀中的蛮笺,写下一首《初到蜀州寄成都诸友》:

> 流落天涯鬓欲丝,年来用短始能奇。无材藉作长闲地,有憑留为剧饮资。
>
> 万里不通京洛梦,一春最负牡丹时。蛮笺报与诸公道,罨画亭边第一诗。

牢骚已经形诸字句表面,全不掩饰和含蓄了。陆游的意思他不是干通判的料,可十年来朝廷不把他用在抗金的前线,偏要用其所短,真是天意从来高难问!但或许自己无甚所长,也只配去闲散蛮荒的地方因循虚度吧?若是心里有了愤懑怨气,不妨拿来当下酒菜好了!回临安的事情,早已不去奢望,只是满城姚黄魏紫、牡丹压众芳的胜景,却是十载未睹了!这些心情便写予诸公一看,聊作一乐。

然而陆游很快又被召回成都,于是陆游更作诗一首自嘲江湖"散人",谓通判蜀州之日虽短,但没有一天虚度光阴的,无不是诗酒酣畅,逍遥快意无比!此即《自蜀州暂还成都奉简诸公》:

> 不染元规一点尘,行歌偶到锦江滨。淋漓诗酒无虚日,判断莺花又过春。

第六章 西江月

客路柳阴初堕絮，还家梅子欲生仁。更须作意勤相过，要信年光属散人。

此番短暂赴蜀州权为通判，陆游已经连表面功夫也不愿为之，大大方方地在给帅府同僚们的书信里描摹他吟诗作赋、饮酒取乐的蜀倅形象，似乎全不在意和戒惧官场里无处不在的明枪暗箭。

大约正是在这前后，陆游从邸报或者其他途径里也应该知道了王炎在正月二十五日已被罢去枢密使，竟以观文殿学士提举临安洞霄宫，成了完全靠边站的祠禄闲官。那句"赴都堂治事"的话还言犹在耳，可王枢密却几乎在回到行都后没多久便被罢去执政，君心难测，伴君如伴虎，这里面虞允文又有没有起到什么作用呢？

怀着对王炎奉祠的不忿，陆游写了一首《夜游宫·宫词》：

独夜寒侵翠被。奈幽梦、不成还起。欲写新愁泪溅纸。忆承恩，叹余生，今至此。

蔌蔌灯花坠。问此际、报人何事。咫尺长门过万里。恨君心，似危栏，难久倚！

陆游以宫怨词的形式，把王炎比作了失宠的宫人。下阕用司马相如《长门赋》，即汉武帝皇后陈阿娇被废居幽宫的典故，道出君心如危栏，岂能久倚靠的残酷事实。

从王炎那更大的悲剧里，陆游也看到了自己的悲剧。可事情只要落在己身，那便是比泰山重，比天还大。但陆游苦在根本无力去解决自己的悲剧。他只能依旧来个"何以解忧，唯有杜康"。暮春时节，醉

酒后的他作诗一首,即《三月十七日夜醉中作》:

> 前年脍鲸东海上,白浪如山寄豪壮;
> 去年射虎南山秋,夜归急雪满貂裘。
> 今年摧颓最堪笑,华发苍颜羞自照。
> 谁知得酒尚能狂,脱帽向人时大叫。
> 逆胡未灭心未平,孤剑床头铿有声。
> 破驿梦回灯欲死,打窗风雨正三更。

陆游的痛苦恐怕已经引人侧目了,他酒醉之后发狂怪叫,在一些喜好雍容华贵的同僚看来,全无文臣士大夫之体。他究竟在痛苦什么呢?陆游自己说得很明白,正是女真未灭,此心难平,连他床头的长剑也好似通了人性,夜来铿锵而鸣!长剑之鸣,当然是虚写而非实,可灯烛欲尽、三更难眠都是真的,那剑气啼鸣何尝不是陆游的不平之鸣?

他不能理解,或者说也不愿去理解,为何自己一片报国的热忱无用武之地?为何只能倥偬簿书、沉沦下僚,被当成多余、碍眼的存在,到处打发?陆游开始盼着回去了,连作三首《春晚书怀》,在其一中云:"归心日夜随江水,只欲东门觅短篷。"他看着府城里那些自小东郭外登舟往东南走水路而去的商旅,心中充满了羡慕,简直一刻也不愿在此停留。

他不愿服老,因为还不能放下恢复河山的壮志,他也无比地思念山阴故里,然而他承认自己修仙不成,没有夺阴阳造化之能,乃在其三中更道"老客天涯心尚孩,惜春直欲挽春回""茹芝却粒终无术,万事惟须付一杯",酒成了这一时期的一个主题。

第六章 西江月 211

陆游站在蜀江边，怆然神伤，他无可奈何地感叹："渐老定知欢渐少，明年还复忆今年！"

他已陷入近乎绝望的精神状态里。

四月入夏后，又差陆游赴嘉州，摄知州之任。这自然也是一种权且暂代的临时性差遣，陆游只好赶去赴任。嘉州更在眉州之南，这是越来越远离抗金前线了。到了嘉州，陆游自谓"羁愁酒病两无聊"，自嘲"此身未死长为客"，他仕宦已十六年，如今总算做到了知州，可这知州，还是"摄"的，怎不令人啼笑皆非？

一日陆游登上州城西面的望云楼，乃作诗《望云楼晚兴》：

小阁东南独咏诗，此生终与世差池。
夕阳明处苍烟合，栖燕归时画角悲。
人与江山均是梦，心非风月尚谁知。
旧交几岁音尘隔，三抚阑干有所思。

孤独成了萦绕在这首诗甚至是嘉州时期的一个主题。"此生终与世差池"，这真是多么惨痛的、悲壮的坦承和领悟。陆游知道自己根本不善于仕宦，他不是一个做官的好料子，官场里的那些规矩、文化，他看不惯也不想习惯，所以怎么能没有差池呢？恐怕此时针对陆游疏放散漫的流言蜚语已经渐渐出现，因而他才借诗感慨，自己的壮志也好，恢复河山也罢，或许都是一场梦吧？而人与人之间又如何能真的彼此理解呢？连过去的许多好友，也渐渐疏了音信往来……

他依旧纵酒解闷，谓"宦情苦薄酒兴浓""饮如长鲸渴赴海，诗成放笔千筋空。十年看尽人间事，更觉曲生偏有味"，而于此之外，陆游

又再度寻访僧道,作得些"出世间"的诗,如《独游城西诸僧舍》:

> 我是天公度外人,看山看水自由身。薛崖直上飞双屐,云洞前头岸幅巾。
> 万里欲呼牛渚月,一生不受庾公尘。非无好客堪招唤,独往飘然觉更真。

庾公尘、元规尘在务观的诗歌中反复出现,他厌恶朝中不少当道大臣的嘴脸,也不喜平日在地方为官时所见到的那些惯于投机钻营、阿谀奉承的同僚。看山看水,他一个人就够了。孤独吗?陆游说,不,只是返璞归真。

"看山看水自由身""独往飘然觉更真"——这些诗句固然写得潇洒非凡,可陆游的"返璞归真"终究并不是真的。入秋后,在嘉州州衙的廨舍里,灯下醉酒后的陆游再一次面对真实的内心,他摊开纸来,拿起笔,又写下一首《醉中感怀》:

> 早岁君王记姓名,只今憔悴客边城。
> 青衫犹是鹓行旧,白发新从剑外生。
> 古戍旌旗秋惨淡,高城刁斗夜分明。
> 壮心未许全消尽,醉听檀槽出塞声。

陆游相信自己在绍兴二十四年的时候已经"名动高皇,语触秦桧",这当然是不可能的,高宗赵构心里装的事情远比陆游大得多。勉强说绍兴三十二年因史浩、黄祖舜举荐,使陆游获赐进士出身,因而被新天子赵眘记住了,还基本符合。严格来说,恐怕真正让"君王记姓名"的,是他"反复小人"的冤枉印象。但陆游显然不会这样想,所以他只感受到了巨大的落差。

十年前"仁和馆外列鹓行",高宗皇帝"御驾亲征",自临安前往建康,当时陆游在送驾的群臣行列中只是个青衫绿袍的小臣,可谁曾想,十年光阴过去了,他白发憔悴,远客边城,但论真正的本官品级,居然还是个只能服绿的级别!眼下穿在身上的绯红官袍,不过算是"借绯",连腰带上一并借来的银鱼袋,都好像在嘲笑他是条宦海里搁浅的咸鱼了。

醉中分明听到州城里守夜的军士刁斗打更的声音,在阒寂的夜里,陆游哪里还是那个返璞归真、看山看水自由身的地行仙呢?他终于承认"壮心未许全消尽",原来报国的壮志何曾忘!他甚至在酒国愁城里听到了军乐鼓噪,这是大军出塞远征的鼓角声鸣……

假如说陆游全不在乎自己的官阶品级,恐怕也并非事实。要不然何以一再于诗作中谈及当年鹓行送驾之事呢?他渴慕着君王的垂青,也只有这样,才有机会去实现恢复河山的抱负。因此在嘉州的秋日里,陆游一而再、再而三地回忆起十年前在行都临安为官,迎送銮驾御辇的情形,"忆瞻銮仗省门前,扇影鞭声下九天",又作《感事》云:

> 清班曾见六龙飞,晚落天涯远日畿。
> 边月空悲新雪鬓,京尘犹染旧朝衣。
> 江山壮丽诗难敌,风物萧条醉绝稀。
> 赖有东湖堪吏隐,寄声篱菊待吾归。

陆游在绍兴三十一年末以宗正寺主簿入官玉牒所,自然也算是清班文学之臣了,这和他在敕令所里任宰属以及枢密院编修,都是他早年仕宦中的骄傲之事,故一再提及。所谓"六龙飞"即指高宗的车驾从大内驶出。昔年在临安眼看着有机会走向青云大道,现在却沦落天涯,离行都万里之遥,"诗难敌"和"诗谁敌"在这里其实区别都不大,陆游只能在百无聊赖的嘉州当一个摹写江山壮美秀丽的诗人,诗的高明与否又能如何呢?丝毫实现不了克复中原的毕生之梦。归隐镜湖的想法,又浮上了陆游的心头。

到了八月下旬,嘉州要举行地方上军队的大阅,可这同孝宗皇帝在乾道二年、四年、六年三次在白石、茅滩的御前大阅有着根本的不同。更多只是蜀中地方上一种形式主义的兵政事务,大概因为蜀地多蛮獠,须军旅弹压,而上官有检阅之责,便算把一件军事工作交代过去。因而陆游竟没有多大的兴趣,他写下一首《八月二十二日嘉州大阅》:

> 陌上弓刀拥寓公,水边旌旆卷秋风。书生又试戎衣窄,山郡新添画角雄。
> 早事枢庭虚画策,晚游幕府愧无功。草间鼠辈何劳磔,要挽天河洗洛嵩。

这回可是弓马簇拥了,可自入西川以来,四十九岁的陆游竟有些发福,盔甲穿戴起来都显得有些小了。他想起绍兴末年时候在枢密院里担任西府掾,为宰执大臣们出谋划策,如今老来却是在这后方的所谓幕府里蹉跎岁月。在他想来,嘉州的"大阅"不过是牛刀割鸡,那些落草为寇的毛贼和不顺从的蛮獠算什么东西,大宋的王师应当如银河天降,驱逐北虏、洗净中原膻腥!

可远在嘉州,又哪来这样的机会呢?

陆游的诗当然写得极为上乘,豪迈之情让人在千载之后读来仍是热血沸腾,可如果放在当时四川南部的实际情况下去考察,陆游"草间鼠辈何劳磔"的观点是否还正确呢?

不妨与陆游的友人范成大的看法作一比较。范成大有《论文州边事札子》,乃谓:

> 比年以来,如成都府路嘉、黎、雅三州等处,屡有边事。时议以外备大敌,姑务含忍,又以方市战马,不欲阻绝。夷人狃习,谓中国终不能报复,来则有房掠之利,退则无追蹑之忧,甚者反得犒赏财物,过于未叛之时,是以泰然无所顾忌……若不惜暂劳小费,并力讨荡,期于不贷,则岂独文州蕃戎警惧,其他种落,自此惩创,知中国不可轻犯,此西陲数十年安静之长算也。

可见,陆游时摄知州的嘉州因为夷人屡屡侵袭劫掠,是颇不太平的,但他不以为意,全无范成大那样务实的意识和具体的办法,主观上也毫不重视。诚然范成大的职位远非陆游所能比拟,但他这种"草间鼠辈何劳磔"所反映出的或多或少存在的好高骛远,不是用一句"要挽天河洗洛嵩"便能完全让人无视的。这就让我们看到陆游和范成大作为文臣士大夫在具体政务上完全不同的仕宦性格,后者也显然比他更适合在朝为官,处理复杂的具体问题。但如果我们只把陆游当作一个伟大的诗人来看,则上述标准就不可完全套用了。"胡为慕大鲸,辄拟偃溟渤"——好高骛远又如何,这不正是诗人的特权吗?脚踩着泥坑也要仰望星空,这就是诗人。

身在嘉州的陆游更加怀念起十年前在临安为官的快乐,那份繁华里有着跻身侍从两制的天梯,然而出于文臣和近习势不两立的觉悟,只是小小地践行了一下忠臣耿直之道,就已经被君王弃置十年之久。夜深衾冷,不如沉醉。他写下一首《寒夜遣怀》:

临觞本不饮,忧多自成醉。四方行万里,不见埋忧地。
忆昔入京都,宝马摇香鬣。酣饮青楼夜,歌声在半空。
去日不可挽,华发忽垂领。娟娟峨眉月,相对作凄冷。
月落照空床,不寐听寒螿。早知忧随人,何用去故乡。

陆游在嘉州摄知州,在苦闷之外也做了一些建设工作,如修筑堤坝,修岷江浮桥等,至十月这座可通车马的大浮桥修成,他遂在岷江岸边的凌云山按照过去的惯例举行宴会。可治绩庆功后,回到廨舍的寝卧里,他在诗中却留下了"十年万事俱变灭,点检自觉惟身存"的文字来。

他是极其不甘心的。登楼远眺时想的还是"流落爱君心未已,梦魂犹缀紫宸班",可惜这种忠君爱国的心思到不了御前,他想要重回临安为官的愿望也已蹉跎了十年。

整个初冬十月里,陆游这样的情绪达到了一个高峰,他念念不忘南郑从戎的那半年时光,常在夜深人静的时候独自秉烛查看大散关地图,又拿起自己从军的刀剑反复端详,乃写下两首慷慨激昂的诗篇。

《观大散关图有感》:

> 上马击狂胡,下马草军书。二十抱此志,五十犹癯儒。
> 大散陈仓间,山川郁盘纡。劲气钟义士,可与共壮图。
> 坡陀咸阳城,秦汉之故都。王气浮夕霭,宫室生春芜。
> 安得从王师,汛扫迎皇舆?黄河与函谷,四海通舟车。
> 士马发燕赵,布帛来青徐。先当营七庙,次第画九衢。
> 偏师缚可汗,倾都观受俘。上寿大安宫,复如正观初。
> 丈夫毕此愿,死与蝼蚁殊。志大浩无期,醉胆空满躯。

陆游想象着恢复旧疆、金瓯得全,想象着自己追随王师,扫荡虏人,而四海归一,南北得通有无,甚至也俘虏他们女真的郎主(金国皇帝),来个献俘京师,万人空巷的观礼仪式。为何不能像李唐那样呢?陆游盼望着,大宋能够真正中兴,复如唐之贞观、开元,来个"九天阊阖开宫殿,万国衣冠拜冕旒"!他更觉着,若能实现这愿望,便虽死而荣,可他亦明白,这大约是醉后的疯话,如何能实现呢?!

又《金错刀行》:

> 黄金错刀白玉装,夜穿窗扉出光芒。
> 丈夫五十功未立,提刀独立顾八荒。
> 京华结交尽奇士,意气相期共生死。
> 千年史册耻无名,一片丹心报天子。
> 尔来从军天汉滨,南山晓雪玉嶙峋。
> 呜呼!楚虽三户能亡秦,岂有堂堂中国空无人!

虽然明白现实的残酷和困难,可他还是要放声呐喊,还是要向天地和偏安东南的朝廷问出这个问题:"岂有堂堂中国空无人?"

这样的豪迈和激情澎湃过后,便是深沉的沮丧。是以陆游要说:"往时草檄喻西域,飒飒声动中书堂。一收朝迹忽十载,西掠三巴穷夜郎。"他曾为宰属,为都堂数草国书、札子,如今却落魄蜀中,怎么能甘心呢?

他陷入深深的疲倦中,甚至饮酒亦少了,按照他所填《乌夜啼》里的说法,"邦人讼少文移省,闲院自煎茶",于是案边再次翻开了佛书、道藏,品茗之余,他只能感叹"晚知古佛中边语,正合蒙庄内外篇"。释、庄之道,给了在嘉州冬日的陆游一些难得的慰藉。

三、频走马

眨眼间便是新的一年了,连年号也改元为淳熙,是为淳熙元年(1174年)。

幕府里安抚使叶衡改除建康留守,将赴阙陛见,陆游遂填词相送,即《鹧鸪天·送叶梦锡》:

> 家住东吴近帝乡。平生豪举少年场。十千沽酒青楼上,百万呼卢锦瑟傍。
>
> 身易老,恨难忘。尊前赢得是凄凉。君归为报京华旧,一事无成两鬓霜。

陆游少年时候家境富裕殷实,是以他的生活曾像个一掷千金的游侠豪士。可光阴荏苒,"豪举"和"凄凉"竟是黯然转变,且拜托此行向身在行都的旧友们问候一番吧,我陆游白发五十,一事无成。词由豪迈而陡然凄凉,写的是很值得人同情的。

这一年的暮春三月,陆游又奉命离开嘉州,返回蜀州通判任上。

朝廷命资政殿大学士郑闻代替虞允文宣抚四川,在陆游看来,虞允文自取代王炎,至蜀中已一年,始终不肯出兵,终于使北伐变成了一纸空文,一个月前虞允文亦薨逝,遂改以前执政郑闻为宣抚使,陆游便又将希望寄托在了新的四川最高军政长官身上。

他写了一篇《上郑宣抚启》,其中说:

"窃以当今秦蜀之权,重无与比。中原祖宗之地,久犹未归。既天定而胜人,宜王明之受福。非得太行、黄河山川所钟之杰,谁复庆历、嘉祐华夏太平之基……弼臣同德,何难运帷幄之筹。真儒为邦,宁止学俎豆之事。已庆登坛而授钺,遄观推毂而出师。先天下而深忧,方远同于文正。即军中而大拜,岂专美于熙宁。某流落无归,栖迟可叹。青衫去国,十载于兹。白首佐州,一人而已。顾尚赊于委骨,犹复觊于伸眉。仰跂光躔,虽阻服弓刀之役。铺张勋业,或能助金石之传。过此以还,未知所措。"

然而细看之下,这封书启的一些措辞,或许郑闻看了也未必高兴。如陆游谓郑闻身为辅臣,想必是有运筹帷幄而决胜千里之能,鸿儒盖世,难道只为礼法、祭祀之事吗?随即以"登坛授钺""推毂出师"来热切盼望着郑闻挥师北伐。但"宁止学俎豆之事"在口吻上确实值得商榷。而后云"先天下而深忧""即军中而大拜",这说的是庆历时候的范仲淹和熙宁时节的韩绛。问题是,这样的类比不是那么能讨个好口彩。范仲淹以副相身份主持庆历新政,一年左右便告失败;韩绛出为陕西宣抚使,军中拜相,而旋以庆州兵变罢相。很难说郑闻读到这样的赞美会不会蹙额皱眉。陆游在书启的最后照例提到自己的仕宦坎坷,说绿袍官服从离开行都临安十年都未换,而白发尚为通判,也是百官中绝无仅有。故而他表示,不忍乞骸骨致仕,仍希望能一展底蕴。虽年迈未必能陷阵先登,执弓刀供役使,但还能运笔如风,宣扬您的丰功伟绩。

最后果然,这位新的宣抚使也根本没有理睬陆游。

一日陆游至郡内唐安的"西湖"游观,见临水风物在春光里颇是清丽,初觉怡人心目,但渐渐地那飞花新燕又让诗人想到了春去秋来,光阴总把容颜偷换,而今友朋余几、故交零落,虽欲一一话旧而不得,只能把心事付与笔端牢骚与茶里乾坤,或是寄情于湖光山色,处处认作烟霭沧洲,看绿荷红蕖,幽兴悠哉。于是陆游写下一首《苏武慢·唐安西湖》:

> 淡霭空濛,轻阴清润,绮陌细尘初静。平桥系马,画阁移舟,湖水倒空如镜。掠岸飞花,傍檐新燕,都似学人无定。叹连成戍帐,经春边垒,暗凋颜鬓。
>
> 空记忆、杜曲池台,新丰歌管,怎得故人音信。羁怀易感,老伴无多,谈麈久闲犀柄。惟有翛然,笔床茶灶,自适笋舆烟艇。待绿荷遮岸,红蕖浮水,更乘幽兴。

陆游当然还并不知晓宣抚使郑闻对他的书启只会"不闻不问",他有时竟满心充满了期望,此年入夏,乃写下一首《晓叹》:

一鸦飞鸣窗已白,推枕欲起先叹息。翠华东巡五十年,赤县神州满戎狄。

　　主忧臣辱古所云,世间有粟吾得食。少年论兵实狂妄,谏官劾奏当窜殛。

　　不为孤囚死岭海,君恩如天岂终极。容身有禄愧满颜,灭贼无期泪横臆。

　　未闻含桃荐宗庙,至今铜驼没荆棘。幽并从古多烈士,悒悒可令长失职？

　　王师入秦驻一月,传檄足定河南北。安得扬鞭出散关,下令一变旌旗色！

　　当东方既白,诗人想到太上皇昔年还是康王,建立大元帅府然后登极为帝的时候,泥马渡江、东奔维扬,尔来已近五十年,而华夏大地还被北虏窃据中原至今！想到这些,陆游甚至觉得曾经因为"力说张浚用兵"而被罢官也没什么太大的委屈了,自己仍能为官得俸禄,难道不是天子的隆恩吗？倒是"灭贼无期",让人老泪纵横！想来大宋列祖列宗的先皇陵寝已然有多少年没洒扫祭祀了？东京开封府、西京河南府、北京大名府、南京应天府——这四京都辱于膻腥,为金人所占！河北、河东乃至燕赵之地多抗金的义士,岂能让他们长久地郁郁不得志？陆游极度乐观地想象着,大宋王师只要北伐入关陕,哪怕只需一个月,中原便可传檄而定。但事情真有如此容易吗？

　　州衙里事务不多,陆游闲暇时光又常常往灵鹫寺、白塔院、慈云院等佛寺游览。一日他去往化成院,诗作中记录下了让人忍俊不禁又值得我们思考的一事。

诗即为《化成院》：

> 翠围至化成，七里几千盘。肩舆掀泞淖，叹息行路难。
> 缘坡忽入谷，蜒蜿苍龙蟠。孤塔插空起，双楠当夏寒。
> 飞屐到上方，渐觉所见宽。前山横一几，稻陂白漫漫。
> 肥僧大腰腹，呀喘趋迎官。走疾不得语，坐定汗未干。
> 高人遗世事，跏趺穴蒲团。作此望尘态，岂如返巾冠。
> 日落闻鹿鸣，感我平生欢。客游殊未已，芳岁行当阑。

陆游在蜀州作为通判事情是不多的，因而他平日诗歌里说得再苦，实则终究是人上人。他坐在肩舆轿子里，州衙的差役们簇拥着这位长官，一路由翠围院到了化成院，路才七里，但山路崎岖，抬轿子的小吏也只能在心里叹息泥泞难行。更有趣的是，化成院的和尚知道了知州使君要大驾光临，竟是不顾膀大腰圆，喘着气就跑来迎接陆游，竟因为跑得太快而上气不接下气，话都说不清，只得坐下来歇息告罪。陆游在轿子上不免觉得好笑，你一个世外高人，本当结跏趺坐于山林洞穴之中，如今这趋炎附势的模样，倒还不如还俗拉倒！黄昏时分，林深而树影斑驳，忽闻鹿鸣，空寂之感顿至，陆游便感到了一阵难以言表的惬意。

夏天的暑热里，他仍时不时想起南郑的岁月，想到"柳阴夜卧千驷马，沙上露宿连营兵。胡笳吹堕漾水月，烽燧传到山南城"，夜里行军的生活这会想来不觉得艰苦，反觉得无限怀念，他更要问："何时王师自天下，雷雨颓洞收欃枪！"他亦仍是借酒消愁，谓"朋旧年来散如水，惟有铛杓同生死"，颇有李白"舒州杓，力士铛，李白与尔同死生"

第六章 西江月

的意味。这可真是将进酒,杯莫停。

六月时,陆游一度回到成都,于入秋前即返回了蜀州,此番短暂赴成都不知出于何事,但他回来后心情颇似不佳,所作诗歌多能体现。且看一首《秋思》:

西风吹叶满湖边,初换秋衣独慨然。
白首有诗悲蜀道,清宵无梦到钧天。
迂疏早不营三窟,流落今宁直一钱!
把酒未妨余兴在,试凭丝管饯流年。

狡兔三窟是战国时候冯谖给孟尝君出的主意,这典故用在这里,显然是陆游为自己的耿直和不善钻营感到一时的懊恼和无奈。按此时薛良朋是接替叶衡担任成都府路安抚使的帅臣,或许六月往成都之行,正是去参见新任的安抚使。由于以安抚使司参议官身份往见,故陆游脱下了通判所允许的"借绯"红色官袍,而是从箱子里拿出了颜色暗淡的青绿色官服,这才有了之前一首《故袍》,谓:"青衫犹是国工裁,破箧尘侵手自开。莫笑浑如霜叶暗,两朝曾见圣君来!"这件绿色的官袍倒确实是陆游当年穿着它,曾在御前见过太上皇和今上。假如这种推测属实,是否薛良朋说了什么让陆游难堪不乐的话呢?我们不得而知,或许也只是表现得不够重视陆游?方感叹"流落今宁直一钱"。

七月初二日,郑闻或许是由于身体原因,再以参知政事召回,其宣抚使既罢,遂以薛良朋为四川安抚制置使,陆游亦上贺启,赞颂称美之余,又表达了希望得到一些重用的乞求。

在初秋的七月,听着秋风婆娑,陆游竟好像听到了铁骑归营、马蹄如雷的声音,遂写下了《秋声》:

> 萧骚拂树过中庭,何处人间有此声?涨水雨余晨放闸,骑兵战罢夜还营。
> 闲凭曲几听虽久,强抚哀弦写不成。暑退凉生君勿喜,一年光景又峥嵘。

然而出神良久,终是虚幻。故曰:暑去秋凉不足喜,一年又已蹉跎矣!

八月二十七日,蜀州亦举行大阅,陆游在清晨穿上铠甲戎衣,可他却对这些儿戏般的教阅提不起劲。五年来他走遍两川,边疆早已欢好休战,可每到秋风衰杀的时节,偏要煞有介事地搞个州里的阅兵,何日才能再北伐,何时还有真英雄主持恢复事业呢?

陆游写下一首《蜀州大阅》:

> 晓束戎衣一怅然,五年奔走遍穷边。
> 平生亭障休兵日,惨澹风云阅武天。
> 戍陇旧游真一梦,渡辽奇事付他年。
> 刘琨晚抱闻鸡恨,安得英雄共著鞭!

边地要塞的堡寨军垒都已偃旗息鼓、刀枪入库,眼下还弄什么阅武呢?岂不滑天下之大稽?陆游想到梁州汉中的半年恍如一梦,北伐也只能永远再等下去了吧?还能如何呢?"何时关辅胡尘静",这是陆游已经问了几十年的一个问题了。

九月间,陆游再度返回成都,可写给薛良朋的书启依然没有效果,在他的四川安抚制置司里,也没有给陆游留下什么好位置,更不用提加以重用。因而陆游在诗歌里不免失望起来,谓:"万事可怜随日出,一生常是伴人忙。驰驱深厌交飞盖,息偃何时静炷香。四到锦城身愈老,更堪重入少年场!"自王炎召回,虞相公来宣抚,那自有他要用的人;后来郑资政来了,也有他夹袋里的心腹;如今轮到薛良朋以安抚制置使的名义主持四川军政,可也有少年新贵们聚在薛大帅幕府里,哪轮得到五十岁的陆游呢!

他只能徒然自问:"灞桥烟柳知何限,谁念行人寄一枝?"陆游对自己在薛良朋幕府中的不受待见是估计准确的,入冬以后,他即被差往荣州,具体差遣乃是摄知荣州事,过去代理荣州知州的工作。

十月间,陆游便自成都启程,前往荣州,途中经过新津白马渡口,念及金人占据淮河以北大片领土,他蓦地想到了汉季群雄逐鹿,黄河边的白马渡口,曾是曹操、袁绍争雄的所在,可当年汉室衰弱,袁曹不过一枭雄,尚能弹压夷狄,而今反是!这实在是何道理!他写下"太行之下吹房尘,燕南赵北空无人。袁曹百战相持处,犬羊堂堂自来去"这样的诗句。大好的中原沃土,如今就任凭这性等犬羊的夷狄鸠占鹊巢了!

陆游绕了点路,还去了次青城山,感慨"九万天衢浩浩风,此身真是一枯蓬",下山后继续向南,他一会倔强地自许"姓名未死终磊落,要与此江东注海",再走一程便又倦怠思乡,云"客魂迷剑外,归思满天南"。

从青城山往南,一路取道郫县、彭山、眉州、平羌、井研、赖牟镇,终于抵达了荣州。

可放眼望去,这真是一个怎样荒凉的地方啊!视线中尽是"一起一伏黄茅冈,崔嵬破丘狐兔藏""村落聚看如惊獐,亦有银钗伏短墙",到了州城,又是一派"黄旗翻翻鼓其镗,画角呜咽吹斜阳"的景象。

州衙里人数稀少的幕职官和一众胥吏们脸上堆着恭迎上官的笑脸,把陆游迎进了廨舍中,放下行李,他不禁感慨:"渺然孤城天一方,传者或云古夜郎!"有说法是,这里就是古时候的夜郎,那自己岂不成了流放夜郎的青莲居士李太白了吗?

僚属们表示让太守先好生歇息,一会再接风洗尘,陆游关上了院子的木门,让童仆洒扫了一番,他焚香静坐,只能用"老人处处是道场"来安慰自己了。

大约十一月间,陆游从邸报上得知了老相识和老上司叶衡以参知政事再除兼知枢密院事。叶衡从建康留守再被召回后,升迁极速,很快在回朝后迁户部尚书,此年四月便除签书枢密院事成为执政,至是乃成为了副相兼密院的宰臣。

陆游当然大喜过望,他又看到了一线机会,于是写了《贺叶枢密启》,其中有云:

> 伏闻今昔有不移之形势,华夷有一定之土疆。故彼不可越燕、蓟而南侵,犹我不能跨辽、碣而北守。尧舜尚无冠带百蛮之理,天地岂忍膻腥诸夏之区。又况以本朝积累,而当荒陋崛起之小夷。以陛下神武,而讨衰弱仅存之孱虏。重以军民之愤切,加之庙祐之威灵。当一震于雷霆,宜坐消于氛祲。夫何玩寇,久使

逭诛？九圣故都，视同弃屣！两河近地，进若登天。莫宣方叔之壮猷，更类棘门之儿戏。坐殚民力，孰奋士心？上方抚髀而喟然，公宜出身而任此。

相比较于写给郑闻的那封《上郑宣抚启》以及写给薛良朋的《贺薛安抚兼制置启》，显然这封书启措辞上要恳切得多，显出陆游和叶衡之间确有一定交谊，不似与郑闻、薛良朋的单纯上下级关系。陆游在书启中批评如今朝野中的一种怪论，即所谓南北之间有所定势，已非人力所能改变。他认为，北房女真起于极寒的白山黑水之间，本是荒陋弱小之丑夷；而皇宋列祖列宗涵养兆民二百年，陛下神武、军民怀雪耻之心，那么以义诛暴、以正讨逆，虏人岂能当雷霆一击？陆游竟提出质问：为何要玩寇不战、消极抗金，使丑虏久远以来逃脱诛罚？但这质问不是针对刚刚执政不久的叶衡，还是在质问朝廷过去的决策。自太祖至钦宗，九位先帝祖宗的故都，大宋的皇皇四京，都被弃如敝屣！河北、河东沦陷至今，进取好似登天！陆游沉痛地向叶衡控诉，说过去朝廷的宰执多不能效仿周宣王时候征伐狎狁、蛮荆的贤臣方叔，毫无宏大谋略，更像是汉文帝时匈奴入侵，那霸上、棘门的儿戏之军！如果就这样空耗民脂民膏，还有谁能奋起报效国家之心呢？行文至此，情感之真挚、热烈，文气之沛然莫御已至矣尽矣，于是陆游向叶衡提出郑重其事的期望：公宜出身而任此！恢复中原、还我河山，这正该是叶枢密去担负起来的大任！

结尾陆游又说：

某识面莫先，托身最早，侧听延登之渥，自悲沦落之余。虽意气摧藏,非复雕鹗离风尘之望;然饥寒蹙迫,犹怀驽马恋栈豆之思。敢敬布于微诚,觊少回于曩眷。

在书启的最后,陆游依然是希望叶衡能帮到自己,其实无非是希望若叶衡能主持恢复事业,便将陆游也放进计划中去。

到了此年十二月,四川的军政首脑又有了新的调整,朝廷改以前执政、资政殿学士沈夏(一作沈复)为资政殿大学士,重设四川宣抚使,并任命沈夏担任。而新任的四川制置使,陆游的好友范成大暂充管内制置使,即削弱了事权,须听命于宣抚司。不过这时候范成大尚远在桂林,因为他此前正担任广南西路安抚使兼知静江府,其帅广西两年,确乎在方方面面都称得上政绩斐然,大约这便是孝宗皇帝调其入蜀,升迁为制置使的原因。

眼看着岁暮腊尽,一日陆游以州长官之尊,与同行的僚属带了几个官妓往游三荣龙洞,看着岩穴峭深的洞外石壁奇耸、巨柏老苍,陆游闲坐胡床,对着冬日山林间的景致喝起酒来。官妓们弹着琴瑟琵琶,唱起曲子词来,不知不觉间天色渐暗,晚风吹堕纱巾,陆游乃坐着篮舆轿子,一路返回州城。当城头灯火照来,随行的官妓们无不绣衣尽染红光,像是要点缀这人间烟火的夜景。回到州衙的廨舍里,白日醇酒妇人的陪伴和林泉岩洞的游观让陆游拿起了笔,写下一首《蓦山溪·游三荣龙洞》:

穷山孤垒,腊尽春初破。寂寞掩空斋,好一个、无聊底我。啸台龙岫,随分有云山,临浅濑,荫长松,闲据胡床坐。

三杯径醉,不觉纱巾堕。画角唤人归,落梅村、篮舆夜过。城

第六章 西江月　229

门渐近,几点妓衣红,官驿外,酒垆前,也有闲灯火。

就在家人也刚刚来到荣州,陆游的第六个儿子子布出生不久后的除夕这天,制置司忽然发来公文,原来是陆游有了新的任命:成都府路安抚使司参议官兼四川制置使司参议官,且催赴新任,无须滞留荣州。

这一任命出于何人援手呢?

宋人罗大经的《鹤林玉露》甲篇卷四谓:

陆务观,农师之孙,有诗名。寿皇尝谓周益公曰:"今世诗人亦有如李太白者乎?"益公因荐务观,由是擢用,赐出身为南宫舍人。尝从范石湖辟入蜀,故其诗号《剑南集》,多豪丽语,言征伐恢复事。

按照罗大经的说法,此次陆游入四川制置司幕府,乃出于范成大之征辟。但考虑到要在次年初范成大才正式上《自广帅蜀谢表》,表示接受了四川处置使的任命,那么其即便在到任前先上奏请许自辟僚属(这种情况是宣抚使、制置使等任职时屡见的),并把陆游列于其内,应当也不早于淳熙二年。

再者,《鹤林玉露》属于偏轶事小说体的文人笔记,其中谬误甚多,仅上引文中,"益公因荐务观,由是擢用,赐出身为南宫舍人"即殊不知所谓。按陆游之得赐出身,出之于史浩、黄祖舜举荐,非周必大,且事在绍兴三十二年(1162年);而南宫舍人即礼部郎中一职,此职务亦非是周必大举荐,且事在淳熙十六年(1189年),二者相差二十七年,而罗氏却混为一谈。可见其范成大征辟陆游之说不确。

有没有可能是因为薛良朋由成都府路安抚使加制置使,而陆游本就是安抚司参议官,遂自动再加制置司参议?但薛良朋乃是此年七月由安抚使加制置使,直到十二月十九日才有朝旨命范成大代之。如果只是因为陆游此前为安抚司参议官,而薛良朋既加制置使,遂使陆游作为安抚司幕僚亦兼制置司参议,则为何不是在七八月间?而是要迟至本年十二月?

执政叶衡在十一月又再迁右相,是否可能是此前叶衡收到了陆游的书启,对其加以帮助呢?这样看来,或许是叶衡得知范成大将除四川制置使,因而建议把陆游调任回他好友的身边,这种可能性还略大一些。

实际上,这个征辟陆游入制置司的人既不是流传最广的好友范成大,也不是薛良朋,至于叶衡在入西府执政后有没有从中助力,我们不能确知,但可以确定在他其中起到了关键作用,将陆游征辟入幕府的乃是《渭南文集》中的"赵都大"。

在《渭南文集》卷八中有《与赵都大启》,其中云:

> "游被台移,摄陪幕辩……冒世俗之所悯笑,赖门下以为依归……老马已甘于伏枥,敢望长途。穷猿方切于投林,况依茂荫。斯盖伏遇某官资函英达……曲怜狂简,自致漂流。每假借于余谈,为经营其一饱,致兹小憩,尽出大恩。"

从书启来看,制置司征辟陆游为参议官的书檄公文是由这位"赵都大"所签发,因此陆游一再表示,"赖门下以为依归""况依茂荫",说自己依附于其门下,受其荫庇;又说赵都大"曲怜狂简""每假借于余谈,为经营其一饱",即指赵都大极其周到地照顾志向远大而处事疏略的陆游,为其谋划。因而要说"尽出大恩"。

卷九中有《除制司参议官谢赵都大启》,其中云:

"备宾僚之右席,复玷明恩……乐哉斯行,幸甚过望。兹盖伏遇某官学窥圣域……施及萍蓬之孤迹,亦叨俎豆于群英,但不称之是虞,岂辱知之敢望。已遵台檄,即发山城。"

此谢启更为佐证,"备宾僚之右席,复玷明恩"即指征辟为制置司参议这样的高级幕僚,实数感恩之至,唯恐不能报称而玷辱恩德;"施及萍蓬之孤迹"即指赵都大的恩惠居然给予了陆游这样在仕途中无限坎坷、漂泊不定的人。

如此可见,赵都大之征辟陆游,斯无疑问也。唯可疑问的是,赵都大是谁,他为何有权征辟陆游入制置司?

从陆游写给有官人的书启惯例来说,都大乃官职之省称。如都大发运使、都大坑冶、都大提举、都大茶马、都大提点等。考诸《宋会要辑稿》之选举及《建炎以来朝野杂记》之蜀茶条目可知,赵都大应是赵彦博。按赵彦博在乾道八年七月二十七日,以职事修举,由直秘阁除直显谟阁,当时他的实际差遣是"都大主管成都府、利州等路茶事",在前一年为"都大提举川秦茶事买马"。按照《建炎以来朝野杂记》的记述,"自熙、丰以来,茶司官权出诸司之上……旧博马皆以粗茶,乾道末,赵彦博为提举",表达了两层意思,一是自熙宁、元丰以后,茶司由于系军国财政之重大利源,其官权至少在杂监司(提举茶马司、提点坑

冶司、提举市舶司、提举学事司、总领所等)中居首,二是至少到乾道九年,赵彦博仍为都大提举。又据《宋会要辑稿》之职官所述:

> (绍兴)二十八年五月四日,兵部侍郎汤允恭言:"制置使选任尤重,一司属官赖以赞佐。每制置使替移,或赴召命,一司之事皆在佥厅官,或系选人,而州县观望,亦多灭裂。欲望今后成都知府阙,依条令监司兼权外,缘都大茶马在成都府置司,其制置阙则差都大茶马,又阙则差总领兼权。所有制置一司僚属,除书写机宜外,其余朝廷选差,或制置奏辟,皆用京朝官。"诏今后四川制置司阙,就令都大茶马一面时暂兼权;茶马又阙,即总领兼权。余从之。

这样,我们就能明确地知道,自绍兴二十八年五月后,成都的都大茶马竟是有权在四川制置使不在的时候,暂时兼任、权代制置使职权的,并且序位在总领之前,可见茶司确出诸司之上,而赵彦博也就确实完全有权力征辟陆游入制置司为参议官。

至于赵彦博何以要帮助陆游,可能有以下一些原因。一是乾道七年时,正是因为"四川宣抚使王炎奏乞旌擢",赵彦博才获得了直秘阁的贴职,那么是否后来赵彦博念及陆游亦出王炎门下,或是王炎更有书信? 二是赵彦博与陆游的好友周必大、韩元吉等也有交谊,与周必大更是科场上的同年,官场上乡党、同年乃是所谓最铁的几种关系,是否赵彦博念及此,或是周必大有书信?

这便很难确知了。

总而言之,得制置司檄后,陆游便再置行装,与家人做了启程离开荣州的准备。

四、锦官城

淳熙二年(1175年)正月上旬,陆游作为荣州的代理长官,既然要离去,自是需宴请州衙中的一众僚属与其道别,遂在城北的横溪阁中举办宴会。看着春水破冰、梅花胜雪,天地间端的是春意已深,万物复苏。陆游此去兼任四川制置司参议官,在级别上要更高于安抚使司的参议,更重要的是新任的制置使虽还未抵达,但却是自己的老友范成大。陆游本应该完全有理由高兴,可这会他却想到了许多老朋友、旧相识,一个个都紫袍、玉带、貂蝉、金鱼,说起来拜相的叶衡也只比他陆游年长三岁而已;当年曾一同与龙大渊、曾觌斗争的龚茂良在去年十一月已经成为副相执政;在百官宅比邻而居的周必大在四年前就已经成为准两制的大臣,虽然后来因为不肯草张说除执政的诏书而奉祠出外,但此前已经做到了权六部侍郎的级别,去年也授予了右文殿修撰的贴职,离待制级别近乎一步之遥;将来到蜀中的好友范成大想当年还只是在临安管着"太平惠民和剂局",坐着个冷板凳,并不如身为清班宰属的陆游,可如今已是担任过中书舍人的两制级别大臣,有着敷文阁待制的侍从殿阁职名,又出任四川制置使,位高权重……算起来,周必大和范成大都比他陆游还小上一岁,但人家的仕途如何?

荣州的僚属们对着即将离任的长官,加之本就在正月里,更是一个个说着挑不出任何毛病的过年话,又请陆游赋诗填词,以作纪念,也便于荣州大小官吏体会陆使君的精神。

陆游遂赋词《沁园春·三荣横溪阁小宴》:

粉破梅梢,绿动萱丛,春意已深。渐珠帘低卷,筇枝微步,冰开跃鲤,林暖鸣禽。荔子扶疏,竹枝哀怨,浊酒一尊和泪斟。凭栏久,叹山川冉冉,岁月骎骎。

当时岂料如今。漫一事无成霜鬓侵。看故人强半,沙堤黄阁,鱼悬带玉,貂映蝉金。许国虽坚,朝天无路,万里凄凉谁寄音?东风里,有灞桥烟柳,知我归心。

这是陆游几杯酒下肚后的肺腑之言。他也想要展布底蕴,报君父之恩,可叹的是阊阖九门不可通,欲自白于御前,以达于天听,却无路可进!

而在离开荣州前,陆游还填了一首非常耐人寻味的《水龙吟·荣南作》:

樽前花底寻春处,堪叹心情全减。一身萍寄,酒徒云散,佳人天远。那更今年,瘴烟蛮雨,夜郎江畔。漫倚楼横笛,临窗看镜,时挥涕、惊流转。

花落月明庭院。悄无言、魂消肠断。凭肩携手,当时曾效,画梁栖燕。见说新来,网萦尘暗,舞衫歌扇。料也羞憔悴,慵行芳径,怕啼莺见。

从词的字面意思来看,这是陆游在思念一位女子,且应当是一个歌姬、舞伎之类的女子。如果勉强要说这首词乃是以男女之情写仕途政治上的失意,则似不伦不类。以美人芳草自比,固屈骚传统,但似乎不曾有把"上马击狂胡,下马草军书"的这些平生一再自许的本事,去比作"舞衫歌扇"之类的;且未见以"凭肩携手"写君臣关系的,岂能与君父肩并肩呢?

　　这首词作普通的男女之情理解则更为合理。那么便让人不禁猜测,陆游思念的是谁?显然两人已经分别了一段时间,且往后恐怕也难以见面。"见说新来,网萦尘暗,舞衫歌扇"尤其值得关注。这是说听闻近来,这位女子已不再抛头露面,以歌舞声色娱人耳目。实际上这句词背后还有个典故,苏轼有诗《答陈述古二首》,其中云:"小桃破萼未胜春,罗绮丛中第一人。闻道使君归去后,舞衫歌扇总生尘。"其下东坡自注:"陈有小妓,述古称之。"陈述古即陈襄,乃是北宋时的士大夫文臣,苏轼通判杭州时,陈襄乃是知州,以是二人熟稔。按照这个典故的意思,陆游的身份对应陈襄作为知州、太守的"使君",而该女子即对应"小妓",这样一来,词中所写的事情很可能确有其事。并且,从"佳人天远"这句来看,加上典故里"使君"的对应关系,我们有理由推断,假如这是确实存在的事情,那么这位与大诗人发生浪漫情事的风尘女子,大约是在嘉州。陆游自南郑抵达成都府路后,除成都外,先后在蜀州、嘉州、荣州担任临时差遣,而从地理位置看,蜀州离成都极近,说不得"佳人天远";嘉州、荣州离成都府大致相差不多,都相对较远,但陆游摄知荣州才两个月,而在嘉州则近十个月,又是摄知知州,符合使君的身份,蜀州时则是通判,谓使君不甚妥当。陆游想到这一东坡所作诗句,应是有意含蓄言之,化用自己与情人的身份,姑作纪念。须提到的是,在嘉州摄知州时,陆游的家眷尚在蜀州,直到他去荣州之后,才安排家人来团聚。那么假如这些推断属实,陆游回到成都在制置司里担任高级幕僚,自然是不能时常前去嘉州与女子幽会了,因而心情的低落便也可以理解了。

　　《剑南诗稿》卷三提及,乾道九年夏在嘉州,陆游曾多次写到和荔枝楼相关的诗作。第一首《荔枝楼小酌》云："碧瓦朱栏已半摧,强呼歌舞试樽罍。邦人莫讶心情懒,新出莺花海里来。"莺花者,可借喻妓女,与"强呼歌舞"正相对应,谓心情低沉,勉强叫歌伎唱跳弹曲,以助酒兴。《登荔枝楼》谓："闲凭曲槛常忘去。欲下危梯更小留。公事无多厨酿美,此身不负负嘉州。"似亦堪玩味,与我们的假设能够在意境上相符,负嘉州者,得无辜负美人恩乎?《再赋荔枝楼》云："痴顽也拟忘乡国,不奈城头暮角哀。"——忘却家乡在陆游的诗歌中应当是代表着报效祖国、戎马一生的正向情感,反之乡愁则代表着对仕宦功名的绝望、沮丧,而此处诗句中的忘却家乡却显然是负面的意境,因其前提是"痴顽",说明这里让陆游忘却家乡的并非是恢复中原的壮志,而是其他的东西,有没有可能正是一段男女之情,故曰"痴顽"呢?

在宋代,官员当然是可以娶妾的,但官员不允许与官妓"踰滥",即过分亲昵,更遑论发生关系;亦不得与青楼或其他私窠娼妓发生关系,这都是当时的法律明文禁止的。假如陆游确实是与一位官妓产生了感情,恐怕也不方便以摄知知州的长官身份使其出籍从良,再娶回家中,因为多半会引人注意,若是传到御史耳中,这是可能受到极重处罚的。想来,在这种假设里,二人的恋情是没有结果的。

淳熙二年的正月十日,陆游启程离开了荣州。但他竟然仍对前去成都,在制置司里为官兴致缺缺。他写下一首《别荣州》：

浮生岁岁俱如梦,一枕轻安亦可人。
偶落山城无事处,暂还老子自由身。
啸台载酒云生屦,仙穴寻梅雨垫巾。
便恐清游从此少,锦城车马涨红尘。

且尾联更见出陆游心态上微妙的感受。所谓"锦城车马涨红尘",似意有所指,当是谓成都锦官城里高级别的官员很多,除了制置使司、安抚使司外,尚有转运司、茶马司、四川总领所、成都府等一众重要衙署,与这两年陆游在偏远州郡为官时的自由自在显然是不一样的。更值得让我们注意的是,他似乎对即将在多年的好友范成大麾下为官,并不感到非常高兴和期待。

春日里抵达了成都,陆游居住的廨舍被安排在府城内花行西面,距离大圣慈寺只有数里路。这时节范成大还没到,薛良朋应当已经卸任赴阙,制置司和安抚司里自然便没有什么事务,加之获悉从兄陆升之病逝,陆游在这一时期甚至连诗词都很少留下,而日子则大抵是"白头散吏元无事,却为兴亡一怆情"。

春末入夏以后,陆游和府城里的成都府路兵马钤辖成汉卿走得很近,到了"相从无虚日"的地步,几乎是一有空就约着一同游览、吃酒。从陆游对其的描述"将军胸中备文武,铁马黄旗玉关路。羌胡可灭心自知……电眼猬须长八尺"来看,应当是和陆游一样,在对金国的南北问题上坚决主战,故而彼此投机。但作为一个制置司、安抚司的高级文臣幕僚,却和武将走得这样近,恐怕是会引起一些非议的。

到了五六月间的仲夏,一日夜晚,花行的官居廨舍中,陆游躺在寝卧里,听着耳畔浣花江水声甚壮,他不由得再次想到"铁衣何日东征辽",想象着"衔枚度碛沙飒飒,盘槊断陇风萧萧"。盘算行程的话,范成大应该就快到了,可陆游心里却萌生了"不然投檄径归去,短篷卧听钱塘潮"的别样心思。

不免要让人觉得奇怪的是,这样的念头不是一闪而过,而是屡屡出现。

六月时,陆游游览云顶寺,又作诗谓:"我少本疏放,一出但坐贫。缚裤属橐鞬,哀哉水云身。此地虽暂寓,失喜忘吟呻。故溪归去来,岁晚思鲈莼。"一曰"暂寓",又曰"莼鲈之思",更自称"水云身",则倦怠思归、渴慕林泉之心亦明矣。否则何以把自己说成是行脚僧呢?

仍是六月,一日于弥牟镇驿舍小酌,乃谓:"自许白云终醉死,不论黄纸有除书……行遍天涯身尚健,却嫌陶令爱吾庐。"陶令者,谓曾任彭泽县令的大诗人陶渊明。陶潜曾云"众鸟欣有托,吾亦爱吾庐",实则陆游所表达的思乡之情已十分清楚。

然而,吟着"我本江吴弄水月,忽来踏遍西南峰……将士欢呼马蹄快,康庄直与锦里通"的范成大在六月七日已经抵达四川制置使兼安抚使任上,进入了成都府。更重要的是,原本还在范成大头顶上的四川宣抚司暂时裁撤了,宣抚使沈夏以同知枢密院事的执政之位被朝廷召回,制置司遂成为四川最高军政权力机构,范成大自然就是川峡四路的军政长官,难道不应该"窃效贡公喜,难甘原宪贫"吗?

可陆游此时的诗歌中,竟遍寻不见与睽违多年的老友重逢之乐,此何哉?

其实答案就在上文所引的陆游诗句里,他嘴上说"自许白云终醉死,不论黄纸有除书",似乎对官职升迁早就全不在乎了,可十几年来陆游频繁形诸诗词,这与李白的"安能摧眉折腰事权贵,使我不得开心颜"岂不近似?倘若真是不在乎这些,何必还反反复复地说呢?恐怕恰是太过在乎,放不下功名之心吧。陆游在此年的冬日在一首诗中谓"已能自置功名外,尚欲相期意气中",算是一个了解他此时想法的注脚。其实置功名于身外是半真半假的话,欲相期意气才是真正的渴求。他仍然渴盼着,像范成大这样的旧友还能和自己意气相投,真正

第六章 西江月　239

帮助到自己。只是这种念头,又因为他自己如今与范成大地位悬殊所导致的心理落差,产生了一种内心的矛盾与挣扎。

当然,我们始终要明白,陆游的功名之心不是寻常的稻粱之谋,而是希冀着以一定的地位去实现、参与到恢复大业中去,这没有相当的官职,是做不到的。

其次,便是陆游在心里想到的"看故人强半,沙堤黄阁,鱼悬带玉,貂映蝉金"了。想乾道六年闰五月时,陆游自山阴启程赴夔州通判任,而范成大则出使金国,这之后,陆游继续仕途坎壈,范成大却就此平步青云。更往早先说,范成大原是官职差遣上不如陆游的,但如今后来居上,现在已经高不可攀,陆游心里的落差何止是一点点?范成大以制置使之尊,提封川峡四路六十州,自监司而下,多少州军长贰俯首听命,老友以这样的身份来到陆游面前,成为他的上司,叫陆游如何能安之若素呢?更何况,陆游在诗词中屡屡提及的近年来故交零落的说法,不是没有根据的。单说周必大和范成大二人,他们都是陆游昔年在临安为官时交谊极好的旧友,可书函往来已非常少,而周必大、范成大之间却书信往返频繁,并有会晤共游之事,若说只是因为陆游数年来官于巴蜀汉中,路途遥远,音信传递不便,然则此前范成大帅广西,地处五岭以南,一样很遥远,何以周、范二人便通书信呢?

大约一是陆游自己颇羞于与他们通书信,二是数年来他"疏放阔略""燕饮颓放"的名声大约已播之朝野,既然陆游不主动来函,周必大、范成大恐怕一时间也不知从何说起,更难以于万里之外劝说一二。多年后友人吕祖谦在写给周必大的信中,也说:"如陆务观疏放……其词翰俊发、多识典故,又趣向实不害正,推弃瑕使过之义,阔略亦何妨?"可见即便是在回护陆游的友人心中,对其印象也确是疏放阔略,即放纵不羁、不拘礼数之类。而这些印象对于文臣士大夫的仕宦来说,即便不是致命的,也是极其不利的。可陆游自得于此,至少表现得以此自得,以为是逍遥地仙事,与俗儒截然不同,他后来便自谓"拂衣即与世俗辞,掉头不受朋友谏",这种性格,即便是曾经十分亲密的旧友们,也很难在书信里劝诫。

因此六月里的陆游竟并不快乐,而是仍常常借酒消愁。此时期他有一首《楼上醉歌》:

> 我游四方不得意,阳狂施药成都市。
> 大瓢满贮随所求,聊为疲民起憔悴。
> 瓢空夜静上高楼,买酒卷帘邀月醉。
> 醉中拂剑光射月,往往悲歌独流涕。
> 划却君山湘水平,斫却桂树月更明。
> 丈夫有志苦难成,修名未立华发生。

在诗作里他几乎把自己塑造成一个佯狂济世的方士、道人,或许便是他屡屡自称的"地仙"之类。"邀月"痴语的背后显然是落寞孤单,这和青莲居士"举杯邀明月,对影成三人"是如出一辙的。可陆游何止是要醉酒,琴剑随身的他尚要舞剑弄月,他的情感是那样充沛而敏感,总是想起自己壮志难酬、两鬓斑白,又想到十几年来仕宦里的坎坷、委屈,终于是老泪纵横。在诗歌上陆游有兼学李杜的地方,世人亦称其为小李白,他时常感到似乎和李白、杜甫心意相通,在这首诗里遂化用二人的诗句,谓剑气万丈,铲平洞庭山,让那湘水再无阻碍,浩浩荡荡奔流入大江;更要砍断广寒宫里的桂树,好让月亮更清澈明丽——陆游的这些化用,显然是在说自己的仕途。他还在认为只是曾觌一伙人因为当年的事情记恨于他,而一直横加梗阻。可这样的识见,又是多么的天真。倘若只是出于曾觌等近习的缘故,何以周必大却能平步青云呢?若说在台谏、给舍论列、封驳龙大渊、曾觌的风波中之作用和影响,当时的权给事中周必大远比陆游要严重得多,可这却并没有阻碍周必大快速晋升。这便说明,将孝宗朝在乾道、淳熙年间进黜臣子的原因不加分辨地都归结到所谓近习干政、小人蛊惑圣聪上面,是肤浅而错误的,无非是古代"功则一切归之于上,过则皆臣下为之"的儒家童话逻辑构造的政治语境。实际情况恰恰相反,近习佞幸不过是孝宗皇帝与外朝臣僚角力的工具,可这一点陆游却从未能想到过,他更不愿认识到的是,恐怕真正造成他仕宦如此坎坷、十几年下来还在通判上打转的决定性原因,乃是最高统治者皇帝赵眘本人,不喜欢他!孝宗皇帝实则是个心眼很小的天子,他对陆游"反复小人"的印象一旦确立了,便很难改变。文臣在孝宗这里因言获罪,例子是不少的。如后来太上皇高宗晏驾登遐,龙驭上宾,杨万里主张以张浚配享高宗太庙,洪迈谓当以吕颐浩配享,杨万里乃斥责洪迈是以鹿为马,孝宗便勃然大怒,云:"万里以朕为何如主!"遂黜逐杨万里外知筠州。

总而言之,在收录陆游近一万首诗的《剑南诗稿》中居然未见到其与范成大相见后如何喜悦的诗作,甚至整个淳熙二年,陆游的诗作只有 34 首,放在整个《剑南诗稿》中也是乾道六年后最少的一年。而陆游在赴夔州的那年曾与范成大在金山相遇,二人已暌违五年,本应分外激动的心情,在陆游这里却似乎不是滋味。

二人在这久别重逢的六月,彼此都没有留下互相唱和的诗词,也确实是不同寻常的了。至于清人沈雄在《古今词话》"范陆唱酬"中云:"刘漫塘曰:范致能、陆务观,以东南文墨之彦,至为蜀帅。在幕府日,宾主唱酬,每和篇出,人以先睹为快。"刘漫塘即南宋人刘宰,但范成大帅蜀、陆游为幕僚时,刘宰不过十岁,恐怕也是后来从旁人处道听途说,且不知何据。若刘宰时尚能听闻、得见范成大、陆游唱和的诗词,为什么不记载下来呢?只能理解为到宋宁宗、理宗时期,当时的人已无法看到这些酬唱之作(如果确实存在,但未流传下来)。

这种情绪直到入秋后的成都大阅,方有所纾解。成都府是大宋西部至为富庶的都会所在,且阅兵是由制帅范成大主持,性质和级别都与陆游在蜀州、嘉州的所谓大阅判若云泥。

陆游作为制置司兼安抚司的参议官,这段时日为了准备大阅,估计也是比较忙碌的,从其诗句"身留幕府还家少,眼乱文书把酒稀"中便可知晓这一点。看着大宋的西军一批批从方圆千步的球场里走过,接受制置使范成大的检阅,陆游被深深地打动了:战士们披挂整齐的戎衣甲光向日,恍如巨龙金鳞耀动,整个场面威武雄壮,旗帜迎风飘扬——陆游这时候又坚信,这是一支可以打到秦州去,渡过渭水,收复关中的雄师!

于是他写下一首《成都大阅》:

千步球场爽气新,西山遥见碧嶙峋。令传雪岭蓬婆外,声震秦川渭水滨。

旗脚倚风时弄影,马蹄经雨不沾尘。属櫜缚裤毋多恨,久矣儒冠误此身!

站在范成大身后,此刻的陆游再度穿上了甲胄,他佩戴了箭囊,束紧了裤腿,这一切都让他感到无比的惬意。自古儒冠多误身,未服戎装的时间真是太长了!

制置司的事务并没有因为大阅结束而清闲下来,范成大与郑闻、薛良朋的风格很不相同,他到任后可谓雷厉风行,视察情形后立刻上疏,直言不讳地将蜀中前几年发生的南蛮入寇及吐蕃、青羌作乱等事提了出来,提出"内教将兵""外修堡寨",团结寨丁,加以教阅操练,使人自为战的办法,并乞请朝廷拨款。范成大的务实作风很快得到孝宗皇帝手诏嘉奖,赐予制置司度牒四十万缗。

整个秋日便在这种繁忙里倏忽而过了。

秋冬之际,陆游曾和几位友人往大智寺游览,但如今已不清楚,其中是否包括制置使范成大。陆游在诗中说:"尔来阅世故,万事惊错料。岂无旧朋俦,联翩半廊庙。谁能伴此老,沂峡听猿叫。锦城得数公,意气如再少。"从诗句本身来看,范成大似乎就在同游的"诸公"之中,但陆游毕竟没有明言,便只能付之阙如了。

在此年年末,有一事颇值得注意。

范成大忽然以四川制置使的身份,向朝廷奏劾兴元军大将郭钧,谓其治军不讲方式方法、暴横肆意,几乎闹出兵变,甚至由郭钧而涉及到兴元军的统帅吴挺,乃谓其不能得士卒拥戴,颇失士心。

但是从楼钥的《王淮行状》和杨万里的《王淮神道碑》来看,事情又不那么简单。

行状谓:

> 四川制置使范公成大奏郭钧驭众无术,几致生变。命龙雩体

究。上曰:"成大所陈,则钧之罪大。雱条奏亦有不然者。"公奏:"雱谓其留心军务,但绳治弛堕甚严,乃是称其所长;然谓僻于自用,克剥侵渔,势不可复留。"因荐可代者六人。

神道碑曰:

> 先是蜀帅范成大言兴元军帅郭钧御众无术;至是折知常乃言钧治众以整;成大言吴挺颇失士心;至是胡元质乃言挺治军有纪。上问:"钧、挺一人,而毁誉二三。"公曰:"挺固未可遽宠,钧亦未宜遽用。此抑扬之理也。"

范成大作为当时四川最高军政长官,他的奏劾皇帝赵昚自然是重视的,因此派人前往体量虚实。最后得出的调查结果是,郭钧治军严厉,只是有克扣侵贪的现象。于是执政王淮建议,可调走郭钧,这等于还是采纳了范成大的奏劾,虽然皇帝起初颇不以为然。

在神道碑的记载中,也叙述了对郭钧、吴挺的不同评价。即范成大谓郭钧御下无方、吴挺颇失兵士军心;而在蜀中任利州路提刑(兴元府正在利州路)的折知常则说郭钧治军公正,继任的四川安抚、制置使胡元质也说吴挺治军有纪律。以至于孝宗赵昚感到疑惑,这郭钧、吴挺的事情,为什么不同之人对他们的评价迥然相异呢?

折知常此人乃是高宗朝绍兴初年的执政折彦质之子,时任成都府路提刑、权知黎州的他固然在后来淳熙七年的六月,黎、雅二州五部落蛮獠入寇黎州时,因官军死伤甚多而弃城逃遁,遂在八年正月被追五官、勒停,送汀州安置——但要以这一次弃城而逃的黑历史就断定他所言不实,存在讨好郭钧或为其掩护的可能也是非常武断而缺乏依据的。

至于胡元质更是后来的蜀帅,吴挺固已在淳熙元年建节,成为旄钺大员,但若说已经贵为待制侍从级别的他,一定需要讨好一个武臣节度使,在没有足够证据支撑这种说法前,也是很牵强的。因为到了这个级别的文臣都会去想一想两府宰执的位子,若在这样的节骨眼上让人传出了刻意与边将交好,那是很忌讳和致命的事情,殊为不智,胡元质没必要一定冒着这种葬送政治前途的风险去卖个好给吴挺。

这样的话,我们不得不去猜测,范成大在淳熙二年末奏劾郭钧,并涉及吴挺,这里面有没有陆游在左右进言,使得范成大对吴挺、郭钧有了先入为主的观感之可能。这种猜测并不是毫无根据的,且留待下文分说一二。

至于任职制置司兼安抚司参议官的陆游,他在"幕府文书日日忙"的生活中,迎来了淳熙三年(1176年)。

正月初的一个晚上,陆游在官居廨舍里再次喝醉了。他蓦地想到就在去年,旧友周必大也已经除敷文阁待制,兼了侍讲,八月再兼直学士院,闰九月又除授从三品兵部侍郎!他明明心里在意得很,可忽然竟笑了起来,甚至拿起笔,写下"人生未死贵适意,万里作客元非穷。故人夜直金銮殿,僵卧独听宫门钟"的诗句来。我一官万里固如是,但还算自在,可子充(周必大字)你呢?两制大臣是要轮班夜值宫禁之中的啊,或许这会正在僵卧难眠,默默听着宫门钟声吧?还比不得我陆游在锦官城的快活!

白昼里陆游清醒的时候,却又不能如此自欺欺人了,竟是"老态人未觉,孤愁心自知"。到了元夕这日,陆游望着成都府灯火满城、狂欢不夜的盛景,却不由地感叹:"京华旧侣凋零尽,短鬓成丝心未灰。"骑着瘦马归家的途中,陆游看到锦官城里的鳌山灯彩、万众欢腾,他却想到了"久成遗民虽困弊,承平旧镇尚繁雄"——这府城的繁华享乐里,陆游总觉得有点不对,似是把关中的、淮河以北的百姓都给忘了,他们还沦陷在金人的铁蹄下啊!

二月里,陆游又时常想起汉中南郑的军旅生活,他出生在官宦世家,书数礼乐射御的六艺功夫是从小就得到培养训练的,加之他自懂事起,一心想要收复中原,对于刀剑、枪矛、弓箭都有操习,大约他的箭术最为过人。陆游回忆着在南郑射箭时百步穿杨,宣抚司里文武同僚和士兵们都来争相观看,现在想起来,竟连那些军中打马球的经历都像是在驰骋冲锋,率领骑兵部队突击。可此后数年,又成了文书案牍下的白发衰翁,也不知这春日复有几回能见?且去喝酒吧!

这便是《春感》中所描述的心绪和经历:

少时狂走西复东,银鞍骏马驰如风。眼看春去不复惜,只道岁月来无穷。

初游汉中亦未觉,一饮尚可倾千钟。叉鱼狼藉漾水浊,猎虎蹴蹋南山空。

射堋命中万人看,毬门对植双旗红。华堂却来弄笔砚,新诗醉草夸坐中。

剑关南山才几日,壮气摧缩成衰翁。雪霜萧飒已满鬓,蛟龙郁屈空蟠胸。

邻园杏花忽烂熳,推枕强起随游蜂。绕看百匝几叹息,吹红洗绿行匆匆。

第六章 西江月　247

> 暮年逢春尚有几？常恐春去寻无踪。青钱三百幸可办，且判烂醉酤郫筒。

胸中的壮志似蛟龙盘结而不能伸，在制置司里看着范成大被僚属们簇拥着，如众星之捧月，陆游觉得手头的文书工作实在无趣，又生了恨不能立刻归去的念头，在诗作中谓："新春易失遽如许，薄宦忘归何似生？安得一船东下峡，江南江北听莺声。"

范成大可能也已经注意到陆游的情绪，他知道陆游喜欢热闹的筵席，遂于二月间在府城的转运司西园中举办了一场盛大的宴会。四川制置司、安抚司的文武同僚们都济济一堂，集会在园中的翠锦亭里，琵琶声声、腰鼓阵阵，美酒佳肴之余尚有成都府里形貌最上乘的几个花魁莺歌燕舞，这些官妓在官府衙署的公宴上助兴，在当时是非常平常的事情。春酒一杯接一杯，月华映照下，人们脸上都洋溢着欢快的神色。花影落在杯中，芳香馥郁在鼻间，众人乃请大帅范成大即席赋诗。

早有有眼色的吏员伺候在一旁，当即拿来小桌案和文房四宝，请此时四川最高的军政长官制帅范成大作诗。后世把陆游、范成大、杨万里、尤袤并称南宋四大家或者中兴四大诗人，对于范成大这样做到两制词臣的文官士大夫而言，即席赋诗之类不过是小菜一碟，顷刻间便写完了一首《锦亭然烛观海棠》："银烛光中万绮霞，醉红堆上缺蟾斜。从今胜绝西园夜，压尽锦官城里花。"

僚属们你一句我一句地传诵起来，还令歌姬以乐配之，立刻演唱，大家击节赞叹，说着恭维制置使大帅的话来。

这般热闹完了一阵，大家自然又要请陆游赋诗，推脱不过之下，陆游便拿起笔，写了一首《锦亭》：

天公为我齿频计,遣饫黄甘与丹荔;又怜狂眼老更狂,令看广陵芍药蜀海棠。

周行万里逐所乐,天公于我元不薄。贵人不出长安城,宝带华缨真汝缚。

乐哉今从石湖公,大度不计聋丞聋。夜宴新亭海棠底,红云倒吸玻璃钟。

琵琶弦繁腰鼓急,盘凤舞衫香雾湿。春醪凸盏烛光摇,素月中天花影立。

游人如云环玉帐,诗未落纸先传唱。此邦句律方一新,凤阁舍人今有样。

范成大抵达成都后,这是陆游第一次在诗中明确提及他,故云"乐哉今从石湖公",石湖是范成大的号。可细读来陆游的有些诗句显得颇不符合这筵席的欢快氛围。一句"大度不计聋丞聋"怎么看着都有点像是牢骚话。所谓"聋丞"是出自《汉书》的典故,借指地方的副贰长官,如陆游屡屡担任的通判即是。这句似乎是说,陆游在成都府里作为制置司和安抚司的高级幕僚,平日燕饮颓放,也太过恣肆妄为了,但范成大作为制置使却大度大量,毫不计较,也不把陆游不听旁人劝诫、无才无德看成是原则性的过错,实在感激不尽。乍一看,是感激,再一看,则似不然。这样的话,适合在如此公开的场合,在一片欢乐的公宴上说吗?别人不是不知道陆游与范成大的交情,可陆游把这些事放在台面上说又是另一回事。末尾写到方才同僚们恭维范成大的场面,本无可厚非,但却以"凤阁舍人今有样"的口吻结束,不得不让人想到杜甫站在对他亲厚、帮助甚多的剑南节度使严武床上,说出

第六章 西江月 249

了那句著名的"严挺之乃有此儿!"的场景。这是一种长辈对小辈、上级对下级似的赞许,不是朋友间平辈的口吻,更遑论陆游是庶官通判的卑微身份,范成大是两制侍从、川峡四路的最高长官,这哪里是僚属对制帅能用的语气呢?

恐怕一时间所有人都会去偷瞄范成大的神色,见这位蜀中大帅不以为忤,便也都只作茫然不知,算是把这事给过去了。

陆游好像全然没察觉出任何怪异来,这件事之后,他依旧我行我素,保持着"脱巾漉酒从人笑,拄笏看山颇自奇"这样与同僚迥异的状态,心里常常琢磨的还是对金人发动反攻、中原父老们箪食壶浆、王师连战连捷恢复旧疆……

二月间的一天夜晚,风雨大作,雷暴惊人,陆游却从床上跳将起来,兴奋不已地从窗口张望,他仿佛看到了上天悔祸,降下惩罚,而女真贼人兵败如山倒,于是他写下一首《中夜闻大雷雨》:

雷车驾雨龙尽起,电行半空如狂矢。
中原腥膻五十年,上帝震怒初一洗。
黄头女真褫魂魄,面缚军门争请死。
已闻三箭定天山,何啻积甲齐熊耳。
捷书驰骑奏行宫,近臣上寿天颜喜。
閤门明日催贺班,云集千官摩剑履。
长安父老请移跸,愿见六龙临渭水。
从今身是太平人,敢惮安西九千里!

这些想象有多么美好,这些诗句有多么雄奇,现实便让人多么绝望。

过了几日,陆游又出游武担山,他登上东台,在傍晚的暮色里远眺东南,这倒不是起了莼鲈之思,而是在想,那行都临安里的九重宫阙,何时才能发出一道北伐的诏令朝旨来?

背着箱子的獠奴书僮拿出纸墨笔砚来,陆游当即写下一首《武担东台晚望》:

> 憔悴西窗已一翁,登高意气尚豪雄。
> 关河霸国兴亡后,风月诗人醉醒中。
> 病起顿惊双鬓改,春归一扫万花空。
> 栏边徙倚君知否,直到吴天目未穷。

便下山吧! 黄昏日落,一天终要结束,纵是把栏杆拍遍,也无济于事。何况春虽好,却岂有永恒的春天!

暮春三月,陆游依旧感叹着"案上文檄高于山",但他终是想方设法地把一切公务尽快处理完,所谓"文书那得废哦诗,羞作群儿了事痴"。他甚至觉得"世间动步即有拘,常恨不如禽意乐",是极是极,这世间充满着各种繁文缛节和无聊的规矩,有时候想想,人活着还不如一个山林里的野畜自在!

让人觉得奇怪的是,从陆游三月初三(上巳日)为范成大《西征小集》所写的《范待制诗集序》来看,当时他仍是范成大在蜀中置司的高级幕僚,可接下来在三月中作的诗,则似乎透露了一个信息,即此后他忽然没有了职务差遣,不再是制置司、安抚司的参议官了。

先看《遣兴》,有云:"鹤料无多又扫空,今年真是浣花翁。"

又《饭保福》,谓:"饱饭即知吾事了,免官初觉此身轻。"

鹤料者,官俸也。是则谓官俸已无,今年往后只堪作浣花江边一老翁。而"免官初觉此身轻"意义甚明,在三月间陆游已不再是四川制置司和安抚司的高级幕僚。

之后四月亦有诗《闲中偶题》谓:"久矣云衢敛羽翰,退飞更觉一枝安。"又《病中戏书》云:"免从官乞假,且喜是闲身。"

这都是失去官职的有力佐证。

但这是怎么一回事呢?

四月初夏,陆游往观华严阁,乃作诗《观华严阁僧斋》:

拂剑当年气吐虹,喑呜坐觉朔庭空。
早知壮志成痴绝,悔不藏名万衲中。

当年的不可一世、目空北虏变成了今日的"悔不藏名万衲中",仿佛后悔没有早日出家剃度,成为方外之人。这首诗中流露的悲观、绝望,不能当作陆游过去那些诗歌中的消极情绪来寻常看待。因为这是《剑南诗稿》中,三月陆游失去幕府官职后的第一首诗,最能看出他当时的心境。

何以变得如此绝望呢?

大约在淳熙六年,陆游曾写过一篇《师伯浑文集序》,其中云:

乾道癸巳,予自成都适犍为,识隐士师伯浑于眉山。一见,知其天下伟人。予既行,伯浑饯予于青衣江上,酒酣浩歌,声摇江山,水鸟皆惊起。伯浑饮至斗许,予素不善饮,亦不觉大醉。……

后四年,伯浑得疾不起,子怀祖集伯浑文章,移书走八千里,乞余为序。呜呼!伯浑自少时名震秦蜀,东被吴楚,一时高流皆尊慕之,愿与交。方宣抚使临边,图复中原,制置使并护梁、益兵民,皆巨公大人。闻伯浑名,将闻于朝,而卒为忌者所沮。

从文章来看,师伯浑是陆游乾道九年赶赴嘉州摄知州时,在眉山结识的一个"奇才",且此人颇有江湖豪迈之风,完全是高人隐士的姿态。据陆游所说,师伯浑年轻时已在关陕和四川享有盛名,甚至江南也颇知道他,显贵之人皆愿与其结交。并且,虞允文宣抚四川、范成大制置蜀中的时候,都准备征辟师伯浑,向朝廷举荐此人,却都没有实现。为何没能实现呢?竟是"为忌者所沮"——被妒忌师伯浑的人所阻挠了。要知道,宣抚使和制置使一般都可以自辟僚属,若是本司中有下属反对,原是起不了任何作用的,这不过是宣抚使、制置使一言而决的事情。除非,反对的人很多,多到进用了此人会极大地破坏宣抚司、制置司里大多数官吏的团结,那么宣抚使、制置使才会暂时放弃行使自己的人事大权。

陆游后来在庆元四年(1198年)写下《感旧》,其二云:"君不见蜀师浑甫字伯浑……范尹敬如绮与园,方饰羔雁登衡门;小人谤伤实不根,妄指拱璧求瑕痕。"诗下陆游自注:"范至能帅成都,欲以遗逸起之,幕客有沮之者,遂不果。"

看来当时确有人指出师伯浑的是非曲直,但这在陆游看来不过是无中生有、欲加之罪,他认为是"妄指拱璧求瑕痕"。我们不能确知,反对的人说了什么理由,这些理由是否成立,但完全可以肯定的是,至少这些理由不会是无足轻重的白璧微瑕,否则范成大贵为制置使,何必被幕僚所阻挠？陆游眼中的微瑕，实则可能很多都是官场中的大忌，是触犯不得的事情。陆游身上有江湖豪气，甚至有游侠豪杰的气质，因此他也喜欢这样的人。可偏偏如此之人，往往是不能为官场所容的。

那么有没有可能，正是这师伯浑被征辟、举荐不成，使得陆游看明白了，只要幕府中那些各谋稻粱的小人们还在一天，这个四川制置司便一件大事都做不成，更不要指望有朝一日能北克关中。因此在这种极度绝望、沮丧下，诗人性格的他乃意气用事，干脆与友人师伯浑一样，不做这制置司的官了。

也就是说，陆游放弃的不是恢复河山的壮志和梦想，而是在制置司里无聊无谓的文书工作，以及他一贯厌恶的那些"庾公尘""元规尘"……

说到"庾公尘""元规尘"，还有一种可能值得我们考虑，陆游此次的免官不是请辞的，而是因为去年年底范成大奏劾郭钧，又语涉吴挺所导致的被动免官！吴挺在淳熙元年就已经成为节度使，算得上位极武臣，川蜀地区最精锐的西军兵柄正在其手中，朝廷对他的重视不言而喻，实际上已经默认了自吴玠、吴璘兄弟以来，长期执掌川蜀兵权所形成的"吴氏将门"控制西军的局面，轻易是绝不会处置吴挺的。再看郭钧的仕途发展，其在淳熙元年时，结衔为"武功大夫、楚州团练使、充金州驻扎御前诸军都统制"。武功大夫是正七品武臣阶官；楚州团练使是他此时担任的遥郡官阶（落阶官，不带本官如武功大夫，则是正任团练，地位更尊崇），团练从五品；金州驻扎御前诸军都统制是其具体差遣，说明他已是当时九大军区的统帅之一，这样看，郭钧在淳熙元年已是武臣里显赫非凡的大人物了，因为遥郡团练固不足奇，人数也多得很,但能执掌一大军区,这却是极不容易的事情,说明天子对此人相当信重。而在淳熙六年,已能见到郭钧任职鄂州江陵府都统制的史料记载,这就说明虽然当时执政王淮建议听取蜀帅范成大的奏劾意见,却只是把郭钧调任到了鄂州,担任江陵府御前诸军的统帅,实际上仍是负责一大军区,只是从西面到了荆湖地区,属于平级调动,而不是贬谪、行遣。并且,在淳熙十一年时,郭钧已经再度回到利州路,任军区统帅之一。到孝宗统治的末期,郭钧升任正四品殿前司副都指挥使,这是三衙管军中级别最高的官职之一,在南宋时期几乎不怎么除授殿前司都指挥使,此副都指挥使已经算是三衙大部分时候地位最高的殿帅了,最后以正任登州防御使卒,死后赠定江军节度使,得赐谥号"壮平"。这表明,郭钧也是孝宗皇帝一贯亲信、重用的武臣,因而他屡屡对范成大的意见表示"疑惑不解"和不以为然。

如果范成大之奏劾郭钧,乃至涉及吴挺,确有出于陆游进言的因素,那么这样的事情被官家赵昚知道后(制置司、安抚司官吏极多,加之成都府城内又有监司衙署,消息很难不走漏),认为陆游任职制置司参议官已不利于川蜀大臣和将帅之间的和谐共事关系,于是令都堂出省札免去陆游幕僚一职,也就是顺理成章的事情了。

故而在这里,我们把陆游在三月三日后的免官原因,归纳为两种可能,一是出于陆游推崇的"天下伟人"师伯浑没有成功入制置司为官,使他陷入极度的心灰意冷之中,加之对范成大和自己地位悬殊的心理落差,于是主动辞官;二是上一年年末或许是因为陆游进言,促使范成大奏劾郭钧、吴挺而被波及遭到行遣。这其实是一个很大的事件,等于是川蜀最高军政长官刚到任半年,就奏劾麾下两位西军统帅,而川蜀的精锐部队就在利州路的兴元府、兴州、金州三大军区而已,范

第六章 西江月　255

成大劾其中之二,动静实属极大,朝廷得知内里关节后,既不愿问罪制帅范成大,也不愿处置吴挺、郭钧,那么板子自然只能打到事件中官职最小的陆游身上,因为行遣陆游是不会造成什么大的后果的,与处置范成大、吴挺、郭钧不啻霄壤。

当然,或许还有其他可能造成了这一次的免官,但我们目前还不知道,暂且只论述上述两种推测。

四月间,大概是情绪处于极低谷的关系,陆游病了一场。稍好转后,他写下两首《病起书怀》:

> 病骨支离纱帽宽,孤臣万里客江干。
> 位卑未敢忘忧国,事定犹须待阖棺。
> 天地神灵扶庙社,京华父老望和銮。
> 出师一表通今古,夜半挑灯更细看。

又:

> 酒酣看剑凛生风,身是天涯一秃翁。
> 扪虱剧谈空自许,闻鸡浩叹与谁同。
> 玉关岁晚无来使,沙苑春生有去鸿。
> 人寿定非金石永,可令虚死蜀山中!

我们看到了一个病得瘦骨嶙峋却终于又鼓起了劲头的诗人陆游。他还没有服输认命,他相信天神地祇不会断了国家的气运,更坚信着中原父老们南望王师的期盼有着无穷的力量!黉夜灯下,诗人反反复复地捧着诸葛亮的《出师表》细看细读,他在贪婪地攫取着力量和勇气,他骨子里的天真烂漫将永远不会消亡,浪漫不死,诗人不死。

陆游又稍稍振作起来,他乐得无官一身轻,乃日日游山玩水,带着一壶浊酒混迹于樵夫、渔父乃至屠钓之人中,累了便停下找一块地方甚至席地而坐,看几卷佛道之书,或是静静地聆听山野的呼吸,看着天色的变化,直到日暮方归城。一首《晚兴》正作于此时,反映的也是这种生活:

老病愁趋画戟门,天教高卧浣花村。
山林独往杂屠钓,世界皆空谁怨恩。
千卷蠹书忘岁月,一尊浊酒信乾坤。
兴来倚杖清江上,断角疏钟正敛昏。

诗人在"世界皆空谁怨恩"句下自注:"《禅秘要经》言观空之法,自一城一国一世界至三千大千世界皆空。"按照佛法的世界观,红尘俗世里的一切,小到蝼蚁与个人,大到洪荒宇宙,无不是处在成住坏空的过程里,自其终会消亡的角度而言,则皆不是永恒不变之存在,乃不过一时因缘和合的产物,只是这种"一时"有长短之分,在朝菌为晦朔,在蟪蛄为春秋,在人世为百岁,在星辰为劫数,至于宇宙之生灭,亦不过是阿僧祇劫中的一个片刻。于是陆游自然感慨,万法皆空,尚有何怨何恩,要如此执着!且不如在诗书浊酒里寻他个日月长、乾坤大,倚杖听江声,何必营营,江海寄余生!

只是我们仍要不厌其烦地说,陆游的这些"大彻大悟"都是暂时的,他每每在酩酊大醉后,向自己坦白了心声,看到了那个什么也忘不了、什么也放不下的自己。这倒让我们看到了陆游对国家、对民族那种朴素天真的纯然的爱,有多深。夏夜,他醉得几乎不省人事,好似做了许多不可思议的幻梦,然后才醒来,拿起笔,就诞生了一首情感凝练而磅礴的《夏夜大醉醒后有感》:

> 少时酒隐东海滨,结交尽是英豪人。
> 龙泉三尺动牛斗,阴符一编役鬼神。
> 客游山南夜望气,颇谓王师当入秦。
> 欲倾天上河汉水,尽洗关中胡虏尘。
> 那知一旦事大缪,骑驴剑阁霜毛新。
> 却将覆毡草檄手,小诗点缀西州春。
> 素心虽愿老岩壑,大义未敢忘君臣。
> 鸡鸣酒解不成寐,起坐肝胆空轮囷。

在梦里,陆游回忆起少年时候和南郑从戎的岁月。他好似一个神仙方士,有夺日月阴阳的本领,手中的龙泉宝剑能光射斗牛星宿之间;《阴符经》的奥义烂熟于胸,乃能驱使鬼神为其所用;到了汉中夜观天象的望气之术更是不在话下,已见得王师凯旋克复关陕的征兆!陆游确乎在醉梦中成了个大罗金仙,有排山倒海之能,他要让银河水倒灌关中,洗尽女真胡虏的膻腥之尘!不难发现,这一意象是在陆游诗中反复出现的。可是幻梦竟也折回了现实,王炎的幕府解散,陆游骑驴入剑门,只能无奈自嘲"却将覆毡草檄手,小诗点缀西州春"——这本该上马杀金贼、下马草军书的一双手,如今只能写写诗词来点缀西川春色了!岂不荒唐!这句诗不能不让人联想到多年后辛弃疾所写的

"却将万字平戎策,换得东家种树书",其中悲哀,大抵是十分接近而心意相通的吧。

我们看到,陆游哪里放下了君臣大义,又哪里忘记了国家、民族的仇恨、耻辱呢?

他毕竟什么都没忘记,更没有放下。

陆游在之后几个月中,于诗歌中屡屡体现出这一心境。

五月间作《客自凤州来言岐雍间事怅然有感》:

表里山河古帝京,逆胡数尽固当平。千门未报甘泉火,万耦方观渭上耕。

前日已传天狗堕,今年宁许佛狸生?会须一洗儒酸态,猎罢南山夜下营。

又作《夜读东京记》:

海东小胡辜覆冒,敢据神州窃名号!幅员万里宋乾坤,五十一年仇未报。

煌煌艺祖中天业,东都实宅神明隩。即今犬豕穴宫殿,安得旄头下除扫。

宝玉大弓久不获,臣子义敢忘巨盗。景灵太庙威神在,北乡恸哭犹可告。

壮士方当弃躯命,书生讵忍开和好?孤臣白首困西南,有志不伸空自悼。

在《梦游山水奇丽处有古宫观云云台观也》中陆游也写道:"却思巉然五千仞,可使常堕胡尘中?小臣昧死露肝鬲,愿扈銮驾临崤潼。何当真过此山下,百尺嫋嫋龙旗风!"

《野外剧饮示坐中》则云:"江湖舟楫行安往,燕赵风尘久未平。饮罢别君携剑起,试横云海剸长鲸。"

在这些诗作中,其报国壮志、收复河山的渴望都溢于言表。五月间的陆游甚至开始想象,自己有一位剑侠友人:他有着御剑而行、一瞬千里之能,荆轲、专诸皆不能望其项背,这已经是一个能凌驾风云、气惊鬼神的仙人了……

《剑客行》正是描述了这一奇特的想象:

> 我友剑侠非常人,袖中青蛇生细鳞。
> 腾空顷刻已千里,手决风云惊鬼神。
> 荆轲专诸何足数,正昼入燕诛逆虏!
> 一身独报万国仇,归告昌陵泪如雨。

实际上我们能感受到,这个有着神仙般本领的剑侠不过是陆游爱国情感的投射所化,是陆游自身对北虏的深仇大恨和民族气节的人格化,他亦当然深知自己无这般本领,便在幻想中有这样一位世外的剑仙,御风千里,诛杀女真金国郎主!这样的壮举,想必太祖在永昌陵泉下有知,也会有泪如倾!

可陆游也总算对险恶的官场有了一些认识,他又在《铜壶阁望月》里说:"皓然胸次堆冰雪……明日人间火云热。"肝肺皆冰雪固君子也,奈何人间仕宦火海,岂能相容?

三伏六月,酷暑正当时,陆游又是怎么过的呢?他的梦想不死,因而他借着酒后的狂劲,丝毫不肯承认面前的挫折已击败了他。《芳华楼夜宴》中他说:"射虎将军老不侯,尚能豪纵醉江楼";《遣兴》里说:"老子从来薄宦情,不辞落魄锦官城。"

到了七月入秋,诗人依旧是借酒消愁。《百岁》云"莫悲晚节功名误,即死犹堪赠醉侯",正是这种状态的一个明证。

按照钱仲联先生《剑南诗稿校注》的编年,值得奇怪的是,此年八月间陆游没有作诗,或者说没有诗歌收入《剑南诗稿》中。

目前最流行的说法是,九月间,陆游新知嘉州的任命被罢,随即奉祠,得主管台州桐柏山崇道观。这种说法的主要依据之一是陆游的《蒙恩奉祠桐柏》,今附于下:

> 少年曾缀紫宸班,晚落危途九折艰。
> 罪大初闻收郡印,恩宽俄许领家山。
> 羁鸿但自思烟渚,病骥宁容著帝闲。
> 回首觚棱渺何处,从今常寄梦魂间。

另一依据是《宋会要辑稿》职官七十二之十五的记载:

> 三年正月六日,直秘阁、知吉州王濆降一官……
> 九(月)[日],新知楚州胡与可、新知嘉州陆游并罢新命。以臣僚言与可罢黜累月,旧愆未赎;游摄嘉州,燕饮颇放故也。
> 二月八日,新知封州张孝览罢新任。

第六章 西江月

之所以将上下文一并附之,乃是为了看清此条目的问题。即是说,清人徐松在嘉庆十四年(1809年)利用修《全唐文》,得以调阅《永乐大典》和令吏员抄写的机会,乃命抄书小吏将《永乐大典》中的《宋会要》内容抄录得五百册,这是价值最高的宋史材料之一,遂成一宋史资料上的大功德。然而,实际上我们如今能看到的《宋会要辑稿》问题很多。一者,原本宋代国史院官修的会要(可能有11部之多)到明代编修《永乐大典》时经历南宋的灭亡、元末的战乱,时间上也超过了一百年,其散失绝不可避免;二者,原本《宋会要》被以《永乐大典》的编修原则,按照字韵打散收录,难以保证抄写、编辑时无误,且《宋会要》原本在明中叶已不存;三者,徐松命人自《永乐大典》中抄录时,清代得到的已非全本,《永乐大典》缺失了两千余卷,约占十分之一;四者,徐松辑录的底稿在晚清到民国期间屡遭波折,经过多次不甚妥帖的重新编排,且又散失一部分,以至于我们看到的甚至远不是徐松的《宋会要辑稿》。

如查今日《宋会要辑稿》职官部分,在七十二之一、七十二之二、七十二之三,已见到淳熙元年、二年、三年条目,然在七十二之十、十二、十五竟又见到淳熙元年、二年、三年条目,可见其编写之混乱。

而在上述引文中,似乎当时已不清楚胡与可、陆游罢黜事究竟在何时。从上下文看,或许在正月九日也属可能,在九月亦可能。

假如是在九月发布了这一道陆游被罢新除嘉州知州的任命,那么按照当时的朝廷邮递速度,临安距成都五千里以上,一道朝旨省札要送达成都府,至少也要二十天[乾道四年(1168年)兵部侍郎王炎曾举例说明邮传"乖违"的情况:"行在至襄阳府三千一百里,合行六日二时,稽十日方至。荆南二千六百四十里,合行五日三时,稽九日方至。

余类此不可悉陈"。则实际速度最快也不过日行三百里左右。又据《建炎以来朝野杂记》乙集卷九"金字牌"条目云:"近岁邮置之最速者,莫若金字牌递,凡赦书及军机要务则用之,仍自内侍省遣拨,自行在至成都,率十八日而至,盖日行四百余里。乾道末,有旨令枢密院置军期急速文字牌,雌黄青字日行三百五十里。淳熙二年尚书省又置紧急文字牌,亦如之。然率与常递混淆,故行移稽缓。"],实际上这条任命在二十天内也是不可能送达的。因为罢免陆游的知州任命算不得军机要务或者军期急速文字,应当只是发普通的"常递",这样的话,临安到成都的这道朝旨,能在一个月内送达就已经是算快的了(北宋神宗熙宁八年时,交趾入寇广南西路,十一月二十日攻陷钦州,十二月二十日奏报才到东京。如此紧急军情,尚需一个月,其余普通知州任免指挥,可想而知。),再加上陆游在诗歌中说"罪大初闻收郡印,恩宽俄许领家山",便能知道先后有两道朝旨,第一道是罢免新知嘉州的除命指挥,第二道是给陆游奉祠台州崇道观的闲散待遇。假如这两道朝旨都是九月间先后由临安发出,又是如何做到在九月底前,陆游便都能知晓呢?到次年,又有一道朝旨发给陆游,乃在八月从临安发出,陆游十月方得到这份朝旨,可见常递从临安到成都府走接近两个月,是很寻常的事情(详见后文淳熙四年事)。

当然,也存在极小的可能,此番朝旨送达速度很快,在九月初发布,九月底前先后送达成都府。

可是,如果我们比较一下此时期陆游和范成大唱和之诗的话,就会有不同的发现。

陆游所作的三首《和范待制秋兴》,分别所唱和的范成大诗乃是《新凉夜坐》《立秋月夜》《前堂观月》。

《和范待制秋兴》其一：

> 策策桐飘已半空，啼螀渐觉近房栊。
> 一生不作牛衣泣，万事从渠马耳风。
> 名姓已甘黄纸外，光阴全付绿尊中。
> 门前剥啄谁相觅，贺我今年号放翁。

从"名姓已甘黄纸外"，似已见被罢官之意，而进一步看"贺我今年号放翁"，则已能基本完全确定，此诗必作于新知嘉州被罢之后。何以这样说呢？《宋会要辑稿》中云："新知嘉州陆游并罢新命……游摄嘉州，燕饮颓放故也。"显然，陆游诗歌中第一次出现的这个自号"放翁"，正是来自于主要的罪名"燕饮颓放"！

而范成大所作《立秋月夜》云："已放新凉入簟纹，更驱馀潦避炉薰。穿云竹月时时见，咽露莎蛩院院闻。稍喜雪山无斥堠，但虞烟驿有移文。行藏且付蘧蘧梦，明发还亲雁鹜群。"根据诗意，似也已经知晓了陆游被罢官和奉祠的朝旨。更重要的是，立秋一般在宋代的七月，那么罢免新知嘉州任命的朝旨便不可能迟至九月才发表。

从以上可知，罢免陆游新知嘉州的朝旨，应当早于七月，至迟在六月已经发布。

让我们且回到陆游三月三日后诗歌中出现的免官之谜。

假如《宋会要辑稿》中的记载，不是九月，而是"正月九日"的意思，那么这一切会更解释得通吗？我们不妨梳理一番：即淳熙二年末，范成大奏劾郭钧、吴挺（是否有陆游进言，不能确认）；差不多此时范成大也为好友陆游谋划了新知嘉州的举荐，一般都堂不会驳回制置使的这种建议,那么这将帮助陆游终于真正跨过通判资序,除知州;淳熙三年正月里,朝廷得到范成大弹章,认为是陆游不利于四川制帅和大将共事,遂将本已发布的新除嘉州知州任免推翻,而改以罢免任命的指挥。这道指挥在途中经过一个多月,最后三月初三后才抵达成都府,这便是"罪大初闻收郡印"。而诗人说的"恩宽俄许领家山"实际不必认为"俄"即是数日、十日或者一月、两月之速,在仕宦的漫长生涯中,即便是迟在六、七月得到了奉祠的朝旨,也称得上很快,可以说一声"恩宽俄许领家山"。

当然,上述的推测结果尚不能成为定论,也只能备为一种猜想和参考。也可能三月初三后,确实只是如我们最初估计的那样,陆游失去了制置司、安抚使司的参议官差遣,然后在七月前被罢免了新知嘉州的任命,且得到了奉祠台州崇道观的第二道指挥。

唯可确定的是,从陆游、范成大二人的唱和诗作,已经可以知道,陆游被罢新知嘉州,不会晚于七月。

由于这是陆游第一次奉祠,有必要对宋代的祠禄官制度做一些简单的说明。所谓宫观使、祠禄官,如真宗大中祥符年间以宰相领玉清昭应宫使;仁宗天圣年间,以使相、节度使、宣徽使、宗室、戚里或曾任宰执者担任,无职事,奉朝请、享廪禄而已。神宗熙宁后,才开始有领宫观使而居外州、府者。简而言之,祠禄官在宋初多有优待老臣、勋贵、戚里等之意,或与当时皇帝尊崇道教有关,神宗以后往往用以处置贬黜官员,以剥夺其实际权力,只领取俸禄。这种祠禄官是不需要实际去当地的宫观里点卯上班的,只是给了个领取相应俸禄的名义。

在这一时期,陆游的《和范待制月夜有感》颇值得玩味:

> 榆枋正复异鹏飞，等是垂头受辔羁。
> 坐客笑谈嘲远志，故人书札寄当归。
> 醉思莼菜黏篙滑，馋忆鲈鱼坠钓肥。
> 谁遣贵人同此感，夜来风月梦苔矶。

"榆枋"典出《庄子·逍遥游》，在此借代鸟雀之类，是陆游的自比；鹏者，显然是指仕途正在蒸蒸日上的范成大。但正如范成大在诗作中所说"浩荡沙鸥久倦飞，摧颓枥马不胜羁。官中风月常虚度，梦里关山或暂归"，陆游虽点出了二人身份的悬殊，但重点还是落在了同受仕宦束缚的这一层意思上。陆游也看到了，即便是在范成大这样的高度，也仍然受到种种制约，自由不得。他在诗中表达了自己想要归去的心思，可最后却说"谁遣贵人同此感"，似乎隐隐约约，竟和范成大有了一些疏离。毕竟一个是贵为待制侍从的四川制置使，另一个却是已丢了知州差遣而靠边站的祠禄官。

这一年的冬天，陆游便彻底清闲下来，再也没有制置司里的文书案牍，再也没有知州通判的差事，畅游山水林泉、纵酒赋诗便又成了此时的生活主题。他"肩舆适青郊，飞屐登翠麓"，自谓"结茅远人境，此计亦已熟"。有时候在城外玩得忘乎所以，赶在城门关闭前风驰电掣地回去，他一面"冬夜走马城东回，追风逐电何雄哉"，一面嘴上仍要倔强"书生所怀未易料，会与君王扫燕赵"。

因此陆游在学道修仙的幻想里寄寓他的人生理想，乃谓："十年学剑勇成癖，腾身一上三千尺……老胡畏诛奉约束，假息渔阳连上谷。"在这种想象里，他化身剑仙，能令万里之外的北虏金贼闻风丧胆，女真人只能被迫退出大宋的旧疆，勉强苟延残喘而已。可在诗的结尾,这仙侠的气质跌落回现实的观照里,乃云:"愿闻下诏遣材官,耻作腐儒常碌碌。"他想到了汉代出将入相的绛侯周勃,对自己的落魄又自怜自艾起来。所以他感叹着"征尘十载暗戎衣,虚负名山采药期",到如今已是功名、学道两不成!他只能想象着随王师出征,"少日覆毡曾草檄,即今横槊尚能诗。昏昏杀气秋登陇,飒飒飞霜夜出师。"在寒冬里亦无妨,仍旧是不惧严霜、横槊赋诗的豪迈,可这些终究不是真的。

另一边,制置使范成大正忙着处理十一月以来的青羌作乱。不光是青羌奴儿结率领两千余人进犯安静寨,连吐蕃人也趁机入寇,官军与敌贼发生战斗,两员将官冀世威、雷宝因寡不敌众乃牺牲于战场。这也佐证了此前我们的叙述,即陆游在主持嘉州大阅时所说的"草间鼠辈何劳磔",完全是一种诗人的浪漫主义感受,并不是真正的边关情形。

淳熙四年(1177年)在制置司的忙碌和陆游的赋闲中仍是如期来到了。

陆游的一首传世之作在此年正月诞生了,他的七古已确实走向了出神入化,这便是著名的《关山月》:

和戎诏下十五年,将军不战空临边。
朱门沉沉按歌舞,厩马肥死弓断弦。
戍楼刁斗催落月,三十从军今白发。
笛里谁知壮士心,沙头空照征人骨。
中原干戈古亦闻,岂有逆胡传子孙!
遗民忍死望恢复,几处今宵垂泪痕。

自隆兴北伐失败后,议和实际上已经断断续续、打打谈谈地开始了,从那时算起,到如今便是十五年了!行都临安永远是歌舞升平,空老多少边关将士的报国之心?自古以来,夷狄在中原又哪有百年之国运?无数的父老遗民都在南望翠葆霓旌,渴望王师恢复,有泪如倾!

陆游的七律也臻于化境,正月间有作《醉题》:

裘马清狂锦水滨,最繁华地作闲人。
金壶投箭消长日,翠袖传杯领好春。
幽鸟语随歌处拍,落花铺作舞时茵。
悠然自适君知否,身与浮名若个亲?

成都府里锦官城,最繁华地作闲人——"本意灭虏收河山"的陆游,却把日子过成了投壶传杯、醉心于鸟语花香,个中得失悲欢,还如何分说清楚呢?

范成大在二月时病倒了,大约因为去年岁末一连串的事情,川峡四路无数军政事务压在他一个人身上,竟是病得不轻,一时间不免延医问药,酒都喝不得。到二月底,病情基本痊愈,遂小酌了几杯,乃有赋诗欲与陆游唱和。

这位制帅作诗云:"心为蠹衰元自化,发从无病已先华。更蒙厉鬼相提唱,此去山林属当家。"

陆游便也和诗,写道:"末路凄凉老巴蜀,少年豪举动京华。天魔久矣先成佛,多病维摩尚在家。"这回倒轮到陆游来安慰范成大,说自己当年也曾在临安为宰属,名动行都,如今却是在巴蜀地蹉跎白头,无非是时也命也。他安慰范成大,说厉鬼也罢、天魔也好,想必都是来点拨你的,皆是佛陀应化显现,而你范至能也不要悲戚,不过是维摩诘以方便故,示现疾病。

范成大得诗后又作《枕上》云:"一枕经春似宿醒,三籴投晓尚凄清。残更未尽鸦先起,虚幌无声鼠自惊。久病厌闻铜鼎沸,不眠惟望纸窗明。摧颓岂是功名具,烧药炉边过此生。"

这时候陆游再唱和的诗作,就颇含规劝之意,有云:"香云不动熏笼暖,蜡泪成堆斗帐明。关陇宿兵胡未灭,祝公垂意在尊生。"

按陆游的意思,范成大过于热衷夜宴达旦的集会筵席了。他用真宗朝宰相寇准平居豪奢,府邸中连厕溷之地都是"烛泪成堆"的典故来劝诫友人,谓以关中胡虏未灭,当善自养生,游乐饮宴虽一时盛事,盖不足道也。这和他在三月时所作诗谓:"诸公勉画平戎策,投老深思看太平"是接近的。

陆游虽然自去年七月后便丢了差遣,但在成都府里有着蜀中制帅范成大的照顾,倒也过得自在。然而,到了仲夏五月,朝廷一个多月前下发的省札到了,加范成大为从三品敷文阁直学士,召其返回行在临安、赴阙面圣。

于是五月底、六月初,制置司中的幕僚和陆游等人自然要为范成大送行,陆游一连作下几首送行之诗,以东晋的名相王导、谢安期许范成大此番回朝,并在《送范舍人还朝》中充满深情地说:"平生嗜酒不为味,聊欲醉中遗万事。酒醒客散独凄然,枕上屡挥忧国泪……公归上前勉画策,先取关中次河北。尧舜尚不有百蛮,此贼何能穴中国。黄扉甘泉多故人,定知不作白头新。因公并寄千万意,早为神州清虏尘!"

陆游再天真也看得出,范成大以敷文阁直学士被召回,这是朝廷

第六章 西江月

将要大用的前兆,和此前决策层相比,范成大才是陆游真正交好的昔年老友,所以他把恢复事业的希望又寄托在了石湖的身上了。

范成大走后,陆游一度过着"放翁闭户寂不闻,楞严卷尽灯花结"的学佛参禅生活,但他也仍挂念着"关辅何时一战收",在九月间有诗谓:"关河可使成南北?豪杰谁堪共死生!欲疏万言投魏阙,灯前揽笔涕先倾。"他情不自禁地质问这天地,甚至是质问朝野,难道堂堂中国竟要因为丑虏贼子而长期分裂为南北吗?他也想写就万言书呈皇帝,可陆游已经五十又三了,他知道这是无济于事,哪怕写了也根本到不了御前的。

到了孟冬十月,陆游忽然收到了一份朝旨省札,竟是让他到叙州担任知州的任命书。朝旨是八月份从临安发出来的,这会范成大也还没入对御前,尚在赴阙的途中,因而陆游不清楚这份知州任命的背后是谁的"援手"。可陆游完全高兴不起来,因为一者叙州还是在四川巴蜀,乃是潼川府路的上州;二是眼下还不能立刻赴任,要等到明年冬天,也就是说还要干等一年才可以去做这个偏远的太守使君!这么一来,陆游不得不继续盘桓蜀中,山阴又成了归不去的乡愁。陆游只好作诗一首《得都下八月书报蒙恩牧叙州》:

凤城书到锦江边,故里归期愈渺然。
掌上山川初入梦,壶中日月尚经年。
方轮落落难推毂,倦马骎骎怕著鞭。
未佩鱼符无吏责,看花且作拾遗颠。

一句"掌上山川初入梦,壶中日月尚经年"写得多么妙不可言,真是深得诗家三昧,可对陆游个人而言,何尝不是一种荒唐的酸辛呢?这个迟到了十几年的知州资格,如今不要也罢,却偏不让他返回故里,何其讽刺!但陆游又安慰自己,便在蜀中再逍遥一年吧,反正不须立刻赴任,就学学诗圣杜甫"江上被花恼不彻,无处告诉只颠狂"吧!谁让我是放翁陆务观呢!

十一月时,陆游再度写到了他的那位剑仙朋友,作诗《剑客行》:

世无知剑人,太阿混凡铁。至宝弃泥沙,光景终不灭。
一朝斩长鲸,海水赤三月。隐见天地间,变化岂易测。
国家未灭胡,臣子同此责。浪迹潜山海,岁晚得剑客。
酒酣脱匕首,白刃明霜雪。夜半报仇归,斑斑腥带血。
细仇何足问,大耻同愤切。臣位虽卑贱,臣身可屠裂。
誓当函胡首,再拜奏北阙。逃去变姓名,山中餐玉屑。

如前所说,显然这个剑客只是陆游幻想的一个"替身",是自己爱国情感的一个投射。从"逃去变姓名,山中餐玉屑"中可以知晓,陆游对待功名的态度是颇类似于李白的,有着一种"事了拂衣去,深藏功与名"和"然后与陶朱、留侯,浮五湖,戏沧洲"的隐逸情结。"剑客"形象在陆游巴蜀时期的诗歌中反复出现,是值得留意的。

陆游身处天涯之远,枕上听雨难眠,虫声憎好梦,灯影伴孤愁,他心里装着胡虏未灭的悲愤,装着不得重用的沉郁,冬雪纷飞,转眼已是淳熙四年的最后一天。

寒暑变迁,一年光阴如白驹过隙,他唏嘘着自己老态龙钟的不堪,无心守岁迎新的热闹和快乐,竟在屋中独自打坐。随着气定神凝,他仿佛感觉已摸到了道家斩却"三尸"的境界,又好似佛门的"六入"皆空。

于是他写下这首《丁酉除夕》:

> 浮生过五十,光景如飞鸿;寒暑俯仰间,四序忽已终。
> 殊方感漂泊,晚境嗟龙钟。桃符与爆竹,懒复随儿童。
> 不寐非守岁,燕坐夜过中。气定神自凝,海日何瞳昽。
> 岂惟三彭逃,坐觉六入空。徂年勿惆怅,阅事方无穷。

道教的神仙之说里,谓三尸之神常居人身中,上尸名彭倨,好宝物;中尸名彭质,好五味;下尸名彭矫,好色欲。又谓三尸伺察人之罪愆,而上告于天帝。是以学仙必先斩三尸。在佛学中,所谓六入指的是"眼耳鼻舌身意"之六根和"色声香味触法"之六境,此二者合称十二入或十二处,六根为"内之六入",六境为"外之六入"。所谓"入"者,涉入也,六根、六境互涉入而生"眼耳鼻舌身意"之六识。

斩三尸也好,空六入也罢,实则都是诗人暂时的妄念和执着,他借此来自我慰藉,与出世间相去甚远。

不过,陆游"看花剑外十年狂"的生活竟确实要结束了。

第七章
鹧鸪天

一、枕上诗成梦不成

淳熙五年(1178年)的初春,陆游自隆兴元年出国门,到现在已经十五年了,总算有了一回好运。

至迟在暮春三月,陆游便得知了这一消息。

原来,朝旨命陆游不用等着赴任叙州,而是东归赴阙,将赐召对面圣!

他作诗《即席》,有云"去日不留春渐老,归舟已具客将行";又作《东归有日书怀》,谓"看镜已添新雪鬓,听鸡重拂旧朝衣"。

那么究竟是何种机缘才使得陆游终于有机会回到行都临安呢?

清人赵翼作陆放翁年谱,谓长子陆子虡在父亲陆游的《鹅湖夜坐书怀》一诗下作跋,云:"戊戌春,孝宗念其久外,趣召东下。"赵翼所列考证甚详,因字偶有差异,另查证附于下,今举两例,以勘定事实。

一者,淳熙十五年(1188年)陆游作《上书乞祠辄述鄙怀》,有云:"远游客穷塞,亭障秋萧瑟。圣君终记省,万里忽乘驲。"自诗中上下文看,确是指孝宗无疑。赵翼谓:"是东归实出于内召。"

二者，淳熙六年(1179年)陆游有《谢王枢使启》，乃谓："斐然妄作，本以自娱，流传偶至于中都，鉴赏遂尘于乙夜。"赵翼云："盖先生在蜀，有诗传入都，孝宗闻之，故特召还也。"按"乙夜"，即二更天，典出唐文宗乙夜观书。唐苏鹗《杜阳杂编》中有："(唐文宗)谓左右曰：'若不甲夜视事，乙夜观书，何以为人君耶？'"因此这里"鉴赏遂尘于乙夜"确是说孝宗读到了陆游在蜀中的诗词。

但赵翼所列线索还不能完全确定，此番东归召对，一定出于孝宗本意。因为陆子虡作如是语，实属欲美称孝宗对父亲之赏识，未必能作为定论。而"圣君终记省"也如出一辙。不过《谢王枢使启》确实增加了很大的可信度。

钱仲联先生举陆游《江西到任谢表》"特旨造廷，非出公卿之论荐"，也是基本赞同了赵翼之说。

但是，《渭南文集》卷四十一中有一篇陆游为执政刘珙所写的祭文，即《祭刘枢密文》，其中有云：

> 昔岁癸未，某始去国，见公西省，凛然正色。顾虽不肖，窃师公直。流落得归，公与有力。舟过金陵，公疾已亟。命之不淑，旋闻易箦。

从这篇祭文中，可以得到一个很重要的信息，实际上陆游奉召东归并不是出自孝宗的"乾纲独断"或者说怜悯陆游在巴蜀已长达七八年，而恐怕是前执政刘珙出了很大的力气，所谓"流落得归，公与有力"。这就可见，《江西到任谢表》因为是要呈送朝廷的公文，甚至有可能被皇帝御览，所以说"特旨造廷，非出公卿之论荐"，臣子当然只能说一切皆是天子殊恩，总不成说是某位大臣的恩私援助，这在谢表中是不可能出现的。而祭文作为士大夫相对私人交往层面的文字，自然就可以透露更多实情。

这样，我们就能明确，陆游的东归，当时的建康留守、曾经的执政刘珙是施以援手的，大约向皇帝赵昚举荐了陆游的才干，又为其分说曲直、道其落魄之类。刘珙是刘子羽之子，而刘子羽乃张浚经略关陕时候的首席幕僚，加之刘珙与陆游在政治上都反对任用近习，均与张浚关系匪浅，乾道六年陆游赴任夔州，道过荆南府时，刘珙也曾招待宴请他，应当正是因为这些关系，所以刘珙愿意帮助陆游。

另外，范成大去年十一月抵达临安陛见之后，除为礼部尚书，朝廷已是要大用他，且在四月时将拜为副宰相参知政事。若是陆游当年被罢新知嘉州的任命，实则真与范成大奏劾郭钧、吴挺有关，那么在准备除范成大为执政之前，先召回陆游，也算是投石问路和卖个面子给范成大。

倒是在东归的途中，五月间陆游在江陵，大约从邸报上看到了老友范成大成为副相执政的消息，可他似乎没有很高兴，喝醉后作诗云："末路已惊添白发，故人频报上黄扉。强随官簿真成懒，乞我吴松旧钓矶。"相比范成大、周必大甚至韩元吉等友人，自己的仕途还是太慢、太坎坷了，眼下陆游已五十四岁，满头花白，他心里的落差感再次萌发出来，对御前面圣他当然怀抱着期望，可他多年来的冷遇也使其保持着一点清醒和悲观，这才又起了一丝归隐渔家的念头。

他或多或少也明白自己不怎么适合这个复杂甚至污浊的官场，因为他是一个"投老未除游侠气，平生不作俗人缘"的诗人，可他偏偏又有一颗"忠义孤臣许国心"，这就构成了陆游性格里的矛盾和命运里的悲剧。所以他一会感慨"四方本是丈夫事,白首自怜心未灰",一会又无奈地叹息"万里客经三峡路,千篇诗费十年功",他有心报国,却知道仕宦之难,否则何以竟蹉跎了那么多年呢?

此番东归,除了其子陆子布留在了成都,其妻儿、妾杨氏乃至陆游购置收藏的大量书籍也都随之乘舟顺江而下,一路往东南而回。

入秋以后,陆游抵达行都临安,上一次入国门,已是乾道六年,距今八年了,倘若不算那次短暂在临安停留歇息的时日,那么已经十五年没有真正回到临安,在天子脚下为官了。

然而整个《剑南诗稿》中都没有关于七、八月的哪怕一首诗,也没有文字留下,从而我们无从知晓御前召对时,陆游和孝宗赵昚之间说了什么。

此年后来的《上安抚沈枢密启》中稍稍透露了一些非常笼统的情况,有云:

> 徒中起废,方蒙夔道之除。望外召还,忽奉燕朝之对。然而进趋梗野,论奏空疏,徒叨三接之荣,莫陈一得之虑。

陆游的意思是说,自己在被罢官后又蒙恩起知叙州,还意外被召还行都,拜见于御前。但是他朝仪乖张粗谬,奏对又空疏无物,白白辜负了天子的圣德隆恩,连一星半点的"愚者千虑,或有一得"的建议也未能献策君前。

不难看出,这些都是程式化的表达,但里面亦存在有价值的信息。恐怕"论奏空疏"我们恰恰要反过来理解,十五年没有见过天子的陆游忽然得到御前奏对的机会,他写的上殿札子绝不会是挑不出任何错也没有实质内容的文字,想来极有可能一是请天子恢复北伐的信心,定北伐之规模、准备与先后次第等——可此时的孝宗已不再是乾道年间那个锐意恢复的官家了,陆游哪怕说得再天花乱坠,也已失去了意义。眼下,北伐二字已不能打动皇帝赵昚的圣心了。其二,陆游甚至可能在上殿札子里不点名地谈到近习干政等事。否则为何《渭南文集》中收录了其他不同时期的上殿札子,却少了这一篇呢?或许正是因为其中谈到近习佞幸的问题,唯恐收录进集子里对孝宗皇帝的圣德造成不利影响,也给陆氏族人带来不必要的麻烦,故而终于是没能收录。

从后来的那些回忆性诗歌里,可以看到此次上殿奏对,乃是"青衫暗欲尽,入对衰涕滂""造廷故抱暗,下殿衰涕溢";在书启中有曰"万里促宣温之对"。似乎这次面圣也谈不上什么顺利,大约就像汉文帝之见贾谊,所谓"可怜夜半虚前席,不问苍生问鬼神",孝宗皇帝可能避而不谈紧要之事,而只问陆游的诗词文章,毕竟便是在天子读来,这些流传到行都的诗词也都是极好的。但陆游想做的,难道只是一个皇帝身边的文学弄臣、御用诗人吗?怀着希望而来,十五年后的御前召对,竟是如此,也就难怪要"衰涕"滂溢了!

这时候,朝中的政治氛围已然十分诡谲。范成大在六月时业已因为被言路论列,而"引咎"请辞,他的副宰相才做了两个月而已,这些陆游显然也都看在眼中。这一弹劾参知政事范成大的人,很可能正是曾觌的鹰犬谢廓然,时任侍御史。此人去年方赐同进士出身,遂弹劾副相龚茂良。在淳熙二年叶衡因为皇权与相权角力的事件罢相以后,龚茂良以参知政事代行相权已两年,这期间孝宗皇帝不曾拜相,都堂一直只有执政大臣,而无宰相。直接造成曾觌和龚茂良冲突的原因是曾觌想要按照文臣官阶来荫补子孙,而龚茂良不肯通融,要曾觌遵守文武官员各按自身文武官阶荫补子嗣的制度。自乾道六年陈俊卿罢相后,曾觌便被孝宗赵昚召回,乾道八年使金回来后已除节钺,成为武臣从二品的节度使,到了淳熙元年,竟升迁为从一品的开府仪同三司,这是北宋的"使相"衔,一般是节度使兼宰相衔,故称使相,是极难获得的职衔。因此曾觌觉得自己已经是使相了,为何不能按文官从一品来荫补子孙?毕竟在大宋,文臣要比武臣待遇好得多。天子亦答应了曾觌的请求,派中使赴都堂让准备使相奏补法,而龚茂良不从。此后经过一系列阴谋诡计,龚茂良遂罢副相,最终贬死于岭外英州。龚茂良以首参行宰相事两年,最终却因为曾觌而父子死于贬所,遂使趋炎附势者竞相奔走于曾觌一党之门庭,其权势在许多人看来已到了不可思议的地步。然而,龚茂良之罢,还可能与其个人施政风格有关,孝宗始终不让他晋宰相,很可能也是警惕"相权"的抬头,因而曾觌一党攻讦龚茂良真正的借口,应当还是其跋扈专权,辄敢不奉至尊指挥。范成大回朝任副宰相后,见到孝宗皇帝宠信近习佞幸至此,大约便也渐生退意,故在谢廓然弹劾之下,主动请辞。其他原因或深层原因,我们还不得而知。

召对后不久,陆游的除官任命便发布了,原来十五年不得仰望清光,如今终于朝拜天颜,竟换来了仍是出国门的补外差遣:提举福建常平茶事。大约也只能泪洒丹墀了吧。而他此番未能留在临安为官,其原因至少在陆游自己看来,应和范成大的辞解机务是一样的,乃是曾觌集团的阻挠弄权。陆游在九月乃有一首《湖村秋晓》,便云:

剑阁秦山不计年，却寻剡曲故依然。
尽收事业渔舟里，全付光阴酒榼边。
平野晓闻孤唳鹤，澄湖秋浸四垂天。
九关虎豹君休问，已向人间得地仙。

此诗有一事无成，尽付钓矶渔舟的无奈，有光阴流于酒樽里的颓放。陆游明白，这一切的原因只在于天子身边的"九关虎豹"，也就是曾觌为首的近习佞幸集团。他多年前自号的"笠泽渔隐""渔隐子"如今真是一语成谶，又将去七闽山泽湖泊间为朝廷的茶政"渔猎"搜刮了。

在宋代，召对之所以被臣子视作殊荣，乃是因为不仅可以面圣，有机会让皇帝赏识于你，更因为召对之后，往往有机会获得升迁。所以皇帝在寻常的御殿视朝和转对、轮对之外，对于平日没有资格请求上殿入对的文武小臣，这种特殊的召对，一般是不滥用的。在孝宗皇帝赵昚想来，你陆游不过是个正七品的朝散郎，知州资序都刚刚授予你，严格来说，叙州都还没去赴任呢，现在除授给你一个监司仓使的差遣，当然算是优待了，何况这可是主管七闽建茶榷卖事务的肥缺！

按照南宋当时的制度，地方上是监司—州府军监—县这样的三级行政区划。路级监司名义上大多是监察作用，如安抚使一般由所在路分的路治州府长官兼任，但在实际情况里，监司的权力在本路很大，转运使、提点刑狱、提举常平都有相当大的人事权和话语权，乃是所谓天子之耳目，确乎在州府军监之上，管理一路。又榷茶之税入极高，仓使哪怕是只主管榷茶的"茶使"，在地方上也实权很大，可以上下其手、贪墨暴富的机会很多。

可陆游岂是谋求此道之人？他本多少希冀着召对后被留在临安

第七章　鹧鸪天　279

为官,竟终于是失望了。但说起来,此时的朝中,曾觌一党在天子有意的扶持下权势极盛,像陆游这样早年曾得罪过曾觌的人,留在行都未必是一个明智的选择。眼下老臣史浩在三月份时已再入相,但他七十有三,孝宗再用这位曾经的东宫王府直讲,不过是看中他老迈柔和,不会轻易忤逆天子的意思,因此也就和曾觌集团不怎么起冲突;执政有赵雄、王淮、钱良臣,但亦少有敢撄曾觌之锋芒的时候。陆游好友中,周必大时为翰林学士兼侍读,乃是两制机要大臣,且入侍经筵,常在天子左右,可正因为如此,周必大也已洞察关节,在此年中屡屡引疾请祠,乞求授予一宫观闲职;韩元吉作为吏部尚书,亦颇不能自安,也准备求补外为官。这就说明,自龚茂良被斥逐之后,朝中的政治生态急剧恶化,以至于许多朝臣都畏惧不能安于其位,意欲求在外明哲保身。

  面对如此朝局,陆游当然也就心灰意冷了。有一首《蝶恋花》作于这一时期,当即在召对、除官的前后,今附于下:

  桐叶晨飘蛩夜语。旅思秋光,黯黯长安路。忽记横戈盘马处。散关清渭应如故。
  江海轻舟今已具。一卷兵书,叹息无人付。早信此生终不遇。当年悔草长杨赋。

  大散关头秋月夜,叹阴符役鬼、兵书制胜,而今付与何人哉?

  八月十九日,陆游离开临安,准备先返回故里山阴稍憩,然后才去担任他的提举福建常平茶事。周必大和韩元吉都来为其送行,周必大作诗云:"汉皇亲召贾生还,京洛争看北海贤。却畏神仙足官赋,便思风采烁云烟。"这是将陆游美誉为汉时的奇才贾谊,可终究是只能"便思风采烁云烟",去往那七闽之地了。韩元吉的送行诗则更情深意切一些,乃云:"舣船相对百分空,京口追随一梦中。落纸云烟君似旧,盈巾霜雪我成翁。春来茗叶还争白,腊尽梅梢尽放红。领略溪山须妙语,少迂旌节上凌风。"二人再见都已是白发苍苍,不复在镇江时候的壮年丰姿了,对于陆游好不容易回到行都,又须补外,韩元吉也只能安慰"领略溪山须妙语",姑且吟诗作赋吧,务观,那是属于你的诗的生命。

九月时,陆游已在家乡,山阴这片湖光山色的土地,他已经九年没有回来过了!他不由得感慨"岁晚喜东归,扫尽市朝陈迹",在镜湖三山的慰藉里放歌载酒,休憩了一个多月。他和渔樵醉话,在园林与山野间饮茶,时而泛舟湖中,亲采莼菜。一首《沁园春》大约正作于此时,今附于下:

孤鹤归飞,再过辽天,换尽旧人。念累累枯冢,茫茫梦境,王侯蝼蚁,毕竟成尘。载酒园林,寻花巷陌,当日何曾轻负春。流年改,叹围腰带剩,点鬓霜新。

交亲散落如云。又岂料如今余此身。幸眼明身健,茶甘饭软,非惟我老,更有人贫。躲尽危机,消残壮志,短艇湖中闲采莼。吾何恨,有渔翁共醉,溪友为邻。

仕途中的"骇机"频发让陆游嗟叹不已,他陶醉于故乡的胜景与淳朴的人情,可他的小憩山阴终要结束,他当然懂得"微官行矣闽山去,又寄千岩梦想中"的必然,于是在十月初冬,诗人陆游终于踏上了赶赴闽中赴任的征程。

离开途中忽然下起大雨,五十四岁的陆游在马背上顿觉狼狈和衰老不堪,他回想起过去在南郑时候有百步穿杨之能,如今却已是"病臂不复能开弦",夫复何言?他投宿到天章寺里,透过僧窗看着黑云肆虐长空,大雨滂沱,风倾万木,这天地到底是有情抑无情?

十一月间,陆游抵达福建仓使的任所建安。

七闽之地在宋代也有着许多颇为蛮荒的地方,他在途中本就心情极其低沉,自谓"切勿重寻散关梦,朱颜改尽壮图空"——这种劝诫自己不如放弃恢复事业的心声,在陆游的诗作中,尚是不多见的,而到了建安,触目所及,乃是"冥冥瘴雾细,潋潋蛮江碧"。瘴气雾霭常年弥散在早晚的空气里,而陆游甫至,又处于"出门无交朋,呜呼吾何适"的境地中,便更加无所适从又百无聊赖了。

他在心里检讨自己"管葛奇才自许同"的年少轻狂,暗笑曾自比管仲、孔明的不知天高地厚,到建安以后,竟是做了"睡足平生是建州"的打算。这固然有牢骚话、玩笑话的一些成分在,但他到任以后,写给前执政、福建安抚使沈夏的书启里又何尝不是套话而已,乃谓:"某敢不求民疾苦,绝吏并缘。敛散视时,益广仓箱之积。阜通助国,庶无农末之伤。"——陆游实则根本无心在福建仓使上,去理会茶政这样,在他看来大约属于敛财之吏所为的工作。

淳熙六年(1179 年)便在这种心境中来了。正月里陆游写下一首《遣兴》:

> 西州落魄九年余,濯锦江头已结庐。
> 谁遣径归朝凤阙,不令小住奉鱼书。
> 尘埃眯目诗情尽,疾病侵人酒兴疏。
> 寄语莺花休入梦,世间万事有乘除。

原来陆游仍对再出国门,不能任职于行都耿耿于怀。他想象中的绯红章服、腰带银鱼而出入宫禁的情形没能出现,却是到了蛮风瘴雨的七闽之地。在这里,陆游提到的"莺花"只是借指春色而象征仕途的转机,还是指向我们猜测的那位"佳人天远"的嘉州官妓或其他身份的神秘女子?

总算建茶确实是天下一绝,陆游以一路仓使、茶使之尊,当然是什么好茶都喝得到了,恐怕这是建安能宽慰到他的为数不多的事情。

入夏以后,有时他也会再起戎马之思,想象着"朝践狼山雪,暮宿榆关云",甚至让金人"阵前乞降马前舞",而大宋王师"檄书夜入黄龙府",呼吸之间便完成恢复旧河山的大业。

但更多时候,陆游满心都是思归故里的乡愁情绪,且又在案头摊开了经藏佛书,自云"君看世事皆虚幻,屏酒长斋岂必非"。

五月中,他接连写下两首《客思》。

其一:

> 千里关山道路赊,可怜客子费年华。
> 杯觞滟滟红烧酒,风露盈盈紫笑花。
> 孤月有情来海峤,双鱼无信到天涯。
> 此生那得常飘泊,归卧东溪弄钓车。

其二:

> 两鬓星星久倦游,凄凉况复寓南州。
> 未甘蟋蟀专清夜,已叹梧桐报素秋。

绮语安能敌生死，热官正欲快恩仇。
空堂饱作东归梦，梦泊严滩月满舟。

欲返山阴乡居的念头跃然纸上，甚至陆游感到，这一生至此已浪费了许多光阴。更值得注意的是，他如同李白终于感慨"吟诗作赋北窗里，万言不直一杯水"一般，乃说"绮语安能敌生死，热官正欲快恩仇"——诗词绮语说到底不过是文人不痛不痒的牢骚罢了，便如苏东坡"新诗绮语亦安用，相与变灭随东风"一样，要知道像曾觌那样权势煊赫的大官可正在操弄权柄，随意恩赏他的走狗、陷害反对他的忠良呢！

在这种心绪下，他甚至说"向来误有功名念，欲挽天河洗此心"，曾经的陆游乃是"要挽天河洗洛嵩""欲倾天上河汉水，尽洗关中胡虏尘"，如今却是要洗却自己的雄心壮志了，放翁五十有五的人生到了这种时候，确乎是悲凉也矣了。

仲夏里，公务忽然繁忙起来，陆游真是懊恼不已，悔不在一开始就辞了这福建仓使的差遣，他作诗云："岂知一官自桎梏，簿书期会无时休。丰城宝剑已化久，我自吐气冲斗牛。洞庭四万八千顷，蟹舍正对芦花洲。速脱衣冠挂神武，散发烂醉垂虹秋。"把自由散漫、一心思归说得如此豪迈，这是放翁的风格，也是他作为大诗人可爱的地方。

但他终于还是想起南郑从戎的一幕幕，毕竟这点点滴滴的记忆早就在陆游心中汇成了汪洋大海，又哪里真的能忘怀呢？

六月间，他接连写下两首《忆山南》。

其一：

貂裘宝马梁州日,盘槊横戈一世雄。
怒虎吼山争雪刃,惊鸿出塞避雕弓。
朝陪策画清油里,暮醉笙歌锦幄中。
老去据鞍犹矍铄,君王何日伐辽东?

其二:

醉墨淋漓酒百杯,辕门山色碧崔嵬。
打球骏马千金买,切玉名刀万里来。
结客渔阳时遣简,踏营渭北夜衔枚。
十年一梦今谁记,闲置车中只自哀。

这些金戈铁马的画面是这样清晰,甚至比一切真实的经历更真实,因为这是陆游心中的"艺术真实",是"诗歌的真实",他的情感也磅礴澎湃,沛然不可抑制。在诗歌的世界里,诗人回到了梁州汉中,回到了他出谋划策的幕府里,在黄昏时分和同僚们一起举起了葡萄美酒;他回到了马球场上,也拿起了削铁如泥的宝刀名剑;他在夜色里渡过渭水,衔枚疾进,和长安城来的义士暗通军情……大梦十年,如今只剩下一个老人自艾自怜,全不可实现了。

入秋以后,他想要返回山阴的心情越发强烈,乃说"思归更向文书懒,此手惟堪把蟹螯"。而至深秋九月,竟还真有朝旨,要召陆游再次赴阙。

陆游明白,在福建的这一年应当是可以结束了。

他迅速置办了行装,接到省札指挥的当月,就启程离开了建安,他写下一首《初发建安》：

> 小雨初收云未归,吾行迨及晚秋时。
> 寒沙新雁无人问,露井残桐有客悲。
> 征袂拂霜晨唤马,驿窗剪烛夜题诗。
> 悠然且作寻山想,梦里功名莫自期。

再蒙召对,陆游竟不作他想,而是出乎意料的冷静,因为他已明白"铄金消骨从来事,老矣何心践骇机"！

朝中险恶的人心、诡谲的气氛,又何必还幻想、留恋呢！

他已下了决心,准备在途中主动上疏乞请奉祠。

二、半世狂疏践骇机

这次赴阙陆游因为已存了别样心思,就不是"君命召,不俟驾行矣"了,而是优哉游哉地先去了"千峰拔地玉嶙峋"的武夷山。这一番游玩,又更坚定了陆游主动乞退的心思,他自叙是"急流勇退平生意,正要船从半道回"。

行至玉山到衢州的途中,陆游昼夜再三思索,写下了一首《枕上感怀》,乃云"君王虽赏于蔿于,无奈宫中须羯鼓"！他想得很清楚了,只要曾觌一伙人在天子左右,这朝中是回去不得的！

于是陆游留在衢州,他上了一道乞请奉祠的奏疏,准备等朝旨批准就买舟复返山阴。他还写下一首《奏乞奉祠留衢州皇华馆待命》：

> 世念萧然冷欲冰,更堪衰与病相乘。
> 从来幸有不材木,此去真为无事僧。
> 耐辱岂惟容唾面,寡言端拟学铭膺。
> 尚余一事犹豪举,醉后龙蛇满刔藤。

他想着歇了这份狂心与执念,便做一无事僧,效仿那唾面自干的娄师德,学一学那不言不语的铜人三缄其口,只留下纵酒赋诗的兴趣便好!

等着等着,陆游又不耐烦起来,深秋之际乃跑去了邻近的婺州金华看望已出外任知州的好友韩元吉。二人诗酒酬唱,韩元吉甚至在唱和的诗作里给了陆游最美好的祝愿,有云"春风稳送金闺步,看蹑鳌山最上层",竟仿佛孝宗皇帝这回准备拜陆游为都堂宰执似的。

然而现实与韩元吉的祝福大相径庭,也让陆游意外震愕。朝旨没有批准陆游奉祠归乡,竟还让陆游不用再赴阙,改除正七品朝请郎、提举江南西路常平茶盐公事,特赐绯鱼,钦此!

陆游哭笑不得。

原本赴阙与否,他甚至已不在乎,因为心里的念头是奉祠,然后返回山阴故里。可谁能料到,奉祠的乞请被驳了,赴阙的前一道指挥则亦追回!是谁甚至不让自己和天子见上一面呢?谁人的用心能这样歹毒险恶、睚眦必报,又一手遮天呢?

陆游所能想到的,也只能是那个老对手曾觌了。或许这样说不太恰当,因为在使相曾觌眼中,陆游哪里算得上对手呢?只是个不识抬举的"穷措大"罢了!

十二月,陆游抵达了江南西路的抚州,这是他江西提举的治所所在。陆游也写了书启给本路监司的长官,应当即是江西安抚使张子颜。值得一提的是,要是陆游再晚一年去任江西仓使,那么就会轮到辛弃疾来做他的顶头上司了,可惜这样的文坛佳话并没能发生。几乎是陆游前脚离开江西,辛弃疾后脚就要来赴任。

年关一过,便是淳熙七年(1180年),然而这抚州可远比不了成都府,更比不得行都临安的繁华,连上元节都是"人如虚市散,灯似晓星疏"。

这可真称得上"西风老泪凭谁洒,寂寞空斋画纸书"了。

二月间春雨绵绵,陆游写下一首《雨中遣怀》:

病中草草度年华,睡起匆匆日易斜。
抵死愁禁千斛酒,薄情雨送一城花。
镜湖烟水摇朱舫,锦里香尘走钿车。
此梦即今都打破,不妨寂寞住天涯。

霏霏细雨下,春寒欺客时。梦里梦外,又何来真假之别呢?剪纸赋招魂,天涯谁相问?楚辞呢喃,唯有泪痕干!

让陆游未想到的是,在江西提举任上,公务竟极是繁忙,远多过福建任上。五月时,他作诗《山中作》,便能了解这一情况,且又乡愁顿生,今附于下:

朱墨纷纷讼满庭,半年初得试山行。
烧香扫地病良已,饮水饭蔬身顿轻。
日落三通传浴鼓,雨余千耦看农耕。
故巢光景还如此,为底淹留白发生?

陆游在抚州忙前忙后，茶政、盐政的公务之多，让他这个一路仓使半年里都没闲工夫去游览江西的名山大寺。这回仲夏间，诗人总算暂时摆脱了文书案牍，到了金溪山间，看着暮色落日、雨后农耕，他不禁又想起了故乡山阴。真不知为何要留在此处，徒生满头白发！

回到抚州提举衙门后，夏日里仍是忙于琐碎的公事。宋代茶园大多属于私人，拥有茶园的民户，是为园户。茶商则从园户手中买茶，行贩于四方。南宋在茶政上基本沿用了北宋末蔡京的茶引法，即由商人向有关部门购买长引、短引，进而得以向园户买茶销售。相比北宋的茶引法，南宋朝廷甚至又增加了许多聚敛的手段，以至于到了孝宗皇帝淳熙初年，茶引法仅在东南地区所带给朝廷的直接收入就达到了四百二十万贯。而在盐法上，南宋也是主要继承和扩大了蔡京的盐钞法。所谓盐钞，乃是一种和茶引类似的券证，由朝廷发行，商贾付现，按钱领券。券中载明盐量及价格，商贩持券至产地交验，然后领盐运销。当时除了四川外，两浙路、江南东西路、荆湖南北路都是始终施行盐钞法的，盐税收入还远在茶政之上，孝宗皇帝乾道七年时，淮浙盐息竟然高达接近两千两百万贯。

这样想来，可能光是茶引和盐钞上的狱讼纷争就已经不少了，加之贩卖私茶、私盐的武装团伙和小贩子，陆游在江西确实是忙得不可开交了。虽然最大的茶商军已经被辛弃疾在淳熙二年于江西提刑任上剿灭，但只要南宋朝廷继续如此繁重的盘剥，要彻底禁绝私盐、私茶，那是很难的，故而提举常平茶盐公事的官员，自然就不得清闲了。

五月间，他又作一首《数日诉牒苦多怠甚戏作》：

江南五月暑犹薄，梅子正黄风雨恶。

> 庭中讼獠不贷人,急甚常如虎遭缚。
> 空斋鼠迹留几尘,赋诗饮酒疑前身。
> 脱归径卧与壁语,敢恨无人问良苦。

仲夏竟出现"倒黄梅"天气,淫雨潮湿,抚州的提举衙门内外则日日站满了前来诉讼茶盐纠纷的商贩,这些人无不焦躁万分,陆游觉着自己也被他们囚禁到了簿书倥偬的尘笼里了,只得与其周旋。他甚至怀疑,那个吟诗作赋、纵酒长歌的陆务观去哪了,莫不是前世的记忆,错认作过去的自己?陆游甚至在放衙后成了个面壁人,难怪他要说"吾道难为俗人言"。他的疲倦、孤独都是不难见到的。

只是在这样的繁忙里,他其实仍没有彻底放下收复河山的旧梦,一日夜间,竟在梦中实现了恢复汉唐旧疆的大业,可惜终是要醒来,遂唏嘘不已,记下梦中场景,成一首《五月十一日夜且半,梦从大驾亲征,尽复汉、唐故地。见城邑人物繁丽,云西凉府也。喜甚,马上作长句,未终篇而觉,乃足成之》:

> 天宝胡兵陷两京,北庭安西无汉营。五百年间置不问,圣主下诏初亲征。
> 熊罴百万从銮驾,故地不劳传檄下。筑城绝塞进新图,排仗行宫宣大赦。
> 冈峦极目汉山川,文书初用淳熙年。驾前六军错锦绣,秋风鼓角声满天。
> 苜蓿峰前尽亭障,平安火在交河上。凉州女儿满高楼,梳头已学京都样。

自唐朝天宝十四载"渔阳鼙鼓动地来",那场造成天崩地坼的安史之乱产生了巨大而长远的影响。关陕以西的大片疆土乃至西域都再无汉军营垒,至今已过五百年。在陆游的梦里,孝宗皇帝御驾亲征,大宋王师可谓是虎贲熊罴不下百万,汉唐旧疆传檄而下,北虏夷狄无不望风而逃。那些被蛮夷鸠占鹊巢的城池土地如今都重新奉大宋的汉家正朔,用圣天子的淳熙年号。诗歌里不见一丝一毫战争的血腥、残酷,最后把画面停留在凉州女儿们的近景上,她们笑语盈盈,已在学着用行都临安最流行的发式来梳头了。用夏变夷,此之谓也!

梦中的一切随着清醒和白昼的到来都烟消云散了。倒黄梅一结束,仲夏里果然放晴,竟出现了一些小旱的情形,陆游作为监司要员,自是也要参与祭祀祷告,此后终于又下起了雨。大雨连下了十几天,江水大涨,且雨停了又下,夏天本就是汛期,这下又从小旱变成了水灾,端的是"雨气昏千嶂,江声撼万家"。江右百姓们不免遭了洪涝之殃,乃是一派"行人困苦泥没胯,居人悲啼江入舍"的凄惨之状。

假如这种大雨和水灾得不到及时的妥善应对,那么秋来的庄稼收获也就全不能指望了。陆游遂和监司、州县的官吏、乡中的耆老们一同在城南社庙里祈祷,这在当时乃是一种习俗。

但陆游仍做了许多切实的赈灾救民之工作。当时的水灾情形已颇不乐观,可谓是水浸城门、霖潦千里,受灾的村舍中早已连鸡犬都没了踪影,百姓们举家避难,暂时待在附近的小丘陵上,于是陆游发动提举司上下官吏、差役,用小舟装载着米粮,发粟赈济。

水灾之后,往往伴随着瘟疫流行,陆游虽然不是江西安抚使,但他感到责无旁贷,乃将仕宦四方所搜集到的药方编辑成册,在自己提举司的书斋"民为心斋"里命人加以刻印,免费地发放给药铺、百姓等有需要的地方和人户手中。

《渭南文集》卷二十七《跋续集验方》便记录了此事：

> 予家自唐丞相宣公在忠州时著《陆氏集验方》，故家世喜方书。予宦游四方，所获亦以百计，择其尤可传者，号《陆氏续集验方》，刻之江西仓司民为心斋。

单是从"民为心斋"这个陆游给自己公廨中书斋所取的名字看，便能见出他在地方上虽然时有归隐故里之心，可一旦百姓确有困苦，绝不肯尸位素餐，而恰恰是要以百姓之心为心，做一个为万家百姓尽职尽力的官员。

大约在五月底，陆游从邸报上看到了宰执决策层新的人事变动情况。自淳熙五年十一月史浩二次罢相后，这两年已是虞允文的门生赵雄独相的时期，五月十七日，都堂新晋两位执政，陆游的旧友周必大自吏部尚书除参知政事；曾觌的党羽谢廓然自刑部尚书除端明殿学士、签书枢密院事。按照惯例，官员一般都需要给新除拜的宰执大臣写贺启，陆游当然也不能例外。

想当年周必大和自己在西百官宅比邻而居，无日不相从，无话不可说，差不多二十年过去了，人家已经高飞于凤阁鸾台之上，说不定未来还有宣麻拜相的机会，而自己五十有六，还在地方上打转，老于监司、州府之文书吏事！可不叹欤！

陆游拿起笔，他给旧友周必大写了一封热情洋溢的贺启，极尽赞颂之能事，最后程式化的文字之余，归结到结尾这句"永为善类之依"，愿周大参能庇护朝中的贤良君子！陆游显然是表达了作为一个旧友的依托求助之意了。

有趣的是,如果比较写给谢廓然的贺启,就会发现陆游真是无愧于他"浮世何须宇宙名,一狂自足了平生"的放翁名号。

今选附于下,略作一观,《贺谢枢密启》:

> 恭审显膺出绂,进贰本兵。蛮夷夺气而息谋,朝野动容而相庆。恭惟某官英猷经远,敏识造微,秉心如金石之坚,论事若权衡之审。主知千载,际圣世之风云。言责三年,极人才之泾渭。士恃公平而不恐,上嘉孤直之无朋。遂由常伯之联,进贰中枢之任。较一时之同进,得丧孰多?付四海之公言,忠邪自见!固将力回薄俗,尽见明谟。网漏吞舟,示太平之宽大。云兴肤寸,泽庶物之焦枯。岂惟康济于兹时,固足仪刑于后世。某早迁记省,晚荷甄收。虽知薄命之多奇,犹复诵言而不置,使驽马妄思于十驾,而沉舟未羡于千帆。求之古人,可谓旷世难逢之会。报以国士,敢忘终身自励之心。

乍看起来,这只是一份官场程式化的贺启,是下级官员对上级官员的套话祝贺、赞美,其实大有不然。首先,一般这种贺启,其开头总是"恭审"或"伏审"之类的谦恭发语词,随即加上对收到这份贺启之人一两百字骈四俪六的赞美;然后继续以"恭(伏)惟某官"造句,继续对该官员进行歌颂;最后一两句点到自己,就算结束了。但这封贺启一上来就很不寻常,"恭审"后面只跟了区区吝啬的二十二个字,随之便是"恭惟某官"了。相比于同一时间写给周必大的贺启,简直霄壤之别。看着似乎陆游完全是虚与委蛇,一句虚美的套话都不想多说了。(应该不可能是陆子虡在为父亲编辑《渭南文集》时做了删减,如果是出于这种考虑,大可以不收录这篇贺启。)

可他忽然又顽皮起来,竟在"恭惟某官"后头写上了一连串极其尖锐、形同质问的反话。"言责三年,极人才之泾渭。士恃公平而不恐,上嘉孤直之无朋",这可真是天大的笑话,朝野谁人不知谢廓然依附曾觌获赐出身,置在风宪言路充当曾觌的鹰犬爪牙。且其不断弹劾副相龚茂良,直至其父子贬谪岭南惨死的事情就近在两三年前,士大夫哪里会觉得谢廓然是正义公平的台谏言官,恰恰是畏其如恶鬼。他谢廓然又哪里是独立无党,而是甘为曾觌门下牛马!陆游写得痛快了,更加肆无忌惮,竟又写道:"较一时之同进,得丧孰多?付四海之金言,忠邪自见"——这是说谢廓然由刑部尚书升迁为枢密院副贰长官,敢问和同时除为执政的人(周必大)相比,朝廷提拔你们二人得失,孰多孰少?答案当然是不言自明的,陆游不可能以朝廷除周必大参政为失,自然是说谢廓然成为执政极不妥当!他更说,虽然你现在是除为西府副贰,可天下自有公论人心,大臣的贤良庸回、忠义奸邪都难逃世人的悠悠众口!至于后面说谢廓然"示太平之宽大""泽庶物之焦枯",也都是对他甘为曾觌之酷吏的反讽,因此才落在"仪刑于后世"上,谓其非能致君尧舜而刑措的宰执大臣,反而是个奸邪阴毒,专以陷害忠良谋求超迁除拜的小人!最后陆游说"沉舟未羡于千帆",则更是表明了和曾觌、谢廓然他们绝不同流合污,绝不向他们摇尾乞怜的狂狷刚直之态。壮哉,真放翁也!

陆游敢这么做,是因为谢廓然不可能拿贺启来直接为难他,只有臣子因为在写给皇帝的谢表里用语不恭而因言获罪,还没听说过写给宰执的贺启花团锦簇,却来个"欲加之罪",这是要遭到言官们劾以专权跋扈的,因而一般宰臣就算读出了文字后面的奥妙,也只能捏着鼻子认了。可这种举动,当然仍是有着极大的风险。虽然谢廓然不能直接以贺启文字问罪,却可以轻易地在执政的决策层里发挥他"二三大臣"的作用,来寻机会处处刁难陆游。

到了这个年纪,又吃了那么多苦头,也见到了贵为副相、以首参行宰相事的龚茂良之下场,陆游却还是不愿折节阿附曾觌集团,甚至要主动向他们来一场唇枪舌剑的宣战,这是陆游身上作为文人、士大夫可贵的地方,是他人格高贵,确乎可说一片冰心在玉壶之处。壮哉,放翁。

显然,他早已将自己仕途上的得失荣辱置之度外,壁立千仞,无欲则刚。

六月里的一个夜晚,陆游辗转难眠,遂干脆披衣而起,枯坐官居廨舍后堂北面的小亭里。他望着疏星淡月,忽生驾鸿曳杖,直凌紫冥的幻想来,可夏夜里的禽鸟昆虫分外清晰地在耳畔啼鸣着,陆游的遐思似乎便也被束缚在了凡尘。风摇花影,满庭清芬,只是不知明年,他又将被朝廷投身于何处呢?遂写下一首《中夜起登堂北小亭》:

> 幽人曳杖上青冥,掠面风轻宿醉醒。
> 朱户半开迎落月,碧沟不动浸疏星。
> 禽声格磔频移树,花影扶疏自满庭。
> 叹息明年又安往,此身何啻似浮萍。

在这样的静夜幽思和叹息连连中,转眼便入了秋,仓司的公务又繁忙起来,陆游再次感叹:"流落江湖常踽踽,扫平河洛转悠悠。簿书终日了官事,尊酒何时宽客愁。"仕宦的蹭蹬已是一再品尝,恢复河山的壮志也随着时间的推移、年华的老去而愈加知晓其不能,只剩下终日忙碌公事的琐屑,竟是连酒都没时间喝了!

深秋九月,一日夜间陆游登上城东的拟岘台,这里是仁宗皇帝嘉祐二年时候建造的观景台,可楼台尚在,中原安在哉?烟雨潇潇,诗人一叹。陆游写下一首《秋晚登拟岘望祥符观》:

放翁局促留江干,爱此楼前烟水宽。
雨昏回望殿突兀,秋晚剩觉山苍寒。
中原未复泪横臆,故里欲归身属官。
云外飞仙故不远,唤渠小为驻青鸾。

在这种情绪下,他又写了一首诗随信寄给已成为副宰相的旧友周必大,向他乞以湖湘间一州府,意在求一名邦闲郡为官,以自适快意耳。诗为《寄周洪道参政》:

菱舟烟雨久思归,贪恋明时未拂衣。
乞与一城教睡足,犹能觅句寄黄扉。

陆游在诗的结尾说得很妙,意思若能空闲下来,就还有精力写几首诗,寄给在都堂里的老友雅正。

有时候他清夜难眠,拂晓听雨,不免也又要想起"匹马戍梁州"的南郑岁月,他写下一首《北窗》:

> 白首微官只自囚,青灯明灭北窗幽。
> 五更风雨梦千里,半世江湖身百忧。
> 壮志已孤金锁甲,倦游空揽黑貂裘。
> 灞亭夜猎犹堪乐,敢恨将军老不侯。

陆游的七律在这时候已经是鬼斧神工,对仗之工整而巧妙全运乎一心,可诗词换不来封侯拜相,也只是安慰着在光阴里老去的诗人罢了。

另一方面,虽然存了离开的心思,可由于洪灾退去后,随之而来的饥民、疫病等问题,作为一路提举的陆游又走出抚州的仓司衙门,巡按地方,去了很多州县考察灾情和瘟疫情况,也监督地方官吏赈灾的实际效果和态度。十月的时候,他便写了一首《寄奉新高令》给奉新县亲民官高南寿知县,乃云:

> 小雨催寒著客袍,草行露宿敢辞劳。
> 岁饥民食糟糠窄,吏惰官仓鼠雀豪。
> 只要闾阎宽箠楚,不须停障肃弓刀。
> 九重屡下丁宁诏,此责吾曹未易逃。

似乎这位高知县在地方上赈灾不力,陆游以监司仓使的长官身份还算客气地写诗给他,告诫他现在饥民遍地,要体恤百姓,立刻把赈灾工作落实好,不要老是想着用高压政策吓唬百姓,这既是天子反复叮咛的圣意,也是我辈官吏责无旁贷的使命!

一路巡按完,回到抚州临川时已经是十一月。拜托周必大的事情还没有眉目,行都的朝旨倒是发了过来,竟又是召陆游赴阙的。

于是陆游打点了行装，十二月间启程东归，从弋阳取道衢州，途中一度颇怀期望，作诗云："宣温望玉座，何以待咨访。春江色如蓝，归舟行可榜。"也许这次上殿入对，会有不一样的结果呢？陆游在心里熟计着，将要在面圣时说些什么。可谁知，一路走到严州时，忽然又收到了朝廷的省札指挥，谓其不须赶往临安赴阙入奏，仍除在外差遣，钦此！

这种又一次的意外或者说又一次的"捉弄"，里面是否有曾觌党羽、执政谢廓然的挟私报复，我们并不清楚，从《宋史》其本传来看，是给事中赵汝愚缴驳了召回的朝旨。

陆游无可奈何，写下了一首《行至严州寿昌县界得请许免入奏仍除外官感恩》：

晓传尺一到江村，拜起朝衣渍泪痕。
敢恨帝城如日远，喜闻天语似春温。
翰林惟奉还山诏，湘水空招去国魂。
圣主恩深何力报，时从天末望修门。

所谓"尺一"即是那长一尺一寸的诏书，陆游再拜受之，打开一看才被里面的指挥弄得啼笑皆非。原来行都宫阙离他还是那么遥远，这一刻他感觉自己是回不了郢都的三闾大夫屈原，那临安的城门啊，竟是不让他望见！

三、只今身世付沧洲

陆游乃从桐庐县泛舟东归，在萧山桐江边，他感慨万千，写下一首

诗,即《萧山》:

> 素衣已免染京尘,一笑江边整幅巾。
> 入港绿潮深蘸岸,披云白塔远招人。
> 功名姑付未来劫,诗酒何孤见在身。
> 会向桐江谋小筑,浮家从此往来频。

再一次被阻挠赴阙,可言语里却是故作轻松,反说不用沾染行都里那些恼人的庾公尘,万事江边付一笑,又有何不可?更要自嘲功名利禄大约都是未来无数年后的,不知哪一辈子的事情吧?且向诗酒里寻一方乾坤!

这一年十二月,曾觌倒是病死了,不知听到消息的陆游会做何感想?

淳熙八年(1181年)正月,陆游已经回到了山阴故里,他在大雪中蹚过若耶溪,骑驴往云门山里赏雪访寺,又留宿禅房中,一路辗转了好几处寺庙,可谓流连忘返,直到二月才下山回镜湖三山边。

下了山后,乃有朝旨除陆游为提举淮南东路常平茶盐公事。说来也让陆游无言以对,他通判一做就是四五任,如今仓使竟也要第三次担任了,真不知该高兴是熟门熟路,还是为原地踏步而难受。尚未做启程赴任的准备,新的朝旨在三月下旬很快又到了山阴:提举淮南东路常平茶盐公事陆游罢新任,以言路弹劾其不自检饬,所为多越于规矩,屡遭物议。

好嘛,这真是熟悉得不能再熟悉了!陆游竟已不觉得意外,说到底,无非是"拉朽摧枯,竟为排陷",他照旧是诗酒山水,毫不耽误。于是写下一首《西村醉归》:

> 侠气峥嵘盖九州，一生常耻为身谋。
> 酒宁剩欠寻常债，剑不虚施细碎仇。
> 歧路凋零白羽箭，风霜破弊黑貂裘。
> 阳狂自是英豪事，村市归来醉跨牛。

佯狂痴癫成了放翁的常态，此无他，不过是不能学那蝼蚁辈，"但自求其穴"，与其委屈事权贵，不如豪侠盖九州！

既然又遭罢官，陆游便开始对自己在山阴的生活精打细算起来，准备要过一种久已渴望的乡野隐居生活。他一方面仍是寄情山水林泉，时常登山问道，与僧人谈论机锋；另一方面又着意经营他的"小园"，种上各种瓜果蔬菜和稻麦，有两个仆人为他耕种，从诗歌来看，有时候陆游也会亲自下到田里，体验一番老农的生活。

这样一眨眼便到了夏天，陆游夜来闲倚南窗之下，看凉风送月，疏星挂树，乃又蓦地想起了在王炎幕府中的戎马岁月了。他写下一首《南堂卧观月》：

> 河汉横斜星宿稀，
> 卧看凉月入窗扉。
> 恍如北戍梁州日，
> 睡觉清霜满铁衣。

曾经是秋霜照铁衣，枕戈待旦剑在身，如今成了短褐避暑、袒胸露乳，手摇着蒲扇，无所事事。这可真是"壮岁功名惭汗马，暮年心事许沙鸥"了！

兴许是年岁大了,兴许终究是有心事,陆游在闷热的夏夜里时常中夜醒来。一次月上中天,他睡了没多久便坐起身,这时却怀念起了旧友范成大。眼下范成大正在金陵任建康留守,陆游想到的是,无论二人地位多么悬殊,但政治抱负一样都不能实现,亦将无同耶?他摊开纸,拿起笔写下了《月夕睡起独吟有怀建康参政》:

月上虚堂一榻横,断香漠漠欲三更。
隔帘清露挟秋气,绕树惊鸦啼月明。
只怪梦寻千里道,不知愁作几重城?
苦吟更恨知心少,西望金陵阙寄声。

梦在千里外,愁作几重城,知心恨飘零,惟看眼前灯!

在这般兴来学耕耨,山寺夜听雨的生活里,想着诸般念头,转眼便是深秋了。田园牧歌般的山阴隐逸生活还是没能治愈诗人的心灵,他仍不时陡起愁情,想到淮河以北大片沦陷的土地和遗民百姓……想到此身已老,只恐来日无多,陆游情不自禁地落下了眼泪。他披衣而起,写下两首《书悲》。

其一:

今日我复悲,坚卧脚踏壁。古来共一死,何至尔寂寂!
秋风两京道,上有胡马迹。和戎壮士废,忧国清泪滴。
关河入指顾,忠义勇推激。常恐埋山丘,不得委锋镝。
立功老无期,建议贱非职。赖有墨成池,淋漓豁胸臆。

他亦知道,沙漠收奇勋那是全在奢望之中的事了,至于建言献策、芹献御前,也都轮不到自己,越职言事只能是徒劳无益的……

其二:

> 丈夫孰能穷,吐气成虹霓。酿酒东海干,累曲南山齐。
> 平生搴旗手,头白归扶犁。谁知蓬窗梦,中有铁马嘶?
> 何当受诏出,函谷封丸泥。筑城天山北,开府萧关西。
> 万里扫尘烟,三边无鼓鼙。此意恐不遂,月明号荒鸡。

诗人豪迈的情感如百川灌河,他太想自己是一个能够摩天的伟岸巨人,便是饮酒也要酒曲堆积与山齐,想象着尽抱东海、细斟北斗,可现实却是"鲸饮未吞海,剑气已横秋",终是老迈横秋了!本该搴旗斩馘、破军杀贼的这双缚虎手,如今倒是时不时在田里扶着锄犁学耕问稻,当个灌园农夫!谁还知道,颓放的渔隐老人心里,还有开府关外、铁马刀枪的梦想?那么只能逃入酒乡来个刘伶醉酒了。佯狂跳出三界外,扁舟又泛人世间,他往来湖光山色里,听雨而眠,醉草龙蛇,只谓自己是地仙。《醉书山亭壁》正是初冬十月里,反映这种生活状态和情绪的诗作:

> 物外佯狂五百年,扁舟又系镜湖边。
> 飞升未抵簪花乐,游宦何如听雨眠?
> 绿蚁滟尊芳酝熟,黑蛟落纸草书颠。
> 忽拈玉笛横吹去,说与傍人是地仙。

这年秋冬,两浙发生灾荒,陆游听说了朱熹在八月时除为浙东提举的消息,那么赈灾的事情显然是将由朱熹来主持。可等到了十一月,朱熹还迟迟未赴任,陆游乃是官宦人家,总还支撑得下去,可乡里的其他百姓便没那么容易了。要知道山阴可是在绍兴府,那其他小地方就不问可知了。于是陆游又写信附诗寄给朱熹,乃云:"市聚萧条极,村墟冻馁稠。劝分无积粟,告籴未通流。民望甚饥渴,公行胡滞留?征科得宽否,尚及麦禾秋。"他关心着饥民们的受灾情况,向朱熹说以种种现状,请他尽早赴任视事,主持赈济的工作。陆游还不知道,等朱熹来到后,竟成了一场和宰臣王淮的同乡、妹夫兄长,知州唐仲友的大斗法。

山阴的生活过得既慢又快,冬去春来便是淳熙九年(1182年)了,陆游五十八岁。正月里他还在感慨着"尚无枕寄邯郸梦,那有衣沾京洛尘。门外烟波三百里,此心惟与白鸥亲",到了仲夏五月,陆游新的任命便送到了山阴。

不过这次不是让他出山为官,台评磨勘考核完毕,文臣官阶转为从六品朝奉大夫,另授予"主管成都府玉局观"的祠禄官享受奉祠的俸禄待遇。这是朝廷决心让陆游彻底靠边站了,才给了宫观的闲职,实则是不需要跑去成都点卯的,人待在山阴就能领取俸禄。

陆游赋诗谓:"放翁白发已萧然,黄纸新除玉局仙",显得毫不在意、万分轻松。可诗人如何能知道,自前年罢官归故里算起,他将再度赋闲长达六年之久。

此年深秋时节,他曾写下一首《夜泊水村》:

腰间羽箭久凋零,太息燕然未勒铭。

> 老子犹堪绝大漠,诸君何至泣新亭。
> 一身报国有万死,双鬓向人无再青。
> 记取江湖泊船处,卧闻新雁落寒汀。

渴慕北驱鞑虏、燕然勒名的陆务观在诗歌中和偏安享乐的衮衮诸公形成了鲜明的对比,他控诉着当朝的大臣们好似晋室衣冠南渡后,每作楚囚相泣般无心恢复中原,可最后的所有这些不甘、愤懑,都只能化作人在江湖之远,僵卧孤村默默听着又是一轮大雁飞来、年关将至!这种年复一年的光阴蹉跎,陆游将在此后不断体验到。这种悲剧的感受过去不曾少,未来也不会少,竟是要伴随他一生。

淳熙九年六月,曾觌余党执政谢廓然被令致仕,而周必大自参知政事除知枢密院事;九月时,王淮晋左相,梁克家复相,为右丞相。

王淮虽然反感道学,和朱熹也不对付,但对陆游似乎颇有好感。据杨万里所作王淮《神道碑》,此番由右相晋左相后,与梁克家组成了新的宰相班子,乃按例举荐了一批臣僚,其中就包括了陆游。然而,孝宗皇帝确实起用或升迁了王淮名单中的不少人,却把陆游排除在外了。假如我们把时间往前追溯,按照《齐东野语》里的记载,大约在淳熙六年时,王淮甚至曾举荐陆游入学士院。

《齐东野语》卷八《熊子复》条有云:

> 后殿奏事毕,阜陵从容曰:"卿见近日有作四六者乎?"时学士院阙官,上不访之赵丞相而访之季海,于是以陆务观等数人对。上云:"朕自知之,今欲得在下僚未知名者尔。"季海遂及子复姓名。

按，阜陵即孝宗赵昚，赵丞相谓赵雄，季海是当时枢密使王淮之字，子复是熊克之子。从这段材料可见，天子询问朝臣中是否有善于作骈文、代王言的人，其原因在于当时学士院草撰内制大诏的人手不够。王淮举荐了以陆游为首的几个人，但皇帝的反应是不用他们，另荐人来进呈。

据周必大《淳熙玉堂杂记》：

> 淳熙五年十二月，必大自翰林迁礼书乃正兼学士，盖上所兼之官在正官下者皆不带权，非旧例也。六年十一月，迁吏书，又升兼学士承旨，且有内批付院，云天官事繁，今后非特旨撰述，其余并免。

我们注意到，在淳熙六年十一月，周必大由礼部尚书兼翰林学士升迁为吏部尚书兼翰林学士承旨，也就是成了六部尚书之首兼首席翰林学士。而在这一情况下，官家赵昚有御笔内批文字送学士院，圣意说，吏部尚书事务繁忙，今后非特旨命周必大撰制词者，一概免撰内制大诏。

这样一来，周密所说的"学士院阙官"应当就是这一时期，且确乎发生过。然而执政王淮的举荐却并没有成功。按当时学士院中一般有一名翰林学士承旨作为首席，即俗称翰长；又有两名翰林学士和若干兼职的"(权)直学士院"。倘若陆游被顺利举荐，一般就是除一在行都的郎官，然后兼权直学士院。一旦进了学士院，就成为了两制大臣，若是无甚差池，那权直学士院过一阵可能就会变成正三品的翰林学士，这往后的仕途可就宽了，通往宰执的道路也便看到一线希望了。

第七章 鹧鸪天　　305

可这种对陆游的美好愿景并没有发生,更奇怪的是,王淮自淳熙二年为签书枢密院事,成为西府执政,八年拜右丞相,独相五年半,至淳熙十五年罢,在二府宰执班列中长达十四年之久——可即便是在他五年半独相的权威时期,也无法成功进用陆游,陆游此番罢官闲居的五年多,基本正好和王淮独相时期重合,这又是为何呢?

很难理解,是什么原因竟让一个大权在握的独相无法提拔起用一个奉祠家居的从六品中层官员,这时候曾觌已死,其党王抃亦成为祠禄官遭了冷遇,谢廓然又致仕,如果说再完全归诸近习干政、阻挠这一简单说法,似乎不确。

不过,此时期周必大有一份书信写给陆游,乃云:

> 太史滞留,人人皆谓合鸣国家之盛;奉祠浸久,起家为郡者甚多。某身在内近,乃不及一狗监!愧当如何?旦夕试为左揆言之。《剑南诗稿》连日快读,其高处不减曹思王、李太白;其下犹伯仲岑参、刘禹锡,何真积顿悟一至此也!……造化困兄之仕,殆不堪雕镂嘲弄耶?

周必大对老友陆游的遭遇显然是表达了同情和慰藉,对他已经编订了一部分的《剑南诗稿》更是赞不绝口,说神来之笔可以和曹植、李白媲美,普通一些的也能和岑参、刘禹锡不分伯仲。但真正值得关注的是"某身在内近,乃不及一狗监!愧当如何?旦夕试为左揆言之。"周必大感叹愤恨的是,他身为西府执政,可有时候却觉得还比不上天子身边的一个狗监小臣,这种情况不是偶然或者个例,所以他一直在找机会想和左相王淮商量。

这说明，虽然曾觌、王抃、谢廓然等已去，龙大渊久已逝世，但天子仍在有意扶持左右的近习便嬖，实则这不是圣聪愚痴，而恰是孝宗皇帝的帝王之术，他已习惯和得意于用近习来压制外朝的文臣集团，以使得君权完全压倒相权，压倒外朝的文官势力，实现最大程度的君主独裁。这种为了实现君主独裁的努力，恐怕是他从北内德寿宫太上皇赵构那里学来的治国法宝。因而我们就明白了一点，并非是新崭露头角的一些近习竟又和远在山阴的陆游产生了什么纠葛、冲突，而大约仍是因为孝宗皇帝赵昚从根子上不喜欢陆游。这位官家想要重用的人，是一定会想方设法起用的，如他刚即位时就敢顶着太上皇的压力，再用张浚为执政，让他开都督府主持北伐；如刘珙、周必大、范成大等亦不满近习、外戚用事，但不妨碍他们位居宰辅。可见，真正不想起用陆游的，很大可能还是皇帝赵昚本人，他以"反复小人"定性陆游，又以文学弄臣视之，这确实是陆游一生仕宦中的莫大悲剧了！

这样再看周必大信笺中的"造化困兄之仕，殆不堪雕锼嘲弄耶"便似乎意有所未尽而欲言又止了。周必大也坦承对陆游的仕途之坎坷感到震惊，实在像是命运不止一次刻意地作弄。但周必大和陆游不同，他久在临安为官，很早就跻身大两省（当时给事中、谏议大夫称大两省），为"黄门锁闼"，执掌封驳之权的给事中，又历任中书舍人、翰林学士这样起草内外制诏令的两制词臣要职，自淳熙七年除参知政事后在决策层至今也已三年。因此，陆游或许天真地不能想到孝宗皇帝的好恶，可周必大应该觉察出了天子的圣心，他很可能是非常清楚官家赵昚极不喜欢陆游，所以他最后只能在信中把陆游蹭蹬仕宦的原因归结为"造化"，而不是什么"近习便嬖""奸邪佞幸"或是诗意的表达，如"虎豹豺狼"之类。他已不能说得更多，只能让老友陆游自己体会了。

大约正是在收到这封信的前后,陆游写了一首《幽居》:

绕屋巉巉碧玉峰,个中天遣养疏慵。
捐书已叹空虚腹,得酒还浇垒块胸。
曲几坐看窥户月,短蓬卧听隔城钟。
柴桑自有归来意,枉道人间不见容。

红尘俗世、宦海官场之不能容,这种认识不知是幸还是不幸?已经奉祠住在山阴的陆游大约是觉得无碍的,他更要高唱"平生与俗马牛风,落魄人间亦未穷""投老飘然君勿笑,也胜鱼鸟在池笼"。想来也是,岂非误落尘网中,一去三十年?

到了次年,也就是淳熙十年(1183年),整个春日里,陆游几乎都忙着和方外僧道交游来往,他时或拄杖步行,时或策马骑驴,有时候则坐船和篮舆,乃更自称"有漏神仙有发僧"。有漏者,本指一切烦恼及世俗间一切事物皆有败毁消亡、非究竟也,陆游用在诗中自称,大约颇有烦恼即菩提,在烦恼里修炼的意思。

他过着山野闲适的生活,九月间朱熹建武夷精舍,请陆游题诗,放翁乃作诗相赠,有云:"天下苍生未苏息,忧公遂与世相忘",请朱熹仍要有济世之心。

十一月的一个冬夜,他写下一首《冬夜月下作》,能轻易看到陆游全未领会到周必大在信笺里说的"造化困兄之仕"究指何者,且亦能见到陆游不管过着多么江湖散人、逍遥地仙般的日子,实际上他还是不能完全放下恢复大业的梦想。今附于下:

造物宁能困此翁,浩歌庭下答松风。
煌煌斗柄插天北,焰焰月轮生海东。
皂纛黄旗都护府,峨冠长剑大明宫。
功名晚遂从来事,白首江湖未叹穷。

周必大曰"造化困兄",陆游偏说造物者困不住他,他还以为自己是要和这天地阴阳相抗衡,想象着随王师用兵西北,恢复关中,甚至要说大器晚成也是古来常见,不应哀叹困窘不得志。但陆游不知道,阻挠他的不是玄之又玄的"造物",而只是代天牧民的"天子"。

一剪寒梅春欲来,倏忽之间便是淳熙十一年(1184年),陆游已是耳顺之年。周必大再来书函,有云:"某力小任重,已非所安;年衰气索,又觉难于支吾。思奉谈笑于云门鉴湖之间,恨无飞羽也。逼节尤冗,亟此为问。愿乘泰亨,早陟班列,此亦众论所同祝者。"

似乎周必大已经在信中表达得很清楚,不是他不愿意帮助陆游,而是"力小任重,已非所安",若说宰执"力小",则大宋朝野便无一个文武之臣能曰"力大"了,除非所要角力的乃是御座上的至尊。信函表达友谊和挂念之外,最后却说,希望陆游好运,能早点回到临安为官,以便旧友相聚,还说这是公论人心共同祝愿的事。这等于说,陆游的仕宦,此时已爱莫能助。周必大实在无法明言,天子对陆务观之好恶如何了。也不知陆游可看明白了这背后的意思。

这一年中,陆游依旧是多与方外之人来往,时或宿于僧寺里,也许他虽未名明了或愿意直面周必大所暗示的事情,但对自己人生志向的不能实现,乃是在一个个夜晚与独处时,反复体认的。是年秋,他写下一首《悲秋》,其七律已至之境界,放眼整个两宋亦是足以自傲的,上

溯盛唐,确也不遑多让。今附于下:

> 病后支离不自持,湖边萧瑟早寒时。
> 已惊白发冯唐老,又起清秋宋玉悲。
> 枕上数声新到雁,灯前一局欲残棋。
> 丈夫几许襟怀事,天地无情似不知。

是啊,冯唐易老、李广难封,天公不语对枯棋!一句"丈夫几许襟怀事,天地无情似不知"真是读来让人潸然泪下,这看似云淡风轻的话语,背后是多么沉痛的不甘、不平和不愿就此冷却的热血。可惜天地终无情,乃以万物为刍狗耳!

哪怕是在方外大和尚"海首座"的侠客像上题诗,陆游写得也是"赵魏胡尘千丈黄,遗民膏血饱豺狼"!万里中原都被金贼女真强占了去,亿兆遗民的生死还有人在乎吗?!

也不知海首座见陆官人这般题诗,乃说了什么话,还是沉默不言。或许沉默也是回答吧。

淳熙十二年(1185年)在江梅胜雪中到来了。

陆游上了年纪,时不时会生些小毛病,但他的七律已到了信手拈来却无处不是生花妙笔的地步了。且看这首《乙巳早春》:

> 故故啼莺傍曲廊,飞飞戏蝶度横塘。
> 病来对酒心虽怯,老去逢花眼尚狂。
> 床拥琴书供枕藉,帘通风月索平章。
> 一丘一壑从来事,起就功名未苦忙。

诗人也依旧关心着北虏的动向,可遗憾的是,他听到的几乎都是和此前几次一样,纯属不着边际的谣言。他最后只能感叹"甲子一周胡未灭,关山还带泪痕看"!

到了秋天,暑热一退,天凉骤寒之下,放翁病了,这次大约不免卧床歇息了一段时日,以至于耽误了他游山玩水的计划。他写下一首《病中久废游览怅然有感》:

> 裘马清狂遍两川,十年身是地行仙。
> 归来访旧半为鬼,已矣此生休问天。
> 不恨杯觞无藉在,但悲山水旷周旋。
> 垂虹风月休如昨,安得青钱买钓船。

这年的冬天大雪纷飞,陆游在家中关上门,升起暖炉,又披上了貂裘大衣,他衰发不胜白,可寸心却殊未降,只是这何尝不是又一个蹉跎而过的无奈之岁!确实是"乾坤信无情,岁月遽如许"啊!

镜湖边春水拍沙,疏雨残霞,一派濛濛烟霭缭绕,雪尽冰消之下,陆游踏着早春的芳踪,寻觅那冷蕊幽香,眼下已是孝宗皇帝淳熙十三年(1186年),诗人六十有二。

他写下数首咏梅之作,以叹主战志士之不遇,这样想着想着,陆游在春日里忽然又悲愤起来,乃诞生了一首著名的《书愤》:

> 早岁那知世事艰,中原北望气如山。
> 楼船夜雪瓜洲渡,铁马秋风大散关。
> 塞上长城空自许,镜中衰鬓已先斑。

> 出师一表真名世，千载谁堪伯仲间！

我们见到了一个在七律上出神入化的大诗人，但也见到了一个满头白发、徒叹奈何的老人。故丞相张魏公曾设想的东西两线全面北伐的战略，在陆游的梦里或曰幻想中实现了：宋军的大型楼船和其他海鳅船等大小车船组成了庞大的水师舰队，浩浩荡荡地自长江出发；西军铁骑千军万马自大散关而出，直驱凤翔……

或许是诗人白发寻梅感动了春神，或许是终于得到时任枢密使的友人周必大之助力，陆游又迎来了一线转机，除官的朝旨送达了山阴，原来是升其为从六品朝请大夫、出任严州知州的都堂省札。但两浙西路的严州实际上是一片山地，属于两浙路少有的穷乡僻壤，其所辖六县的二税秋苗，加起来竟不到一万石，还比不上湖州、秀州一户豪右富民所收之数。看来人过花甲后终于得到一个"知州"差遣，竟然是鸡肋般的"安慰奖"。

陆游抵达行都临安后，先是住在旅店里，因为要等待阁门司给他安排上殿陛辞，这是官员出任监司、知州等紧要的地方差遣时候的惯例，须得面见天子，聆听教诲、指挥，也方便君臣交流，使臣子知恩出于上，而非二三大臣。

在住宿的夜晚，陆游竟时睡时醒，只记得下了一夜的雨。次日他慵懒地坐在窗前，看着热闹的临安街市，写下了极其有名的《临安春雨初霁》：

> 世味年来薄似纱，谁令骑马客京华。
> 小楼一夜听春雨，深巷明朝卖杏花。

> 矮纸斜行闲作草,晴窗细乳戏分茶。
> 素衣莫起风尘叹,犹及清明可到家。

据说这首诗传进宫里后,孝宗皇帝也赞叹不已。

终于到了上殿陛辞的时候,陆游穿着朝衣,戴着平脚幞头,手拿笏板,在阁门官吏的引领下入内殿再拜行礼。

御座上的赵官家笑道:"严陵,山水胜处,职事之暇,卿可以赋咏自适。"

这几乎成了奉旨填词的柳三变第二了,孝宗皇帝让陆游多写些诗词文章,且自得其乐去吧。

陆游是忠君爱国的,他当然会遵旨。何止去往严州后会多作诗歌,这会下了殿,他已经有了腹稿。一声叹息,便是两首《延和殿退朝口号》,其中一首云:

> 十年短棹乐沧波,强著朝衫弃钓蓑。
> 才薄何堪试冯翊,恩深犹许对延和。
> 空墙烟柳遥迎马,辇路春泥欲溅靴。
> 莫恨此身衰病去,同时朝士久无多。

我们曾见到过陆游百步穿杨,见过他猎杀乳虎,他确是出神入化的诗人,也是草书的行家、分茶的高手,可唯独遗憾的是,他并非仕宦之途上能够游刃有余的人。

不难看到,陆游对区区一个知州的任命,并不感到快乐。

第八章
如梦令

一、经年薄宦客桐庐

离开行都临安前,陆游便住在西湖边,遂几乎日日与时任"枢密院检详诸房文字"的杨万里和僧道之人相游,至暮春方回到山阴故里,乃又遍游寺庙道观和山水佳处,夏日更又往明州一行,一直到七月入秋,陆游才抵达了严州任所。

一到州衙廨舍,陆游便接连写了三首《官居戏咏》,有云:"说着功名即自羞,暮年世味转悠悠";又谓:"爱书习气嗟犹在,寡过工夫愧未能。寂寞已无台省梦,诸公衮衮自飞腾。"可以看到,陆游是以这种老来闲散颓放的态度来面对严州知州的差遣工作的。他已六十二岁,自觉对仕宦里的美官显贵已不作多想。

没想到的是,严州虽山地,但大约因为贫瘠,民间争讼之事倒不少,因而于此地为官,竟忙碌得很。陆游自云:"文符纷似雨,讼诉进如墙。笑杀沧浪客,微官有许忙!""符檄积几案,寝饭于其间。"并且,忙的具体事情不少都是让陆游难以接受的。他在诗中说:"如何俨章绶,日夜临箠楚?藏书如丘山,及物无一羽。吾其可怜哉,去去老农圃!"身为知州的陆游想到自己章服在身，绯袍银鱼，却是免不得像高适说的那样"鞭挞黎庶令人悲"——看着治内的百姓遭到折杖之刑，陆游真是于心不忍。他情难自禁地反思起来，何以读书万卷、藏书如山，眼下却没有做一星半点可以惠及百姓、恩及黎民的实事呢？在这种痛苦矛盾中，陆游强烈地思念起故乡来，觉着这份知州的差遣还不如回山阴老家摆弄园子里的蔬菜瓜果和稻麦粟米，他更想着寺观这些"世外桃源"，乃谓"何时却宿云门寺，静听霜钟对佛灯"。陆游对仕宦已越发厌倦。

冬日里，陆游又想起南北之间的事情，他对于祖国河山的沦陷总是不能忘怀，虽然存着归隐的心思，可这金瓯残缺的芥蒂在他心里大如须弥，又怎么能放下呢？乃接连写下三首《纵笔》，其二云：

> 东都宫阙郁嵯峨，忍听胡儿敕勒歌！
> 云隔江淮翔翠凤，露沾荆棘没铜驼。
> 丹心自笑依然在，白发将如老去何？
> 安得铁衣三万骑，为君王取旧山河！

其三：

> 行省当年驻陇头，腐儒随牒亦西游。
> 千艘冲雪鱼关晓，万灶连云骆谷秋。
> 天道难知胡更炽，神州未复士堪羞。
> 会须沥血书封事，请报天家九世雠！

四京沦陷，已过一甲子，陆游不由地回想起曾经在蜀中从戎南郑的一切。曾经豪气干云,以为反攻关陕已是翘首可待,没想到现在已过去了十几年,和戎纳款的偏安局面仍没有改变!国破家亡的九世之仇,虽百世亦可报!这就是何以陆游虽然"火城那复梦",绝了入临安为官,日日提灯笼赴朝的痴念,但却始终坚持"未敢随人说弭兵"。

十二月末,陆游作为知州主持祭祀风师的仪式,归州城途中,忽然又想到三十年来仕宦生涯中的种种坎坷、不幸。这位太守使君遂停下马来,令随行的衙役拿来笔墨,当即挥毫写就了一首《十二月二十七日祭风师归道中作》:

虎豹生憎上九关,诸公衮衮遂难攀。
面颜已老尘埃里,精力虚捐簿领间。
束带敢言趋玉陛,横戈犹忆戍天山。
新春自笑摧颓甚,鼓吹东风拜胙还。

到了六十二岁的年龄,似乎陆游还不能明白,龙大渊、曾觌这伙近习"虎豹"并不是他仕途上唯一的拦路虎或者说阻碍他回到行都为官的根本障碍。大约他不能相信,也从本心上来说不愿相信和去揣测那位赐予他进士出身的孝宗皇帝会有厌恶自己的可能。如今脸上布满了岁月留下的沟壑,精力都虚耗在簿书文牒间,陆游怀念着过去在两代天子的御座下直言的那极其有限的回忆,畅想着曾经从军汉中、幕府划策的戎马岁月,虽然那也只有半年而已……可正是这些回忆在支撑着陆游还能勉强以如此高龄而在地方上为官,他看着东风渐起,知道春天不远了。

淳熙十四年(1187年)春,陆游在邸报上看到了周必大二月间自枢密使拜为右丞相的消息,友人的宣麻拜相让他稍有一丝期待,乃在贺启中向周必大提出整军备武、改变文恬武嬉局面的殷殷盼望。可另一方面,他对自己在严州的知州工作却越发提不起兴趣,乃谓"华发萧萧不满簪,强扶衰病著朝衫……诗酒放怀穷亦乐,文移肆骂老难堪",已是有了"弃官若遂飘然计"的念头。按严州所在的两浙西路,此时的监司帅臣应当是韩世忠之子韩彦质,他正以兵部侍郎兼任两浙西路安抚使、知临安府,要说他刁难、"肆骂"陆游,恐怕也不太可能,一则陆游文名极盛,二则谁还不知道陆游和周必大的多年交情,不看僧面还看佛面,因此这句诗大抵估计是陆游文辞上的夸大。

这年夏天,好友韩元吉病殁,陆游在严州听闻讣告后悲从中来,为之痛哭流涕,他写下祭文悼念,有作诗《闻韩无咎下世》:

> 书剑飘然去国时,南兰陵郡日题诗。
> 吴波涨绿迎桃叶,穰烛堆红按柘枝。
> 故友去为山下土,衰翁何恨鬓边丝。
> 凭高老泪无挥处,神武衣冠挂已迟。

陆游想起二十四年前,他离开临安,往镇江府京口担任佐郡通判,第二年韩元吉来访,二人诗酒唱和,光诗就有三十篇,直是快活了一阵。可如今呢?旧时的挚友已然长眠地下,而曾经约定有朝一日要挂冠而去,共归渔樵,一起再畅游山水泉林……这些都成了无法实现的遗憾了!

在江南潮湿闷热的暑气中陆游勉力收拾着哀恸的心情。到了此年秋天,他作为严州知州,又须主持地方上的"大阅"。六十三岁的放翁披挂上铠甲兜鍪,骑在高头大马上,检阅着承担严州地方卫戍和治安乃至夫役任务的禁军、厢军。在南宋时期,禁军已经降格成了和北宋厢军差不多的兵种,主要的国防任务都交给了前文所说的九大军区的御前诸军。是以这种地方性质的大阅,不过是虚有其表而已。但陆游仍抖擞精神,自早晨到傍晚,皆是戎装在身,他不禁想起十五年前,自己也曾仗剑走马,往来于渭水两岸,每个夜晚都守候着平安火,和同僚们诗酒话江山,指点兴亡满目,更曾大散关下临金贼,南沮水畔射乳虎……陆游的诗情和豪迈在这一刻又被点燃起来,他写下了一首《严州大阅》:

> 铁骑森森帕首红,角声旗影夕阳中。
> 虽惭江左繁雄郡,且看人间矍铄翁。
> 清渭十年真昨梦,玉关万里又秋风。
> 凭鞍撩动功名意,未恨猿惊蕙帐空。

匹马梁州南郑歌,十年恍如昨日梦!只可惜玉关万里,汉中和关中相望,已经又是一年,算起来,是多少个春秋了呢?在这会,陆游忽然又觉得还应该去追寻恢复河山的梦想,他暂时放下了孔稚圭《北山移文》里那鹤怨猿惊的乡愁,只感到还能"假钺犹堪行督战,指麾突骑取辽阳"。

更多时候,陆游在文符酬对的忙碌之外,便是感叹着"少年喜读书,事业期不朽,致君颇自许,书卷常在手"。他曾期许着致君尧舜的事功,期许着经术安邦、恢复河山的不朽大业,可如今不过是"直忧先狗马,岂但凋蒲柳",几乎是扳着手指头在计算着来日几何了。

怀着这种心情,他又写下一首对仗炉火纯青的诗作,即《地僻》:

地僻天教养散材,流年况着鬓毛催。
青山自绕孤城去,画角常随晚照来。
几净双钩摹古帖,瓮香小啜试新醅。
乘槎不是英缠远,无奈先生兴尽回。

在这种叹息和凝望里,陆游终究是归心难抑,老来心冷的他挥毫写就《思归》以明其志:

短发今年雪满巾,一杯且醉瓮中春。
定无术致长生药,那得愁供有限身。
碎枕不求名利梦,挽河尽洗簿书尘。
江湖意决君知否?致主唐虞自有人。

这首诗中的失望之感是很值得注意的。陆游鲜明地否定了修道长生的解脱之路,他大约也清楚方士们所追求的"仙道"大抵是不存在的吧?更重要的是,他说"挽河尽洗簿书尘",要知道,陆游过去是挽银河洗胡虏之尘,他后来变成了洗自己的雄心,如今成了洗这文书案牍的烦琐,其中的变化和悲哀亦已甚明矣。在结尾陆游说,此心向往江湖归隐已决,而致君尧舜,留给他人吧,他没有这样的本事,更没有这样的机运。

孟冬十月,德寿宫里的太上皇赵构驾崩,这位延续了宋朝国祚,稳定了南方的政权,却也弃用张浚、杀害岳飞,向金人屈膝称臣,然后又标榜"绍开中兴"的帝王终于是晏驾登遐了。他享年八十一岁,在帝王中属于极其长寿。他留给这个时代的影子则还会继续存在着。

这一年中,久已编订的一部分《剑南诗稿》完成了刻印,成书凡二十卷,当时共录诗作两千五百余首,成为东南颇为轰动的文坛盛事。但出生一岁的小女儿夭折,也成了让放翁悲恸不已的一件事情。

淳熙十五年(1188年)初夏四月,陆游已不愿再困于严州的文书狱讼之中,乃写就《乞祠禄札子》上奏朝廷,乞请再度奉祠。他还写下一首《上书乞祠》的诗作,有云"报国心存气力微……人间处处是危机"。

夏日时,陆游尚有一首寄给姜特立的诗作颇引人注意,姑略作分说。题为《旧识姜邦杰于亡友韩无咎许近屡寄诗来且以无咎平日唱和见示读之怅然作此诗附卷末》:

故人玉骨已生苔,邂逅逢君亦乐哉。
湖寺系舟无梦去,京尘驰骑有诗来。
醉中不敢教儿诵,看处常须浴手开。
久矣世间无健笔,相期力斡万钧回。

从诗题中基本可以确定,大约陆游和姜特立的相识,乃是通过其挚友韩元吉,并因为对韩元吉的友情和信任,陆游对姜特立的观感也很好,对其诗作更是评价甚高,两人此后互相唱和的诗作也不在少数。然而姜特立却在《宋史》中入了佞幸列传,和曾觌、龙大渊、张说、王抃这四大孝宗朝的近习并在一传中。

那么几十年来极为痛恨近习干政的陆游,又为何与姜特立如此交好呢?韩元吉的作用固无疑问,但还有一个很重要的问题可能长期以来被人所忽略,即姜特立究竟能不能算作一个帝王的近习、佞幸?

今按姜特立者,乃以父荫入仕,补为武臣,授承信郎(北宋过去的三班借职,属于低级武官)。在淳熙年间官至福建兵马副都监。适逢海贼姜大獠寇泉南,姜特立以一舟先进,勇而擒之,于是福建路安抚使赵汝愚录其功,向朝廷举荐了能文能武的姜特立。注意,是则姜特立之进用,非出帝王或其他近习之骤然提拔,而是道学一派领袖人物赵汝愚的举荐。随后孝宗皇帝特召见,姜特立乃献所作诗百篇,于是除阁门舍人,这是武臣清贵的阁职,视同文臣之馆职,乃是极受赏识的表现。此后,又令充东宫僚属兼皇孙平阳王伴读,从而得到太子信任。至淳熙十五年时,尚没有听到什么称呼姜特立为近习佞幸或是弄权结党的说法。到次年孝宗禅位给太子赵惇(宋光宗)之后,忽然就有了所谓姜特立"恃恩无所忌惮,时人谓曾、龙再出"的说法。这种当时在临安宫府朝野散播出来的声音是不是有谁有意为之,尚不能确知,但想来光宗一即位,刚刚担任知阁门事这一容易被攻讦为"近习"的,帝王左右近臣之位的姜特立,还来不及有所"作为",怎么就成了"曾、龙再出"呢?而右相留正则声称姜特立干预执政除拜之事,导致其立刻被夺职、奉祠,其实这恰说明了姜特立似乎远不是龙大渊、曾觌这样的近习,若果然弄权无忌,手眼通天,何来光宗皇帝轻易将他逐外的结果?并且,留正是反对道学的,对于出乎赵汝愚举荐的姜特立,他会不会是项庄舞剑、意在沛公呢?当时朝中政局非常复杂,王淮为相多年,他下台后门生故吏尚有很多,而晋左相的周必大和右相留正的派系之间也有不同的政治诉求,其暗流涌动、钩心斗角乃可以想见。但从姜特立之逐,而陆游为其送行赋诗等来看,似已足够佐证我们的推断,即姜特立并非曾、龙这样专权结党的近习权幸,而只是当时权力斗争的一个牺牲品,他与陆游大约因韩元吉相识,因诗文而成为朋友,故一向蔑视名俗的陆游才不管不顾,要为其鸣不平,丝毫不惧人论列他陆务观交结佞幸。

陆游在入秋前已经算得上任满了严州知州,遂动身返乡,乃在七月十日抵达了山阴故里。

游山玩水之余,陆游连作五阕《长相思》,今附其中一阕:

> 桥如虹,水如空。一叶飘然烟雨中。天教称放翁。
> 侧船篷,使江风。蟹舍参差渔市东。到时闻暮钟。

其间的逍遥快意是显而易见的。不过他时不时仍心有所未平,有作诗云:"少年拜舞缀庭绅,曾见中天日月新。金印终归妄校尉,白头仍是斥仙人。"实际上陆游并没有真的放下功名,放下恢复河山的梦。他一再地怀念绍兴末年到隆兴初年在临安为官,并有幸目睹绍兴内禅、两代天子完成帝业交接的盛事,可是,为官三十年,他到此时的认识却还是"金印终归妄校尉",就不能不让人感慨了。"妄校尉"是出自《汉书》李广列传里的一个典故,当时李广说:"自汉击匈奴,广未尝不在其中,而诸妄校尉已下,材能不及中,以军功取侯者数十人。广不为后人,然终无尺寸功以得封邑者,何也?"后世遂以妄校尉喻才干庸凡之人,陆游的意思便是,世间的高官厚禄,终究是归属于那些碌碌无能之辈,就差说:"误国者,衮衮诸公耳"了。陆游在当时的诗名已经可谓是闻于天下,达于御前,每有所作,率多传至行都,像这种李白式的嬉笑怒骂,最是容易不胫而走,那么当道大臣和侍从贵官们见了,会感到愉悦吗? 所以陆游的仕宦悲剧,不是没有他自身的性格因素的。但就像杜甫说"文章憎命达",陆游自己也谓"自古文章与命仇",文学之神的偏爱垂青,毕竟不是没有代价的。

二、九重宫阙晨霜冷

淳熙十五年(1188年)的冬天,虽然陆游在居家山阴的深秋时节曾再度上书乞祠,但他的仕宦命运又有了新的变化。

在周必大的《奉诏录》中保留着这一段有关陆游的详细记载,今选录于下:

> 陆游除郎并朝士荐人御笔(淳熙十五年十月二十六日):
>
> 陆游除郎,不致烦言否?恐或有议论,且除少监如何?近日臣僚多说有朝士荐三十余人在庙堂。如果有之,可缴进来。
>
> 回奏:
>
> 臣伏蒙圣问,陆游除少监如何。臣昨来与二参熟议,只是奏本人任满多日,未审欲与何差遣。陛下爱怜其才,便欲除郎。臣曾奏知,莫若且令奏事。近询众论,谓处以闲曹,如驾部之类,亦足示陛下不弃才之意。至如后来烦言有无,非臣所知。只与外任,亦无不可……又蒙圣谕朝士荐三十余人在庙堂,此乃数月前事。当时并已峻拒,元不曾进拟一名……自王淮去国,凡所迁除,多是婺人……盖缘去春为陈贾迎头论列王谦,意在逐臣……盖非独臣才力有限,难尸重任。兼具瞻之地,众口难调。只如何澹,自为省元,未尝一历外任,司业才满,本要迁检正以试其才。而澹薄其官,力恳两参,必要太常秘书,为侍从之捷径,兼陈贾是澹姑夫,向来预其议论,常恐为人所攻。又疑臣因贾之故,滞其进取,每每

相嫉。臣不免与二参商量,峻迁祭酒,在奉常秘书之上。如此委曲,尚不相恕。忧谗畏讥,晓夕不宁。安能展布四体,为国谋事?况堂除一小小监当,若留正以为未可,即更不敢施行。每日将上文字,留正或稍未通彻,即便拣退……圣意若留陆游作少监,偶李祥见乞外,自可令填此阙。

之所以要展示这份周必大对孝宗御笔的回答,乃是因为其中的信息实在太过丰富和具备价值。一者,此番竟是孝宗皇帝主动以御笔相问,想召陆游回临安任官,只是在犹豫,是除为郎官(尚书省六部诸司郎中、员外郎)还是授予少监。二者,周必大作为陆游二十几年的老友,以右丞相之尊,竟在回答中确乎是模棱两可:一是谓已询问朝中大臣意见,认为陆游如果召回,可以授以闲散曹司,比如兵部下属的驾部司(参掌舆辇、车马、驿置、厩牧之事),这已经足以显示陛下爱才不弃之心了;二是不敢为陆游是否会招致非议作担保,说如果继续让陆游在外为官,也没什么不可以。

假如只看到这里结束,确实是会认为周必大作为老友,在这样关键的时刻毫不念与陆游的友谊,态度可谓圆滑世故,甚至形同陌路,但仔细往下看,他也确实有不少苦衷。如谈到左相王淮虽罢,然而其乡党婺人在朝中仍是不少,诚难小觑;而以礼部会试第一名身份考取功名的何澹更是极为麻烦。何澹本为周必大所厚,但其姑父陈贾竟是周必大政敌,欲使其罢相而后快,于是何澹对自己两年未升迁到满意的官职感到嫉恨,将怒火对准了周必大。请务必记住何澹这个名字,后文叙述仍会涉及。或许我们看到周必大的这些文字,不免会认为他夸大其词,岂有大丞相如此畏首畏尾的?但这恰恰是孝宗朝有意削弱相权的结果。除虞允文、赵雄、王淮三位宰相和以首参行相事的龚茂良权力较大之外,其他孝宗朝的宰执基本都受到天子皇权很大程度的压制,这正是孝宗赵昚将近习势力扶持培育起来后要达到的目的。王淮的罢相,正与其久居相位、乡党遍布要津有关,周必大当然是明白其中关节的。因而周必大每事必与副相留正商量,若留正不从,周必大竟亦不能勉强。这样看来,周必大不敢极力帮助陆游,也算情有可原,且观其不久之后的表现,应该说他只是在等待合适的机会,不宜苛责他不讲友情。

总而言之,陆游在此年冬天,便被召回了临安,且上殿面圣。据《渭南文集》可知,陆游上殿轮对,共有三奏,但此番的奏对,陆游已经说得很空乏,大体上一谓希望皇帝推行公平的治道;二谓"气胜事则事举,气胜敌则敌服",主张培养臣僚任重道远之气;三谓南北之间战与和有其一定之规律,务必加强边境军备,随时做好防御和反击金人的准备。这些都是泛泛之谈,也不会引起皇帝的反感。

按照《宋史》陆游本传的记载:

> 再召入见,上曰:"卿笔力回斡甚善,非他人可及。"除军器少监。

天子的话显然让人啼笑皆非,既然说陆游笔力无人可及,为何不除授陆游两制词臣的职务呢?按军器少监一职,从六品,在南宋废置不常,有时候甚至无人担任,连上级军器监监也是如此,这是一个主管军器制造的冷衙门,属于周必大所说的闲曹,隶属于工部。让陆游这样一个拿笔的文人去主管甲胄、弓弩的生产、维护、积储,也实在是用人非以其所长了。

陆游对此当然也能有所觉察，因而他作诗谓："笔墨有时闲作戏，功名到底是无缘。都城处处园林好，不许山翁醉放颠。"他对此番回到临安为官并没有抱着什么不切实际的奢望，一个六十四岁的老人已经看得比较明白，这行都虽然处处胜景，但也处处都是规矩，容不得他放翁逍遥痴癫啊！

不过姜特立倒是很高兴陆游能回来，乃作诗《喜陆少监入都》云："昔人思李杜，长恨不相随。"看来眼下是能相随切磋了。

陆游在临安住在砖街巷上一个叫南小宅的处所，其所住宅院，呼为南楼。安顿下来后，陆游便去军器监赴任，开始了日日点卯的生活。

可这军器监确乎是行都里的冷曹闲司，平日没有太多事务要衙署里的文臣官僚们去做，一日陆游竟无聊到与同僚们在军器监里纵谈鬼神之事。他最后笑道："虽云多闻益，颇犯绮语戒。"在这临安都下，实则鬼神的绮语在官场里尚不打紧，可其他话说多了，那却是祸从口出了。

在一片雨雪中，迎来了淳熙十六年（1189年）的正月初一。

正月上旬，陆游迎来了一次仕途中真正重要的机会。

仍是在周必大的《奉诏录》卷七中，乃有条目：

> 学士添员御笔（正月七日）：
> 学士院更添一员，具姓名来。
> 回奏：
> 王蔺词采隽拔，曾掌外制；葛邲文词稳审，曾兼权直，右二人但恐资历已高。尤袤学问该洽，文词敏瞻。虽见今独掌外制……袤自谦避，众谓宜在此选。倪思见任著作郎，曾中词科，文词稳

审，可备翰林权直之选。莫叔光见任著作佐郎，亦中词科，性甚循谨。此外惟有陆游大段该博，尤知本朝典故，词章实为独步，并乞睿照。

可以看到，孝宗皇帝因为学士院缺员，乃以御笔询问宰相周必大，要让他推荐合适人选。周必大说了不少人，但最后方让陆游压轴，且注意他的措辞，"惟有""大段""尤知""实为""独步"，其真正想要极力推荐的人选实则很明显，就是陆游。当出现了真正适合陆游的重要职务时，周必大没有再模棱两可，他选择了拉老友一把。

假如认为笔者的推断过于大胆，且看南宋时人魏了翁《鹤山集》中所撰倪思墓志铭，其中有云：

十六年正月，上问丞相曰："学士院阙人，谁可者？"周文忠公进拟数人，公与其一，然意主陆游，上特以命公。

魏了翁的记载非常清楚，也说周必大真正想要举荐的就是陆游。但很可惜，孝宗皇帝赵眘有意忽略了周必大的这些措辞和心思，他选了尤袤和倪思。为何说是有意忽略呢？因为当时尤袤已经是礼部侍郎兼中书舍人，乃命其兼任直学士院，同时执掌内制、外制，而尤袤力辞，又推荐陆游——在这种情况下，孝宗赵眘仍表示不许，那么他对陆游的观感和好恶，可见真是从隆兴元年时候就确定下来，几乎没有改变了。因此皇帝才始终不肯让陆游跨进两制大臣的门里，甚至连职名也绝不授予，让他离待制侍从有十万八千里之遥，这在当时对陆游而言，不能不说是一种悲剧了。

第八章　如梦令

就在这道询问学士院补缺人选的御笔之后的一天,正月初八,周必大晋左相,留正自参知政事兼同知枢密院事拜右相。而在位二十七年的宋孝宗已经准备效仿高宗的内禅,将皇位让给太子赵惇。

是年二月初二,天子赵昚禅位,赵惇登极称帝,这就是历史上的宋光宗。

按照《宋史》陆游本传记载:

> 绍熙元年,迁礼部郎中兼实录院检讨官。

绍熙元年(1190年)即是次年,但这条记录可据《渭南文集》中数篇文章陆游自己署名的系衔来加以订正。清人钱大昕《廿二史考异》已甚清楚,兹不赘述。即陆游之除礼部郎中,必在淳熙十六年春。但唯一的疑问在于,升迁陆游为郎官的,究竟是禅位前的孝宗还是新即位的光宗?

南宋人叶绍翁《四朝闻见录》有云:

> 未内禅,一日上手批以出,陆游除礼部郎。上之除目,自公而止,其得上眷如此。

按照叶绍翁的说法,则陆游之除礼部郎中为孝宗内批除授,并说这是禅位前天子最后亲自下的除授任命。叶绍翁谓陆游得孝宗眷顾,自是无稽之谈,纯属古人对帝王的崇拜心理所致。其所云事,也不知何据。因为若果真如此,为什么陆游在诗词、文章中一次也没有谈到呢?天子除目,自其而止——这在当时的人看来,也确实是很大的荣耀,假如属实,何以其他人也没有记载呢?陆游本人又怎么会在诗文里一无表示呢?这是值得怀疑的地方。因而在这里,笔者姑且赞同钱大昕的意见,即陆游之除郎官,当在光宗即位之初。

这年的春日里,陆游便开始到礼部任职。但成为六部的郎官也并没有让他感到高兴,六十五岁的放翁写下两首《南省宿直》,有云"谁知今夕幽窗梦,又榜扁舟上若耶""颓然静对北窗灯,识字农夫有发僧"。南省即礼部俗称,若耶溪正是陆游山阴故里的一条著名的溪流,则欲归故乡之意甚明;而自称"识字农夫有发僧"显然也是表达他隐逸的旨趣和追求。毕竟"白首为郎只自伤"才是这一时期陆游的内心感受。

二月中旬后,陆游曾轮对面圣,上殿向新天子光宗赵惇奏对,两道札子里他只字不谈对金强硬或主战、北伐等事,只是论及得民爱戴、天下大治方为对寿皇(即当时的太上皇孝宗赵昚)之大孝;又论人君当与天同德,清心寡欲,损之又损,至于无为,即不示任何嗜好,以杜绝谗佞、希合之患。

四月入夏后,又有两道上殿札子,一则谈治天下须从容持重,所谓兢兢业业常如此;二谓"今日之患,莫大于民贫;救民之贫,莫先于轻赋",主张朝廷一切开支,量入为出,可蠲者蠲,可省者省,做到"富藏于民",也就不异府库。

这都表明,陆游对依靠光宗皇帝来实现恢复事业是基本不抱希望的,大约其悲观中还有自己年龄的因素,是以从去年入都见孝宗时,已经不再于上殿时试图慷慨激昂地大谈克复中原。

此时,朝中的局势也更加微妙起来,五月初七,因此前右谏议大夫何澹的激烈弹劾,加之周必大久已求去,于是以白麻大诏,罢周必大左丞相，以观文殿大学士判潭州而出外。

大约在七月初秋之际，陆游又以礼部郎中兼任了实录院检讨官。当时朝廷正准备编修高宗皇帝赵构的实录，像陆游这样的如椽巨笔，自然是会被委以重任。

陆游一面做着这些工作，一面和杨万里、姜特立等友人诗词唱和，转眼间便是寒冬了。不曾想，十一月间，已经由右相留正提拔，而升迁为谏议大夫的何澹上章弹劾陆游，谓其"前后屡遭白简，所至有污秽之迹"。

可以看到，何澹的弹劾根本没有任何新的罪状，竟是从过往的弹章里"拾人牙慧"，责以诛心，只是他说的"所至有污秽之迹"可能是在指什么呢？

按从未见有弹劾陆游贪赃私罪的，何澹所说之污秽之迹，很可能指的是当时曾流行过的一个谣言，即陆游从蜀中东归时，携带了一个妓女，为了掩人耳目，又为其剃度，冒充尼姑。

周密的《齐东野语》即记载了这则传言，但已说得很清楚：

> 蜀娼类能文，盖薛涛之遗风也。放翁客自蜀挟一妓归，蓄之别室，率数日一往。偶以病少疏，妓颇疑之。……或谤翁尝挟蜀尼以归，即此妓也。

那么事实已分明，是陆游在蜀中为官时的一个门客曾携妓女东归，而人或以为是陆游所为。但是，何以其门客之事，这样容易地就被人张冠李戴到了陆游头上呢？有没有可能我们此前的猜测，即陆游在淳熙二年所写的《水龙吟·荣南作》里提到的"佳人"确有其事，他曾在嘉州摄知知州时,与当地一位或许是官妓身份的佳丽发生了浪漫风流之事,而隐隐约约被传到了官场中,因此其门客的携妓东归,才被人误会是陆游所为,故而才说"所至有污秽之迹"?

可惜这样的猜想尚不能证实。总之,十一月二十八日,朝旨将陆游罢官。何澹在这时候已经另攀上了右相留正的高枝,他扳倒了周必大就为留正晋左揆首相的道路清空了障碍,而继续攻讦陆游,无非是因为陆游乃周必大亲旧,便被算成了周必大一党,这是自然要在清洗的行列里的。

陆游何辜,竟再次打点行装,离开临安,不过他倒也浑不在意,乃写了一首《去国待潮江亭太常徐簿宋卿载酒来别》:

> 昨解鱼符已径归,偶随尺一起柴扉。
> 暂留已愧黔吾突,久住空令缁客衣。
> 外物纷纷何足问,故人眷眷莫相违。
> 从今再见应无日,长与沙鸥共钓矶。

大寒风雪天里,陆游骑着马,向前来送别的友人挥手致意,仕途上的得失荣辱早就看作身外之物了,只是日后再要相见,大约是难上加难了!往后的日子里,他这位笠泽渔隐只能在镜湖三山的溪流江河边度过了,且各自珍重!

三、天意从来未易知

淳熙十六年(1189年)的冬天,陆游回到了故乡山阴。他酣饮而醉,

拿起笔便草书飞舞,写下一首《醉中作行草数纸》:

> 还家痛饮洗尘土,醉帖淋漓寄豪举;
> 石池墨沉如海宽,玄云下垂黑蛟舞。
> 太阴鬼神挟风雨,夜半马陵飞万弩。
> 堂堂笔阵从天下,气压唐人折钗股。
> 丈夫本意陋千古,残房何足膏碪斧;
> 驿书驰报儿单于,直用毛锥惊杀汝!

　　一生的梦想看着已经远去,陆游只能想象他手中的笔有着呼风唤雨、撒豆成兵之能,他在醉酒之后豪迈自信地想要气压唐人之诗,甚至在结尾写出了以檄文惊杀金国新皇帝的"异想天开"之句。当时金章宗新立,故蔑称"儿单于",可陆游再如何"气压唐人",他的"直用毛锥惊杀汝"也只是酒后的狂言和无声的哭泣罢了。因为现实中绝无可能,只能寄寓于诗歌的世界里,方可以超越老迈的身躯,摆脱一潭死水的朝廷之掣肘,飞过关塞阻绝的万里河山……然后以堂堂笔阵的杀机,令女真郎主毙命于其王庭,成就诗文灭虏的不朽功业。

　　酒成了解愁和消磨壮志、淡然自适的利器,在岁末之时,陆游对酒狂歌,又效仿阮籍所谓"大人先生"的苏门长啸,既然不能鸣于朝堂和抗金的战场,便只好在乡野山居间引吭高歌,在心中激荡那犹如荆轲、高渐离易水决然的悲壮之声。歌罢,陆游犹在醉中,他提笔写就《醉中浩歌罢戏书》:

> 造物小儿如我何! 还家依旧一渔蓑。

穿云逸响苏门啸，卷地悲风易水歌。
老眼阅人真烂熟，壮心得酒旋消磨。
傍观虚作穷愁想，点检霜髯却未多。

他在醉后仍然不服老，仍以诗歌陶写自己的狂傲。确实，在诗歌铸就的世界里，诗人和他的梦想都是不老的，能够超越时间，跨越千年，而成为永恒的力量。

天昏雨凄凄，正所谓人自衰迟岁自新，绍熙元年（1190年）的春天便在阴雨中来临了。

这一时期陆游有一首诗犹须注意，即《或问余近况示以长句》：

天亦知予懒是真，暮年乞与自由身。
幽寻东浦鹭迎棹，独卧北窗莺唤人。
野卉满头狂取醉，草庐容膝乐忘贫。
死时是处堪藏骨，不用要离更作邻。

陆游的诗歌中出现了许多次对要离的推崇和仰慕，并表示愿死后葬要离坟茔之旁，他曾怀有为了国家和君父，可以抛妻弃子的决心。然而在六十六岁的时候，他在诗作里展现了内心这一微妙的转变，终言不须近要离。这种长久以来的失望、在故乡老来闲适的恬淡、深入佛道参悟人生的领悟……都在重塑着陆游对自己人生的期待和看法，他正在学做一个真正归隐乡野的老人。

但倘若说陆游就此便不再关心国家之事，那也是失之偏颇的。他是一个极其矛盾的人，时而想要学道修仙，时而渴慕渊明旨趣，但忽然

第八章 如梦令　333

间又会满怀家国之忧,乃至老泪纵横。春日间,他便有诗谓"和亲自古非长策,谁与朝家共此忧"。

入夏后,一次醉酒,陆游再作《醉歌》,乃云:"读书三万卷,仕宦皆束阁;学剑四十年,虏血未染锷……战马死槽枥,公卿守和约。穷边指淮淝,异域视京洛……壮心埋不朽,千载犹可作!"足见他正如我们所说的,并未完全忘记宋金之间充满仇恨、屈辱的历史。

是年秋,他将自己山阴家中的一间小轩室命名为"风月轩",并作诗《予十年间两坐斥罪虽擢发莫数而诗为首谓之嘲咏风月既还山遂以风月名小轩且作绝句》二首,其一曰:

扁舟又向镜中行,小草清诗取次成。
放逐尚非余子比,清风明月入台评!

所谓台评即是指御史台的弹劾。陆游显然在辛辣地嘲讽号称纠察百官、肃正朝纲的宪府南司,竟因罗织罪名不成,乃以"嘲咏风月"为理由。朱熹曾在书信中谈及此事,谓:"放翁诗,读之爽然。近代唯见此人为有诗人风致。如此篇,初不见其著意用力处,而语意超然,自是不凡,令人三叹不能已……近报又已去国,不知所坐何事?恐只是不合做此好诗,罚令不得做好官也。"能让一板一眼的道学老夫子朱熹说出"恐只是不合做此好诗,罚令不得做好官也"的俏皮话,便足见这些弹劾是怎样的荒唐了。

因此陆游在诗作里一再地嘲讽,又谓:"白简免劳中执法,青铜罢算小行年。"其中"执法"即御史中丞之谓。而对于修道学仙,陆游也有了更超然的态度,自云:"欲养金丹还懒去,身今已是地行仙。"他的逍遥和放达终于更进了一步。

秋日里的诗作,有呈现出和陶渊明非常接近的风格,如这首《秋兴》:

> 去秋尚十日,轩窗夕已凉;露草黏湿萤,坏壁啼寒螀。
> 丈夫志四海,临书慨以慷。白发忽如此,惟有归耕桑。
> 药饵且枝梧,邻曲相扶将。岂无瓮中酒,老病不能觞。
> 南山有归处,岁晚柏已行。下从吾亲游,此事岁月长。

他对乡中普通百姓的生活和痛苦、烦恼也有了更多的体认。如作诗云:"州符县帖无已时,劝耕促织知何益? 安得生世当成周,一家百亩长无愁。"又有诗《邻曲有未饭被追入郭者悯然有作》:

> 春得香粳摘绿葵,县符急急不容炊。
> 君王日御金华殿,谁诵周家七月诗?

陆游对朝廷在地方上的横征暴敛、税赋之重已有了很明显的意见,他认为这是因为没有人在御前为天子讲究子爱元元的仁君治国之术。

晚秋风雨中,忧思难忘的陆游亦感到落寞和寂寥,他作诗说:"狂舞欲谁属? 清吟空自知。茫茫宇宙内,吾道竟何之!"在陆游心中,也是有着一个儒家治国平天下的经术安邦之梦的,然而他的政治抱负终归于落空,自然便只能徒叹"吾道竟何之"了。实际上,在南宋当时的政治土壤下,又何止是一个陆游无路可走呢?

十里烟波明月夜,万人歌吹早莺天。山阴深秋的乡野风情极是迷人,但冬天也已悄然到来。陆游在家中生着火的地炉旁喝着热茶,屋外是女婢在园子里种菜,他时而带着小儿子去河边钓鱼,时而在心中愤愤不平地自问:"公卿阙自重,社稷欲谁期?"

闲适里也有如许愁,自是一向年光有限身,回过神来便是绍熙二年(1191年)了。

是年春,有朝旨送达,陆游磨勘转从五品中奉大夫,除提举建宁府武夷山冲佑观,这是给了他祠禄官的闲差,让他可以在家乡也能领取奉祠的一份官俸。

陆游遂写下一首《喜事》:

> 武夷老子雪垂肩,喜事何曾减少年。
> 鹦鹉螺深翻细浪,辟邪炉暖起微烟。
> 幽花滴露沾纱帽,乱絮凭风扑画船。
> 虎豹九关君勿叹,未妨一笑住壶天。

需注意的是,此时的陆游甚至和"九关虎豹"也做了"和解"了,他连几十年来和曾觌等近习的恩恩怨怨都似乎放下了。这和他说的"莫怪公卿不我知,我自不知渠是谁"其实是如出一辙的。

既然"一纸除书到海边",陆游便声称"暂做闲人五百年",可实则他仍不时要关切和忧虑大好河山久沦虏手的南北之势,在诗中直白地说:"千载诗书成长物,两京宫阙委胡尘。非熊老子不复见,谁吊遗魂清渭滨?"诗中未免没有一丝期待自己能如姜子牙一般,以老迈之龄,出山为国平定天下的痴念。

但大体上陆游在镜湖三山过着茶、诗、钓、棋的暮年生活,他笑称这是"几许放翁新事业"。仲夏一过,六月天里,陆游将自己的书斋命名为"老学庵",日后那流传至今的《老学庵笔记》的名字,便是这么来的。

入秋后,作有一首《览镜》,极可见诗人之精神状态,附于下:

> 白头渐觉黑丝多,造物将如此老何?
> 三万里天供醉眼,二千年事入悲歌。
> 剑关曾蹴连云栈,海道新窥浴日波。
> 未颂中兴吾未死,插江崖石竟须磨。

诗下自注:比自三江杭海至丈亭。

六十七岁的老人尚能扬帆破浪,其矍铄与康健也就不难料知了。他在这一两年中一再地提到"造物"之如何,此后不久,又作诗谓:"身外浮名小,胸中浩气全。此生吾自判,造物恐无权。"——孟子的"浩然之气"和阮籍的"大人先生"在陆游的诗歌精神中融合起来,催生了一种极其傲岸的人格力量。当同时代的朱熹、陆九渊还在争论天理、人心的时候,陆游竟然已经用诗歌的浪漫藐视了"天理"背后的那无法言说的至高力量"造物",这不能不说是一种诗歌对哲学和现实的超越。

秋日里,陆游还养起了一只名叫"雪儿"的小猫,且疼爱有加,乃云"前生旧童子,伴我老山村""狸奴毡暖夜相亲",这是到了晚上爬上陆游的卧榻,和大诗人同床共枕的地步了。

在陆游七十岁的时候,亦即是绍熙五年(1194年),南宋朝廷发生了一件震惊中外的大事。由于患有精神疾病的光宗赵惇受皇后李氏挑拨,与太上寿皇赵昚父子不睦,竟在太上驾崩后不肯执丧,这在儒教思想的王朝里是不可想象的事情。于是知枢密院事的执政赵汝愚利用所谓的光宗手诏"朕历事岁久,念欲退闲",通过知阁门事韩侂胄说服了尚在人世的吴太皇太后(高宗赵构的皇后)。七月初四,吴太皇太后垂帘,宰执们以光宗手诏奏进,太皇太后便下诏,令嘉王赵扩即位,尊光宗赵惇为太上皇,李氏为皇太后。赵扩登极,也就是宁宗,史称"绍熙内禅"。而当时,光宗本人并不在场,首相留正则疑心手诏有假,且请求入对不成,称足疾已先避去。这实际上是一场未流血的宫廷政变,赵汝愚在八月末成为了当时的独相,一时威势煊赫,乃大举提拔道学一派的官员,通过除授侍御史、监察御史等官职逐步掌控台谏系统,又通过除陈傅良、彭龟年等人为中书舍人而控制诏令等,并升迁了一大批人入京为官。偏偏在绍熙内禅中立下大功的韩侂胄、赵彦逾二人却未得到赵汝愚"安排"。韩侂胄居中沟通宫府的作用至关重要,赵彦逾则作为宗室和当时的工部尚书级别大员,利用自己与殿前都指挥使郭杲之私交,使得他同意以御前班直(皇城内的禁卫军)来保证内禅的顺利进行,防备万一出现的动乱局面。大为不满的韩侂胄利用自己可以出入宫禁的阁门司职务,以及非同一般的外戚身份(韩侂胄与太皇太后、宁宗皇帝关系很亲近,实为极得宠信之外戚),迅速以内旨直接任命了一批爪牙为御史,与赵汝愚抢夺台谏的阵地。最终,到了次年,也就是庆元元年(1195年)二月,赵汝愚在权力斗争中失败,被罢右相,而韩侂胄则擢升保宁军节度使,其党羽都陆续官拜宰执,此后不久,韩侂胄甚至加开府仪同三司,地位犹尊于宰相。韩党专权的局面在庆元年间终于形成。

为了进一步打击赵汝愚留下的势力,防备其党羽死灰复燃,也为了更稳固地掌握政权,韩侂胄发起了以打击伪学逆党为名,实则只是权力斗争的"庆元党禁",这是一种类似蔡京"元祐党人碑"的党争之举,陆游的友人朱熹被牵连其中。这期间,陆游竟得以第四次奉祠,继续领取祠禄官的俸禄,也正是因为韩侂胄利用赵汝愚曾弹劾过陆游的这个历史,来拉拢陆游这样主战的耆老名士。

到了庆元五年(1199年),七十五岁的陆游上章乞骸骨,请求以年老致仕,遂获得准许。

但没想到的是,三年后的嘉泰二年(1202年),由于南宋朝廷中孝宗、光宗两位皇帝的两朝实录以及三朝历史都还没有编修完,便想到了请陆游这位渊博的大家出山,遂除其为提举佑神观兼实录院同修撰兼同修国史,同时免奉朝请,即优待其年老,不须赴朝立班。陆游在六月十四日抵达临安。

此年韩侂胄生辰,陆游与行都百官一样,都有诗祝贺,其中云:"神皇外孙风骨殊,凛凛英姿不容画。……身际风云手扶日,异姓真王功第一!"年底,陆游除正四品秘书监(统掌图籍、国史、天文历数、祭祀祝辞等)。这显然是韩侂胄的一种"恩施",才让陆游在七十八岁的高龄,总算挤进了俗称的九卿级别。韩侂胄本人则在十二月加正一品太师衔。而同一年,铁木真已经在蒙古崛起了。

嘉泰三年(1203年),陆游除宝谟阁待制。待制作为殿阁职名,本是文臣成为侍从级别的一个标志,乃是高级文臣的门槛,可这对于七十九岁的老人而言,更像是一个安慰的奖励罢了,象征意义远大于实际意义。四月间,陆游为韩侂胄撰《阅古泉记》,此前大约已为韩侂胄写下《南园记》。

由于《孝宗实录》《光宗实录》陆续编成,陆游再度乞请致仕,经过两次上札子后,朝廷乃批准其告老还乡,除提举江州太平兴国宫。仲夏五月十四日,陆游离开行都临安。从此,他再也没有回来过。

嘉泰四年(1204年),在韩侂胄操纵下,朝廷下旨追封岳飞为鄂王,整军备战的态势已经十分明确。年初朝廷召浙东安抚使兼知绍兴府辛弃疾赴阙,陆游以为是要用辛弃疾到前线去主持北伐,兴奋地赋诗送行,有曰:"天山挂旆或少须,先挽银河洗嵩华。中原麟凤争自奋,残虏犬羊何足吓。"可以看到,挽天河洗虏尘、嵩华之类的说法再度出现了,这说明陆游虽然已届耄耋,但把恢复的希望寄托在辛弃疾等人身上。另一方面,这一年的十月朔日,老友周必大卒,陆游悲痛之下乃为文哀悼。属于陆游这代人的时间,真的在倒数计时了。

开禧二年(1206年)三四月间,韩侂胄开始了最后的对金战争部署,布置了三路北伐的军事计划,并褫夺秦桧之王爵,改谥"谬丑"。开禧北伐遂正式发动。

在先期取得一定胜利之后,五月初,宋廷正式下诏讨伐金人,北伐全面开始了。当时韩侂胄令直学士院李壁草诏,宣布对金开战。其中说:"天道好还,盖中国有必伸之理;人心助顺,虽匹夫无不报之仇。"

可这甚至成了比隆兴北伐更让人哭笑不得的闹剧,宋军在东南连战连败,而被寄予厚望的吴挺之子四川宣抚副使吴曦甚至在年底宣布叛宋降金,一个月前,金军亦渡过淮河,开始反攻南宋。就在这一年,铁木真被蒙古诸部推尊为成吉思汗。一个史无前例的庞大帝国就要开始它的征服之旅了,但宋金还对此几无真正的认知。

开禧三年(1207年),面对北伐的失败,韩侂胄急于要稳固权位,因而须收买朝野人心,乃晋封陆游为渭南伯(正四品),可面对隆兴北伐后苦盼了四十几年的又一次北伐居然是这样的结果,陆游还怎么高兴得起来呢?这年九月,辛弃疾亦卒于江西铅山,可谓是赍志以殁。而朝廷里,史浩之子礼部侍郎史弥远正编织着致命的阴谋,他勾结宁宗皇帝之杨皇后,伪造密旨,在十一月骗韩侂胄入宫,将其杀死,等于是发动了一场残酷的政变,此后于嘉定元年(1208年),竟恢复奸臣秦桧申王爵位和忠献谥号,九月,达成嘉定和议,岁币增为银三十万两、绢三十万匹,甚至支付一次性的战争赔款三百万贯钱,可谓前所未有。史弥远在十月拜右相,开始了漫长的专权和屈膝政策时期。

嘉定二年(1209年)春,陆游因为曾写《南园记》等诗文,遭到弹劾,被认为是韩侂胄一党,其宝谟阁待制被褫夺。陆游尚能老来一笑,作诗谓:"乞身七年罪未除,君恩尚许宽严谴。痴顽亦复病不死,春到故园家酿美。"

然而此年入冬,陆游确乎病重起来,到了十二月二十九日,乃感大限已至。他临终最后赋诗一首,此即著名的《示儿》:

死去元知万事空,但悲不见九州同。
王师北定中原日,家祭无忘告乃翁!

大诗人陆游享年八十五岁,终于山阴家中。

他的最后之愿望终究没有能够实现。陆游逝世之后二十五年,金国被蒙古大汗窝阔台所攻灭;卒七十年后,经崖山之役,南宋灭亡。

参考文献

一、古籍

1. ［元］脱脱：《宋史》，中华书局 1985 年版。
2. ［元］脱脱：《金史》，中华书局 2016 年版。
3. ［宋］李心传：《建炎以来朝野杂记》，中华书局 2016 年版。
4. ［宋］刘时举：《续宋编年资治通鉴》，中华书局 2014 年版。
5. ［宋］李心传：《建炎以来系年要录》，上海古籍出版社 2018 年版。
6. ［宋］徐自明：《宋宰辅编年录校补》，中华书局 1986 年版
7. ［宋］史浩：《鄮峰真隐漫录》，文渊阁《四库全书》本。
8. ［宋］罗大经：《鹤林玉露》，上海古籍出版社 2012 年版。
9. ［宋］朱熹：《朱子全书》，上海古籍出版社 2002 年版。
10. ［宋］洪迈：《夷坚志》，中华书局 1981 年版。
11. ［宋］黎靖德：《朱子语类》，中华书局 1986 年版。
12. ［宋］佚名《宋大诏令集》，中华书局 1962 年版。
13. ［宋］范成大：《范成大集》，辛更儒 点校，中华书局 2020 年版。
14. ［宋］王存：《元丰九域志》，中华书局 2019 年版。

15. ［宋］范成大：《范石湖集》，上海古籍出版社 2010 年版。

16. ［宋］潜说友：《咸淳临安志》，浙江古籍出版社 2012 年版。

17. ［宋］叶绍翁：《四朝闻见录》，中华书局 2011 年版。

18. ［宋］佚名：《中兴两朝编年纲目》，燕永成 点校，凤凰出版社 2018 年版。

19. ［宋］佚名：《皇宋中兴两朝圣政辑校》，孔学 辑校，中华书局 2019 年版。

20. ［宋］洪迈：《容斋随笔》，上海古籍出版社 2015 年版。

21. ［宋］周密：《齐东野语》，上海古籍出版社 2012 年版。

22. ［宋］杜大珪：《名臣碑传琬琰集》，文渊阁《四库全书》本。

23. ［宋］陈鹄：《耆旧续闻》，文渊阁《四库全书》本。

24. ［宋］刘克庄：《后村诗话》，文渊阁《四库全书》本。

25. ［宋］熊克：《宋朝中兴纪事本末》，凤凰出版社 2022 年版。

26. ［宋］陈振孙：《直斋书录解题》，文渊阁《四库全书》本。

27. ［宋］释道元：《景德传灯录》，中华书局 2022 年版。

28. ［宋］陆游：《剑南诗稿校注》，钱仲联 校注，上海古籍出版社 2017 年版。

29. ［宋］陆游：《渭南文集校注》，马亚中 涂小马 校注，浙江古籍出版社 2015 年版。

30. ［宋］陆游：《渭南文集笺注》朱迎平 笺校，上海古籍出版社 2022 年版

31. ［宋］陆游：《放翁词编年笺注》，夏承焘 吴熊和 笺注，上海古籍出版社 2017 年版。

32. ［南北朝］刘义庆：《世说新语》，上海古籍出版社 2013 年版。

33. ［清］徐松：《宋会要辑稿》，上海古籍出版社 2014 年版。

34. ［清］沈雄：《古今词话》，文渊阁《四库全书》本。

35. ［清］钱大昕：《廿二史考异》，上海古籍出版社 2014 年版。

二、著作

1. 于北山：《陆游年谱》，上海古籍出版社 2017 年版。
2. 欧小牧：《陆游年谱》，天地出版社 1998 年版。
3. 邱鸣皋：《陆游评传》南京大学出版社 2007 年版。
4. 朱东润：《陆游传》，华中科技大学出版社 2021 年版。
5. 《二十五史补编》编委会：《二十五史补编·宋辽金元明六史补编》，北京图书馆出版社 2005 年版。
6. 孔凡礼：《范成大年谱》，齐鲁书社 1985 年版。
7. 于北山：《范成大年谱》，上海古籍出版社 2017 年版。
8. 于北山：《杨万里年谱》，上海古籍出版社 2006 年版。
9. 龚延明：《宋代官制辞典》，中华书局 2017 年版。
10. 曾枣庄 刘琳：《全宋文》，上海辞书出版社 2006 年版。
11. 辛更儒：《杨万里集笺校》，中华书局 2007 年版。
12. 王瑞来：《周必大集校证》，上海古籍出版社 2020 年版。
13. 张希清：《中国科举制度通史·宋代卷》，上海人民出版社 2017 年版。
14. ［日］寺地遵：《南宋初期政治史研究》，刘静贞 李今芸 译，复旦大学出版社 2018 年版。
15. 王曾瑜：《宋朝军制初探》，中华书局 2011 年版。

16. 李昌宪:《中国行政区划通史·宋西夏卷》,复旦大学出版社 2017 年版。
17. 谭其骧:《中国历史地图集》,中国地图出版社 1996 年版。
18. 周勋初:《宋人轶事汇编》,上海古籍出版社 2015 年版。
19. 上海古籍出版社:《宋元笔记小说大观》,上海古籍出版社 2011 年版。
20. 徐吉军:《宋代衣食住行》,中华书局 2018 年版。
21. 漆侠:《宋代经济史》,中华书局 2009 年版。
22. 王晨:《大宋文臣的品格》,上海社会科学院出版社 2021 年版。
23. 王晨:《辛弃疾的诗词人生》,上海社会科学院出版社 2021 年版
24. 王晨:《缔造的"中兴":南宋绍兴三十二年的政局与人物》,上海社会科学院出版社 2023 年版。

图书在版编目(CIP)数据

陆游的诗词人生 / 王晨著.— 上海：上海社会科学院出版社，2024
 ISBN 978 - 7 - 5520 - 4375 - 4

Ⅰ.①陆… Ⅱ.①王… Ⅲ.①宋诗—诗集②宋词—选集 Ⅳ.①I222

中国国家版本馆 CIP 数据核字(2024)第 081817 号

陆游的诗词人生

著　　者：王　晨
责任编辑：张钦瑜　张　晶
封面设计：璞茜设计
出版发行：上海社会科学院出版社
　　　　　上海顺昌路 622 号　邮编 200025
　　　　　电话总机 021 - 63315947　销售热线 021 - 53063735
　　　　　https://cbs.sass.org.cn　E-mail:sassp@sassp.cn
排　　版：南京展望文化发展有限公司
印　　刷：上海新文印刷厂有限公司
开　　本：890 毫米×1240 毫米　1/32
印　　张：11
字　　数：253 千
版　　次：2024 年 6 月第 1 版　2024 年 6 月第 1 次印刷

ISBN 978 - 7 - 5520 - 4375 - 4/I·526　　　　　定价：68.00 元

版权所有　翻印必究